白马湖文派短长书

朱惠民 著

图书在版编目(CIP)数据

白马湖文派短长书/朱惠民著 .— 宁波：宁波出版社，2014.7

ISBN 978-7-5526-0729-1

Ⅰ.①白… Ⅱ.①朱… Ⅲ.①中国文学流派—研究—现代 Ⅳ.① I209.6

中国版本图书馆 CIP 数据核字（2014）第 128460 号

白马湖文派短长书

著　　者	朱惠民
责任编辑	徐欢欢　徐　飞
装帧设计	金字斋
出版发行	宁波出版社
	（宁波市甬江大道 1 号宁波书城 8 号楼 6 楼　邮编：315040）
印　　刷	浙江新华数码印务有限公司
开　　本	710 毫米 ×1000 毫米　1 / 16
印　　张	20.25
字　　数	262 千
版次印次	2014 年 7 月第 1 版　2014 年 7 月第 1 次印刷
标准书号	ISBN 978-7-5526-0729-1
定　　价	48.00 元

版权所有，翻印必究

若有印装错误影响阅读，请与出版社联系调换，电话：0574-87259609

序

吴福辉

朱惠民先生研究浙地的"白马湖文派"有年，颇具心得，在这个领域内算得是最早一位有实力的文化学者了。我是经由谢振声才认识他的。这就好比甲与乙原来相知，而甲和丙正巧相交，如此乙同丙便不知不觉相识了。我的故乡本来就是人文荟萃之地，他们两人又都是宁波文史方面的人物，他们结合各自日常的工作，精研地方文化和文学，熟稔地方掌故及风土人情，承传了宁波一地传统与现代交相融合的文化精神，每次见面都使我受益良多。现在朱惠民要出一本关于"白马湖"的新书了，大家都是现代文学研究的同行，且为朋辈，正所谓"同志加兄弟"，他嘱我在书前写几句话，似没有借故推托的道理，只得从命了。

"白马湖"作家群在中国现代文学史上首先是个不大不小的散文流派，与"五四"时期最重要的新文学团体文学研究会血肉相连。朱惠民二十多年前便从考察朱自清与文学研究会宁波分会的关系入手，由个别作家朱自清、夏丏尊、丰子恺、叶圣陶、俞平伯等一个个的研究到整体流派的命名，到风格特征的概括，从此踏入白马湖文化的圈子，一发而不可收，进展到目前这个程度和水平，让人起敬。他的学术精力十分专注，没有旁骛，就像"白马湖"是个天上仙女一般地被迷住了。他辛勤耕耘不止，发现的是一块"自己的园地"。这样，就有了影响不小的《白马湖散文十三家》的编选，有了《白马湖文派散论》一书在香港的出版。而现在，他的目光从散文一隅逐渐移向更宽阔的文化空间，

"文派"的名义渐渐定型,自有其深意在。而眼前这个"短长书"的题目也值得玩味:不仅是指历年积累的这些长长短短的白马湖论述,也暗示了著者的寓纵横流丽于质朴自然的文字,正欲与自然质朴"混搭"流丽纵横的白马湖文化相对应呢("短长书"原义为战国时期纵横家的言论和史迹。朱自清曾有一篇短文即名曰《短长书》)。这是一个其志不小的文化憧憬。

朱惠民的"白马湖文派"研究因而有了一些特色。其一,充分发挥区域性本土文学、文化研究的优长。你看他挖掘白马湖的新文学事迹、报刊资料、讲演记录等,都不是外地研究者能轻易接触到的。他举的《我们》《我们的七月》《我们的六月》》《春晖》《大风》《山雨》《新奉化》《四明日报·文学周刊》《宁波评论》《火曜》等刊都是研究地方文学的绝好材料。我以极大的兴趣读了他写的《白马湖讲演词考论》,知道当年春晖中学的校内讲演者有经亨颐(此校校长)、夏丏尊、朱自清、丰子恺、朱光潜、刘薰宇、刘叔琴等,校外聘来的有蔡元培、沈泽民(茅盾亲弟)、杨贤江、黄炎培、陈望道、黎锦晖等,觉察到这群知识分子的中间偏左的思想倾向。这可以解释很多"白马湖现象",也是由阅读了本地的历史文献方能揭示出来的。区域性本土研究的特点,是材料新颖,富地方性,可以支持全国性本土研究向纵深方向发展。它鲜活、亲切,能发挥地方学者的优势。所以,沈从文的家乡湘西学者就会专门研究土、苗的风俗,探讨巫文化与沈从文的关系;茅盾家乡浙江桐乡的学者就会从发掘茅盾少年时期作文起步。当然,区域性研究如不及时调整,不勇于打开眼界,必会狭窄,这是需要警惕的。其二是从材料出发。所有的论述都是以拥有扎扎实实的材料为前提的。论从史出,史料在研究中的第一性位置不能颠覆,它还能向论述的主体性渗入,便能不空疏,便能言之有物有据。因而,朱惠民的论文有活气,在资料基础上的品赏性分析就较多,就浓,以至于他也逐渐意识到要多运用史料性的随笔,来作为自己文体追求的目标。这一点,只要不绝对化，只要不随意地排斥学院派论文，便是无可厚非的。反之也一样。我近年来所开《石斋语痕》栏目，写的便是学术化笔记。近时与钱理群、陈子善合作主编出版的以文学广告为具体材料的现代文学编年史，论述自觉采用了"书话体"，这种试验似也与朱惠民同调。其三，尽量扩大研究的延展性。比如将"白马湖文学"延展到"白马湖文化"：由散文到新诗，由创作思想到审美生活情趣，由文学流派到组织、媒体再回到人格特征，由整合全体到绘制时代人文地图等，都是扩展。我对他所写探勘朱自清在宁波的教育生涯一文《语文教学中的"人格"教育》，特别地加以注意，认为是很有前途的对白马湖文派的拓展型研究。我们只要联系白马湖文派的后身"立达派"或"开明派"，想到开明书店同仁所办《中学生》杂志，以及开明教科书和丛书面向中小学生读者的不懈努力，便知"白马湖"以人格立身的文学教育精神，有多么重要。而国人语文修养的培育与文学的高度结合，艺术思想和教育思想的互相补充，正是"白马湖——开明"这一派的鲜明旗帜，可区别于其他文学流派的地方。

我觉得理解"白马湖文派"的特质，不宜长久地停留在纯正、自然、恬淡和丰腴、隐秀这样一些"文章风格"概念上面。这些固然是对的，如集子中俯拾皆是的"静情相融"，"闲情美文"，"绚烂向平淡的复归转移"，"流贯于'剑'与'箫'之间"，"激越与隐秀的两个传统是并行不悖的"，"味重于形"等等提法，都没有错。但我觉得在文化品性的分析中，还是要适当引进政治思想的视域（当然不是"政治挂帅"）。我们读朱自清的《那里走》，便知道此文颇能代表这批"白马湖人"后来的思想状态：在激进的阶级斗争站队和坚守五四文化启蒙主义这两方面，最后选择了后者，选择了如巴金所说的文化"岗位"。这在白马湖时期已露端倪：与激进思想相近，行动上却是守护型的。我曾写过短文谈从春晖中学到立达学园到开明书店的这批学人的总体精神（虽然这三者可以分阶段研究，但最终还是要从总体来理解局部，方才"完整"），说他们是"海上的京派",亦是此意。要真正懂得白马湖的文与人,这也是一条窥探的路径。

我还要郑重推荐他的另一部佳作《舌尖上的宁波》,认为是一点不比白马湖论差的。朱惠民提倡美文美食,读他这类小品,正是食料与文料共舞,乡思与舌尖齐飞,堪称享受。他兼宁波汉通餐饮的顾问,我曾到过上海淮海路汉通店和宁波汉通中央会馆两处解馋,都被他一支笔写入,荣幸成为食客。他历数宁波的吃食,什么抢(戗)蟹、龙头烤、风鳗鲞、乌贼混子、雪菜大汤黄鱼、清蒸鲥鱼、苔菜烤肉、荠菜炒年糕、宁波汤团,直让我这个童年在上海吃过宁波吃食的人垂涎。但更重要的是他将佳馔珍馐与文人风雅混为一体,讲出的周作人喜吃豆腐菜,俞平伯尝过宁波野味,朱自清"贪食"说过白马湖年糕"其佳在'滑'"的名言,苏青喜欢家常菜还写了《谈宁波人的吃》,你弄不清究竟是文学掌故,还是民国食谱汇集。仅文题包含"白马湖"三字的就有《"苦雨斋"里的宁波海味与白马湖鱼干》、《宁波吃·白马湖·开明酒会》诸文,查证周作人《鱼腊》写的可能是白马湖醉鱼干,而开明酒会有一不成文的规定,凡入会者"一次要能喝五斤绍兴加饭酒,结果,夏丏尊、丰子恺、叶圣陶、郑振铎、章锡琛等全部入选",大半皆白马湖老友也。他谈浙东美食和白马湖散文都用了"清淡而腴润"一语(新派甬菜已经偏离"生咸",故可称"清淡"),将一种闲适中的积极生活趣味,推到了极致。

于是,我留下了一个意愿:希望我这个祖籍宁波的人有一天能到白马湖走一遭,便用朱惠民的这两本书作导游,来领略我家乡的人文和自然胜景。是为序。

二〇一四年三月二十四日春分后三日于小石居

(作序者系中国现代文学馆研究员、博士生导师)

目 录

序　吴福辉 …… 1

上　编

现代散文"白马湖派"研究 …… 3
论现代散文"白马湖派" …… 18
红树青山白马湖 …… 42
　　——《白马湖散文十三家》选编后记
现代散文"白马湖派"再研究 …… 62
夏丏尊：白马湖文派的精神领袖 …… 80
白马湖讲演词考论 …… 88
白马湖作家与五四新诗的创新 …… 101
白马湖文派研究述评 …… 116
关于"白马湖作家群"与散文"白马湖派"之辩 …… 129
　　——兼议该流派风格特征的存在
关于文学研究会宁波分会 …… 143
　　附录：宁波新文化运动记略 …… 158
抒写对人生的观感 …… 176
　　——朱自清写于宁波诗文考析

朱自清在宁波事迹考 ⋯⋯ 192
　　——兼及上虞白马湖
朱自清在宁波事迹再考 ⋯⋯ 208
　　——读《朱自清日记》1924年册本
语文教学中的"人格教育" ⋯⋯ 222
　　——朱自清在宁波教育生涯的探勘

下　编

白马湖：五四新文化的"驿亭" ⋯⋯ 239
　　——《白马湖文派散论》代引言
《红树青山白马湖》存忆 ⋯⋯ 251
　　——为纪念《白马湖散文十三家》出版二十周年作
朱自清先生在宁波 ⋯⋯ 259
朱自清的"五卅"诗文及其他 ⋯⋯ 266
　　——文学研究会宁波分会活动的一个例证
夏丏尊先生与春晖中学 ⋯⋯ 271
子恺漫画：《我们》的封面画与插画 ⋯⋯ 278
丰子恺木刻漫画之我见 ⋯⋯ 281
王文川与《江户流浪曲》 ⋯⋯ 285
白马湖秋意·弘一·王任叔 ⋯⋯ 289
以酒会友的白马湖雅集（三题） ⋯⋯ 294
关于白马湖文派研究答客问 ⋯⋯ 301
　　附录：2006—2012年间"白马湖文学"研究文论索引 ⋯⋯ 307
我的白马湖文派研究（代跋） ⋯⋯ 310

上编

现代散文"白马湖派"研究

现代文学的第一个十年（1917-1927年）中，散文先声夺人，成绩最为绚烂："有种种的样式，种种的流派，表现着，批评着，解释着人生的各面，迁流曼衍，日新月异。"[1]这当中，文学研究会宁波分会作家群创作的散文，以其漂亮缜密的样式，自成一派的格调，尽了"对于旧文学的示威"，为打破"美文不能用白话"的论调做出了自己应有的努力和贡献。这些佳作，虽在思想上、艺术上已不免受到时代的挑战，但在历史天平上仍不失其应有的价值；虽历经岁月的风化，而未损其丝毫的辉光。那些佳作被广泛地选进海峡两岸的中学语文课本与一般选本，作为范文和保留之作，便是一个明证。尤为甚者，台港澳当代散文作品，明显地有着这种艺术风格影响的痕印，美国华盛顿大学教授、著名华人学者杨牧先生曾列举散文作家的名字，以印证这一风格散文的隔海曼衍。[2]

也许宁波分会作家群当年写散文的时候，不曾有过要创一个什么文学流派的想头，然而从散文的艺术特质、作家的创作思想和审美情趣、生活经历以及时代、地域、社团、刊物诸多因素综合考察，二十年代初中期，宁波分会的散文创作，确确实实已构成独具一格的以清淡为艺术风味的散文流派，由于那些散文文格洁净，文味清淡得如白马湖

---

[1] 朱自清《〈背影〉序》，见《朱自清全集》第二卷，江苏教育出版社，1988年8月版。

[2] 杨牧编《中国近代散文选》，台北洪范书店印行，1984年8月。

的湖水,加之作家此时都生活在上虞白马湖畔,我们姑且称它为"白马湖派"。这是客观存在的文学流派,是"为人生"派的一脉,整个作家群体不仅有着共同的文学主张,所出作品且有趋同的风格特征。纵然它未被适时地发现、认识,但却是不容抹煞的,迟早要被人确认。诚如郁达夫所说:"原来文学上的派别,是事过之后,旁人(文学批评家)添加上去的名目,并不是先有了派,以后大家去参加,当派员、领薪水、做文章,像当职员那么的。"[1]当然,它不是人为地主观地划分出来的,它是自然形成的,是处于同一时代要求、文学风尚和作家美学追求的结晶,又通过作品确实已形成的共通的艺术风格的特征来揭示的。

(一)

散文"白马湖派"是以富有特征的地域——浙江上虞春晖中学所在地白马湖称名的。在文学研究会宁波分会全盛期的二十年代初中期,文研会的"人生派"作家:夏丏尊、朱自清、丰子恺、刘延陵、朱光潜及俞平伯、叶圣陶、李叔同等适在春晖任教或讲学,他们多在宁波省立第四中学兼掌教鞭,后又到立达学园义教,故有人称之为"轮船老师""火车教员"。一周之中,三天在白马湖畔,另三天在宁波奉化江边,1925年又先后赴上海江湾执教,就这样碌碌三校而不辞劳瘁。虽然重任在肩,但是由于当时的春晖、四中和立达都浸润着"五四"新文化的精神,文化氛围诗意沛然,故而他们都乐此不倦。尤其是春晖园,由于家眷耽此,彼此相聚便愈多。正如朱光潜所说的,学校范围不大,大家朝夕相处,宛如一家人。白马湖即成了中国新文化开创期的一个文学沙龙。春晖园三面环水,绿树掩映。朱自清在《春晖的一月》中曾对它作过这样的描写:

---

[1] 郁达夫《〈中国新文学大系·散文二集〉导言》,见《郁达夫散文集》,浙江文艺出版社,1985年5月版。

走向春晖,有一条狭狭的煤屑路。那黑黑的细小的颗粒,脚踏上去,便发出一种磨擦的骚音,给我多少清新的趣味,而最系我心的,是那小小的木桥。桥黑色,由这边慢慢地隆起,到那边又慢慢的低下去,故看去似乎很长。我最爱桥上的栏杆,那变形的卍纹的栏杆;我在车站门口早就看见了,我爱它的玲珑!桥之所以可爱,或者便因为这栏杆哩。我在桥上逗留了好些时。这是一个阴天。山的容光,被云雾遮了一半,仿佛淡妆的姑娘。但三面映照起来,也就青得可以了,映在湖里,白马湖里,接着水光,却另有一番妙景。我右手是个小湖,左手是个大湖。湖有这么大,使我自己觉得小了。湖在山的趾边,山在湖的唇边;他俩这样亲密,湖将山全吞下去了。吞的是青的,吐的是绿的,那软软的绿呀,绿的是一片,绿的却不安于一片;它无端的皱起来了。如絮的微痕,界出无数片的绿;闪闪闪闪的,像好看的眼睛。湖边系着一条小船,四面却没有一个人,我听见自己的呼吸。想起"野渡无人舟自横"的诗,真觉物我双忘了。[1]

就是在这绿水环绕,万木扶疏之间,丏师的"平屋"与朱自清近邻,丰子恺的"小杨柳屋"和"平屋"也相去不远,丰氏与他的老师李叔同的"晚晴山房"又为毗邻,邻近的又有经亨颐住的"长松山房"。他们不啻在校内,而且在寓所里,以商榷、切磋为乐。"谈文学与艺术,谈东洋与西洋,海阔天空,无所不谈。"[2] 文友关系又非常亲密,朱自清是夏丏尊的创作、译作的最早读者之一,曾两次为夏丏尊的著作作序;丏师把朱氏散文集《踪迹》介绍给上海出版;丰子恺为《踪迹》制作了一个

---

[1] 朱自清《春晖的一月》,文见《朱自清散文选集》,蔡富清编,百花文艺出版社,1986年8月版。

[2] 丰华瞻《朱自清与丰子恺》,载《西湖》,1983年第9期。

《我们的七月》，1924年7月出版。《我们的六月》，1925年6月出版。丰子恺以漫画手法装饰书衣，时为首创。

美观而有诗意的封面，朱自清给丰子恺的第一本漫画集作序，给他的第二本漫画集写跋；刘延陵帮朱自清助编《我们》。朱光潜亦在春晖，他回忆说，"佩弦和丏尊、子恺诸人都爱好文艺，常以所作相传视。我于无形中受了他们的影响，开始学习写作。"[1]他写的《谈动》《谈静》等散文，后汇集成《给青年的十二封信》，由夏丏尊介绍出版。私人友情、文字相交，为文之切磋"狂辩"及相互影响，可以说是形成白马湖派的一个基因。

夏丏尊、朱自清执语文教鞭，刘延陵教文化史，朱光潜教英语，丰子恺掌教音乐美术，俞平伯、叶圣陶、李叔同又来讲学，他们又都弄新文学，喜爱写散文。其时适逢小品散文创作鼎盛之时，所发散文多为个性解放意识觉醒之作，抒我之情，言我之志，把个人的"人格"当作散文的"第一要件"。就在这"王纲解纽、处士横议"的大气候下，散文百体纷呈，孳乳繁衍。"五四"美文的芬芳满熏着白马湖畔，他们几个自然倍受这种文学风尚的传染。这显然也是散文"白马湖派"的一个成因。

朱自清似乎特别欣赏这段以文会友的历史，这可从他作于白马湖畔的《题石鼓图》一诗中得以印证。诗是他为温州十中老友马公愚作

---

[1] 朱光潜《敬悼朱佩弦先生》，载《文学杂志》3卷第5期，1948年10月版。

的《石鼓图》的题跋：

> 文采风流照四筵，每思玄度意悠然。
> 也应有恨天难补，却与名山结善缘。[1]

诗中提到的"玄度"当为东晋著名的玄学诗人许洵。《晋书》卷七十九《谢安》云：谢安寓居上虞东山时，曾与王羲之及高阳许洵、桑门支遁等交谊，"出则渔弋山水，入则言咏属文"，形成盛极一时的玄言诗派，该派诗人每每通过山水来体会玄理，游踪所至，凡有所作，必聚会咏吟。朱自清极慕他们当年的情趣，故写诗以记之。此中也隐约地折射出白马湖同人"言咏属文"的情致。玄言诗派中，许洵、孙绰并为一时文宗，朱氏尤重许洵，因为许诗清高致远，人品又以高迈著称，此与朱文格、人格相契合，也同"白马湖派"淡远清隽文风颇为协调。

（二）

作为一个文学流派，他们的艺术作品自有大致趋同的创作风格。尽管作家写作时并不想到他要当什么派，但他的审美情趣，他的文艺观点以至创作倾向，无形中还是支配着他，使他写出艺术风格相似或相接近的文艺作品。"白马湖派"作家群作品的题材、风格、语言，也实实在在地满熏着白马湖的浓郁的"土气"。这种"土气"乃是作品的艺术特质之所在。

考"白马湖派"散文的艺术特色，属于清淡一路，即清隽平淡是也，这并非平铺直叙，这淡亦非玄言诗那样"淡乎寡味"，这种平淡是铅华

---

[1] 参见拙作《抒写对人生的观感——朱自清写于宁波诗文考析》。

落尽后的天然风姿,是绚丽灿烂之极后的返璞归真,是合乎天地万物节律的天籁。这大抵是"白马湖派"散文的艺术共性,自然他们各自又有着自己的风格。风格成于个人,流派建于集体。凡属于同一流派的作家必然在各人风格的基础上,表现出共同的东西,必然在众多的独特风貌中显示出大体一致的共同趋向,一种共通的美学追求。白马湖水那样的清淡,正是他们艺术上的共同追求点。他们各人的创作风格固然各呈特色,但都内涵着这种清隽淡泊的共同性的神韵风骨。

朱自清的写作大体为朴实清新一路,他的散文诚如钟敬文在《柳花集》中所评,"另有种真挚清幽的神态",此中"清幽"正是白马湖"土气"所在。夏丏尊"平屋杂文",在平实而清淡的文笔中,构思严谨,在曲折的层次和波澜中,蕴含着浓郁的情致,深远的遐想。此中平淡也有着白马湖的"土气"。丰子恺散文,郁达夫评之为"清幽玄妙",[1] 还弥漫着宗教香火的烟息,他师承李叔同,李风格幽微淡远得很,他是由绚烂之极而回归于平淡。丰氏之清幽,也透露出白马湖的"土气"。至于俞平伯、刘延陵、朱光潜乃至叶圣陶,他们的散文似乎也属平淡一类,其中不乏清淡之"土气"。白马湖作家群的各自风格上表现出共同的东西,即大体一致的艺术特质,便是形成"白马湖派"的基础。

这一散文流派,以"白马湖"名之,可谓贴切、精到之至。白马湖娟秀清幽,自然天成。"白马湖派"散文,清隽淡远,不事雕琢。两者是天衣无缝的吻合,也是心有灵犀的相通。

(三)

"白马湖派"散文作家群落之中,朱自清是"领导着文坛"的(杨振

---

[1] 郁达夫《〈中国新文学大系·散文二集〉导言》,见《郁达夫散文集》,浙江文艺出版社,1985年5月版。

声语)。他的散文,为"白话美术文的模范"。[1]二十年代前期写的《桨声灯影里的秦淮河》《温州的踪迹》,如果说主要体现了一种绚烂之美,其后的《背影》《儿女》,则更多显示了一种平淡之美。记得苏东坡曾对诗文提出过"绚烂之极归于平淡"的要求,若以此来概括朱氏散文风格及其嬗变趋势,真是再合适不过的了。绚烂与平淡的和谐统一,绚烂向平淡的复归转移,这正代表了朱自清散文的"白马湖"风格的总体特点,是白马湖自然环境和生活的清幽、淡泊促成了这种复归和转移,使他的散文达到了一个更高的美学层次。朱氏的那些绚烂之作,文中所描述对象妩媚而不甜俗,清丽而不浮艳,文章深深地楔入人们心坎的还是作者感情的淡淡的真挚的内美。即便如《桨声灯影里的秦淮河》,它虽是一幅秀美的工笔画,但娟秀之中却不时闪烁着朴实的风采。作者十分成功地以平实而生动的口语巧夺天工地达到绘态状物之目的。俞平伯的同题之作的描写也始终是朦胧的,它不让你的视线拘泥于一景一物,而力图使你去感受当时的气氛,并借此传达作者的感情。令人注目的是,两篇美文着墨较多的是景色渲染,诗情画意,表现了外形的绚丽,但是内涵仍蕴含着素朴,外形之美是为了表现内美。因为构成意境的主要成分仍然是两个青年作家的内心世界——一个"受了道德律的压迫",一个因"尊重着她们"而拒绝了歌女的唱歌,尽管各自所持的理由不同,而内心的矛盾冲突则是一致的,正是这种内在的矛盾冲突,加上秦淮河夜晚的迷惘的景色,才构成了两篇美文的平淡的诗的意境。

在早期散文创作中,有人常把朱、俞并称,其所以说并称,在我看来,即他们同属于"白马湖散文流派"。他俩散文的艺术特质是共通的,都具有平淡之美。只不过朱氏显得纯正素朴,而俞氏平和冲淡。特别是同写《桨声灯影里的秦淮河》这篇散文的时候,他俩同属冲和清淡一

---

[1] 浦江清《朱自清先生传略》,文载《国文月刊》第72期,1948年10月10日出版。

路。朱自清说:"我的写作大体上属于朴实清新一路。"[1] 这便是散文"白马湖派"风格的自我注脚。"以后,俞平伯是有一回向繁缛一方面发展的时代,直到《燕知草》将写成的时候,才回头追求那朴素的趣味,而二者又重复有些接近起来。"[2]

值得一提的是,《桨声灯影里的秦淮河》两篇同题佳作,同时揭载于 1924 年 1 月 25 日出版的《东方杂志》二十一卷第二号上。

无独有偶。朱自清的《儿女》和丰子恺的《儿女》,又同刊于文学研究会刊物《小说月报》19 卷第 10 号上。说也巧,这两位曾一块儿在白马湖畔执教并情投意合的同龄文友,此时已届三十岁,且都有五个子女。两篇同题散文都写了天真儿童的日常表现;都写了父子间的骨肉之情,也都写到长辈对下一代教育的殷殷责任心。同一流派其创作题材的相接近,于此可见一斑。当然,同派作家的个人心绪每每也有不同,在《儿女》中,丰子恺对子女流露出更多的欣喜和赞美,而朱氏则使人更多地感受到他苦于子女累赘的困苦处境以及其自谴自责的痛悔之情。不过,这只是表达情绪所取的角度不同,作者为的是给情绪寻找一种最佳的流动形式,而为文之意则正是作者对儿女至为深重的情爱。1945 年 7 月,丰子恺从重庆到成都去开画展,与阔别二十年的朱自清重逢,老友相见,共话沧桑,感慨万千,朱作诗抒怀,其中一绝云:

  应忆当年湖上娱,天真儿女白描图,

  两家子侄各笄冠,却问向平愿了无?[3]

---

[1] 朱自清《写作杂谈》,见《朱自清全集》第二卷,江苏教育出版社,1988 年 8 月版。

[2] 阿英《朱自清小品序》,文载《现代十六家小品》,天津市古籍书店影印,1990 年 8 月第 1 版。

[3] 诗见朱自清《卅四年夏,余自昆明至成都。子恺亦自重庆来,晤言欢甚,成四绝句》,载《朱自清研究资料》,朱金顺编,北京师范大学出版社出版。

字里行间显露的钟爱儿女之情,不也正是《儿女》篇什中所表现的文旨吗?两篇佳作语言风格又都显示了一种清隽的美,一种"出水芙蓉,天然去饰"的清美。

朱自清、俞平伯、夏丏尊三人写过同题散文,朱、夏之篇名为《白采》,俞作篇名《眠月》,副题为《呈未曾一面的亡友白采君》。白采是一位尼采式的诗人,出过一本《白采的诗》,内载长诗《羸疾者的爱》,朱自清对诗作过中肯的评价,说诗的抒情主人公是作者的自托,颇受尼采哲学思想的影响。白采在江湾立达学园教国文,和朱自清、丏师同过事,和平伯通过信,白采不幸病殁,朱、俞、夏皆为之哀念,纪念亡友文中又都表示一种抱愧的心绪:朱氏为《白采的诗》未及完篇而内疚,丏师为对白采的诗未有过"一读的诚意"而抱悔,平伯为未曾晤面只是神交而感慨。一样地抒发惭愧、缺憾之情,抒情的特点又都是一样的真诚、含蓄、适度,对白采的情意都出自肺腑,表示一样的诚挚。抒情适度,浓而不烈,平而不淡,内蕴的都是火一般的真诚的心。稍微不同的是,朱文描述与白采的交往,委婉细腻,此种情缘微微沁出。夏文在记述相交片段时,让人于平凡细微处咀嚼出不平凡的深长隽永的意味来。俞文则紧紧扣住"十三年夏"白采"爱月近来心却懒,中宵起坐又思眠"的诗句,把全部笔墨泼洒到有关"眠月"的种种记事和思考上,从中把彼此至契的神交和作者深切的怀念淋漓尽致地表现而出。在抒情构式上,朱文采用"横贯式",以他对白采未及深交而缺憾之情为中心,连缀有关事情,表达他对白采的哀念。夏文采用"纵贯式",以他对白采的抱憾之情的发展为线索,描述作者对白采人品的认识由表层到深层的过程。俞文则别具一格,并没有大范围地追怀彼此交往的方方面面,也没有只字提及对方的身世经历,而紧扣"眠月"诗句展开叙议,笔墨驰骋之中,表露出白采此联诗带给作者的感触之殊深。三篇佳作,全以口语出之,不事涂饰,一样的清美,宛如白马湖里亭亭净植的出水莲花。"白马湖派"散文,所用的大抵是口语,口语的朴素的色彩,自然的节奏,谈话似的语调,清新隽永。《儿女》《白采》《眠月——呈未曾一面的亡友白采君》便是例证。

"白马湖派"散文,它的艺术特质相合,它的"情种"相同,它的文风相近,上述三组同题散文,委实为我们提供了实证。

(四)

流派的出现可以有多种方式,但流派建于集体则是无疑的。凡文学史上体现一种文学流派的,往往有一个作家群,因为流派是一种群体活动,社团便是作家群落的组织形式。文艺社团的同人一般有着共同的创作倾向和艺术追求,这共通的创作思想和艺术情趣为基础的自觉的结合,即构建成文学流派。散文"白马湖派"成因之一,乃是二十年代散文创作鼎盛期,有一文学社团——文学研究会宁波分会的存在。同人们就在为人生的创作宗旨和清隽平淡的艺术风格上彼此呼应成派。

宁波分会为活跃创作计,主办了自己的同人刊物,作为发表作品的共同园地。共同的文艺刊物,往往成为文学流派的摇篮。宁波分会的同人刊,即是孕育"白马湖派"散文的摇篮,而"白马湖派"散文反过来又展现宁波分会散文创作的成绩。宁波分会所办的同人刊,计有《我们》《四中之半月》《春晖》半月刊和立达会刊《一般》。此外,分会还接编了宁波《四明日报》副刊《文学》,由文研会会员王任叔出任主编,藉以同文研会上海出刊的《文学周刊》相呼应,造成新文学创作之风气。在诸多刊物中,要数《我们》作用和影响最大。该刊由朱自清、俞平伯任主编,刘延陵、丰子恺助编,叶圣陶参与其事。刊物在宁波四中和上虞春晖中学编辑,上海亚东图书馆出版。这本文艺年刊,三十二开本,厚达两百余页。1924年出过一期,题为《我们的七月》,

1925年又出一期，题为《我们的六月》。[1] 这些刊物所发的诗文，多出自于宁波分会的作家群之手。散文更具有"白马湖"清新之文风。上文已引的朱自清的《春晖的一月》，正显现出典型的白马湖风致。全文共两千八百余字，写于1924年4月12日夜，最初刊于《春晖》半月刊第二十七期上，丰子恺专门为它作了插图。作者用大家在《荷塘月色》《绿》等篇里所熟知的那种早春晨曦、晚秋山泉般的细婉笔调写道："出了车站，山光水色，扑面而来；若许我抄前人的话，我真是'应接不暇'了。"于是"我"便开始了春晖的一月。读着这描述湖光山色的如此素净的句子，那清爽之气扑人眉睫，沾人衣襟。不加藻饰，清清淡淡，反倒染出了浓郁的又是幽静的白马湖的风光。"风华从朴素出来"，这正是"白马湖派"散文的艺术特质！

夏丏尊和丰子恺"白马湖风格"的早期散文，似有着师承关系，师生俩为文有许多共通的地方，如文笔之洗练，语言之简洁，韵味之深长隽永，文风之平实素朴，一句话，艺术风格的清淡，表明他们是同属一个散文流派的。诚然，即使是同派作家，他们各自也是有其艺术个性的。丰子恺比较达观，因而他的文笔潇洒，有多一点的趣味。丏师一生悲天悯人，他的文章看似超逸，实则更为深沉。即以那篇《猫》为例吧，他哪里是在写猫，不是通过这个小动物着重在写人，写人与人之间的感情吗？他的代表作《白马湖之冬》，更可称一篇正宗的"白马湖风味"的散文。该文通篇扣住最能表现白马湖冬的情味的"风"着笔，写得诗情浓郁，而文风又是那样的清隽。正是由于这篇佳作，使得白马湖从此出了名，散文"白马湖派"也因此有了与其艺术特质相吻合的名称。

如上所述，"白马湖派"散文的艺术特质可概括为"清"与"淡"两字。这个"清"字，不只是指文字清秀、素净，恐怕连作文者人格的高洁、思

---

[1] 参见拙作《朱自清在宁波事迹考——兼及上虞白马湖》。

想的纯正、感情的诚挚都包含在里面才是。

读着朱自清发表于《春晖》的文字,如《刹那》等篇,处处可见其所采取的狷者的生活态度和务实的风格,严肃认真地对待人生的作风,以及主张要抓住现实、珍惜光阴,使之成为完美历程的人生哲学。

读着夏丏尊发表在《春晖》上的文字,诸如《读书与瞑想》等篇,处处可见其真诚耿介的人品,严谨认真的作风,以及由于执着人生而产生的忧郁。

读着丰子恺刊登在《春晖》《四中之半月》与《我们》上的文字和画稿,诸如文稿《美的世界和女性》,漫画稿《人散后,一钩新月天如水》,可见其作为一个多才多艺的艺术里手活跃的丰姿,也可见其一生献身于美学事业,孜孜矻矻于美育教学的风范。

完美的人格力量,纯正、朴实的新鲜作风,可以说是"白马湖派"散文"清淡"中"清"之内在因素。至于那个"淡"字,即为淡泊。人与自然接近,媒介就是淡泊,所谓"出乎自然""不事雕饰",自然本身是最平淡的,所以也是淡泊沟通了人与自然的关系。人与自然的接近就可在形而上的基础上构建自己的意象世界。朱氏的《春晖的一月》中所说的"物我双忘"之境,表明他的散文创作常常在自然身上发现自己、寄托自己,也即在一种"静虚"之境"陶钧文思",力求经过这一"静虚"气氛的过滤,使自己的心理感受染上自然的静趣。这种醉景入情、融情于景的艺术手法,实非淡泊心境而不能为。写散文是朱氏人生的一种爱好,也是他淡泊心绪的释放。夏丏尊做人作文不尚浮华,而造平淡。他说:"人生不单因了少数的英雄圣贤而表现,实因了蚩蚩平凡的民众而表现的。"[1]平凡踏实,默然用命,构成他忧国忧民的人生。他从无官欲,不为名缰利索所缚。1912年一次普选中,为不愿当选计,竟将原字"勉旃",改为"丏尊",以期别人在选票上错写"丐"字而成废票。

---

[1] 夏丏尊《读书与瞑想》,文载《夏丏尊文集》(平屋之辑),浙江人民出版社,1983年2月版。

丰子恺受着其师李叔同"背光"的照耀,以出世的态度做着入世的事业,作品与人品透视着他的淡逸的心境,因而他的画是素淡隽永的,他的文不求辞藻的繁华,而是"寄至味于淡泊"。五四以来,中国文学艺术与政治关系扣得过紧,而这三位散文作家走的基本上是平民的文艺家道路,他们的平民文化个性得到坚持和张扬,他们的散文因此具有平和、清淡的风格。

同派作家往往好把艺术特质相通之作,刊登在他们的同人刊物上,同人刊物的共通的宗旨,也决定它必然多发同派的作品。这一文学现象表明,同人刊物确是孕育文学流派的摇篮。文研会宁波分会的同人刊物,主要是《我们》和《文学》,这一刊一报是文研会宁波分会作家群"为人生"的文学主张和态度的最显豁的揭橥,它为促进"白马湖派"散文萌发、勃起、形成以至发展,尽了自己的责任和努力。

(五)

"白马湖派"散文的清淡风格的形成,似与夏丏尊、丰子恺等人的佛缘有关,据朱光潜回忆:当时他们一帮朋友都很苦闷,大家都想找条出路。他与朱自清、夏丏尊等先生也看过一点佛书,因而对丰(子恺)先生追随所敬仰的老师李叔同信佛,"并不感到奇怪"。[1] 丰子恺确以居士自律,终身素食,法名"婴行",《缘缘堂随笔》的淡泊,岂能与佛缘无关?

丰之散文创作始于1922年,其时正在春晖中学、宁波四中执掌教鞭,舌耕之余,矻矻于笔耕,所成散文后来便结集在《缘缘堂随笔》中。缘缘堂即为李叔同所名所书。佛家讲求一个缘字,佛前拈阄所得,自然颇带佛家气息,《缘缘堂随笔》的恬淡清脱、隽永疏朗,正是丰氏恬淡

---

[1] 毕克官《朱先生与丰先生》,载《新民晚报》1986年6月16日第6版。(按:朱先生系朱光潜,丰先生系丰子恺)

人格的自然流露。

丰师承李叔同，宗教意蕴极浓，但他以出世的精神从事入世之事业，因而他的文字每每在貌似淡泊的情趣中掺和着对世人、世事、世物的隽永的挚爱。这可从《缘缘堂随笔》中的《杨柳》篇得以印证，丰氏认为，"杨柳的主要美点，是其下垂"，"越长得高，越垂得低。千万条陌头细柳，条条不忘根本"。而不同于有些"枝叶花果蒸蒸日上"，"只图自己光荣，而绝不回顾处在泥土中的根本"。由此可以看出，丰子恺所赞赏的是被人看作"最贱"却"高而不忘根本"的世人、世事。这里也折射出丰氏于功名极淡、于名利无缘的淡泊心境，此种心绪与他性格深层的宗教情结有缘，而为文作画，作为此种心绪的放释，所成作品自然显得清幽玄妙，并且不时缭绕着那袅袅的"香篆"的烟息。

夏丏尊与李叔同是畏友，译过原为巴利文的南传大藏经、本生经的故事，与佛教颇有缘分。但他的皈依佛教，是企图从佛教教义中求得一些对社会问题的解释。他说："佛学于我向有兴味，可是信仰的根基迄今还没有建筑成就。"[1]难怪乎李叔同说他"执着于'理'而忽略了'事'"，夏丏尊自己也相信事理不一，可见他并未真正遁入空门。他从不把佛经当作现实的避难所，却不惮于直面社会的罪恶而给予有力的揭露和抨击，早期散文中的格调十分激越之作，盈满着他的战斗激情，展现一种全新的思想境界。然而从总体看，也像他的人生从绚烂转向平淡一样，他的散文由清丽复归于平淡。《平屋杂文》中《猫》《蟋蟀之话》《白马湖之冬》《幽默的叫卖声》等篇什，显然是他内心生活的真诚流露，同他平生的处世性格一脉相承。"平屋"之名，既为纪实，亦同样含有"平淡"之义。其名"丏"字，按《说文》之解，可释为"不见也，像雍蔽之形"，又显示出他"不汲汲于富贵"，愿为布衣的本意。夏氏散文平淡风格的造成，最终还是受佛教文化的熏染所致。众所周知，佛经

---

[1] 夏丏尊《我的畏友弘一和尚》，载《夏丏尊文集》(平屋之辑)，浙江人民出版社，1983年2月版。

中的思想、语言、故事、音节都可对文学产生影响,为文学带来新的观念、新的意境和新的遣词造句方法。佛经的文体特点,如不用骈文家之绮词丽句,讲究质直与通俗,显然予丏尊的散文创作以很深的影响,因而他的散文质朴而淡雅,清爽而自然,不多修饰却情味隽永。像《〈爱的教育〉译者序言》,写得如一泓清水,明澈见底,似乎正在静静地流淌,细细品来,却潜藏着感情的漩涡和洄流。这类"平淡"之作,比之那些堆砌和雕琢辞藻的文章来,自然更经得起咀嚼和回味。

如果说丰子恺、夏丏尊是居士,这对他们散文清淡风格的成因有一定缘结的话,那么,李叔同之成为弘一法师,他的散文更显出一种岑寂的平淡。这是绚烂之极而复归于平淡的典范之作。李之文格清淡实决定于他的心境的淡泊。他成为法师,不曾高竖法幢,以示现大法师的威仪,也不曾做名山大刹的方丈住持,而是局促于闽南,间或驻足白马湖畔的"晚晴山房",就这样做了平凡的和尚。一个苦修律宗的头陀,他之所作自成一种极端岑寂的平淡,这是一条从绚烂转向平淡的道路,而且他的绚烂是最华丽的绚烂,他的平淡也是最岑寂的平淡。

总之,丰子恺、夏丏尊、李叔同的散文的清淡风格,是他们恬淡人格的袒露,他们身上所洋溢的恬淡感也正是越地文化最和谐的产物。

文学史上任何一个创作流派,之所以能在当时形成或被后人"追认",都必须有一个能体现该流派创作倾向上的某些共性特点的主要"交会点"。散文"白马湖派",作为二十年代初中期的一种客观存在的文学现象,它是创作倾向、艺术风格大致相似和相近的"为人生"派作家群的结合,是以朱自清、夏丏尊、丰子恺为轴心,团结一批志同道合者或师承者的自然形成。这个创作群体的结成自以他们的思想倾向、作品的艺术特质、作家的审美情趣和生活经历以及作家所处的时代、地域、社团、作品所发的同人刊物为基因,并以此为因素的必然或偶然的"交会"。本文仅就"交会点"的诸方面做了一点考索研究,以一管之见,祈方家赐教。

一九九一年六月

论现代散文"白马湖派"

现代文学的第一个十年（1917–1927年）中，散文先声夺人，成绩最为绚烂："有种种的样式，种种的流派，表现着，批评着，解释着人生的各面，迁流曼衍，日新月异。"[1] 这当中，文学研究会宁波分会作家群创作的散文，以其卓然有成的样式，自成一派的格调，尽了"对于旧文学的示威"，为打破"美文不能用白话"的论调做出了自己应有的努力和贡献。那些佳作，虽在思想上、艺术上已不免受到时代的挑战，但在历史天平上仍不失其应有的价值；虽历经岁月的风化，而仍未损其丝毫的辉光。其名篇佳构被广泛地选进海峡两岸的中学语文课本与一般选本，作为范文和保留之作，便是一个明证。尤为甚者，台港澳当代散文作品，明显地有着这种艺术风格影响的痕印。台湾著名作家杨牧曾列举散文作家的名字，诸如林文月、丛苏、许达然、王孝廉，以印证这一风格散文的隔海曼衍。[2]

也许宁波分会作家群当年写散文的时候，不曾有过要创一个什么文学流派的想头，然而从散文的艺术特质、作家的创作思想和审美情趣、生活经历以及时代、地域、社团、刊物诸多因素综合考察，二十年代初中期，宁波分会的散文创作，确确实实已构成独具一格的以清淡为艺术风格的散文流派。由于那些散文文格洁净，文味清淡得如白马湖

---

[1] 朱自清《〈背影〉序》，见《朱自清全集》第二卷，江苏教育出版社，1988年8月版。

[2] 杨牧编《中国近代散文选》，台北洪范书店印行，1984年8月版。

的湖水,加之作家此时都生活在上虞白马湖畔,我们姑且称它为"白马湖派"。这是客观存在的文学流派,是"人生派"的散文支脉。纵然它未被适时地发现、认识,但却是不容抹煞的,迟早要被人确认。诚如郁达夫所说:"原来文学上的派别,是事过之后,旁人(文学批评家)添加上去的名目,并不是先有了派,以后大家去参加,当派员、领薪水、做文章,像当职员那么的。"[1] 当然,它不是人为地主观地划分出来的,它是自然形成的,是处于同一时代要求、文学风尚和作家美学追求的结晶,又通过作品确实已形成的共通的艺术风格的特征来揭示的。

提出散文白马湖派的缘起,乃是偌大一部文学流派纷呈和消长的历史书卷中,竟然没有该派的一席之地,故而要为它争个"席位"。事实上,现代散文"白马湖之群"(文研会宁波分会)和"语丝的美文之群"(语丝社)已成南北汇合("语丝"之取名,便是顾颉刚带去的宁波分会所办的《我们的七月》中找来的;语丝时期周作人又不脱浙东人的气质,赞赏浙东文化的飘逸与深刻,希望写出平水的山光,白马湖的水色[2]),从而构建了二十年代散文鼎盛期以周作人为领袖的清淡小品散文的"一个很有权威的流派"。[3] 而作为构成大派的一翼,散文白马湖派的存在价值及其创作经验的开掘,对于现代散文研究和当代散文创作,在开放和多元中发展,将产生不可漠视的特殊意义。

---

[1] 郁达夫《〈中国新文学大系·散文二集〉导言》,见《郁达夫散文集》,浙江文艺出版社,1985年5月版。

[2] 周作人《雨天的书·自序二》《地方与文艺》《旧梦》,文载《周作人早期散文选》,许志英编,上海文艺出版社,1984年版。

[3] 阿英《〈俞平伯小品〉序》,文载《现代十六家小品》,天津市古籍书店影印,1990年8月第1版。

（一）

　　散文白马湖派是以富有特征的地域——浙江上虞春晖中学所在地白马湖称名的。在文学研究会全盛期的二十年代初中期，"人生派"作家夏丏尊、朱自清、丰子恺、刘延陵、朱光潜、刘薰宇、刘叔琴及俞平伯、叶圣陶等适在春晖任教或讲学，他们多在宁波省立第四中学兼掌教鞭，后又到立达学园义教，故有人称之"轮船老师""火车教员"。一周之中，三天在白马湖畔，另三天在宁波奉化江边，1925年又先后赴江湾义教，就这样碌碌三校而不辞劳瘁。虽然重任在肩，但是由于当时的春晖、四中和立达都浸润着"五四"新文化的精神，文化氛围诗意沛然，故而他们都乐此不倦。尤其是春晖园，由于家眷耽此，彼此相聚便愈多。正如朱光潜所说的，学校范围不大，大家朝夕相处，宛如一家人。白马湖即成了中国新文化开创期的一个文学沙龙。

　　白马湖三面环山，碧水如天，那里始终氤氲着一种诗情画意，朱自清对它有过这样的描写：

　　　　白马湖的春日自然最好。山是青得要滴下来，水是满满的、软软的。小马路的两边，一株间一株地种着小桃与杨柳。小桃上各缀着几朵重瓣的红花，像夜空的疏星。杨柳在暖风里不住地摇曳。在这路上走着，时而听见锐而长的火车的笛声是别有风味的。在春天，不论是晴是雨，是月夜是黑夜，白马湖都好。——雨中田里菜花的颜色最早鲜艳；黑夜虽什么不见，但可静静地受用春天的力量。[1]

---

[1] 朱自清《白马湖》，初载《清华周刊》第468期（1929年11月1日）。

就在这红树青山之中，村舍式教师居屋幢幢，丏师的"平屋"与朱自清一墙之隔，丰子恺和刘薰宇是贴邻，他的"小杨柳屋"和"平屋"也相去不远，丰氏与他的老师李叔同的"晚晴山房"，又为毗邻，邻近的又有经亨颐的"长松山房"。他们不啻在校内，而且在寓所里，以商榷、切磋为乐。"谈文学与艺术，谈东洋与西洋，海阔天空，无所不谈"。[1]文友关系又非常亲密，朱自清是夏丏尊的创作、译作的最早读者之一，曾两次为夏丏尊的著作作序；丏师把朱氏散文集《踪迹》介绍给上海出版，并与刘薰宇磋商《文章作法》；丰子恺为《踪迹》制作了一个美观而有诗意的封面，朱自清给丰子恺第一本漫画集作序，给他的第二本漫画集写跋；刘延陵帮朱自清助编《我们》，朱自清又同俞平伯、叶圣陶共商编辑事宜。朱光潜时在春晖，他回忆说，"佩弦和丏尊、子恺诸人都爱好文艺，常以所作相传视。我于无形中受了他们的影响，开始学习写作。"[2]他写的《谈动》《谈静》散文，后汇集成《给青年的十二封信》，由夏丏尊介绍出版。私人友情、文字相交，为文之切磋"狂辩"及相互影响，可以说是形成白马湖派的一个基因。

夏丏尊、朱自清执语文教鞭，刘延陵教文化史，朱光潜教英语，刘薰宇教数学（立达时改教国文）、刘叔琴教历史、丰子恺掌教音乐美术，俞平伯、叶圣陶、李叔同、刘大白又来讲学，他们又都弄新文学，性喜写散文。其时适小品散文创作鼎盛之时，所发散文多为个性解放意识觉醒之作，抒我之情，言我之志，把个人的"人格"当作散文的"第一要件"。就在这"王纲解纽、处士横议"的大气候下，散文百体纷呈，孳乳繁衍。"五四""即兴的言志"美文芬芳满熏着白马湖畔，他们一班人自然倍受这种文学风尚的传染。这显然也是散文"白马湖派"的一个成因。

朱自清似乎特别欣赏这段以文会友的历史，这可从他作于白马湖

---

[1] 丰华瞻《朱自清与丰子恺》，载《西湖》，1983年第9期。
[2] 朱光潜《敬悼朱佩弦先生》，载《文学杂志》第3卷第5期，1948年10月版。

畔的《题石鼓图》一诗中得以印证。诗是他为温州十中老友马公愚作的《石鼓图》的题跋：

  文采风流照四筵，每思玄度意悠然。
  也应有恨天难补，却与名山结善缘。[1]

  玄度，为东晋著名的玄学诗人许询。《晋书》卷七十九《谢安》云：谢安寓居上虞东山时，曾与王羲之及高阳许询、桑门支遁等交谊，"出则渔弋山水，入则言咏属文"，形成盛极一时的玄言诗派。该派诗人每每通过山水来体会玄理，游踪所至，凡有所作，必聚会咏吟。朱自清极慕他们当年的情趣，故写诗以记之。此中也隐约地折射出白马湖同人"言咏属文"的情致。玄言诗派中，许询、孙绰、王羲之是一时文宗，是时诗赋前每缀以小序，如孙绰《游天台赋序》、王羲之《兰亭集序》，并为佳构，小品散文也因此破土而出，初露端倪；朱氏尤重许询，因为许之诗文清高远致，人品又以高迈著称，此与朱文格、人格相契合，也同"白马湖派"淡远清隽文风颇为协调。

（二）

  作为一个文学流派，他们的艺术作品自有大致趋同的创作风格。尽管作家写作时并不想到他要当什么派，但他的审美情趣，他的文艺观点以至创作倾向，无形中还是支配着他，使他写出艺术风格相似或相接近的文艺作品。"白马湖派"作家群，他们没有人想搞一个什么派，但他们作品的题材、风格、语言，却实实在在地满熏着白马湖的浓郁的"土气"。这种"土气"乃是作品的艺术特质之所在。

---

[1] 参见拙作《抒写对人生的观感——朱自清写于宁波诗文考析》。

考"白马湖派"散文的艺术特色,属于清淡之体,即清隽平淡是也,这并非平铺直叙,这淡亦非玄言诗那样"淡乎寡味",这种平淡是铅华落尽后的天然风姿,是绚丽灿烂之极后的返璞归真,是合乎天地万物节律的天籁。此种韵味隽永的清淡美大抵是"白马湖派"散文的艺术共性,自然他们又有着自己的风格。风格成于个人,流派建于集体。凡属于同一流派的作家必然在各人风格的基础上,表现出共同的东西,必然在众多的独特风貌中显示出大体一致的美学趋向,一种共通的美学追求。白马湖水那样的清淡,正是他们艺术上的共同追求点。他们各人的创作风格固然各呈特色,但都内涵着清隽淡泊的共同性的神韵风骨,一种清淡美的基本形态。

朱自清的写作大体为朴实清新一路,他的散文诚如钟敬文在《柳花集》中所评,"另有种真挚清幽的神态",此种"清幽"正是白马湖"土气"所在。夏丏尊"平屋杂文",在平实而清淡的文笔中,构思严谨,在曲折的层次和波澜中,蕴含着浓郁的情致,深远的遐想。此中平淡正有着白马湖的"土气"。丰子恺散文,郁达夫评之为"清幽玄妙",[1]还弥漫着宗教香火的烟息,他师承李叔同,李风格幽微淡远得很,他是由绚烂之极而回归于平淡。丰氏之清幽,正像赵景深所说,"只是平易的写去,自然就有一种美,文字的干净流利和漂亮,怕只有朱自清可以和他媲美。"[2]这是因为都涵盖着白马湖的"土气"。至于俞平伯、刘延陵、朱光潜乃至叶圣陶,他们的散文似乎也属平淡之体,其中不乏清顺自然之"土气"。白马湖作家群的各自风格上表现出共同的东西,即大体一致的艺术特质,便是形成白马湖派的基础。

这一散文流派,以"白马湖"名之,可谓贴切精到之至。白马湖娟秀清幽,自然天成。白马湖派散文,清隽淡远,不事雕琢。两者是天衣

---

[1] 郁达夫《〈中国新文学大系·散文二集〉导言》,见《郁达夫散文集》,浙江文艺出版社,1985年5月版。

[2] 赵景深《丰子恺和他的小品文》,文载《人间世》第30期。

无缝的吻合,也是心有灵犀的相通。

（三）

"白马湖派"散文作家群落之中,朱自清和夏丏尊一样,是"领导着文坛"的。他的散文,被誉为"白话美术文的模范"。[1]二十年代前期写的《桨声灯影里的秦淮河》《温州的踪迹》,如果说主要体现了一种绚烂之美,其后的《背影》《儿女》,则更多显示一种平淡之美。记得苏东坡曾对诗文提出过"绚烂之极归于平淡"的要求,所谓文章"渐老渐熟,乃造平淡,其实不是平淡,乃绚烂之极也",若以此来概括朱氏散文风格及其嬗变趋势,真是再合适不过的了。绚烂与平淡的和谐统一,绚烂向平淡的复归转移,这正代表了朱自清散文的"白马湖风格"的总体特点,是白马湖自然环境和生活的清幽淡泊,促成了这种复归和转移,使他的散文进入一个更高的美学层次。朱氏的那些绚烂之作,文中所描述对象妩媚而不甜俗,清丽而不浮艳,文章深深地楔入人们心坎的还是作者感情的淡淡的真挚的内美。如《桨声灯影里的秦淮河》虽是一幅秀美的工笔画,但娟秀之中却不时闪烁着朴实的风采。作者十分成功地以平实而生动的口语巧夺天工地达到绘态状物的目的,给人以赏心悦目之美。如果说朱文是一幅工笔画,那么,俞平伯的同题之作则是一幅写意画。他的秦淮河,虽然其中不乏精彩的描写,但仔细观摩便会发现,这些描写始终是朦胧的,它不让人的视线拘泥于一景一物,而力图去感受当时的气氛,并借此传达作者的感情。令人注目的是,两篇美文着墨较多的是景色渲染,诗情画意,表现了外形的绚丽,但是内涵仍蕴含着素朴,外形之美是为了表现内美。因为构成意境的主要成分仍然是两个青年作家的内心世界——一个"受了道德律的

---

[1] 浦江清《朱自清先生传略》,文载《国文月刊》第72期,1949年10月10日出版。

《桨声灯影里的秦淮河》

压迫",一个因"尊重着她们"而拒绝了歌女的唱歌,尽管各自所持的理由不同,而内心的矛盾冲突则是一致的,正是这种内在的矛盾冲突,加上秦淮河夜晚的迷惘的景色,才构成了两篇美文的平淡的诗的意境。所不同的,"如用作者自己的话来仿佛,则俞先生的是'朦胧之中似乎胎孕着一个如花的笑'(《桨声灯影里的秦淮河》),而朱先生的是'仿佛远处高楼上渺茫的歌声似的'(《荷塘月色》)。"[1]

在早期散文创作中,有人常把朱、俞并称。其所以说并称,固有作品上合致的原因,即同属于"白马湖散文流派"。故他俩散文的艺术特质是共通的,都具有平淡之美。只不过朱氏显得纯真素朴,而俞氏清幽冲淡。特别是同写《桨声灯影里的秦淮河》这篇散文的时候,他俩同属于看似浓郁实则清淡一体。朱自清说:"我的写作大体上属于朴实清新一路。"[2] 便是散文"白马湖风格"的自我注脚。"以后,俞平伯是有一回向繁缛一方面发展的时代,直到《燕知草》将写成的时候,才回头

---

[1] 李素伯《小品文研究》,新中国书局,1932 年 1 月出版。
[2] 朱自清《写作杂谈》,见《朱自清全集》第二卷,江苏教育出版社,1988 年 8 月版。

追求那朴素的趣味,而二者又重复有些接近起来"。[1]

值得一提的是,《桨声灯影里的秦淮河》两篇同题佳作,均揭载于1924年1月25日出版的《东方杂志》二十一卷第二号上。

无独有偶。朱自清的《儿女》和丰子恺的《儿女》,又同刊于文学研究会刊物《小说月报》十九卷十号上。说也巧,这两位曾一块儿在白马湖畔执教并情投意合的同龄文友,此时已届三十岁,且都有五个子女。两篇同题散文都写了天真儿童的日常表现,都写了父子间的骨肉之情,也都写到长辈对下一代教育的殷殷责任心。同一流派其创作题材的相接近,于此可见一斑。当然,同派作家的个人心绪每每也有不同,在《儿女》中,丰子恺对子女流露出更多的欣喜和赞美,而朱氏则使人更多地感受到他苦于子女累赘的困苦处境以及其自谴自责的痛悔之情。不过,这只是表达情绪所取的角度不同,作者为的是给情绪寻找一种最佳的流动形式,而为文之意则正是作者对儿女至为深重的情爱。1945年7月,丰子恺从重庆到成都去开画展,与阔别二十年的朱自清重逢,老友相见,共话沧桑,感慨万千,朱作诗抒怀,其中一绝云:

> 应忆当年湖上娱,天真儿女白描图,
> 两家子侄各弁冠,却问向平愿了无?[2]

字里行间显露的钟爱儿女之情,不也正是《儿女》篇什中所表现的文旨吗?两篇佳作的艺术风格又都显示了一种平淡而清隽之姿,一种"出水芙蓉,天然去饰"的清美。这是一种有着出淤泥而不染的纯净,与初日相映焕的新鲜,如天地所造就的自然,以及同朝气共氤氲的明

---

[1] 阿英《朱自清小品序》,文载《现代十六家小品》,天津市古籍书店影印,1990年8月第1版。

[2] 诗见朱自清《卅四年夏,余自昆明至成都。子恺亦自重庆来,晤言欢甚,成四绝句》,载《朱自清研究资料》,朱金顺编,北京师范大学出版社出版。

爽的美。

朱自清、夏丏尊、丰子恺、俞平伯、叶圣陶五人写过同题散文，朱、夏、丰、叶之篇名为《白采》，俞作篇名《眠月》，副题为"呈未曾一面的亡友白采君"。白采是一位尼采式的诗人，出过一本《白采的诗》，内载长诗《羸疾者的爱》，朱自清对诗作过中肯的评价，说诗的抒情主人公是作者的自托，颇受尼采哲学思想的影响。白采在江湾立达学园教国文，和朱自清、丏师、叶圣陶同过事，和平伯通过信，白采不幸病殁，朱、夏、丰、俞、叶皆为之哀念，纪念亡友文中又都表示一种抱愧的心绪：朱氏为《白采的诗》未及完篇而内疚，丏师为对白采的诗未有过"一读的诚意"而抱悔，丰氏为"从前不去望望他，同他谈谈"而懊恼，平伯为未曾晤面只是神交而感慨，叶圣陶则为禁不住白采的阻拦未能陪他出城游虎丘而遗憾。一样地抒发惭愧、缺憾之情，抒情的特点又都是一样的真诚、含蓄、适度，对白采的情意都出自肺腑，表示一样的诚挚。抒情适度，浓而不烈，平而不淡，内蕴的都是火一般的真诚的心。稍微不同的是，朱文描述与白采的交往，委婉细腻，此种情缘微微沁出；夏文在记述相交片段时，让人于平淡细微处咀嚼出不平凡的深长隽永的意味来；丰文写为白采饯别竟成永别的情绪涌动；叶文叙写与白采的交谊种种，字里行间充盈着丝丝缕缕的挚情；俞文则紧紧扣住"十三年夏"白采"爱月近来心却懒，中宵起坐又思眠"的诗句，把全部笔墨泼洒到有关"眠月"的种种记事和思考上，从中把彼此至契的神交和作者深切的怀念淋漓尽致地表现而出。在抒情构式上，朱文采用"横贯式"，以他对白采未及深交而缺憾之情为中心，连缀有关事情，表达他对白采的哀念。夏文采用"纵贯式"，以他对白采的抱憾之情的发展为线索，描述作者对白采人品的认识由表层到深层的过程。叶文纵横互用，着意追思他与白采交谊的点点滴滴。丰文只略述白采来他家道别小事一桩，让怀念情感在散淡中自由流布。俞文则别具一格，作者并没有大范围地追怀彼此交往的方方面面，也没有只字提及对方的身世经历，而紧扣"眠月"诗句展开叙议，笔墨驰骋之中，表露出白采此联诗带给作者的感触之殊深。五篇佳作，全以口语出之，不事涂饰，一样的清美，宛如白马湖里亭亭净植的出水莲花。白马湖派散文，所用的大抵是口语，口语的朴素的色彩，自然的节奏，谈话似的语调，是一律的清隽的韵味，《儿女》《白采》《眠月——呈未曾一面的亡友白采君》便是例证。即使有些篇什如《桨声灯影里的秦淮河》《温州的踪迹》，调和优美的辞藻于一起，看似文字瑰丽，外形很美，然而我们感着的"内美"，也还是那样的自自然然，并非是人工的雕饰和涂绘。这是清淡和腴润的对立统一，清淡而不寡味，腴润而不肥腻。不过是统一于清淡，而不是统一于腴润，因而这些篇什本质还是清淡，内涵还是朴素，所谓"腴厚从平淡出来"亦即此意。

白马湖派散文，它的艺术特质相通，她的"情种"相同，她的美学倾向的一致，上述三组同题散文，委实为我们提供了实证。

（四）

流派的出现可以有多种方式，但流派建于集体则是无疑的。凡文学史上体现一种文学流派的，往往有一个作家群，因为流派是一种群体活动，社团便是作家群落的组织形式。社团同人一般有着共同的创作倾向和艺术追求，这共通的创作思想和艺术情趣为基础的自觉的结合，即构建成文学流派。散文"白马湖派"成因之一，乃是二十年代散文创作鼎盛期，有一个文学社团——文学研究会宁波分会的存在。[1]同人们就在"为人生"的创作宗旨和清隽平淡的艺术风格上彼此呼应成派。

宁波分会为活跃创作计，主办了自己的同人刊物，作为发表作品

---

[1] 参见拙作《关于文学研究会宁波分会》。

的共同园地。共同的文艺刊物,往往成为文学流派的摇篮。宁波分会的同人刊,即是孕育白马湖派散文的摇篮,而"白马湖派"散文反过来又展现宁波分会散文创作的成绩。宁波分会所办的同人刊,计有《我们》《四中之半月》《春晖》半月刊和立达会刊《一般》。此外,分会团体组织雪花社办了社刊《大风》,后又在白马湖畔创办《山雨》文艺刊,还接编了宁波《四明日报》副刊《文学》,由王任叔、张孟闻出任编辑,借以同文研会上海出刊的《文学周刊》相呼应,造成新文学创作之风气。在诸多刊物中,要数《我们》文化品位最高。该刊为朱自清、俞平伯主编,刘延陵、丰子恺助编,叶圣陶参与其事。刊物在宁波四中和上虞春晖中学编辑,上海亚东图书馆出版。这本文艺年刊,三十二开本,厚达二百余页。1924年出过一期,题为《我们的七月》,1925年又出一期,题为《我们的六月》。[1] 这些刊物所发的诗文,多出自于宁波分会的作家群之手。散文更具有"白马湖"清新之文风。朱自清的《春晖的一月》,风格别致,自成体式,正显现出典型的白马湖风致,全文共两千八百余字,写于1924年4月12日夜,最初刊于《春晖》半月刊第二十七期上,丰子恺专门为它作了插图。作者用大家在《荷塘月色》《绿》等篇里所熟知的那种早春晨曦、晚秋山泉般的细婉笔调写道:"出了车站,山光水色,扑面而来;若许我抄前人的话,我真是'应接不暇'了。"于是"我"便开始了春晖的一月:

> 走向春晖,有一条狭狭的煤屑路。那黑黑的细小的颗粒,脚踏上去,便发出一种磨擦的骚音,给我多少清新的趣味。而最系我心的,是那小小的木桥。桥黑色,由这边慢慢地隆起,到那边又慢慢的低下去,故看去似乎很长,我最爱桥上的栏杆,那变形的 纹的栏杆,我在车站门口早就看见了,我爱它的玲珑!桥之所

---

[1] 参见拙作《关于文学研究会宁波分会》。

以可爱,或者便因为这栏杆哩。我在桥上逗留了好些时。这是一个阴天。山的容光,被云雾遮了一半,仿佛淡妆的姑娘。但三面映照起来,也就青得可以了,映在湖里,白马湖里,接着水光,却另有一番妙景。我右手是个小湖,左手是个大湖。湖有这么大,使我自己觉得小了。湖在山的趾边,山在湖的唇边;他俩这样亲密,湖将山全吞下去了。吞的是青的,吐的是绿的,那软软的绿呀,绿的是一片,绿的却不安于一片,它无端的皱起来了。如絮的微痕,界出无数片的绿,闪闪闪闪的,像好看的眼睛。湖边系着一条小船,四面却没有一个人,我听见自己的呼吸。想起"野渡无人舟自横"的诗,真觉物我双忘了。

读着这描述湖光山色的如此素净的句子,那清爽之气扑人眉睫,沾人衣襟。不加藻饰,清清淡淡,反倒染出了浓郁的又是幽静的白马湖的风光。"风华从朴素出来",不正是白马湖派散文的艺术特质吗?

夏丏尊和丰子恺"白马湖风格"的早期散文,似有着师承关系,师生俩为文有许多共通的地方,如文笔之洗练,语言之简洁,韵味之深长隽永,文风之平实素朴,一句话,艺术风格的清淡,表明他们是同属一个散文流派的。自然,即使是同派作家,他们各自也是有其艺术个性的。丰子恺比较达观,因而他的文笔潇洒,有多一点的趣味。丏师一生悲天悯人,他的文章看似超逸,实则更为深沉。即以那篇《猫》为例吧,他哪里是在写猫,不是通过这个小动物着重在写人,写他家兄妹、姑嫂、姑侄之间的一片深情吗?他岂止是在写猫,不是还在写他的白马湖生活的快慰和悲戚吗?他的代表作《白马湖之冬》,更可称一篇蕴涵正宗"白马湖风味"的散文。该文通篇扣住最能表现白马湖冬的情味的"风"着笔,写得诗情浓郁,而文风又是那样的清隽。正是由于这篇佳作,使得白马湖从此出了名,散文白马湖派也因此有了与其艺术特质相吻合的名称。

如上所述,"白马湖派"散文的艺术特质可概括为"清"与"淡"两字。这个"清"字,不只是指语言文字之清秀、素净,恐怕连作文者人格的高洁、思想的纯正、感情的诚挚都包含在里面才是。

读着朱自清发表于《春晖》的文字,如《刹那》等篇,处处可见其所采取的狷者的生活态度和务实的风格,严肃认真地对待人生的作风,以及主张要抓住现实、珍惜光阴,使之成为完美历程的人生哲学。

读着夏丏尊揭载在《春晖》上的文字,诸如《读书与瞑想》《春晖的使命》等篇,处处可见其真诚耿介的人品,严谨认真的作风,以及由于执着人生而产生的忧郁。

读着丰子恺刊登在《春晖》《四中之半月》与《我们》上的文字和画稿,诸如文稿《美的世界和女性》,和那幅疏帘高卷,月儿一弯,照在栏杆和桌子间,桌上杂列紫砂壶和几只茶杯而又阒无其人的漫画稿《人散后,一钩新月天如水》,可见其作为一个多才多艺的艺术里手活跃的丰姿,也可见其一生献身于美学事业,孜孜于美育教学的风范。

完美的人格力量,纯正、朴实的新鲜作风,可以说是白马湖派散文之所以"清淡"中蕴含着"清"味的内在因素。至于那个"淡"字,即为淡泊。人与自然接近,媒介就是淡泊,所谓"出乎自然""不事雕饰",就是说自然本身是最平淡的,所以也是平淡沟通了人与自然的关系。人与自然的接近,才可完满一个人的文格,才可在形而上的基础上构建自己的意象世界。朱氏的《春晖的一月》中所说的"物我双忘"之境,表明他的散文创作常常在自然身上发现自己、寄托自己,也即在一种"静虚"之境"陶钧文思",力求经过这一"静虚"气氛的过滤,使自己的心理感受染上自然的静趣。这种醉景入情、融情于景的艺术手法,实非淡泊心境而不能为。写散文是朱氏人生的一种爱好,也是他淡泊心绪的释放。夏丏尊做人作文不尚浮华,而造平淡。他说:"人生不单因了少数的英雄圣贤而表现,实因了芸芸平凡的民众而表现的。"[1] 平凡踏实,默然用命,构成他忧国忧民的人生。他从无官欲,不为名缰利索所缚。1912年一次普选中,为不愿当选计,竟将原字"勉旃",改为"丏尊",以期别人在选票上错写"丏"字而成废票。丰子恺受着其师李叔同"背光"的照耀,以出世的态度做着入世的事业,作品与人品透视着他的淡逸的心境,因而他的画是素淡隽永的,他的文不求辞藻的繁华,而是"寄至味于平淡"。五四以来,中国文学艺术与政治关系扣得过紧,而这三位散文作家走的基本上是平民的文艺家道路,他们的平民文化个性得到坚持和张扬。他们的散文因此具有平和、清淡的风格。

同派作家往往好把艺术特质相通之作,揭登在他们的同人刊物上,同人刊物的共同志趣,也决定它必然多发同派的作品。这一文学现象表明,同人刊物确是孕育文学流派的摇篮。文研会宁波分会的同人刊物作为分会作家群落发抒情趣的园地,它为促进白马湖派散文萌发、勃起、形成以至发展,尽了自己的责任和努力。

(五)

散文之取材于白马湖,表现于白马湖,这便合成白马湖美丽的散文世界,整个作家群在这绿水环绕、万木扶疏中生息与劳作,他们触景生情,缘情布景,铸为形象,自然也是从白马湖生活美中取境而创境,娟秀的湖光山色,成了涉笔为文的共同题材和表现的同一主题。可贵的是,他们结撰美文,并非是自然主义的模作,而是自出心裁地去寻找表现方式,去曲径通幽、石破天惊地创造一种艺术的胜境。上文所引的朱自清《春晖的一月》便是这样的佳制。朱氏的《白马湖》也写得情浓墨淡,疏密有致,宛如写意画。如写他白马湖的家"湖光山色从门里

---

[1] 夏丏尊《读书与瞑想》,文载《夏丏尊文集》(平屋之辑),浙江人民出版社1983年2月版。

从墙头进来,到我们窗前、桌上",即为暗写。唯其如此,反倒使人感到湖光山色无限,那清新之气扑面而来。

《龙山梦痕》作者王世颖客居于白马湖时所作的抒情述景小品,更为白马湖的美"平添了一份美仑的财产"。他的《既望的白马湖》,精心勾勒了这样一幅白马湖月夜图:

> 我们便在傍水而筑的平台上蹲着……只有一柱散乱的织纹形的月光,隐约还看见鱼儿喽水的泡沫……隔溪一带平原,田畦间一片黝黑,稻叶西倾,俯仰中含有自然浑朴的节奏。稀朗的树木,零落的人家,在清光里显得一切都淡泊、凄绝。再放眼过去,重叠的山峦,壁垒森严似地摆在我眼前。山麓下一粒微光,大概是沿山的小河里渔家的灯火了。月姐依回在两峰之间,整个儿的面庞,全部显露给世人,娇羞一点也没有,柔婉的月,有峥嵘的山头武卫般伺候着伊,比起昨夜海阔天空的伊,威武矫健得多。

整个画面的动静结合,使沉寂静谧的夜景,随着喽水的游鱼,俯仰的稻叶,明灭的渔火,在清幽中弥漫一派生气。

张孟闻所写的《白马湖回忆》,则是笔及春晖校园的胜景和它的浓厚的文化感:

> 上课的教室楼有栏杆的长廊,凭栏眺望,近把湖光,隔湖山色,排空送翠,从垂柳叶丛里掩映到眼前来;有时还有好鸟啼声,婉啭清唤。课余在校内有好友相伴,校外这几家邻居都是书香人家,不是世家,就是老师,而且室内雅洁,四壁图书,垂挂的就是他们和他们友侪的字画,室外是莳花的院落或家常的菜圃,如《陋室铭》所云:"苔痕上阶绿,草色入帘青。谈笑有鸿儒,往来无白丁。"徜徉其间,流连忘归。

俞平伯于1924年春去春晖园探访他的挚友朱自清,后作文《忆白马湖宁波旧游》,写他在夏丏尊家宴后偕佩弦晚归路上(是时朱住在学生宿舍曲院),颇有诗趣:

饭后偕佩笼烛而归,长风引波,微辉耀之。踯躅郊野间,纸伞上沙沙作响,趣味殊佳,惟苦冷与湿耳,归寓畅谈至午夜始睡。

对句散语,错落有致,文辞特有简洁而潇洒的飘逸美,"皆沛然从肺腑中流出"。

夏丏尊的白马湖题材散文,殊有平淡风味。他写白马湖冬天的风,则使人领略冬的情味,"萧瑟的诗趣":

松涛如吼,霜月当窗,饥鼠吱吱在承尘上奔窜。我于这种时候深感到萧瑟的诗趣,常独自拨划着炉灰,不肯就睡,把自己拟诸山水画中的人物,作种种幽邈的遐想。

浓郁的情思,出之以这清疏平淡的文笔。难怪杨牧评此文为"清澈通明,朴实无华,不做作矫揉,也不讳言伤感"。

很显然,这些美文,在写法和趣味上,都不似传统的中国散文的格局;这是他们以自己的个性为根本,融合中西散文美质之创造,着意在表现自我。它比之传统散文,加入了现代人的自我意识;比之西方随笔,调和着东方人的情调,它是"白话美术文的模范"。

白马湖散文作家群除写美文外,还另用一副笔墨,以白马湖生活为文旨撰述说理散文,朱光潜称为"散漫的说理文"。这类文章随意抒写,也无畴范,文如万斛流泉,汩汩而出,有若自然生成似的,然而所表达的旨意却不出白马湖和春晖园。如朱光潜写于春晖园的处女作《无言之美》,诚可谓对春晖学生谈论人生和艺术的"趣味之文"。作者用自己先天的资禀和后学的陶冶,将西方随笔的谈论风格,中国散文的独抒性灵融合在一起,形成其夹叙夹议的散漫抒写体制。再如夏丏尊的《春晖的使命》,以其第二人称的亲切呼唤、文辞的情真意切,活像一篇美文,然通篇所表达的教育思想内涵,却受着二十年代新思潮——新村主义的影响。另像朱自清的《白马读书录》,好似一席温醇的谈话,作者告诉春晖学生,作文要有"味",要有生活。"味是什么?粗一点说,便是生活,纯化的生活!便是个性,便是自我。"谈语中蕴含着温厚的情致。这种感情,如氤氲和气,如清泉流水,洋溢其间,从而产生一种吸引力,聆者犹如沐浴于春风之中。

(六)

散文这种文学样式是"情种"的产物,可说是万变不离其情,不论是事、景、理为主要特征的散文,均应有情贯穿其中,情不贯,文不立。散文,极言之,可称为情文。白马湖派散文,即是情文。作文者的名字简直与他们的情文篇名融于一体,难分难解。提起《背影》《平屋杂文》《缘缘堂随笔》《未厌居习作》《山中杂记》,人们立刻会联想起将自己感情全部浸注其中的作者——朱自清、夏丏尊、丰子恺、叶圣陶、郑振铎。

白马湖派作家十分重视感情对于文学创作的作用。1924年,朱氏针对宁波有人对《我们的七月》的谬评,作了回答:小品散文之吸引人,"最大因由却在情感的深厚"。[1] 同年,他在宁波所做的《我们对于文学的态度》演讲中,又表明自己的创作态度:"觉得感情无谓者,宜节产。"[2] 夏氏也有类似的意见。他认为文学的特征一谓"具象",第二是"情绪",文学作品"把客观事实具象的写下来,使人自己对之发生一种

---

[1][2]《朱自清日记选录》,王瑶选录,载《中国现代文艺资料丛刊》第3辑,上海文艺出版社出版。

情绪，取得其预期的效果。"[1] 丰氏曾指出："艺术的根本原则，是关切人生，近于人情。"[2] 叶圣陶认为"真的文艺品有一种特质，就是'浓厚的感情'。我们若说这是文艺之魂，似乎也无不可。"[3] 郑振铎说：文学的"使命"和"伟大价值"，就在于"通人类的感情之邮。"[4] 感情的冲动，情绪的宣泄乃是白马湖派作家散文创作的缘由，作为沟通人我决不可少的洋溢在文中的情感，要求作家由"情生文""情至而文生"，读者读文才能引起共鸣。我们且不说朱自清读了父亲的来信，感情结郁于中，发之于外，遂成了《背影》不朽之作。即以夏丏尊、郑振铎的《猫》和丰子恺的《白鹅》所写动物而论，也赋予人的感情，前者可谓一曲深情的挽歌，写的是猫，实为借猫写人，写人的感情；后者是怀着"好比为一个永诀的朋友立传、写照"的深情来写这篇散文。"白马湖派"情文的独特处，就在于他们把感情的冲动深深地掩埋在心里，谁也无法觉察；从表层看，作者们只是平实地写他日常生活中的感兴，平淡之极，但平淡之中，蕴藉着深情。他们把深挚的情愫，包容在平常的生活场景中，以清疏平淡的文字出之，有几分动情就陈述几分，既不回避，也不强为渲染宣泄，故作多情。即便如此，我们读者读文，那细到像游丝的一缕情怀，低到像落叶的一声叹息，也能体察得出，且是他们的，不是旁的什么人的。这就是白马湖情文之所以令人动情之处。

散文之为情文，其创作上理所当然地重于作者感情世界的体验、性灵天地的反映。在抓住主观世界表现上，白马湖派散文作家似有共通之处，他们都精确把握三个关键——一是将自己内心世界的体验和表现，置于真实的天平上；二是在这种体验和表现中，不懈地去追

---

[1] 夏丏尊《文学的力量》，文载《夏丏尊文集》（平屋之辑），浙江人民出版社，1983年版。

[2] 陈星《"曲高和众"——丰子恺散文管见》，载《西湖》1983年第9期。

[3] 叶圣陶《文艺谈》，上海文艺出版社，上海文艺出版社，1982年版。

[4] 郑振铎《新文学观的建设》，载1922年5月11日《文学旬刊》第37期。

求人格的完善;三是在表达这种内心体验的语言形式上,力求美的升腾——即捕捉心灵世界对真善美的感动和追寻。

"求真",此为白马湖派作家群所刻意追求的。他们以真挚的感情,写自己的所见所思所感,求得逼真的艺术效果,以形成散文的率真的特色。朱自清散文,力求人情之"真",他的《给亡妇》《儿女》《白采》等篇什,都出诸真情,把那真诚的灵魂捧出来给读者看。郑振铎襟怀坦白,与世故无缘,他写散文不隐匿,不虚伪。丰子恺为人率真坦诚,他的早期散文《渐》《秋》等篇中毫不掩饰地表示对"无常"的慨叹,对人生的悲观。这些文章即是他的整个好真心灵的表露。夏丏尊特别强调:"应当把真心装到口舌中去",他的散文是他真心和真情的坦率流露。叶圣陶对朋友的感情坦率而诚挚,这种真情在散文中得以充分表现,《与佩弦》堪为代表作。他们几个人在创作散文时,都将自己内心世界的体验和表现,时刻置于真实的天平上,真挚地写出真情来。

"求善"。白马湖派作家群坚持了散文创作的真挚性,这就可以很好地通向善的终极。此乃由于真挚的感情本身,包含着善的因素。他们执着生活,修炼人格,在散文中抒发一种乐善好真的情感,展示一种高尚的内心生活,思考人生怎样走向更为美好的精神境界。白马湖派散文家之美好人格,即是由于他们性格中有那种"善"的因素。

"求美"。丰子恺说:"圆满的人格好比一个鼎,真善美好比鼎的三足。真善为美的基础,美是真善的完成。真善生美,美生艺术。"[1]可见,由"三足"支撑起来的"人格"这个"鼎"是一种复合建构,三者缺一不可,合则鼎存,分则鼎亡。表现完美人格的散文的文格也是如此,"真"是文之灵魂,"善"是文之气脉,"美"则是"真善"的完成。此三者相济,便完满了散文的文格。白马湖散文求美之升腾,体现在它有一种朴素而优美的语言,这种语言具有流畅、纯朴和洁净的美质。语言的朴素

---

[1] 丰子恺《艺术与艺术家》,文载《丰子恺小品——艺术人生》,花城出版社,1991年10月版。

美,源于感情的真和善。这群作家语言运作,求其与心迹的一致,求其用语的大众化和口语化,不造古怪的词语和句式,即使稍事雕饰,亦作"清雕琢",让美在一种极其和谐自然的文势底下娓娓流淌。在这朴素美共性的基点上,各人又力求自己语言风格的个性美:诸如朱自清之求清秀,夏丏尊之求平淡,丰子恺之求素淡,俞平伯之求冲淡,叶圣陶之求质朴,郑振铎之求清丽。

(七)

白马湖派散文清淡风格的形成,似与夏丏尊、丰子恺、俞平伯等人的佛缘有关。叶圣陶虽不参佛法,只对于信佛的人深表同情,然他的关于弘一法师的散文中所说的每一句岂不是佛法?只是别出机杼,他的《谈弘一法师临终偈语》《两法师》即可佐证。据朱光潜回忆:当时他们一班朋友都很苦闷,大家都想找条出路。他与朱自清、夏丏尊等先生也看过一点佛书,因而对丰(子恺)先生追随所敬仰的老师李叔同信佛,"并不感到奇怪"。[1]俞平伯喜读佛经,禅宗哲学对他散文创作影响尤深,这使他的作品散发着浓重的禅趣、禅气、禅思,表达一种超世脱俗的人生态度。丰子恺则以居士自律,终身素食,法名"婴行",《缘缘堂随笔》的淡泊,岂能与佛缘无关?

丰之散文创作始于1922年,其时正在春晖中学、宁波四中执掌教鞭,舌耕之余,矻矻于笔耕,所成散文后来结集在《缘缘堂随笔》中,"缘缘堂"即为李叔同所名所书。佛家讲求一个缘字,佛前拈阄所得,自然颇带佛家气息。《缘缘堂随笔》的恬淡清脱,隽永疏朗,正是丰氏恬淡人格的自然流露。

丰师承李叔同,宗教意蕴极浓,但他以出世的精神从事入世之事

---

[1] 毕克官《朱先生与丰先生》,载《新民晚报》1986年6月16日第6版。(按:朱先生系朱光潜,丰先生系丰子恺。)

业,因而他的文字每每在貌似淡泊的情趣中掺和着对世人、世事、世物的隽永的挚爱。这可从《缘缘堂随笔》中的《杨柳》篇得以印证。丰氏认为:"杨柳的主要美点,是其下垂","越长得高,越垂得低。千万条陌头细柳,条条不忘根本。"而不同于有些"枝叶花果蒸蒸日上","只图自己光荣,而绝不回顾处在泥土中的根本"。由此可以看出,丰子恺所赞赏的是被人看作"最贱"却"高而不忘根本"的世人、世事。这里也折射出丰氏于功名极淡、于名利无缘的淡泊心境,此种心绪与他性格深层的宗教情结有缘,而为文作画,作为此种心绪的放释,所成作品自然显得清幽玄妙,并且不时缭绕着那袅袅的"香篆"的烟息。

夏丏尊与李叔同是畏友,译过原为巴利文的南传大藏经、本生经的故事,与佛教颇有缘分。但他的皈依佛教,是企图从佛教教义中求得一些对社会问题的解释。他说:"佛学于我向有兴味,可是信仰的根基迄今远没有建筑成就。"[1]难怪乎李叔同说他"执着于'理'而忽略了'事'",夏丏尊自己也相信事理不一,可见他并未真正遁入空门。他从不把佛经当作现实的避难所,却不惮于直面社会的罪恶而给予有力的揭露和抨击。早期散文中的格调十分激越之作,盈满着他战斗激情,展现一种全新的思想境界。然而从总体看,像他的人生从绚烂转向平淡一样,他的散文由清丽复归于平淡。《平屋杂文》中《猫》《长闲》《〈子恺漫画〉序》等篇什,显然是他内心生活的真诚流露,同他平生的处世性格一脉相承。"平屋"之名,既为纪实,亦同样含有"平淡"之意。具名"丏"字,按《说文》之解,可释为"不见也,像雍蔽之形",又显示出他"不汲汲于富贵",愿为布衣的本意。夏氏散文平淡风格的造成,除本性质朴恬淡,性喜日本文化中的天然简素,推崇亚米契斯那种自然、单纯、朴实之作风外,还受着佛教文化的熏染所致。众所周知,佛经中的思想、语言、故事、音节都可以对文学产生影响,为文学带来新的观念、

---

[1] 夏丏尊《我的畏友弘一和尚》,文载《夏丏尊文集》(平屋之辑),浙江人民出版社,1983年2月版。

新的意境和新的用词遣句方法。佛经的文体特点,如不用骈文家之绮词丽句,讲究质直与通俗,显然予丏尊的散文创作以很深的影响,因而他的散文质朴而淡雅,清爽而自然,不多修饰却情味隽永。像《〈爱的教育〉译者序言》写得如一泓清水,明澈见底,似乎正在静静地流淌,细细品来,却潜藏着感情的漩涡和洄流。这类"平淡"之作,比之那些堆砌和雕琢辞藻的文章来,自然更经得起咀嚼和回味。

如果说丰子恺、夏丏尊是居士,这对他们散文清淡风格的成因有一定缘结的话,那么,李叔同之成为弘一法师,他的散文造诣极深,确已得炉火纯青之妙,秀逸清丽、超凡绝俗,不着一点烟火气,显出一种岑寂的平淡。这是绚烂之极而复归于平淡的典范之作。李之文格清淡实决定于他心境的淡泊。他成为法师,不曾高竖法幢,以示现大法师的威仪,也不曾做名山大刹的方丈住持,而是局促于闽南,间或驻足白马湖畔的"晚晴山房",就这样做了平凡的和尚。诚如叶圣陶所赞:"他似乎春原上一株小树,毫不愧怍地欣欣向荣,却没有凌驾旁的卉木而上之的气概。"[1]一个苦修律宗的头陀,他之所作自成一种极端岑寂的平淡。这是一条从绚烂转向平淡的道路,而且他的绚烂是最华丽的绚烂,他的平淡也是最岑寂的平淡。

总之,丰子恺、夏丏尊、俞平伯、叶圣陶、李叔同的散文的清淡风格,是他们恬淡人格的袒露。他们身上所洋溢的那恬淡感及其作品中所流露的宁静、淡远的审美情趣,也正是吴越文化最和谐的产物。

文学史上任何一个创作流派,之所以能在当时形成或被后人"追认",都必然有一个能体现该流派创作的某些共性特点的主要"交会点"。散文白马湖派,作为二十年代中后期的一种客观存在的文派,它是文学主张、艺术见解、创作风格、美学特征大致相似和相近的"为人生派"作家群的结合,是以朱自清、夏丏尊、丰子恺为轴心,团结一批

---

[1] 叶圣陶《两法师》。见《未厌居习作》,文载《叶圣陶集》(第五卷),江苏教育出版社,1988年10月版。

志同道合者或师承者的自然形成。这个文派似由三个作家群落组合而成：第一群落为春晖园（包括宁波四中、江湾立达学园）的同志，后又扩展至立达学会同人。属于这个群体的尚有朱光潜、李叔同、俞平伯、叶圣陶、刘薰宇、刘叔琴、胡愈之、郑振铎诸家，另有浙东硕彦经亨颐。这是"同志的集合"，[1]是文派的主干和核心。第二群落为文学研究会宁波分会团体组织雪花社中坚王任叔、张孟闻等在春晖执教鞭的同人。第三群落为刘大白及曾客居绍兴与白马湖畔写《龙山梦痕》的徐蔚南、王世颖。整个创作群体的结成自以他们的思想倾向、作品的题材、艺术特质、作家的审美情趣和生活经历以及作家所处的时代、地域、社团、作品所发的同人刊物为基因，并以此为因素的必然或偶然的"交会"。本文仅就"交会点"的诸方面做了一点论析，以一管之见，祈方家赐教。

一九九三年秋季

---

[1] 夏丏尊《春晖的使命》，初载《春晖》半月刊第20期（本期为学校成立周年专号）。

红树青山白马湖
——《白马湖散文十三家》选编后记

(一)

现代文学的第一个十年（1917–1927年）中，散文先声夺人，成绩最为绚烂："有种种的样式，种种的流派，表现着，批评着，解释着人生的各面，迁流曼衍，日新月异。"[1] 这当中，文学研究会宁波分会作家群创作的散文，以其卓然有成的样式，自成一派的格调，尽了"对于旧文学的示威"，为打破"美文不能用白话"的论调做出了自己应有的努力和贡献。这些佳作，虽在思想上、艺术上已不免受到时代的挑战，但在历史天平上仍不失其应有的价值；虽历经岁月的风化，而仍未损其辉光。其名篇佳构被广泛地选进海峡两岸的中学语文课本与一般选本，作为范文和保留之作，便是一个明证。尤为甚者，台港澳当代有些散文作品中，明显地有着这种艺术风格影响的痕印。台湾著名作家杨牧曾列举一些散文作家的名字，诸如林文月、丛苏、许达然、王孝廉，以印证这一风格散文的隔海曼衍。[2]

也许宁波分会作家群当年写散文的时候，不曾有过要创一个什么文学流派的想头，然而从散文的艺术特质，作家的创作思想和审美情

---

[1] 朱自清《〈背影〉序》见《朱自清全集》第二卷，江苏教育出版社，1988年8月版。

[2] 杨牧编《中国近代散文选》，台北洪范书店印行，1984年8月。

《白马湖散文十三家》,朱惠民选编。这是国内出版的最早的一个"白马湖文学"的选本,为深入开展"白马湖文学"研究提供了重要史料。

趣、生活经历,以及时代、地域、社团、刊物诸多因素综合考察,二十年代初中期,宁波分会作家群的散文创作,确确实实已构成独具一格的以清淡为艺术风味的散文流派。由于那些散文文格洁净,文味清淡得如白马湖的湖水,加之作家此时都生活在上虞白马湖畔,我们姑且称它为"白马湖派"。这是客观存在的文学流派,是"人生派"的散文支脉。纵然它未被适时地发现、认识,但却是不容抹煞的,迟早要被人确认。诚如郁达夫所说:"原来文学上的派别,是事过之后,旁人(文学批评家)添加上去的名目,并不是先有了派,以后大家去参加,当派员,领薪水,做文章,像当职员那么的。"[1] 当然,它也不是人为地主观地划分出来的,它是自然形成的,是共同的时代要求、文学风尚和作家美学追求的结晶,又通过作品确实已形成的共通的艺术风格的特征来揭示的。

提出散文白马湖派的缘起,乃是因为偌大一幅文学流派纷呈和消长的历史画卷中,竟然没有该派的一席之地,故而要为它争个"席位"。事实上,现代散文"白马湖之群"(文研会宁波分会)和"语丝的美文之群"(语丝社)已成南北汇合("语丝"之取名,便是从顾颉刚带去的宁

---

[1] 郁达夫《〈中国新文学大系·散文二集〉导言》,见《郁达夫散文集》,浙江文艺出版社,1985年5月版。

波分会所办的《我们的七月》中找来的;语丝时期周作人又不脱浙东人的气质,赞赏浙东文化的飘逸与深刻,希望写出平水的山光,白马湖的水色),[1]从而构建了二十年代散文鼎盛期以周作人为领袖的清淡小品散文的"一个很有权威的流派"。[2]而作为构成大派的一翼,散文白马湖派的存在价值及其创作经验的开掘,对于现代散文研究和当代散文创作,将产生不可漠视的意义。

(二)

散文白马湖派是以浙江上虞春晖中学所在地白马湖命名的。在文学研究会全盛期的二十年代初中期,"人生派"作家夏丏尊、朱自清、丰子恺、刘延陵、朱光潜、俞平伯、叶圣陶等适在春晖任教或讲学,他们多在宁波省立第四中学兼掌教鞭,1925年又先后到上海立达学园义教,故有人称之"轮船老师""火车教员"。他们虽然教务繁重,但是由于当时的春晖、四中和立达都浸润着"五四"新文化的精神,文化氛围诗意沛然,故而他们都乐此不倦。尤其是在春晖园中,由于家眷耽此,彼此相聚便愈多。正如朱光潜所说的,春晖范围不大,大家朝夕相处,宛如一家人。白马湖即成了中国新文化开创期的一个文学沙龙。

白马湖三面环水,碧水如天,那里始终氤氲着一种诗情画意,朱自清对它有过这样的描写:

> 白马湖的春日自然最好。山是青得要滴下来,水是满满的,软软的。小马路的两边,一株间一株地种着小桃与杨柳。小桃上

---

[1] 周作人《雨天的书·自序二》《地方与文艺》《〈旧梦〉》,文载《周作人早期散文选》,许志英编,上海文艺出版社,1984年版。

[2] 阿英《俞平伯小品序》,文见《现代十六家小品》,天津市古籍书店影印,1990年8月第1版。

各缀着几朵重瓣的红花,像夜空的疏星。杨柳在暖风里不住地摇曳。在这路上走着,时而听见锐而长的火车的笛声是别有风味的。在春天,不论是晴是雨,是月夜是黑夜,白马湖都好。——雨中田里菜花的颜色最早鲜艳;黑夜虽什么不见,但可静静地受用春天的力量。[1]

就在这红树青山之中,村舍式教师居屋幢幢,夏丏尊的"平屋"与朱自清一墙之隔,丰子恺的"小杨柳屋"和"平屋"也相去不远,丰氏与他的老师李叔同的"晚晴山房"又为毗邻,邻近的又有经亨颐的"长松山房"。他们不只在校内,而且在寓所里,以商榷、切磋为乐。"谈文学与艺术,谈东洋与西洋,海阔天空,无所不谈。"[2]文友关系又非常亲密,朱自清是夏丏尊的创作、译作的最早读者之一,曾两次为夏丏尊的著作作序;夏丏尊把朱氏散文集《踪迹》介绍给上海出版;丰子恺为《踪迹》制作了一个美观而有诗意的封面,朱自清给丰子恺的第一本漫画集作序,给他的第二本漫画集写跋;刘延陵帮朱自清助编《我们》,朱自清又同俞平伯、叶圣陶共商编辑事宜。朱光潜时在春晖,他回忆说,"佩弦和丏尊、子恺诸人都爱好文艺,常以所作相传视。我于无形中受了他们的影响,开始学习写作。"[3]他写的《谈动》《谈静》等散文,后汇集成《给青年的十二封信》,由夏丏尊介绍出版。私人友情、文字相交,为文之切磋"狂辩"及相互影响,可以说是形成白马湖派的一个基因。

夏丏尊、朱自清执语文教鞭,刘延陵教文化史,朱光潜教英语,丰子恺掌教音乐美术,俞平伯、叶圣陶、李叔同、刘大白又来讲学,他们又都喜写散文。所写散文多为个性解放意识觉醒之作,抒我之情,言我

---

[1] 朱自清《白马湖》,见拙编《白马湖散文十三家》,上海文艺出版社,1994年5月版。

[2] 丰华瞻《朱自清与丰子恺》,载《西湖》,1983年第9期。

[3] 朱光潜《敬悼朱佩弦先生》,载《文学杂志》3卷第5期,1948年10月版。

之志，把个人的"人格"当作散文的"第一要件"。就在这"王纲解纽、处士横议"的大气候下，"五四"时期"即兴的言志"的美文芬芳熏陶着白马湖畔，他们一班人自然受到这种文学风尚的传染。这显然也是散文"白马湖派"的一个成因。

朱自清似乎特别欣赏这段以文会友的历史，这可从他作于白马湖畔的《题石鼓图》一诗中得以印证。诗是他为温州十中老友马公愚作的《石鼓图》的题跋：

文采风流照四筵，每思玄度意悠然。
也应有恨天难补，却与名山结善缘。[1]

玄度，是指东晋著名的玄学诗人许洵。《晋书》卷七十九《谢安》云：谢安寓居上虞东山时，曾与王羲之及高阳许洵、桑门支遁等交谊，"出则渔弋山水，入则言咏属文"，形成盛极一时的玄言诗派。该派诗人每每通过山水来体会玄理，游踪所至，常聚会咏吟。朱自清极慕他们当年的情趣，故写诗以记之。此中也隐约地折射出白马湖同人"言咏属文"的情致。玄言诗派中，许洵、孙绰、王羲之是一时文宗，当时诗赋前每缀以小序，如孙绰的《游天台赋序》、王羲之的《兰亭集序》，并为佳构，小品散文也因此破土而出，初露端倪；朱氏尤重许洵，因为许之诗文高清远致，人品又以高迈著称，此与朱的文格人格相契合，也同"白马湖派"淡远清隽文风颇为协调。

（三）

"白马湖派"散文的艺术特色，即清隽平淡，这并非平铺直叙，亦非

---

[1] 参见拙作《抒写对人生的观感——朱自清写于宁波诗文考析》。

玄言诗那样"淡乎寡味"，这种平淡是铅华落尽后的天然风姿，是返璞归真，是合乎天地万物节律的天籁。此种韵味隽永的清淡美就是"白马湖"散文的艺术共性；自然他们又有着自己的风格。风格成于个人，流派建于集体。凡属于同一流派的作家必然在各人风格的基础上，表现出共同的东西，必然在众多的独特风貌中显示出大体一致的美学趋向，一种共通的美学追求点。白马湖水那样的清淡，正是他们艺术上的共同追求点。他们各人的创作风格固然各呈特色，但都内含着清隽淡泊的共同性的神韵风骨，一种清淡美。

朱自清的写作大体为朴实清新一路，他的散文诚如钟敬文在《柳花集》中所评，"另有种真挚清幽的神态"，此中"清幽"正是白马湖"土气"所在。夏丏尊"平屋杂文"，在平实而清淡的文笔中，构思严谨，在曲折的层次和波澜中，蕴含着浓郁的情致，深远的遐想。此中平淡也正有着白马湖的"土气"。丰子恺散文，郁达夫评之为"清幽玄妙"，[1]还弥漫着宗教香火的烟息，他师承李叔同，李风格幽微淡远得很，他是由绚烂之极而回归于平淡。丰氏之清幽，正像赵景深所说，"只是平易的写去，自然就有一种美，文字的干净流利和漂亮，怕只有朱自清可以和他媲美。"[2]这是因为都涵盖着白马湖的"土气"。至于俞平伯、刘延陵、朱光潜乃至叶圣陶，他们的散文似乎也属于平淡之体，其中不乏清顺自然之"土气"。白马湖作家群的各自风格上表现出共同的东西，便是形成白马湖派的基础。

白马湖派散文作家群落之中，朱自清和夏丏尊一样，是"领导着文坛"的。他的散文，被誉为"白话美术文的模范"。[3]二十年代前期写的《桨声灯影里的秦淮河》《温州的踪迹》，如果说主要体现了一种绚

---

[1] 郁达夫《〈中国新文学大系·散文二集〉导言》，见《郁达夫散文集》，浙江文艺出版社，1985年5月版。

[2] 赵景深《丰子恺和他的小品文》，文载《人间世》第30期。

[3] 浦江清《朱自清先生传略》，文载《国文月刊》第72期，1948年10月10日出版。

烂之美，其后的《背影》《儿女》，则更多显示一种平淡之美。记得苏东坡曾对诗文提出过"绚烂之极归于平淡"的要求，所谓文章"渐老渐熟，乃造平淡，其实不是平淡，乃绚烂之极也"，若以此来概括朱氏散文风格及其嬗变趋势，真是再合适不过的了。绚烂与平淡的和谐统一，绚烂向平淡的复归转移，这正代表了朱自清散文的"白马湖风格"的总体特点，是白马湖自然环境和生活的清幽淡泊，促成了这种复归和转移，使他的散文进入一个更高的美学层次。朱氏的那些绚烂之作，文中所描述对象妩媚而不庸俗，清丽而不浮艳，文章深深地楔入人们心坎的是作者感情的淡淡的真挚之美。如《桨声灯影里的秦淮河》虽是一幅秀美的工笔画，但娟秀之中却不时闪烁着朴实的风采。作者十分成功地以平实而生动的口语绘态状物，给人以赏心悦目之美。如果说朱文是一幅工笔画，那么，俞平伯的同题之作则是一幅写意画。他的秦淮河，虽然其中不乏精彩的描写，但仔细观摩便会发现，这些描写始终是朦胧的，它不让人的视线拘泥于一景一物，而力图使人去感受当时的气氛，并借此传达作者的感情。两篇美文着墨较多的是景色渲染，诗情画意，表现了外形的绚丽，但是内涵仍蕴含着素朴，外形之美是为了表现内美。因为构成意境的主要成分仍然是两个青年作家的内心世界——一个"受了道德律的压迫"，一个因"尊重着她们"而拒绝了歌女的唱歌，尽管各自所持的理由不同，而内心的矛盾冲突则是一致的，正是这种内在的矛盾冲突，加上秦淮河夜晚的迷惘的景色，才构成了两篇美文的平淡的诗的意境。所不同的，"如用作者自己的话来仿佛，则俞先生的是'朦胧之中似乎胎孕着一个如花的笑'（《桨声灯影里的秦淮河》），而朱先生的是'仿佛远处高楼上渺茫的歌声似的'（《荷塘月色》）。"[1]

在早期散文创作中，有人常把朱、俞并称。其所以并称，因为他俩

---

[1] 李素伯《小品文研究》，新中国书局，1932年1月出版。

散文的艺术特质是共通的，都具有平淡之美。只不过朱氏显得纯正素朴，而俞氏清幽冲淡。特别是同写《桨声灯影里的秦淮河》这篇散文的时候，他俩同属于看似浓郁实则清淡一体。朱自清说："我的写作大体上属于朴实清新一路。"[1] 便是散文"白马湖派风格"的自我注脚。

值得一提的是，《桨声灯影里的秦淮河》两篇同题佳作，同时揭载于 1924 年 1 月 25 日出版的《东方杂志》二十一卷第二号上。

无独有偶。朱自清的《儿女》和丰子恺的《儿女》又同刊于文学研究会刊物《小说月报》十九卷十号上。说也巧，这两位曾一块儿在白马湖畔执教并情投意合的同龄文友，此时已届三十岁，且都有五个子女。两篇同题散文都写了天真儿童的日常表现，都写了父子间的骨肉之情，也都写到长辈对下一代教育的殷殷责任心。同一流派其创作题材的相接近，于此可见一斑。当然，同派作家的个人心绪每每也有不同，在《儿女》中，丰子恺对子女流露出更多的欣喜和赞美，而朱氏则使人更多地感受到他苦于子女累赘的处境以及其自谴自责的痛悔之情。不过，这只是表达情绪所取的角度不同，而为文之意则正是作者对儿女至为深重的情爱。1945 年 7 月，丰子恺从重庆到成都去开画展，与阔别二十年的朱自清重逢，老友相见，共话沧桑，感慨万千，朱作诗抒怀，其中一绝云：

应忆当年湖上娱，天真儿女白描图，
两家子侄各笄冠，却问向平愿了无？[2]

字里行间显露的钟爱儿女之情，不也正是《儿女》篇什中所表现的

---

[1] 朱自清《写作杂谈》，见《朱自清全集》第二卷，江苏教育出版社，1988 年 8 月版。
[2] 诗见朱自清《卅四年夏，余自昆明至成都。子恺亦自重庆来，晤言欢甚，成四绝句》，载《朱自清研究资料》，朱金顺编，北京师范大学出版社出版。

文旨吗？

　　朱自清、夏丏尊、丰子恺、俞平伯、叶圣陶五人写过同题散文，朱、夏、丰、叶之篇名为《白采》，俞作篇名《眠月》，副题为"呈未曾一面的亡友白采君"。白采是一位尼采式的诗人，出过一本《白采的诗》，内载长诗《羸疾者的爱》，朱自清对诗作过中肯的评价，说诗的抒情主人公是作者的自托，颇受尼采哲学思想的影响。白采在江湾立达学园教国文，和朱自清、夏丏尊、丰子恺、叶圣陶同过事，和平伯通过信，白采不幸病殁，朱、夏、丰、俞、叶皆为之哀念，纪念亡友文中又都表示一种抱愧的心绪：朱氏为《白采的诗》未及完篇而内疚，夏丏尊为对白采的诗未有过"一读的诚意"而抱悔，丰氏为"以前不去望望他，同他谈谈"而懊恼，俞平伯为未曾晤面而只神交而感慨，叶圣陶则为经不住白采的阻拦未能陪他出城游虎丘而遗憾。一样地抒发惭愧、缺憾之情，抒情的特点又都是一样的真诚。稍微不同的是，朱文描述与白采的交往，委婉细腻，此种情缘微微沁出；夏文在记述相交片段时，让人于平淡细微处咀嚼出不平凡的深长隽永的意味来；丰文写他为白采饯别竟成永别而悲痛；叶文叙写与白采的交谊种种，字里行间充盈着丝丝缕缕的挚情；俞文则紧紧扣住"十三年夏"白采"爱月近来心却懒，中宵起坐又思眠"的诗句，把全部笔墨泼洒到有关"眠月"的种种记事和思考上，从中把彼此至契的神交和作者深切的怀念淋漓尽致地表现出来。在抒情构式上，朱文采用"横贯式"，以他对白采未及深交而缺憾之情为中心，连缀有关事情，表达他对白采的哀念。夏文采用"纵贯式"，以他对白采的抱憾之情的发展为线索，描述作者对白采人品的认识由表层到深层的过程。叶文纵横互用，着意追思他与白采交谊的点点滴滴。丰文只略述白采来他家道别的小事一桩，让怀念之情在散淡中自由地流布。俞文则别具一格，作者并没有大范围地追怀彼此交往的方方面面，也没有只字提及对方的身世经历，而紧扣"眠月"诗句展开叙议，笔墨驰骋之中，表露出白采此联诗带给作者的感触之殊深。五篇佳作，全以口语出之,不事涂饰,一样的清美,宛如白马湖里亭亭的出水莲花。白马湖派散文,所用的大抵是口语,口语的朴素的色彩,自然的节奏,谈话似的语调,清隽的韵味,说明了她的美学倾向的一致,上述三组同题散文,为我们提供了实证。

(四)

　　文学史上的流派,往往有一个作家群,因为流派是一种群体活动,社团便是作家群的组织形式。社团同人一般有着共同的创作倾向和艺术追求,这共通的创作思想和艺术情趣,即形成文学流派。散文白马湖派成因之一,乃是二十年代散文创作鼎盛期,有一个文学社团——文学研究会宁波分会的存在。[1]同人们就在为人生的创作宗旨和清隽平淡的艺术风格上彼此呼应成派。

　　宁波分会为活跃创作计,主办了自己的同人刊物,作为发表作品的共同园地。共同的文艺刊物,往往成为文学流派的摇篮。宁波分会的同人刊物,即是孕育"白马湖派"散文的摇篮。宁波分会所办的同人刊物,计有《我们》《四中之半月》《春晖》半月刊和立达会刊《一般》。此外,分会团体组织雪花社办了社刊《大风》,后又在白马湖畔创办了《山雨》文艺刊物,还接编了宁波《四明日报》副刊《文学》,由王任叔、张孟闻出任编辑,借以同文研会上海出刊的《文学周刊》相呼应。在诸多刊物中,要数《我们》文化品位最高。该刊由朱自清、俞平伯任主编,刘延陵、丰子恺助编,叶圣陶参与其事。刊物在宁波四中和上虞春晖中学编辑,上海亚东图书馆出版。这本文艺年刊,三十二开本,厚达二百余页。1924年出过一期,题为《我们的七月》,1925年又出一期,题为《我们的六月》。[2]这些刊物所发的诗文,多出自于宁波会分的作家群之手。

---

[1][2] 参见拙作《关于文学研究会宁波分会》。

散文更具有"白马湖"清新之文风。朱自清的《春晖的一月》,风格别致,自成体式,正显现出典型的白马湖风致,它写于1924年4月12日夜,最初刊于《春晖》半月刊第二十七期上,丰子恺专门为它作了插图。作者用大家在《荷塘月色》《绿》等名篇里所熟知的那种早春晨曦、晚秋山泉般的细婉笔调写道:"出了车站,山光水色,扑面而来,若许我抄前人的话,我真是'应接不暇'了。"于是"我"便开始了春晖的一月:

> 走向春晖,有一条狭狭的煤屑路。那黑黑的细小的颗粒,脚踏上去,便发出一种磨擦的骚音,给我多少清新的趣味,而最系我心的,是那小小的木桥。桥黑色,由这边慢慢地隆起,到那边又慢慢的低下去,故看去似乎很长。我最爱桥上的栏杆,那变形的纹的栏杆;我在车站门口早就看见了,我爱它的玲珑!桥之所以可爱,或者便因为这栏杆哩。我在桥上逗留了好些时。这是一个阴天。山的容光,被云雾遮了一半,仿佛淡妆的姑娘。但三面映照起来,也就青得可以了,映在湖里,白马湖里,接着水光,却另有一番妙景。我右手是个小湖,左手是个大湖。湖有这么大,使我自己觉得小了。湖在山的趾边,山在湖的唇边;他俩这样亲密,湖将山全吞下去了。吞的是青的,吐的是绿的,那软软的绿呀,绿的是一片。绿的却不安于一片;它无端的皱起来了。如絮的微痕,界出无数片的绿;闪闪闪闪的,像好看的眼睛。湖边系着一条小船,四面却没有一个人,我听见自己的呼吸。想起"野渡无人舟自横"的诗,真觉物我双忘了。

读着这描述湖光山色的如此素净的句子,那清爽之气扑人眉睫,沾人衣襟。不加藻饰,清清淡淡,不正是白马湖派散文的艺术特质吗?

夏丏尊和丰子恺"白马湖风格"的早期散文,似有着师承关系,师生俩为文有许多共通的地方,如文笔之洗练,语言之简洁,韵味之深长隽永，文风之平实素朴，一句话，艺术风格的清淡，表明他们是同属一个散文流派的。自然，即使是同派作家，他们各自也是有其艺术个性的。丰子恺比较达观，因而他的文笔潇洒，又多一点趣味。夏丏尊一生悲天悯人，他的文章看似超逸，实则更为深沉。即以那篇《猫》为例罢，他哪里是在写猫，正是通过这个小动物着重在写人，写他家兄妹、姑嫂、姑侄之间的一片深情。他岂止是在写猫，不是还在写他的白马湖生活的快慰和悲戚吗？他的代表作《白马湖之冬》，更可称为一篇蕴涵正宗"白马湖风味"的散文。该文通篇扣住最能表现白马湖冬天之情味的"风"着笔，写得诗情浓郁，而文风又是那样的清隽。正是由于这篇佳作，使得白马湖从此出了名，散文白马湖派也因此有了与其艺术特质相吻合的名称。

如上所述，白马湖派散文的艺术特质可概括为"清"与"淡"两字。这个"清"字，不只是指语言文字之清秀、素净，而是连作者人格的高洁、思想的纯正、感情的诚挚都包含在里面的。

读着朱自清发表于《春晖》的文字，诸如《刹那》等篇，处处可见其所采取的狷者的生活态度和务实的风格，严肃认真地对待人生的作风。

读着夏丏尊发表在《春晖》上的文字，诸如《读书与瞑想》《春晖的使命》等篇，处处可见其真诚耿介的人品，严谨认真的作风，以及由于执着人生而产生的忧郁。

读着丰子恺刊登在《春晖》《四中之半月》与《我们》上的文字和画稿，诸如文稿《美的世界和女性》，和那幅疏帘高卷，月儿一弯，照在栏杆和桌子间，桌上杂列紫砂壶和几只茶杯而又阒无其人的漫画稿《人散后，一钩新月天如水》，可见其一生献身于美学事业，孜孜于美育教学的风范。

完美的人格力量，纯正、朴实的新鲜作风，可以说是白马湖派散文之"清"的内在因素。至于那个"淡"字，即为淡泊。人与自然接近，才能形成淡泊，所谓"出于自然""不事雕饰"，就是说自然本身是最平淡的。朱氏在《春晖的一月》中所说的"物我双忘"之境，表明他的散文创作常常在自然身上发现自己、寄托自己，也即在一种"静虚"之境中"陶钧文思"，力求经过这一"静虚"气氛的过滤，使自己的心理感染上自然的静趣。这种醉境入情、融情于景的艺术手法，实非淡泊心境而不能为。写散文是朱氏人生的一种爱好，也是他淡泊心绪的释放。夏丏尊做人作文不尚浮华，而造平淡。他说："人生不单因了少数的英雄圣贤而表现，实因了芸芸平凡的民众而表现的。"[1]平凡踏实，默然用命，构成他忧国忧民的人生。他从无官欲，不为名缰利索所缚。1912年一次普选中，为了不愿当选，竟将名字"勉旃"，改为"丏尊"，以期别人在选票上错把"丏"字写为"丐"字而成废票。丰子恺受其师李叔同"背光"的照耀，以出世的态度做着入世的事业，作品与人品透视着他的淡逸的心境，因而他的画是素淡隽永的，他的文是"寄至味于淡泊"的。"五四"以来，中国文化艺术与政治关系扣得过紧，而这三位散文作家走的基本上是平民的艺术家道路，他们作为文艺家的主体性也难能可贵地得到坚持和张扬，这内在心态不能不成为他们散文具有淡逸风格的重要因素。

（五）

散文之取材于白马湖，表现于白马湖，这便合成白马湖美丽的散文世界。整个作家群在这绿水环绕，万木扶疏中生息与劳作，他们之触景生情，缘情布景，铸为形象，自然也是从白马湖生活美中取境而创作的。娟秀的湖光山色，成了涉笔为文的共同题材和表现的同一主题。可贵的是，他们撰写美文，并非是自然主义的模仿，而是自出心裁地去寻找表现方式，去曲径通幽、石破天惊地创造一种艺术的胜境。上文所引的朱自清《春晖的一月》便是这样的佳制。朱氏的《白马湖》也写得情浓墨淡，

---

[1] 见夏丏尊《读书与瞑想》，文载《夏丏尊文集》（平屋之辑），浙江人民出版社，1983年2月版。

疏密有致，宛如写意画。如写他白马湖的家"湖光山色从门里从墙头进来，到我们窗前、桌上"，使人感到湖光山色的清新之气扑面而来。

《龙山梦痕》作者王世颖客居于白马湖时所作的抒情述景小品，更为白马湖的美"平添了一份美奂的财产"。他的《既望的白马湖》，精心勾勒了这样一幅白马湖月夜图：

> 我们便在傍水而筑的平台上蹲着……只有一柱散乱的织纹形的月光，隐约还看见鱼儿唼水的泡沫……隔溪一带平原，田畦间一片黝黑，稻叶西倾，俯仰中含有自然浑朴的节奏。稀朗的树木，零落的人家，在清光里显得一切都淡泊、凄绝。再放眼过去，重叠的山峦，壁垒森严似地摆在我眼前。山麓下一粒微光，大概是沿山的小河里渔家的灯火了。月姐依回在两峰之间，整个儿的面庞，全部显露给世人，娇羞一点也没有，柔婉的月，有峥嵘的山头武卫般伺候着伊，比起昨夜海阔天空的伊，威武矫健的多。

整个画面的动静结合，使沉寂静谧的夜景，随着唼水的游鱼，俯仰的稻叶，明灭的渔火，在清幽中弥漫着一派生气。

张孟闻所写的《白马湖回忆》，则是涉及春晖校园的胜景和它的浓厚的文化气氛：

> 上课的教室楼有栏杆的长廊，凭栏眺望，近把湖光，隔湖山色，排空送翠，从垂柳叶丛里掩映到眼前来；有时还有好鸟啼声，婉啭清唳。课余在校内有好友相伴，校外这几家邻居都是书香人家，不是世家，就是老师，而且室内雅洁，四壁图书，垂挂的就是他们和他们友侪的字画，室外是莳花的院落或家常的菜圃，如《陋室铭》所云："苔痕上阶绿，草色入帘青。谈笑有鸿儒，往来无白丁。"徜徉其间，流连忘归。

俞平伯于1924年春去春晖园探访他的挚友朱自清,后作文《忆白马湖宁波旧游》,写他在夏丏尊家宴后偕朱自清晚归路上(是时朱住在学生宿舍曲院),颇有诗趣:"饭后偕佩笼烛而归,长风引波,微辉耀之。踯躅郊野间,纸伞上沙沙作响,趣味殊佳,唯若冷与湿耳,归寓畅谈至午夜始睡。"对句散语,错落有致,文辞有简洁而潇洒的飘逸美,"皆沛然从肺腑中流出"。

夏丏尊的白马湖题材散文,殊有平淡风味。他写白马湖冬天的风,则更使人领略冬的情味,"萧瑟的诗趣":"松涛如吼,霜月当窗,饥鼠吱吱在承尘上奔窜。我于这种时候深感到萧瑟的诗趣,常独自拨划着炉灰,不肯就睡,把自己拟诸山水画中的人物,作种种幽邈的遐想。"浓郁的情思,出之以这清疏平淡的文笔。难怪乎杨牧评此文为"清澈通明,朴实无华,不做作矫揉,也不讳言伤感"。

很显然,这些美文,在写法和趣味上,都不似传统的中国散文的格局;这是他们以自己的个性为根本,融合中西散文美质之创造,着意在表现自我。它比之传统散文,加入了现代人的自我意识;比之西方随笔,调和着东方人的情调,它是"白话美术文的模范"。

白马湖散文作家群除写美文外,还另用一副笔墨,以白马湖生活为文旨撰述说理散文,朱光潜称为"散漫的说理文"。这类文章随意抒写,也无畴范,文如万斛流泉,汩汩而出,有若自然生成似的,然而所表达的旨意却不出白马湖和春晖园。如朱光潜写于春晖园的处女作《无言之美》,诚可谓对春晖学生谈论人生和艺术的"趣味之文"。作者用自己先天的资禀和后学的陶冶,将西方随笔的谈论风格与中国散文的独抒性灵融合在一起,形成其夹叙夹议的散漫抒写体制。再如夏丏尊的《春晖的使命》,以其第二人称的亲切呼唤、文辞的情真意切,活像一篇美文,然通篇所表达的教育思想内涵,却受着二十年代新思潮——新村主义的影响。另像朱自清的《白马读书录》,好似一席温醇的谈话,作者告诉春晖学生,作文要有"味",要有生活。"味是什么?粗一点说,便是生活,纯化的生活!便是个性,便是自我。"谈语中蕴含着温厚的情致。这种感情,如氤氲和气,如清泉流水,洋溢其间,从而产生一种吸引力,聆者犹如沐浴于春风之中。

(六)

白马湖派散文的清淡风格的形成,似与夏丏尊、丰子恺、俞平伯等人的佛缘有关。叶圣陶虽不参佛法,只对于信佛的人深表同情,然他的关于弘一法师的散文中所说的每一句话岂不是佛法?只是别出机杼。他的《谈弘一法师临终偈语》《两法师》即可佐证。据朱光潜回忆:当时他们一帮朋友都很苦闷,大家都想找条出路。他与朱自清、夏丏尊等先生也看过一点佛书,因而对丰(子恺)先生追随所敬仰的老师李叔同信佛,"并不感到奇怪。"[1]俞平伯喜读佛经,禅宗哲学对他散文创作影响尤深,这使他的作品散发着浓重的禅趣、禅气、禅思,表达一种超世脱俗的人生态度。丰子恺则以居士自律,终身素食,法名"婴行",《缘缘堂随笔》的淡泊,岂能与佛缘无关?

丰之散文创作始于1922年,其时正在春晖中学、宁波四中执掌教鞭,口舌之余,砣砣于笔耕,所成散文后来结集在《缘缘堂随笔》中,"缘缘堂"即为李叔同所名所书。佛家讲求一个缘字,佛前拈阄所得,自然颇带佛家气息。《缘缘堂随笔》的恬淡清脱,隽永疏朗,正是丰氏恬淡人格的自然流露。

丰师承李叔同,宗教意蕴极浓,但他以出世的精神从事入世之事业,因而他的文字每每在貌似淡泊的情趣中掺和着对世人、世事、世物的隽永的挚爱。这可从《缘缘堂随笔》中的《杨柳》篇得以印证。丰氏认为,"杨柳的主要美点,是其下垂","越长得高,越垂得低。千万条陌

---

[1] 毕克官《朱先生与丰先生》,载《新民晚报》1986年6月16日第6版。(按:朱先生系朱光潜,丰先生系丰子恺。)

头细柳,条条不忘根本"。而不同于有些"枝叶花果蒸蒸日上","只图自己光荣,而绝不回顾处在泥土中的根本"。由此可以看出,丰子恺所赞赏的是"高而不忘根本"的世人、世事。这里也折射出丰氏于功名极淡、于名利无缘的淡泊心境,此种心绪与他性格深层的宗教情结有缘,而为文作画,作为此种心绪的放释,所成作品自然显得清幽玄妙,并且不时缭绕着那袅袅的"香篆"的烟息。

夏丏尊与李叔同是畏友,译过原为巴利文的南传大藏经、本生经的故事,与佛教颇有缘分。但他的皈依佛教,是企图从佛教教义中求得一些对社会问题的解释。他说:"佛学于我向有兴味,可是信仰的根基迄今远没有建筑成就。"[1]难怪乎李叔同说他"执着于'理'而忽略了'事'",夏丏尊自己也相信事理不一,可见他并未真正遁入空门。他从不把佛经当作现实的避难所,却不惮于直面社会的罪恶而给予有力的揭露和抨击。早期散文中的格调十分激越之作,盈满着他的战斗激情,展现一种全新的思想境界。然而从总体看,像他的人生从绚烂转向平淡一样,他的散文由清丽复归于平淡。《平屋杂文》中《猫》《长闲》《〈子恺漫画〉序》等篇什,显然是他内心生活的真诚流露,同他平生的处世性格一脉相承。"平屋"之名,既为纪实,亦同样含有"平淡"之义。具名"丏"字,按《说文》之解,可释为"不见也,像雍蔽之形",又显示出他"不汲汲于富贵",愿为布衣的本意。夏氏散文平淡风格的造成,除本性质朴恬淡,性喜日本文化中的天然简素,推崇亚米契斯那种自然、单纯、朴实之作风外,还受着佛教文化的熏染所致。众所周知,佛经中的思想、语言、故事、音节都可对文学产生影响,为文学带来新的观念、新的意境和新的遣词造句方法。佛经的文体特点,如不用骈文家之绮词丽句,讲究质直与通俗,显然予夏丏尊的散文创作以很深的影响,因而他的散文质朴而淡雅,清爽而自然,不多修饰却情味隽永。像《〈爱的

---

[1] 夏丏尊《我的畏友弘一和尚》,文载《夏丏尊文集》(平屋之辑),浙江人民出版社,1983年版。

教育〉译者序言》写得如一泓清水,明澈见底,似乎正在静静地流淌,细细品来,却潜藏着感情的漩涡和洄流。这类"平淡"之作,比之那些堆砌辞藻和雕琢的文章来,自然更经得起咀嚼和回味。

如果说丰子恺、夏丏尊是居士,这对他们散文清淡风格的成因有一定缘结的话,那么,李叔同之成为弘一法师,他的散文造诣极深,确已得炉火纯青之妙,秀逸清丽,超凡绝俗,不着一点烟火气,显出一种岑寂的平淡。这是绚烂之极而复归于平淡的典范之作。李之文格清淡实决定于他的心境的淡泊。他成为法师,不曾高竖法幢,以显示大法师的威仪,也不曾做名山大刹的方丈住持,而是局促于闽南,间或驻足白马湖畔的"晚晴山房",就这样做了平凡的和尚。诚如叶圣陶所赞:"他似乎春原上一株小树,毫不愧怍地欣欣向荣,却没有凌驾旁的卉木而上之的气概。"[1]一个苦修律宗的头陀,他之所作自成一种极端岑寂的平淡。这是一条从绚烂转向平淡的道路,而且他的绚烂是最华丽的绚烂,他的平淡也是最岑寂的平淡。

总之,丰子恺、夏丏尊、俞平伯、李叔同的散文的清淡风格,是他们恬淡人格的袒露。他们身上所洋溢的那种恬淡及其作品中所流露的宁静、淡远的审美情趣,也正是吴越文化最和谐的产物。

散文白马湖派,作为二十年代初中期的一种客观存在的文派,它是文学主张、艺术见解、创作风格、美学特征大致相似和相近的"为人生派"作家群的结合,是以朱自清、夏丏尊、丰子恺为轴心,团结一批志同道合者或师承者的自然形成。这个文派似由三个作家群落组合而成:第一群落为春晖园(包括宁波四中、江湾立达学园)的同志,后又扩展至立达学会同人。属于这个群体的有朱光潜、李叔同、俞平伯、叶

---

[1] 叶圣陶《两法师》,见《未厌居习作》,文载《叶圣陶全集》(第五卷),江苏教育出版社,1988年10月版。

圣陶、郑振铎诸家,这是"同志的集合",[1]是文派的主干和核心。第二群落为文学研究会宁波分会团体组织雪花社中坚张孟闻等在春晖执教鞭的同人。第三群落为刘大白及曾客居绍兴和白马湖畔写《龙山梦痕》的徐蔚南、王世颖。

(七)

上面对散文白马湖派产生的人文背景、时空条件以及形成流派的诸多因素,作了分析,目的在论证这一流派的客观存在。此外,还有几点说明:

第一,本书除了为读者了解散文白马湖派提供一个比较全面的选集以外,还想为研究现代散文的同志提供一种参考资料,至于是否真能达到初衷,自当由读者诸君评价。

第二,白马湖派散文作家界定的准则:一是所收作品为历史上的白马湖时期所撰,即文学研究会宁波分会活动的二十年代中后期。二是美文的艺术风貌要具有白马湖湖水那样的清隽恬淡;小品文论(包括序跋)要以散文笔调出之,即属于一种"散漫的说理文"。三是入选之作多为文学研究会会员所写,且他们大都在白马湖畔沐浴过"山间明月",或在宁波奉化江畔(即宁波省立四中)吹拂过"江上清风"。四是个别描述白马湖派文事、交谊之作及为世鲜见的散佚之文,写作时限可以放宽。

第三,本书限于篇幅,无法把白马湖文派诸家的作品全部收入,而只选入其具有代表性的作品。编选中力图遵循叶圣陶所云:"凡选文必不宜如我苏人所谓'捡在篮里就是菜'。选文之际眼光宜有异于随

---

[1] 夏丏尊《春晖的使命》,文载拙编《白马湖散文十三家》,上海文艺出版社,1994年5月版。

便浏览,必反复讽诵,潜心领会,质文兼顾,毫不含糊。"[1] 至若是否企及,尚请方家鉴定并指正。

  第四,本书的选编得到王孙先生的悉心指点,且拨冗为之作序,使拙编生色不少。上海文艺出版社更不计功利,慨然惠允出版。谨在此一并深表谢悃。

一九九四年五月

---

[1] 刘国正《先生之风山高水长——在人教社严格地做教材工作》,文载《叶圣陶语文教育思想研究》,江苏教育出版社,1990年版。

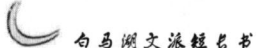

现代散文"白马湖派"再研究

　　白马湖作家非有意立派。白马湖派的得名,从根本上说,主要是一群作家能够拔戟自成一队的创作实绩,并得到世人的推重所致。其最大的成绩,乃是现代散文的创作。在二十世纪的二十年代,以夏丏尊、朱自清、丰子恺为轴心的一批作家,创作了独具一格的以清淡为艺术风味的小品散文,由于那些散文文格洁净、文味清淡如白马湖的湖水,加之以作家此时都在上虞白马湖畔的春晖中学劳作与生活,故被称为"白马湖派"。

　　独特的风味或风格是维系流派生命的血脉,"味"重于"形"也应是适合白马湖派的(对待组织形态不甚严密的流派,"以味不以形"之变通,不失为一种研究之法)。这是因为风格特征是文学流派的本质,也是流派的生命所在。就散文白马湖派而言,究竟能否算是一个独立的文派,其关键在于对其整体创作风格的确认。而围绕流派风格的形成,就有时代思潮、地域人文,乃至作家的创作思想和审美情趣,甚或彼此相仿的人格类型等因素,此中流派风格当为主要基因,本文就此再作研究与论阐,以证其流派的客观存在。

(一)

　　白马湖散文的别有建树,是因为可与语丝派比肩。"白马湖之群"与"语丝之群",两者有相承的一面。然它不是"语丝之群"的旁支别系,而是"别开门径"的一派,虽有联系,但当是"土生土长"的。1991年发表的拙文《现代散文"白马湖派"研究》,对此作了专论。[1]后在1994年出版的拙编《白马湖散文十三家》选编后记——《红树青山白马湖》中又说过:现代散文"白马湖之群"和"语丝的美文之群"已成南北汇合("语丝"之取名,便是从顾颉刚带去的宁波分会所办的《我们的七月》中找来的;语丝时期周作人又不脱浙东人的气质,赞赏浙东文化的飘逸与深刻,希望写出平水的山光,白马湖的水色),从而构建了二十年代散文鼎盛期以周作人为领袖的清淡小品散文的"一个很有权威的流派"[2]。这是从现代散文史宏观的角度审视所得的结论。当时,未作展开。事实上有好多史料可以佐证《语丝》时代的周作人作为"一个很有权威的流派"的领袖人物是何等关怀着"白马湖派"的散文创作。白马湖派的同人丛刊《我们》为朱自清与俞平伯主编,丰子恺、刘延陵、叶圣陶、顾颉刚等参与其事,夏丏尊没有直接介入(时为《春晖》出版部主任),他是以老大哥身份,以一种乐观其成的心态从旁照拂。宁波省立四中校园里的乐群亭和春晖中学的曲院是他们商讨办刊事宜的地方。《我们》,1924年出过一期,题为《我们的七月》,1925年又出一期,题为《我们的六月》。从《我们》所登载的作品的广泛和任意来看,白马湖作家也想造就一类似于"语丝体"随意而谈的格局,并且主要以小品散文来体现追求。这是《我们》的特色,也是《我们》之成为"白马湖派"散文发布园地的佐证。诚如赵景深的《现代小品文选》序文所言的那样:朱自清、俞平伯"初期小品差不多都可以在这两本年刊里找到"。"我觉得这两本书其历史的意义上与《诗》刊有同等的价值。我们讲到诗,不能忘记《诗》刊;同样,我们讲到小品文,也不能忘

---

[1] 见拙作《现代散文"白马湖派"研究》。
[2] 拙编《白马湖散文十三家》,上海文艺出版社,1994年5月第1版。

记上举的二书。"[1] 对于《我们》的编辑出版,当时在北京的周作人甚为关心。1924年8月8日,俞平伯致信周作人云,《我们的七月》已见否?谁弄的玩意儿,想必一览已悉了。1924年8月9日,周作人致俞平伯函云:《我们的七月》未见到,不知系哪些人所办?1924年8月14日,俞平伯致函周作人云,我愿意知道您对于《我们的七月》的意见——编辑体例及文字的批评。我想于第二期辟《本刊评论》一栏,取署名式,以征外来的意见。只要不滥答及谩骂或无聊浅薄,总在欢迎之列。这个办法先生赞成否?您如有要说的话,最好写下一点给我们,长短均可。如懒于正式作文,则取信札体裁亦可。若以外另给我们以粮食,这自然更欢迎了。1924年11月28日周作人致函俞平伯,向俞平伯介绍了创办《语丝》周刊之事,并向他约稿。那时,俞尚在杭州居住。稍先在同年3月,俞平伯专程自杭州经上海赴宁波及白马湖与朱自清商讨《我们的七月》编辑事宜,使《我们的七月》得以在该年7月由亚东图书馆出版。丛刊的出版,自然为在北京的周作人所系念,故有上述的周之询问函语。这里尚需指出的是,1915年至1919年,俞平伯在北京大学国文系求学时,周作人是北大国文系的教授,俞自此结识并师从周作人,他们是师生,也是朋友,或密或疏地交谊了半个世纪,而二十年代他们的书信往来更其频繁。从这些书札中,透露出周作人对白马湖作家的关心以及他"不脱浙东人的气质,希望写出白马湖的水色"的种种资讯。1925年6月,朱自清、俞平伯主编的《我们的六月》出版后,俞平伯将此刊赠予周作人。周氏阅后,即以书札形式给予评论。他于8月1日致函俞平伯:"《我们的六月》今日见到,略略一阅,你的文章大略曾见过,自有其佳处,唯我觉得最妙者,乃是颉刚之自述初恋的文章,其通讯亦佳。"并且不忘为《语丝》约稿——"何不劝其

---

[1] 赵景深《〈现代小说文选〉序》,载1933年10月上海北新书局初版《现代小品文选》,赵景深编。又见《新文学过眼录》,赵景深著,陈子善编,广西师范大学出版社,2004年11月第1版。

多发表,或找一点给《语丝》乎?"此信里还对金溟若的小说《我来自东》提出尖锐的批评,"最无聊,亦可谓读之令人不快,因完全摹仿郁达夫、张资平、郭沫若一流,我觉得凡仿都不佳,因即是假也,现在似乎有这一种倾向,以为仿李杜不可而仿适之,达夫则可,殊可笑"。[1]周所称赞的顾颉刚的散文《不寐》和《信三通》,写的因是作者自己的真情实感,体现了白马湖散文所特有的情文风格,故读来感觉亲切。周作人的函件,也可窥见他的文学批评标准:诸如他赞赏真情实感的作品,厌恶一切虚假的模仿之作,对于虚假之作毫不客气地加以鞭挞,这与白马湖作家的观点是一脉相承的。朱自清于周作人,虽未专门著文以褒扬,但凡文章涉及周作人时多赞同与褒奖。称其是受东西洋文学影响最深的当代第一位散文家。白马湖时期也是如斯。1924年1月,朱自清写了《文艺之力》一文,这是反映朱自清早期文学观的一篇要文。文云:"故从自我实现的立场说,文艺的力量的确没有一般人的所想象的那样",接着他引述了周作人的下段话,作为立论的概括:我以为文学的感化力并不是极大无限的,所以无论善之华恶之华都未必有什么大影响于后人的行为,因此除了真不道德的思想以外(资本主义及名分等)可以放任。朱认为周此言是"最公平的话"。[2]1925年6月,朱自清在《文学的一个界说》中说:"表现自己实是文学——及其他艺术——的第一要义";"文学之有价值与否,全看它有无个性——个人的或地方的,种族的——而定;文学之所以感人,便在它所显示的种种不同的个性。"[3]这一文学观也和周作人的文学观是相契合的,或言之是接受周作人文学观指示的一种回声。此佐证"白马湖派"的散文创作确受着"语丝"领袖人物的照拂与指导。正是如此,白马湖散文家的作品

---

[1] 详见孙玉蓉《试论俞平伯藏〈苦雨翁书札〉》,刊于《新文学史料》,1995年第1期。

[2][3] 均见《朱自清全集》第四卷,江苏教育出版社,1990年12月第1版。

里，所追求的美的境界是"纯净、平和、普遍，像汪汪千顷，一碧如镜的湖水。湖水的恬静，虽然没有涛澜的汹涌……但那中和与平静的光景，给我们以安息，给我们以滋养，使我们焕然一新"。[1]这分明是周作人所企望写出的"白马湖的水色"。

二十年代，中国的小品散文创作，以周作人《美文》发端，可以说，北有"语丝"之群，南有"白马湖"之群，而两群合成的"一个很有权威的流派"的领袖人物乃是周作人。这从周作人为俞平伯的《知燕草》所写的跋文中似可解之旁证。周作人曾称俞平伯"为近来的一派新散文的代表，说'是最有文学意味的一种'。这种文章的特点是：不专说理叙事而以抒情分子为主的，有人称他为'絮语'过的那种散文上，我想必须有涩味与简单味，这才耐谈，所以他的文辞还得变化一点。……才可以造出有雅致的俗语文来。"[2]他曾称赞俞平伯和废名的散文"涩如青果"，[3]其实这也是他所追求的，那意思说小品散文须有经得起咀嚼的回味的余味。可见，这一派新散文，实是周作人自己为"冠冕"的"一个很有权威的流派"。而它的构成基础，确凿地说，乃是"白马湖派"与"语丝派"。两群之中的串联之人则是俞平伯与顾颉刚（其中俞平伯，他既是语丝派，又是白马湖派。然不论怎么说，俞平伯总归是属于周作人这个流派的）。俞、顾交谊甚笃，1924年顾曾抄存了与俞平伯的信五通，钉成一册，题为《与平伯书》，其中1924年5月15日的一封信，连同1918年5月17日的信，俞平伯还把它发表在《我们的六月》上。1924年11月2日，顾颉刚出席《语丝》刊名讨论会，他带去刚于7月出版的《我们的七月》，当会上大家定名时，顾颉刚读着《我们的七

---

[1] 见《朱自清全集》第四卷，江苏教育出版社，1990年12月第1版。

[2] 周作人《〈燕知草〉跋》，文载《知堂小品》周作人著，刘应争选编，陕西人民出版社，1991年11月版。

[3] 周作人《志摩纪念》，原载《新月》第4卷第1期。又载《周作人美文精粹》，佘树森编，作家出版社1991年4月版。

月》里的张维祺的《小诗》第一首:"伊底凝视,/伊底哀泣,/伊底欢笑,/伊底长长的语丝,一切,伊的;/我将轻轻而淡淡地放过去了。"提议把"语丝"两字作为刊名,这就成了《语丝》的刊名。[1] 可见,《语丝》与白马湖派的《我们》在内核和外在上的联系。然而,这两个流派还是彼此独立的。从理论上看,一个文学流派自立的程度,有着基本的要求,那就是创作特征的共性的集体呈现。"白马湖派"的散文创作,台湾学者杨牧简要地指出是"清澈通明,朴实无华,不做作矫揉,也不讳言伤感"[2]。基本上抓住了白马湖作家群体的散文风格,宛如白马湖清淡自然、隽永洁净的湖水,他们的散文实显露着相同的意境。这一风格特征,夏丏尊的《白马湖之冬》、朱自清的《春晖的一月》、俞平伯的《忆白马湖宁波旧游——朱佩弦兄遗念》、丰子恺的《山水间的生活》、朱光潜的《无言之美》诚可谓范本,它们对"白马湖风格"做出了最佳的诠释。对于"白马湖派"而言,纯粹是由于它是在形成散文创作的艺术共同风貌后得到研究者的推重,其内部并没有富于宗派或团体意识的文件,因而,关于白马湖派作家阵容的测定,就显得特别为难。尽管他们的本意并不成就有什么派,而实际上师事或友朋的形式也约略概括白马湖派的形态特征。虽然流派的构成形态比较松散,这种松散性也呈现出一种生机,一种特色所在。

(二)

作为一个"土生土长"的文学流派,他们艺术作品自有大致趋同的创作风格。尽管作家写作时并不想到要当什么派,但他的审美情趣,他的文艺观点以至创作倾向,无形中还是支配着他,使他写出艺术风格相似或相接近的文艺作品。白马湖派作家群"自由地发表那从土里滋长

---

[1] 详见孙玉蓉《谈"语丝"刊名的由来》,刊于《新文学史料》1992年第1期。
[2] 杨牧编《中国近代散文选》,台北洪范书店印行,1984年8月。

出来的个性",他们作品的题材、风格、语言,却实实在在地满熏着白马湖的浓郁的"土气",它受着浙东那独特的"培养个性的土之力"的推动。从精神层面说,具有一种平民意识与人道关怀。他们能够把一种诗意融入清淡的文风中,也即清淡自然、隽永洁净。这是浙东地域"土气息泥滋味透过了他们的脉搏,表现在文字上"(周作人语)的一种风格。

考"白马湖派"散文的艺术特色,属于清淡之体,即清隽平淡是也,这并非平铺直叙,这淡亦非玄言诗那样"淡乎寡味",这种平淡是铅华落尽后的天然风姿,是绚丽灿烂之极后的返璞归真,是合乎天地万物节律的天籁。此种韵味隽永的清淡美大抵是"白马湖派"散文的艺术共性,自然他们又有着自己的风格。风格成于个人,流派建于集体。凡属于同一流派的作家必然在各人风格的基础上,表现出共同的东西,必然在众多的独特风貌中显示出大体一致的美学倾向,一种共通的美学追求。白马湖水那样的清淡,正是他们艺术上的共同追求点。他们各人的创作风格固然各呈特色,但都内含着清隽淡泊的共同性的神韵风骨,一种清淡美。这是一种有着出淤泥而不染的清纯,与初日相映焕的清鲜,如天地所造就的自然,以及同朝气共氤氲的明爽的美。

朱自清的写作大体为朴实清新一路,他的散文虽有某些"造作"之处("像《绿》《匆匆》等篇,辞藻多,渲染重,与平易、自然的风格大异其趣。这反映了"五四"时期一种流行的风格,并不是朱先生散文的本色"),[1]这是草创期作者文体意识强烈,过分经营"作法",强调修辞所致,但从总体上看"仍能够满贮着那一种诗意"[2],具有诗的情韵,诗的意境,诗的凝练,可说是颇具情致的散文诗。此外,"另有种真挚清幽的神态"(钟敬文语),此种"清幽"正是白马湖"土气"所在。夏丏尊《平

---

[1] 朱德熙《谈朱自清的散文》,文见郭良夫编《完美的人格——朱自清的治学和为人》,生活·读书·新知三联书店,1987年7月版。

[2] 郁达夫《〈中国新文学大系·散文二集〉导言》,见《郁达夫散文集》,浙江文艺出版社,1985年5月版。

屋杂文》，在平实而清淡的文笔中，构思严谨，在曲折的层次和波澜中，蕴含着浓郁的情致，深远的遐想。此中平淡正有着白马湖的"土气"。丰子恺散文，郁达夫评之为"清幽玄妙"，[1]还弥漫着宗教香火的烟息，他师承李叔同，李风格幽微淡远得很，他是由绚烂之极而回归于平淡。丰氏之清幽，正像赵景深所说，"只是平易的写去，自然就有一种美，文字的干净流利和漂亮，怕只有朱自清可以和他媲美"[2]。而朱自清与叶圣陶，赵又说他们"清秀"，这都是因为浸润着白马湖的"土气"。至于朱光潜、刘延陵、俞平伯，他们的散文似乎也属平淡之体，其中不乏清顺自然之"土气"。这当中俞平伯散文的发展，经历了从繁缛到素朴的路。换言之，他的散文的"文学意味"，经历了由秾丽到淡雅的变迁。他的追求"趣味"的洒脱的名士风，隐含着自然适意的"土气"，其由因恐怕是他的白马湖之旅。白马湖作家的各自风格上表现出共同的东西，便是形成白马湖派的基础。

白马湖散文的隽永，特别注重一个"味"字，平淡之为味，以原味取胜，文之本"味"无穷。唐代的司空图在《与李生论诗书》中强调诗要"辨于味"。他把"味"放在诗的首位。不辨味，则不足以言诗。这种味，既不是酸味，也不是咸味，而是味在酸咸之外的味外之旨、韵外之致。其实白马湖散文家何尝不是如此？他们或流连于山间明月、江上清风之间，或阐述着艺术化的生活，或书写自我的个性，皆使文章之"味"无穷。诚如台湾学者张堂錡所论及的，"以散文美学的艺术风格来论，平实隽永，真而有味，是他们创作的基调，魅力之所在"[3]，自然也是他们

---

[1] 郁达夫《〈中国新文学大系·散文二集〉导言》，见《郁达夫散文集》，浙江文艺出版社，1985年5月版。

[2] 赵景深《丰子恺和他的小品文》，文载《新文学过眼录》，赵景深著，陈子善编，广西师范大学出版社，2004年11月第1版。

[3] 张堂錡《清静的热闹——白马湖作家群论》，台北东大图书股份有限公司，1999年出版。

的作品的真味。这种味,好就好在:她给你的绝不是生理上的快感,而是心理上的美感。这种美感,妙就妙在:她使你的心里感到甜丝丝的、乐滋滋的,然而你却说不出来。这就是言近旨远、意味无穷的境界,也是隽永之味所追求的极致,以至于明心见性的流露,天然本色的自然呈现。白马湖散文有些篇什如《桨声灯影里的秦淮河》《温州的踪迹》,调和优美的辞藻于一起,看似文字瑰丽,外形很美,然而我们感着的"内美",也还是那样的自自然然,并非是人工的雕饰和涂绘。这是清淡和腴润的对立统一,清淡而不寡淡,腴润而不肥腻。不过是统一于腴润,因而这些篇什本质还是素朴,即所谓"腴厚从平淡出来"也。这是否与浙东人的嗜好与口味有关?浙东人性喜清淡而腴润,此谓浙东吃食知味的至真、至善、至美的最高境界。移之为文亦是这样。你看"不脱浙东人气质"的周作人,他的文章清淡而腴润。其《〈雨天的书〉自序一》,就是以极短之篇幅达到极淡之美的典范。平淡非枯槁,相反的倒是要腴润。周之作文崇尚的即是清淡和腴润统一之美。初读它会觉得很淡,他用那种平民风和你交谈,感情是淡淡平平的,让你会感着很是闲适,其实不然,细加体味内含着腴厚的甘美。而白马湖散文的隽味、"土味",恰是周作人小品散文之冲淡韵味(冲而不薄,淡而有味)的传承。不是吗?周作人的《苦雨》《故乡的野菜》《北京的茶食》以至《乌篷船》《鸟声》多完成于1924年,尔后仿者蜂起(如钟敬文散文是仿周氏的。王仁叔说他从周作人《自己的园地》里走出来的)。而朱自清、俞平伯、叶圣陶等白马湖散文家其时日渐成熟,合二而一,便构成中国现代散文南(白马湖派)北(语丝派)回响与呼应的态势,尔后走向这一体制的成熟时期。

(三)

白马湖派散文作家群落之中,朱自清和夏丏尊一样,是"领导着文坛"的。他的散文,被誉为"白话美术文的模范"。[1] 二十年代前期写的《桨声灯影里的秦淮河》《温州的踪迹》,如果说主要体现了一种绚烂之美,稍后的《背影》《儿女》,则更多显示一种平淡之美。记得苏东坡曾对诗文提出过"绚烂之极归于平淡"的要求,所谓文章"渐老渐熟,乃造平淡,其实不是平淡,乃绚烂之极也",若以此来概括朱氏散文风格及其嬗变趋势,真是再合适不过了。绚烂与平淡的和谐统一,绚烂向平淡的复归转移,这正代表了朱自清散文的"白马湖风格"的总体特点,是白马湖自然环境和生活的清幽淡泊,促成了这种复归和转移,使他的散文进入一个更高的美学层次。朱氏的那些绚烂之作,文中所描述对象妩媚而不甜俗,清丽而不浮艳,文章深深地楔入人们心坎的还是作者感情的淡淡的真挚的内美。如《桨声灯影里的秦淮河》虽是一幅秀美的工笔画,但娟秀之中却不时闪烁着朴实的风采。作者十分成功地以平实而生动的口语巧夺天工地达到绘态状物的目的,给人以赏心悦目之美。如果说朱文是一幅工笔画,那么,俞平伯的同题之作则是一幅写意画。他的秦淮河,虽然其中不乏精彩的描写,但仔细观摩便会发现,这些描写始终是朦胧的,它不让人的视线拘泥于一景一物,而力图去感受当时的气氛,并借此传达作者的感情。令人注目的是,两篇美文着墨较多的是景色渲染,诗情画意,表现了外形的绚丽,但是内涵仍蕴含着素朴,外形之美是为了表现内美。因为构成意境的主要成分仍然是两个青年作家的内心世界——一个"受了道德律的压迫",一个因"尊重着她们"而拒绝了歌女的唱歌,尽管各自所持的理由不同,而内心的矛盾冲突则是一致的,正是这种内在的矛盾冲突,加上秦淮河夜晚的迷惘的景色,才构成了两篇美文的平淡的诗的意境。所不同的,"如用作者自己的话来仿佛,则俞先生是'朦胧之中似乎胎孕着一个如花的笑'(《桨声灯影里的秦淮河》),而朱先生的是'仿佛远

---

[1] 浦江清《朱自清先生传略》,文载《国文月刊》第72期。1948年10月10日出版。

处高楼上渺茫的歌声似的'(《荷塘月色》)"[1]。

在早期散文创作中,有人常把朱俞并称。其所以说并称,固有作品上合致的原因,即同属于"白马湖散文流派",故他俩散文的艺术品质是共通的,都具有平淡之美,只不过朱氏显得纯真素朴,而俞氏清幽冲淡,特别是同写《桨声灯影里的秦淮河》这篇散文的时候,他俩同属于看似浓郁实则清淡一体。朱自清说:"我的写作大体上属于朴实清新一路。"[2]俞平伯说朱"比较的精细切实"。皆是散文"白马湖风格"的自我注脚。以后,俞平伯是有一回向繁缛一方面发展的时代,直到《燕知草》将写成的时候,才回头追求那朴素的趣味,而二者又重复有些接近起来。

值得一提的是,《桨声灯影里的秦淮河》两篇同题佳作,同时揭载于1924年1月25日出版的《东方杂志》二十一卷第二号上。

无独有偶。朱自清的《儿女》和丰子恺的《儿女》又同刊于文学研究会刊物《小说月报》十九卷十号上。说来也巧,这两位曾一块儿在白马湖畔执教并情投意合的同龄文友,此时已届三十岁,且都有五个子女。两篇同题散文都写了天真儿童的日常表现,都写了父子间的骨肉之情,也都写到长辈对下一代教育的殷殷责任心。同一流派其创作题材的相接近,于此可见一斑。当然,同派作家的个人心绪每每也有不同,在《儿女》中,丰子恺对子女流露出更多的是欣喜和赞美,而朱氏则使人更多地感受到他苦于子女累赘的困苦处境以及其自遣其责的痛悔之情。不过,这只是表达情绪所取的角度不同,作者为的是给情绪寻找一种最佳的流动形式,而为文之意则正是作者对儿女至为深重的情爱。1945年7月,丰子恺从重庆到成都去开画展,与阔别二十年的朱自清重逢,老友相见,共话沧桑,感慨万千,朱作诗抒怀,其中一绝云:

---

[1] 李素伯《小品文研究》,新中国书局,1932年1月出版。
[2] 朱自清《写作杂谈》,文载《朱自清全集》第二卷,江苏教育出版社1988年8月报第1版。

> 应忆当年湖上娱,天真儿女白描图,
> 两家子侄各笄冠,欲问向平愿了无?[1]

字里行间显露的钟爱儿女之情,不也是《儿女》篇什中所表现的文旨吗?

朱自清、夏丏尊、丰子恺、俞平伯、叶圣陶五人写过同题散文,朱、夏、丰、叶之篇名为《白采》,俞作篇名《眠月》,副题为《呈未曾一面的亡友白采君》,白采是一位尼采式的诗人,出过一本《白采的诗》,内载长诗《羸疾者的爱》,朱自清对此诗作过中肯的评价,说诗的抒情主人公是作者的自托,颇受尼采哲学思想的影响。白采在江湾立达学园教国文,和朱自清、夏丏尊、叶圣陶同过事,和平伯通过信,白采不幸病殁,朱、夏、丰、俞、叶皆为之哀念,纪念亡友文中又都表示一种抱愧的心绪;朱氏为《白采的诗》未及完篇而内疚,夏丏尊为对白采的诗未有过"一读的诚意"而抱悔,丰氏为"从前不去望望他,同他谈谈"而懊恼,平伯为未曾晤面而只神交而感慨,叶圣陶则为禁不住白采的阻拦未能陪他出城游虎丘而遗憾。一样的抒发惭愧、缺憾之情,抒情的特点又都是一样的真诚、含蓄、适度,对白采的情意都出自肺腑,表示一样的诚挚。抒情适度,浓而不烈,平而不淡,内蕴的都是火一般的真诚的心。稍微不同的是,朱文描述与白采的交往,委婉细腻,此种情缘微微沁出;夏文在记述相交片段时,让人于平淡细微处咀嚼出不平凡的深长隽永的意味来;丰文写为白采饯别竟成永别的情绪涌动;叶文叙写与白采的交谊种种,字里行间充盈着丝丝缕缕的挚情;俞文则紧紧扣住"十三年夏"白采"爱月近来心却懒,中宵起坐又思眠"的诗句,把全部笔墨泼洒到有关"眠月"的种种记事和思考上,从中把彼此至契的神

---

[1] 诗见朱自清《卅四年夏,余自昆明至成都。子恺亦自重庆来,晤言欢甚,成四绝句》,载《朱自清研究资料》,朱金顺编,北京师范大学出版社出版。

交和作者深切的怀念淋漓尽致地表现而出。在抒情构式上，朱文采用"横贯式"，以他对白采未及深交而缺憾之情为中心，连缀有关事情，表达他对白采的哀念。夏文采用"纵贯式"，以他对白采的抱憾之情的发展为线索，描述作者对白采人品的认识由表层到深层的过程。叶文纵横互用，着意追思他与白采交谊的点点滴滴。丰文只略述白采来他家道别小事一桩，让怀念情感在散淡中自由流布。俞文则别具一格，作者并没有大范围地追怀彼此交往的方方面面，也只字未提对方的身世经历，而紧扣"眠月"诗句展开叙议，笔墨驰骋之中，表露出白采此联诗带给作者的感触之殊深。五篇佳作，全以口语出之，不事涂饰，一样的清美，宛如白马湖里亭亭净植的出水莲花。白马湖派散文，所用的大抵是口语，口语的朴素的色彩，自然的节奏，谈话似的语调，清隽的韵味，说明了它们美学倾向的一致。上述三组同题作文，为我们提供了实证。

（四）

　　散文这种文学样式是"情种"的产物，可说是万变不离其情，不论是事、景、理为主要特征的散文，均应有情贯穿其中，情不贯，文不立。散文，极言之，可称为情文。白马湖派散文，即是情文。作文者的名字简直与他们的情文篇名融于一体，难分难解。提起《背影》《平屋杂文》《缘缘堂随笔》《未厌居习作》，人们顷刻会联想起将自己感情全部浸注其中的作者——朱自清、夏丏尊、丰子恺、叶圣陶。

　　白马湖派作家十分重视感情对于文学创作的作用。1924年，朱氏针对宁波有人对《我们的七月》的评论，作了回答：小品散文之吸引人，"最大因由却在情感的浓厚"，并说，此"不可强为"。[1] 同年，他在宁波所作的《我们对于文学的态度》演讲中，又表明自己的创作态度：

---

[1]《朱自清全集》第九卷，江苏教育出版社，1997年第1版。

"觉得感情无谓者,宜节产。"[1] 夏氏也有类似的意见。他认为文学的特征一谓"具象",第二是"情绪",文学作品"把客观事物具体地写下来,使人自己对之发生一种情绪,取得其预期的效果。"[2] 丰氏曾指出:"艺术的根本原则,是关切人生,近于人情。"[3] 叶圣陶认为"真的文艺品有一种特质,就是'浓厚的感情'。我们若说这是文艺之魂,似乎也无不可"。[4] 感情的冲动,情绪的宣泄乃是白马湖派作家散文创作的缘由,作为沟通人我决不可少的洋溢在文中的情感,要求作家由"情生文""情至而文生",读者读文才能引起共鸣。我们且不说朱自清读了父亲的来信,感情结郁于中,发之于外,遂成了不朽之作《背影》。即使以夏丏尊的《猫》和丰子恺的《白鹅》所写动物而论,也赋予人的感情,前者可谓一曲深情的挽歌,写的是猫,实为借猫写人,写人的感情;后者是怀着"好比为一个永诀的朋友立传、写照"的深情来写这篇散文。"白马湖派"情文的独特处,就在于作者们把感情的冲动深深地掩埋在心里,谁也无法觉察;从表层看,他们只是平实地写自己日常生活中的感兴,平淡之极,但平淡之中,蕴藉着深情。他们把深挚的情愫,包容在平常的生活场景中,以清疏平淡的文字出之,有几分动情就陈述几分,既不回避,也不强为渲染宣泄,故作多情。即便如此,我们读者读文,那细到像游丝的一缕情怀,低到像落叶的一声叹息,也能体察得出,且是他们的,不是旁的什么人的。这就是白马湖情文之所以特别令人动情之处。

散文之为情文,其创作上理所当然地重于作者感情世界的体验、性灵天地的反映,在抓住主观世界表现上,白马湖派散文作家似有共

---

[1] 《朱自清全集》第九卷,江苏教育出版社,1997年第1版。

[2] 夏丏尊《文学的力量》,文载《夏丏尊文集》(平屋之辑),浙江人民出版社,1983年第1版。

[3] 陈星《"曲高和众"——丰子恺散文管见》,载《西湖》1983年第9期。

[4] 叶圣陶《文艺谈》,文见《叶圣陶论创作》,上海文艺出版社,1982年版。

通之处，他们都精确把握三个关键——一是将自己内心世界的体验和表现，置于真实的天平上；二是在这种体验和表现中，不懈地去追求人格的完善；三是表达这种内心体验的语言形式上，力求美的升腾。即捕捉心灵世界对真善美的感动和追寻，完满真善美的艺术世界。

"求真"，此为白马湖派作家群所刻意追求的。他们以真挚的感情，写自己的所见所思所感，求得逼真的艺术效果，以形成散文的率真的特色。朱自清散文，力求人情之"真"，他的《给亡妇》《儿女》《白采》等篇什，都出诸真情，把那真诚的灵魂捧出来给读者看。丰子恺为人率真坦诚，他的早期散文《渐》《秋》等篇中毫不掩饰地表示对"无常"的慨叹，对人生的悲观。这些文章即是他的整个好真心灵的表露。夏丏尊特别强调："应当把真心装到口舌中去"，他的散文是他真心和真情的坦率流露。叶圣陶天性纯厚，对朋友的感情坦率而诚挚，这种真情在散文中得以充分表现出来，《与佩弦》堪为代表作。他们几个人在创作散文时，都将自己内心世界的体验和表现，时刻置于真实的天平上，真挚地写出真情来。

"求善"。白马湖派作家群坚持了散文创作的真挚性，这就可以很好地通向善的终极。此乃由于真挚的感情本身，包含着善的因素。他们执着生活，修炼人格，在散文中抒发一种乐善好真的情感，展示一种高尚的内心生活，思考人生怎样走向更为美好的精神境界。这便有了对于完善人格的动人表达，以及"莲荷精神"的真切写照。

"求美"。丰子恺说："圆满的人格好比一个鼎，真善美好比鼎的三足。真善为美的基础，美是真善的完成。真善生美，美生艺术。"[1]可见，由"三足"支撑起来的"人格"这个"鼎"是一种复合建构，三者缺一不可，合则鼎存，分则鼎亡。表现完美人格的散文的文格也是如此，"真"是文之灵魂，"善"是文之气脉，"美"则是"真善"的完成。此三者相济，

---

[1] 丰子恺《艺术与艺术家》，文载《丰子恺小品——艺术人生》，花城出版社，1991年10月版。

便完满了散文的文格。白马湖散文求美之升腾,体现在它有一种朴素而优美的语言,这种语言具有流畅、纯朴和纯净的美质。语言的朴素美,源于感情的真和善。这群作家语言运作,求其与心迹的一致,求其用语的大众化和口语化,不造古怪的词语和句式,即使稍事雕饰,亦作"清雕饰",让美在一种极其和谐自然的文势度下娓娓流淌。在这朴素美共性的基点上,各人又力求自己语言风格的个性美:诸如朱自清之求清秀,夏丏尊之求平淡,丰子恺之求素淡,俞平伯之求冲淡,叶圣陶之求质朴。

(五)

白马湖派散文的清淡风格的形成,似与夏丏尊、丰子恺、俞平伯等人的佛缘有关。叶圣陶虽不参佛法,只对于信佛的人深表同情,然他的关于弘一法师的散文中所说的每一句岂不是佛法?只是别出机杼,他的《谈弘一法师临终偈语》《两法师》即可佐证。据朱光潜回忆:当时他们一班朋友都很苦闷,大家都想找条出路。他与朱自清、夏丏尊等先生也看过一点佛书,因而对丰(子恺)先生追随所敬仰的老师李叔同信佛,"并不感到奇怪"。[1] 俞平伯喜读佛经,禅宗哲学对他散文创作影响尤深,这使他的作品散发着浓重的禅趣、禅气、禅思,表达一种超世脱俗的人生态度。丰子恺则以居士自律,终身素食,法名"婴行",《缘缘堂随笔》的淡泊,岂能与佛缘无关?

丰之散文创作始于1922年,其时正在春晖中学、宁波四中执掌教鞭,口舌之余,孜孜于笔耕,所成散文后来便结集在《缘缘堂随笔》中,缘缘堂即为李叔同所名所书,佛家讲求一个缘字,佛前拈阄所得,自然颇带佛家气息。《缘缘堂随笔》的恬淡清脱,隽永疏朗,正是丰氏恬淡

---

[1] 毕克官《朱先生与丰先生》,载《新民晚报》1986年6月16日第6版。(按:朱先生系朱光潜,丰先生系丰子恺)

人格的自然流露。

丰师承李叔同,宗教意蕴极浓,但他以出世的精神从事入世之事业,因而他的文字每每在貌似淡泊的情趣中掺和着对世人、世事、世物的隽永的挚爱。这可通过《缘缘堂随笔》中的《杨柳》篇得到印证。丰氏认为:"杨柳的主要美点,是其下垂","越长得高,越垂得低。千万条陌头细柳,条条不忘根本。"而不同于有些"枝叶花果蒸蒸日上""只图自己光荣,而绝不回顾处在泥土中的根本"。由此可以看出,丰子恺所赞赏的是被人看作"最贱"却"高而不忘根本"的世人、世事。这里也折视出丰氏于功名极淡、于名利无缘的淡泊心境,此种心绪与他性格深层的宗教情结有缘,而为文作画,作为此种心绪的放释,所成作品自然显得清幽玄妙,并且不时缭绕着那袅袅的"香篆"的烟息。

夏丏尊与李叔同是畏友,译过原为巴利文的南传大藏经、本生经的故事,与佛教颇有缘分。但他的皈依佛教,是企图从佛教教义中求得一些对社会问题的解释。他说:"佛学于我向有兴味,可是信仰的根基迄今还没有建筑成就。"[1]难怪李叔同说他"执着于'理'而忽略了'事'",夏丏尊自己也相信事理不一,可见他并未真正遁入空门。他从不把佛经当作现实的避难所,却不惮于直面社会的罪恶而给予有力的揭露和抨击。早期散文中的格调十分激越之作,盈满着他战斗激情,展现一种全新的思想境界。然而从总体看,也像他的人生从绚烂转向平淡一样,他的散文由清丽复归于平淡。《平屋杂文》中《猫》《长闲》《〈子恺漫画〉序》等篇什,显然是他内心生活的真诚流露,同他平生的处世性格一脉相承。"平屋"之名,既为纪实,亦同样含有"平淡"之义。具名"丏"字,按《说文》之解,可释为"不见也,像雍蔽之形",又显示出他"不汲汲于富贵",愿为布衣的本意。夏氏散文平淡风格的造成,除本性质朴恬淡,喜性日本文化中的天然简素,推崇亚米契斯那种自然、

---

[1] 夏丏尊《我的畏友弘一和尚》,文载《夏丏尊文集》(平屋之辑),浙江人民出版社,1983年版。

单纯、朴实之作风外,还受着佛教文化的熏染所致。众所周知,佛经中的思想、语言、故事、音节都可以对文学产生影响,为文学带来新的观念、新的意境和新的遣词造句方法。佛经的文体特点,如不用骈文家之绮词丽句,讲究质直与通俗,显然予夏丏尊的散文创作以很深的影响,因而他的散文清澈通明,间或夹带着佛禅的运思方式和启悟特征。像《〈爱的教育〉译者序言》写得如一泓清水,明澈见底,似乎正在静静地流淌,细细品来,却潜藏着感情的漩涡和洄流。这类"清淡"之作,比之那些刻意雕琢的文章来,自然更耐得起回味和启迪。

如果说丰子恺、夏丏尊是居士,这对他们散文清淡风格的成因有一定缘结的话,那么,李叔同之成为弘一法师,他的散文造诣极深,确已得炉火纯青之妙,透逸清丽,超凡绝俗,不着一点烟火气,显出一种岑寂的平淡。如《白马湖放生记》《晚晴院额跋》皆是绚烂之极而得归于平淡的典范之作。李之文格清淡实决定于他心境的淡泊。他成为法师,不曾高竖法幢,以显示大法师的威仪,也不曾做名山大刹的方丈住持,而是局促于闽南,间或驻足白马湖畔的"晚晴山房",就这样做了平凡的和尚。诚如叶圣陶所赞:"他似乎春原上一株小树,毫不愧怍地欣欣向荣,却没有凌驾旁的卉木而上之的气概。"[1]一个苦修律宗的头陀,他之所以自成一种极端岑寂的平淡。这是一条从绚烂转向平淡的道路,而且他的绚烂是最华丽的绚烂,他的平淡也是最岑寂的平淡。

总之,丰子恺、夏丏尊、俞平伯、叶圣陶、李叔同的散文的清淡风格,是他们恬淡人格的袒露。他们身上所洋溢的那恬淡感及其作品中所流露的宁静、淡远的审美情趣,这正是吴越文化最和谐的产物,自然也是白马湖派散文最为显豁的艺术特征。

二○○六年六月

---

[1] 叶圣陶《两法师》,文载《叶圣陶集》第五卷,江苏教育出版社,1988年第1版。

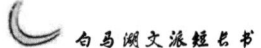

夏丏尊:白马湖文派的精神领袖

今年是夏丏尊先生诞辰120周年、逝世60周年。上海市新闻出版局出版博物馆召开学术研讨会,很有纪念意义。作为我国著名教育家、文学家、出版家的夏丏尊,百年过后人们还要纪念他,并对他的思想与学术成果饶有兴味,恐怕是其人与治学者的最大幸事了。在夏丏尊工作过的上虞白马湖畔的春晖中学,竟有那么多以后成为大师级的先生在上世纪二十年代于人文领域显示出集团性的优势,以及他们卓有特色的整体风格,借此而形成的"白马湖派",则无疑会长久地给人们以启示。

大凡文派的形成总要具备一些条件,诸如所共持的思想倾向、文化选择、创作主张和艺术风貌等等。同时,又要有自己公认的领袖,哪怕是精神领袖。在这个领袖人物周围有着一个创作群体,这个群体又有着相近或大致相同的风格。白马湖派也有其"冠冕"人物,或者说是枢纽性人物,他就是夏丏尊。夏丏尊于1922年进入白马湖,时年36岁,他以长者风范,在其中起着核心的作用。他实际上即是白马湖春晖组织"同志集合"中的轴心。夏丏尊在开明书店的同事赵景深,上世纪八十年代初曾诗赠现代文学研究学者徐重庆一首七律,诗有如是一联:"秦淮灯影我们社,白马奔腾夏丏尊。"此寓意是说,"我们社"的主将是同写《桨声灯影里的秦淮河》的朱自清与俞平伯,而白马湖派之首领则是夏丏尊。你看,白马湖与夏丏尊的重叠影像,竟是如此深深地烙印在白马湖作家群的心中。难怪,白马湖同道称夏丏尊为"夏先生""丏师",乃至后来称之为"丏翁"。

夏丏尊的精神领袖地位是在白马湖派的形成和发展中,由于个人条件突出,其业绩卓著而被日渐确立的。

春晖中学初创时,夏丏尊是实际的筹建班子的重要成员,春晖的举足轻重的筹划与执行,夏都倾注了自己的心力。这里仅举一例,便足以豹见一斑。春晖中学的校名是夏丏尊与经亨颐酌定的。陈春澜作为建校出资人,有一天,他约经、夏两人在白马湖畔勘察校址,三人联袂缓步湖滨。在和煦的阳光下,面对这山清水秀的眼前景致,夏先生情不自禁朗诵起苏东坡"溶溶晴港漾春晖,芦笋生时柳絮飞"的诗句(诗见《和文与可洋川园池三十首寒芦港》),此句一出引发了经先生的诗兴,他也吟出了戴叔伦《过柳溪道院》中的"溪上谁家掩竹帘,鸟啼深似惜春晖"一联,不意之中,两联均有"春晖"两字,就这样在幽雅的吟诵间,把校址勘在白马湖畔,校名拟定为春晖中学。夏先生还说,春晖之"春",与春澜先生之"春"同义,正可纪念先生热心为家乡办学的善举与盛意。[1]

夏丏尊安身立命于教育事业,他的教育理念充满着国际化的眼光,以指导学生课外阅读而言,夏先生就极有立足本土、面向国际的视野。1923年10月他写的《学生课余阅读书目》中说:"我们以为,我们学生所读的书,应照下面所列的两个条件决定:一、做普通中国人所不可不读的书;二、做现代世界的人所不可不读的书。这是我们大胆决定的方针。"[2]且他所开的书目,皆涉及古今中外,强调的是中外文学的会通,中西博取。这种阅读理念影响到后来的朱自清。朱在清华大学执教时,他与杨振声共拟的关于《中国文学系课程总说明》(1929年)中便明确指出,中外文学上的贯通,其目的是"比较研究后,我们可以

---

[1] 详见陈于德《文化老战士夏丏尊》,文载《上海文史资料选辑》第五十八辑。
[2] 夏丏尊《学生课余阅读书目》,文载《浙江省春晖中学》,人民教育出版社,1999年第1版。

舍短取长,增益我们创造自己的文学的工具。这也与我们借助他们的火车、轮船、飞机是一样的。借助于他们的机械来创造我们的新文学"。这种会通中西、会通古今乃至会通文理的倾向,形成了大体一致的学术思想与风格,那就是后来被王瑶称名为"清华学派"。[1] 由此可见,夏丏尊的教育理念与实践是领先于白马湖诸位同行的。这在当时是非常有前瞻性的。

白马湖文派的形成,固然有多方面的由因,但夏丏尊在其中的声气鼓吹、组织联络作用亦不可小觑。夏是春晖出版主任,他主编的《春晖》半月刊之索稿,类似于出版社的组稿。夏十分关注白马湖作家群体的创作,并密切地注视其创作动态,随时保持着沟通与联系。众所周知,夏丏尊的家——平屋是白马湖作家活动中心,一班先生聚集在他的周围,足见他的人格魅力,以及他的感召力和凝聚力。而他主持的《春晖》半月刊在白马湖派的形成中的意义,似也应该给予充分的肯定和估量。

白马湖作家群作为《春晖》的基本作者,其创作自然而然得到夏丏尊的鼓励与扶持。朱光潜的处女作《无言之美》(1924年冬脱稿于白马湖畔),即是在丏尊、佩弦两位先生鼓励之下写成的。朱光潜说:"他们认为我可以作说理文,就劝我走这一条路。我如果有些微的成绩,就不能不归功于他们两位的诱导。"[2] 朱光潜在春晖教英语,《无言之美》的约稿,使其开辟了新天地、新领域。后来夏丏尊主编《一般》,又约在英国的朱光潜写稿,夏把它编成《给青年的十二封信》予以出版。

当时的夏丏尊兼任着宁波省立四中教职。宁波四中是新文化社团"雪花社"的活动之所,他们办《大风》社刊,仿效《语丝》风格。夏也予以全力扶持。《大风》后来出的文艺刊物《山雨》,由在春晖执教的张孟

---

[1] 徐葆耕《释古与清华学派》,清华大学出版社,1997年第1版。
[2] 朱光潜《敬悼朱佩弦先生》,文载《朱光潜全集》第九卷,安徽教育出版社,1993年版。

宁波雪花社社刊《大风》

闻、王任叔等主持编务。夏更是给予全力指导,《山雨》的刊名就是由夏丏尊题签的。《山雨》陆续在春晖编辑出来,刊物通过李匀之在上海印刷、发行,颇有影响。张孟闻还把刊物寄给鲁迅(此事可参见鲁迅《我与语丝的始终》一文)。[1] 所有这一切,夏丏尊都给了悉心的照拂。

春晖第一届学生中有一个名叫王文川的,在他《怀念母校》一文中是这样写丏师的:"我们的语文教师是夏丏尊先生与朱自清先生。这两位老师讲课都非常生动。特别是夏丏尊先生教文学作品时,充满感情;……这两位老师对于培养我们的写作能力,十分重视。夏先生往往叫我们去他那里,当面给我们批改作文,指出我们错误的地方,加以详细说明。遇到好的作文,他就张贴出来,叫我们大家去看,予以表扬"。[2] 就是这个王文川,在丏师的帮助下,春晖毕业后偕同其他七个同学去日本留学。王在日本出版诗集《江户流浪曲》(1929年6月出版),资助者又是夏丏尊(据作者称,他是在夏丏尊恩师的帮助下,由学费中节省了钱自费出书的)。丰子恺为其作书封设计,星夜寒空之下,

---

[1] 见拙作《关于文学研究会宁波分会》。
[2] 王文川《怀念母校》,文见《春晖中学六十周年校庆纪念册》,1981年12月。

小船静泊江上,舟上人正低首沉思。丰之设计正表现了诗人的这种心境。王文川的诗是写实的,杜甫式的,平实可诵。集中最精彩的是《夜中的东京流浪》一首,其他如《失望的恋》《朋友我无须你安慰》《绣花女》也不错。读王文川的诗,仿佛看见了一个谨严沉默的人。这种诗风显然是受着他的老师——夏丏尊的影响。夏文中的"作者的性格",既单纯澄澈、蔼然可亲,又丰富多彩、耐人寻味;他的文风平实质朴、清隽意长。夏文的这种感召力和他本人对后进的提携,不可避免地注入自己的审美情趣,在客观上也引导着白马湖风格的流向。

对于一个文派来说,其领袖人物不仅应当是具有最高的创作水平,而且也要具备促进文派壮大,推动文派发展的能力。

夏丏尊作为"白马湖派"的精神领袖,他的散文创作达到了极高的水平。台湾学者杨牧尊推他为散文"白马湖派"领袖,清淡记述文的前驱,这是很有见地的。[1] 他的最具白马湖风骨的散文《白马湖之冬》,树立了白话论叙文的模范。我写于1991年的《现代散文"白马湖派"研究》中说:"他的代表作《白马湖之冬》,可称为一篇正宗的'白马湖风味'的散文,正是由于这篇佳作,使得白马湖从此出了名,散文'白马湖派'也因此有了与其艺术特质相吻合的名称。"[2] 此言为许多白马湖派研究学者所首肯与认同。诚然,《白马湖之冬》,标志着白马湖清淡记述文创作的最高水平,而《平屋杂文》堪为"白马湖派"散文的标杆。

夏丏尊散文的总体特质:一平二白(平即平实质朴、清隽意长;白即白描之成功)。作者作文高明之处,则是从不刻意为之,却用舒徐自如的笔自然地创造一种清幽、遐远的境界。夏丏尊用白描,常常是以这种白到无技巧的境界,使读文者获得一种只可意会,不可言传的审美愉悦。白描之成功得之于"得意"。所谓"得意",即是指掌握了事物的特征和神髓。夏之散文的描写,不加形容和修饰,却把事物写得绘

---

[1] 杨牧编《中国近代散文》,载《文学的源流》,台北洪范书店1984年1月版。
[2] 见拙作《现代散文"白马湖派"研究》。

声绘色，生动怡人，其成功之关键，也全在于作者对事物特征和神髓的把握。如《白马湖之冬》，写冬天而不叙寒冷也不写冰雪，单单写一个风。作者抓住了白马湖冬天的"风"的特征与神髓，这平白无奇的风，则变得新奇而有情愫、有情思。这情愫、情思像风一样，是无形的，却无所不在，将你紧紧裹挟住。《白马湖之冬》（写于1933年12月）完全可以与朱自清的《背影》比肩，是记叙类散文的巅峰之作。同样写冬天，朱自清也写过，1933年冬天写的《冬天》也是一篇佳作，结构为"横贯式"。写了三幅场景：一是父子围桌冬天吃水煮豆腐，二是与叶圣陶等冬游西湖，三是自己一家四口人在台州过冬。全篇靠冬天的"温暖"情思的连缀作用才串联成文，不然就有珠玉散地之感。而夏的《白马湖之冬》，只扣住一个"风"字做文章，作者在白马湖所领略的冬天情味，几乎皆从风来。这种省略无关的枝节、集中笔力写风、集全力于关键处所的手法，足见他在选材与剪裁上的非凡功力。这是此篇佳作成功之处，也是夏文之特色之一。作者写道："我于这种时候深感到萧瑟的诗趣，常独自拨划着炉火，不肯就睡。把自己拟诸山水画中的人物，作种种幽然的遐想。"夏文特有的平淡隽永韵味汨汨流淌之中，飞来俱见精神、风范的神奇之笔。这种情操很感人。夏文写的是自然的风。他说，白马湖多风，是地理上原因。那里环湖都是山，只北首有一个风口，好似故意张了口袋迎风来的样子。然我们何尝不可以把那"风"比作他的那些"同志"？风的到来，恰是他张了口袋欢迎来的。这又佐证了他确是"白马湖派"的领袖人物。

记叙文是各类文体写作的基础。记叙类之白话散文能写到如此高远幽逸的境地，表明夏丏尊被奉为散文记叙品类的前驱，其清淡散文"白马湖派"的领袖，实是一点不过誉的。

夏丏尊的散文最能体现越文化的复合品性。众所周知，越文化作为多重的复合体，它涵括了正如周作人所说的"飘逸"与"深刻"两种潮流。[1] 夏的散文"亦箫亦剑",他既有"清淡"文,又不乏格调十分激越之作,而且这些文字敢于直面黑暗的现实而给予有力的抨击。文如其人,他早年"参加木瓜之役",支持一师《非孝》事件,救援四一二被捕学生,仗义执言,气势凌厉,甚至被封为"四大金刚"之一,都反映了他的"深刻"——其着眼的洞彻与措辞的犀利,展现一种"深刻"的思想境界。然而,也像他的人生从绚烂走向平淡一样,原有的气势最终成为内在的东西,为文体现一种"飘逸"——其文体的清澈通明,朴实无华。也就是杨牧说的属于清淡记述文品类。这是越文化所独具的一种品性,也是浙东地域"土气息泥滋味透过了他的脉搏,表现在文字上"[2]的一种风格。

至若夏丏尊为促进白马湖文派壮大、发展所做的贡献及其能力,有关论述已有许多,这里仅略举其荦荦大端。

众所周知,立达学会前后办过三本刊物——《立达》季刊、《立达半月刊》和《一般》。其最有影响的则为《一般》。由夏丏尊主编、于1926年9月创刊。据《立达半月刊》第十三期"园讯"透露,该刊是夏之同乡(上虞人氏)胡愈之在一次会议上提议创办的。《一般》每卷四期,共出八卷,一直坚持到1929年底。这在当时刊物旋生旋灭的年代,是实在不容易的,完全靠夏丏尊坚韧不拔坚守"岗位"的精神和他的编辑才能。《一般》的作者面很广,白马湖作家诸如叶圣陶、丰子恺、朱自清、朱光潜、匡互生、胡愈之、刘薰宇等都是其主力中坚,他们为《一般》写了许多文字(包括翻译文字)。《一般》成了白马湖派重要的创作和理论阵地。在主编《一般》时,夏已经是开明书店的编辑,《一般》也就由开明书店发行。夏因为工作实在太忙,"《一般》月刊后来也拜托刘叔琴、方光焘及我们这些人,大家帮忙共同努力,可也总是难以打

---

[1][2] 周作人《地方与文艺》,文载《谈龙集》(周作人自编文集)河北教育出版社,2002年1月第1版。

开局面,打出天下"[1]。此可旁证夏丏尊的敬业精神和领导才能。"当时(立达时期)丏尊在国文课中还兼讲一点文艺思潮。同事中如朱光潜、白采、方光焘、丰子恺、马宗融等作家都常相聚首。在我以前还有朱自清、陈望道等人。记得丏尊所译田山花袋《绵被》(日本长篇小说,1927年1月商务印书馆出版。丰子恺装帧设计封面)的原稿,在当时曾经很得意地朗诵几节给我们听过。"[2]——赵景深之言,则是反映了夏以文会友、广结良缘的品性。夏与白马湖同道切磋'狂辩',商榷学问,又贵在相感以诚、相见以心、相告以忠。诚如台湾学者张堂錡所分析——"夏丏尊是白马湖作家群的'情感中心'。他们友谊的建立、凝聚和升华,夏丏尊常扮演着中介、联络、号召的角色。这主要原因是来自他道德、文章兼美的人格力量,使这群朋友自然地亲近他、尊敬他"[3]。所有这些,恰好道出了夏丏尊为促进白马湖文派壮大、发展所做的巨大贡献及其能力的不凡。

二〇〇六年六月

---

[1] 章克标《夏丏尊先生》,文载夏弘宁主编《夏丏尊纪念文集》,上虞市文学艺术联合会,2001年10月第1版。

[2] 赵景深《纪念夏丏尊》,文载夏弘宁主编《夏丏尊纪念文集》,上虞市文学艺术联合会,2001年10月第1版。

[3] 张堂錡《清静的热闹——白马湖作家群论》,台北东大图书公司,1999年11月版。

白马湖讲演词考论

二十世纪二十年代初，随着"五四"新文化运动春潮涌动，一棵新文化的春苗，在浙东上虞一片幽静的青山绿水间破土而出，它就是春晖中学。主校政的经亨颐校长以践行"与时俱进"的教育原则为己任，继续推动"五四"形成的演讲风气，邀请一大批新文化名人来春晖中学以及他兼管校务的省立宁波四中演讲，一时间演讲之风盛极宁绍两地。白马湖演讲是新文化运动时期的演讲高潮的承续与伸展。中国的新文化讲演活动，以辛亥革命为先声，到五四运动达到高潮，其特点是：兴起得快，发展得狂，思想性、战斗性强，学术特色鲜明。"五四"若干年，如1922年，章太炎在上海，梁启超在南京，胡适之在天津，周作人在北京，四位文化名人在四座都市分别登台演讲，成了中国思想界的一道绚烂的风景。春晖和宁波四中，由于办学民主，教法新颖，重视演讲便成了教育的一大特点。作为一种新型的教育方法，与授课比照，课外讲演也是可以努力的一条路径，成为正课的补充和延伸。总之，它是春晖一项重要的教学活动，是经氏提倡的"智、德、体、美、群"五育方针实施之一大举措。

经亨颐重演讲，起始于他做校长的浙江省立第一师范学校。1919年7月，他得悉陶行知将于18日到嘉兴讲学，便于17日专程前去邀陶到一师讲学。陶行知18日便在一师作了讲演。经在日记中赞云："陶行知讲演，其材料为新教育大体，颇动人。"到了春晖与宁波四中时，经与夏丏尊一起倡导此举，更是不遗余力。

刘叔琴曾对春晖的课外讲演作过描述，他说："本校同人，都认为授课只是教育方法底一种，欲竟教育的全功，非兼向别方面努力不可。这课外讲演，也是我们所曾经努力过的一条路，并且现在还继续地努力着。"[1]他回顾了春晖一年来实践的行踪，归纳出春晖演讲的三种类型：一是五夜讲话（前身为土曜讲话），每旬逢五讲话，即一月三次（5日、15日、25日晚上），此为知识性的学术讲座，作为"对正课的帮助"，"这是我们很觉得可以自慰的一件事"。二是"临时训话及例话，关于这一类话题底取材，当然是随着偶发事件及时事而定，所以注重在情意底修养"。[2]三是校外来宾的讲演。本文所考论的，主要是指校外来宾的讲演词以及"五夜讲话"本校教师的演说词。

（一）

1923年这一年春晖中学课外演讲盛况空前。据刘叔琴于12月1日前统计，其重要讲题如下：经亨颐讲的计有《青年修养问题》《"学"和"用"》《人生对待的关系》《本校底男女同学》；夏丏尊讲的，有《都市与近代人》《月夜底美感》《送1922年》《小别赠言》《怎样过这寒假》《中国的实用主义》《观世音菩萨现身说法解》；丰子恺讲的，有《远近法》《艺术》《裴德文与其〈月光曲〉》；刘薰宇讲的，有《消费合作社》《月与地球》《科学》《用？》《五一》《五四》《本校底选修科》《读书法》等；刘叔琴自己讲《欧洲思想史上底二大潮流》《10月10日》《欧洲思想底三次大改动》《五四》《选修科学科底说明》《个人主义和社会主义》；卢绂青讲《人类在自然界中的地位》。此外，吴觉农讲《对于春晖中学的几点希望》（书面演讲），沈泽民讲《春晖的印象》《阿普罗与

---

[1][2] 刘叔琴《一年来的课外讲演》，文载《浙江省春晖中学》（中国名校丛书），浙江省春晖中学编，人民教育出版社，1999年7月第1版。

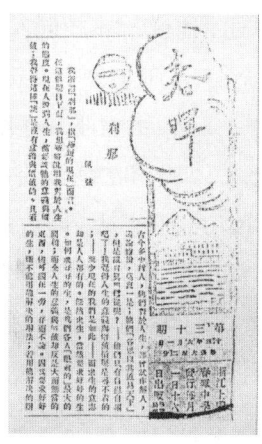

春晖中学校刊《春晖》(半月刊)。图为朱自清《刹那》,刊于《春晖》第30期。

蒂婀娜》,杨贤江讲《春晖与春晖的学生》,等等。除上列的讲演词外,这年5月21日,蔡元培应邀来春晖演讲《羡慕春晖的学生》,讲演历时一小时有余,当时的记录稿约有5000余字。他对于春晖的美育教育的重要性作了阐论,他说:"美的东西,虽饥不可以为食,寒不可以为衣,可是却省不来。……求美也和求知识一样,同是要事。……我们人类不愿做丑事,愿做美事,就是天性爱美的缘故。"他还告诫春晖的学生要珍惜春晖的自然美:"美有自然美、人造美两种,山水风景属于自然美,绘画音乐属于人造美。人造美随处可作,不限地方……至于自然,却限于一定的地方才可领略",而"诸君现在处于这样好的风景之中,真是难得的好机会,我很羡慕。……在这几年中,务必好好地领略,才不辜负了这样的好地方。"[1] 美育是蔡元培倡导的"德、智、体、美全面发展,造就完全人格"新教育宗旨中的重要环节,他把美育放在特殊的位置上加以提倡,春晖的演讲,可见其一斑。蔡的美育思想,能在春晖得以广泛地落实,这也是蔡感到十分欣慰的,因为蔡、经两人对

---

[1] 蔡元培《羡慕春晖的学生》,又题《在春晖中学的演说》,文载《白马湖文集》,浙江省上虞市政协文史资料委员会编印,1993年10月。

此所见略同,两人都在全力推进这一事业。丰子恺也为美的教育尽力,他在"五夜讲话"中,讲了《裴德文与其月光曲》,此为1923年中秋夜会席上的讲演。丰讲了后,还在清风明月之夜,即兴弹奏了贝多芬的月光曲。"真是凉风习习,柳叶微飘,月光洒地,乐声悠扬。学生们都为美丽的白马湖景色和贝多芬乐曲的优美旋律所陶醉。"春晖早期的学生这样回忆着。早一年(即1922年),丰在宁波省立四中师范部也作过《美的世界与女性》的讲演,表达了他的真善美合为一鼎,这个鼎是一种复合建构的观点。他说:"向来的教育,偏重真善,忘却了美。……所以,提倡情育的艺术教育,叫人们从美的世界里得到神圣的爱,为了人们的幸福。"他在讲词结语:"我要对于现代的女性赞美且祈祷:'一切女性皆优美。愿优美的女性,引导一切人们向美的世界去!'"[1]令听者为之动容。从以上两份讲演词中,似可看出,早期春晖已经践行"智、德、体、美、群"全面发展的教育方针,其中美育,诚是塑造完美人格过程中所必备的。它是一种培养人的有机的整体的反映方式的教育,具有完整性与和谐性的特点,这些特点为建构完美的心理结构提供了有利条件。这样一种有机的整体的反映方式的教育,正是完美人格的最基本的建构手段和最有效的塑造途径。人格的心理结构不外乎三种:认识结构、伦理结构、审美结构。其认识结构建立逻辑思维模式,它造就理性的人。这是智育的职能。伦理结构建立道德规范。这是德育的功能。审美结构造就审美的人。这是美育的职能。"美是真与善的统一,美是真与善的完成,这三者相济,便完满了人格",才成了人格完美的人,亦就有效地实现塑造完美人格的教育目标。早期春晖的美育教育的成功实践,于美学讲演中得到了反映。

　　1923年暑期,春晖中学举办了白马湖夏期教育讲习会,盛况空前。讲习会由上虞、余姚、绍兴、萧山、慈溪、鄞县等六县发起,春晖中

---

[1] 丰子恺《美的世界与女性》,文见《丰子恺集外文选》,殷琦编,上海三联书店,1992年5月第1版。

学承办。学员共192人，时间为15天，地点即在春晖园内。演讲人有黄炎培、陈望道、舒新城、丰子恺、黎锦晖、赵薏吴、郭任远、高型若等十余人。据《白马湖夏期教育讲习会的办法》称，黄炎培作职业指导，陈望道作国文教授，丰子恺作音乐图画教授法，舒新城作《道尔顿制及青年心理》讲演，黎锦晖讲国语正音。而赵薏吴作设计教育法，郭任远做心理测验，高型若做理化实验。印有《白马湖暑期讲习会演讲录》一书行世。[1] 上述讲题都是听讲者所乐意听的（如陈望道还在宁波省立四中师范部作《修辞学在中国之使命》的学术讲演，由四中教员方光焘做记录，此文揭载于1924年7月28日《文学周刊》第132期上。[2] 陈氏一开头便说，"我想对诸位发表一点最近对于国文教授的感想"——这实际上是白马湖讲题《国文教授》的延伸，拓展至修辞学领域作了阐释。此时，陈望道已完成他的学术论著《修辞学发凡》初稿）。因为听者都是从事教育工作的人，他们亟须提高自己的业务水平，故有这个活动的开办。类似于这样的讲习会，早先一年（即1922年）在宁波也开办过，即四明夏期教育讲习会。在讲习会上，郑振铎与沈雁冰分别作了《儿童文学教授法》与《文学上各种流派兴起的原因》的演讲。其中沈的讲演稿由张承哉和王任叔笔录，揭载于这年8月的宁波《时事公报》上。沈雁冰的新文学观，他为文学研究会宗旨的呐喊，也传播到1922与1923年的松江暑期讲演会上。《文学与人生》《什么是文学》，都是他的讲题。由此看来，二十世纪二十年代办讲习会好像是一种时兴。1924年暑期，鲁迅也应西北大学当时校长傅铜之邀请，去西安作过演讲，鲁迅的讲题为《中国小说的历史的变迁》，在《国立西北大学

---

[1]《白马湖夏期教育讲习会的办法》，载《浙江省春晖中学》（中国名校丛书），浙江省春晖中学编，人民教育出版社，1999年7月第1版。
[2] 陈望道《修辞学在中国之使命》，文载《陈望道文集》第三卷，上海人民出版社，1981年12月第1版。

暑期学校讲师及所讲题目一览表》中赫然可见。[1]同年11月8日,周作人在中国大学作《神话的趣味》讲演时说:"这几年的中国大学对于新文化方面创造的力量总算不少,面对于社会的贡献也很有相当的成绩,我今天有这个机会来同大家聚谈一室实为荣幸!"[2]早二年,周作人在北京各大学讲《女子与文学》《论小诗》《日本的小诗》,雍容和缓,讲稿写得很精彩,讲完后当场可以送去发表。这大抵是"五四"新文化运动以来,提倡科学民主,追求自由光明,不只社会上演讲成风,而且波及大学与中学,春晖与宁波四中浸润此风亦不足为奇了。

(二)

《春晖》半月刊第20期(时为1923年12月2日)上载有刘叔琴写的两篇文章:一篇是《一年来的本校大事记》;另一篇则是《一年来的课外讲演》,对于1923年全年的春晖演讲做过年度总结,上已考述。1924年春晖的课外演讲活动依然热火朝天,演讲的内容更为丰富多彩。兹根据春晖文化庋藏——《春晖》半月刊粗略统计如下:章育文的《人人必须的科学知识》,夏丏尊的《学说思想与阶级》和《作文的基本态度》,刘叔琴的《个人主义的社会及社会主义的社会中经济原则上的根本的不同点》,朱自清的《刹那》,丰子恺的《艺术底创作与鉴赏》,朱光潜的《无言之美》。这年3月,俞平伯应朱自清之请来白马湖访问,夏丏尊即请俞平伯作了《诗的方便》的演讲。4月,又请在春晖考察的沈仲九作《现代青年课外必修的一种科目》的讲座。另据统计,1925年冯三昧作过《论小品文》、卢绥青作过《白马湖秋色》、敏行作过《点金术》等演讲。白马湖这班先生如此积极而热心于演讲之事,这是他们视教育为价值取向的岗位意识所决定,他们传播新思想、新文化的方

---

[1] 单演义《鲁迅讲学在西安》,长江文艺出版社,1957年12月第1版。

[2] 止庵编《周作人讲演集》,河北人民出版社,2004年1月第1版。

法是笔舌互用：要么写文章，要么讲课、做讲座，"一切的教学手段、教育理念，都是以'人'为本位，以培养健全人格的'人'为首要目标"[1]。正如台湾学者张堂錡所分析的，"因为选择教育为岗位，他们对教育事业自然表现出认真、负责的态度。对自己，他们严格要求自我，主动充实新知；对学生，则采取尊重、引导、关爱的方式。师生和乐融融，使学校成为如家庭般有情有义的温暖'岗位'"[2]。

在春晖，夏丏尊是开展演讲活动的组织者，他自己积极参与，而且讲得最多。那时，他身着蓝布长衫，脚上是布鞋，胳肢窝里夹一个布袋，幽默平和，极易亲近。讲演时也这般形象。他的《春晖的使命》是白马湖讲演词中的上品，他立志要让春晖"竖了真正的旗帜，振起纯正的教育"。他邀来一批志同道合的先生如朱自清、丰子恺、刘薰宇等，形成"同志的集合"，并视为办学的"最紧要的条件"，"以精神的能力，打破物质上的困难"。这篇讲演稿，可说是理解夏丏尊教育思想的一把钥匙。同时为白马湖文派的组织形态凸现了特征——"同志的集合"。至若《学说思想与阶级》的演讲，足见他思想的前卫与敏锐，他从一件小事上悟出一些大道理。他说："学说思想的被尊崇或被排斥，与其本身的好坏差不多是无关的。关键在于这学说思想对于其阶级有利与否。"此时，他已经把学说思想看作是为一定的阶级利益服务的意识形态，而且进一步做出了"权力阶级能拥护利用思想学说，思想学说也只有被权力阶级利用以后才能受人尊崇"这样的概括，揪出了思想学说为权力阶级捧场的狐狸尾巴。这个演讲反映了他的左翼文化视角。此时的夏丏尊已在向阶级论和社会革命论靠近，至少可以说，他已经看到，随着无产阶级力量的增强，马克思经济学逐渐呈现出取代亚当·斯密的经济学说的趋势。

---

[1][2] 张堂錡《清静的热闹——白马湖作家群论》，台北东大图书公司出版，1999年11月。

夏氏的《作文的基本态度》，则就作文时所必须认清的态度，发表了他的真知灼见。他在讲演中阐述了作文的"六W"说，这实是作为卓越文章家的夏丏尊指导作文的经典原则，于今天仍有指导意义。夏丏尊跟文章为伴一辈子，写文章、教文章、研究文章。他暮年时说："我虽垂老，饱经忧患，也还勉强活着，愿以余年继续文章学研究的工作。"而语文教学则是夏氏研究文章学的出发点和归宿点。他力排"陈义过高，流于玄妙"的文章理论，潜心为莘莘学子编撰深入浅出的文章学通俗讲义，真不愧为普通文章学的先师。台湾学者杨牧推尊夏丏尊为清淡记叙品类的前驱，窃以为，主要着眼于普通文章学的意思。杨牧说他的《白马湖之冬》树立了白话记叙文的模范。这是很有见地的。所有文体，记叙文乃是基础，它属于"普通文"范畴，夏氏终其一生，研写记叙文，直至写到"清澈通明、朴实无华"的境地，这就成就了散文"白马湖派"。

俞平伯这年3月10日晚，在春晖做了《诗的方便》的演讲。开讲前，夏先生上台把俞先生介绍给学生，称："俞先生年纪比我少，学问比我好，他是一位开辟新纪元的诗人。"俞讲诗的所谓"方便"即是指"诀窍"。他觉得做诗没有方便（诀窍）可言，"诗的写和做是内心的自然而然的"，如若硬要找什么方便，"是从做人下手。能做一个好好的人，享受丰富的生活，他即不会做诗而自己就是一首诗。即使不是其价值岂不尤胜于名为做诗的人。"他认为"写诗"是天分，"做诗"是功夫，"写是适合诗的机，做的是充实诗的力"。"真的创作实是具备这两种方法，是一半儿做，一半儿写的。草率粗直的不是诗，装腔作态的也不是诗"。并说，"这实在可以推及一般文艺，并可推到其他的事情"。第二天，俞平伯和朱自清一起离开春晖同赴宁波四中。次日上午，俞平伯又为四中师范部三年级的学生作了《中国小说之概要》的讲座。这是俞平伯与白马湖和宁波结缘的历史见证，也是浙东新文化演讲史的一节"华彩乐段"。

这年4月20日，沈仲九在春晖讲座后，5月间，吴稚晖也来春晖演讲，他围绕青年对待人生与科学的主题发表演说，他的开场白妙趣横生："夏（丏尊）的夸奖我的话我是不敢当，这一次我来此地是经先生和刘先生叫我来看看的。到了这里我觉得很好，也分了你们的一点福，说话我很喜欢，但要我讲演我就没有可讲的。今天就算我分了你们的福，罚我讲几句使你们笑笑罢了……"接着就滔滔不绝地讲了"约一时半之外，听者都精神勃勃，毫无倦容"。此讲演开始时使用的幽默，打开了沉闷的局面，缩小讲演者与听众之间的距离感。

朱光潜的《无言之美》演讲词，实是"散漫的说理文"，写得极有文采，作者用自己先天的资禀和后学的陶冶，将西方随笔的论谈风格与中国散文的随意抒写融合在一起，形成夹叙夹议的散漫抒写体制。[1]"这种文风贯穿于他的一生文论。又由于这篇讲演词对声音节奏颇多讲究，加之以朱的一口流利好听的北方话表述，朱光潜的讲演效果特好。此后学生中稍有吵闹的现象便没有了。朱在春晖时似乎悟出了演讲的门道，他后来擅做演讲，如1946年10月27日在北京建国东堂的演讲《谈作文》，即是成功的范例。在这个演讲中，他谈了自己对写作的一些想法，详细介绍作文的方法，从作文准备讲开去，讲到文章体裁、写作方法，如何构思、选材等等，汩汩而出，有若自然生成似的，颇使听者知晓。这是"使人知"演讲的典范。

1925年，宁波四中国文教员冯三昧在春晖兼课，他在白马湖作了《论小品文》的演讲。他上课和演讲时，老是戴着那顶旧毡帽，着一件玄色的长衫，穿双黑皮鞋，一只公文袋却时常装满了参考用书和讲义。他讲话的姿态是那么安详、那么平心静气，滔滔不绝地讲着：今后世界必然流行小品文，其原因是"第一因新闻杂志骤然增多，对于一读即完的要求也格外热切；但从别一方面讲，度着忙碌生活的近代人，失少

---

[1] 参见拙作《论现代散文"白马湖派"》。

充裕时间去赏作长大的作物也是一因"。诚如春晖早期学生斯而中所回忆的："他是一位很有风趣的教师,最爱教我们学习写小品文,并且经常以元曲小令为教材。"[1]《论小品文》这部讲稿,后来在大江书铺出版,书名题为《小品文讲话》,开明书店又以《小品文作法》再版。1928年10月,冯三昧在《大江月刊》第一期发表了《小品文与现代生活》文论,论析了小品散文产生与发达的主客观原因,极有前瞻的眼光,它与写于同年的朱自清《论中国现代小品散文》,为小品散文的理论建设竭尽了心力。对于小品文的研究,夏丏尊与刘薰宇早年在春晖时便进行了。那时他俩同住在平屋,朝夕相处,相互切磋。1926年8月开明书店出版的《文章作法》,专门论述了"小品文"的创作。其中从第四节至第八节,分别谈到小品文作法上的特点。这是我国早期总结小品散文创作经验的书,颇有首创之功。春晖期间的小品散文研讨,看来煞是热闹。

（三）

白马湖演讲,虽是春晖的一种教学活动,然而,它为白马湖文派其形成的组织形态之确立,提供了一个有力的例证。文学流派的形成,往往是在一定的社会条件下,人生态度、审美思想、创作风格等相近的作家自觉或不自觉的结合。基于这种自觉程度的高下以及相关结合方式的不同,流派也就显示出各自的构成形态。在白马湖派的形成过程中,既有师生传承的方式,但其主要的,则是一群文化人的互相友善、互相仰慕、互相切磋。这种友朋切磋实是在形成过程中发挥了类似于组织手段的功用。白马湖文人之以友相待、互相励勉、互相切磋,演讲乃是一种好形式、好媒介。二十世纪二十年代的春晖僻处于上虞

---

[1] 斯而中《忆二十年代的春晖中学》,文载《春晖中学六十周年校庆纪念册》,春晖中学1981年12月编印。

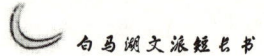

一隅,学校深恐学生见识不广,所以邀请各界的知名人物前来演讲,使学生获得多方面的知识。而且每份演讲稿都加以记录,整理后发表在《春晖》校刊上,供师生阅读。当时的春晖实是名流演讲词集粹之区。对于名人讲学,抑或"五夜讲话",那班先生都可以自由参与与聆听,不若上课之去听课那样严肃,非要事先招呼或经安排方可。这样演讲便成了彼此交流的载体。譬如俞平伯在春晖讲《诗的方便》,夏丏尊主持演讲会,朱自清等人都前来听讲。又譬如俞平伯在四中讲《中国小说之概要》,朱自清主持讲座,四中的同道都在聆听。这些自有赖于这两校同道的良好交友作风,使他们相互之间能各抒己见,交相师友。然而,所发生文派同人联系的种种具体渠道之通畅也是十分紧要的,白马湖演讲便是这种沟通的渠道。在春晖,校方推崇演讲,经亨颐校长更是率先垂范,经氏的《青年修养问题》《人生对待的关系》《秋季运动会开会辞》《勖白马湖生涯的春晖学生》等都是白马湖讲演词的重要之作。1922年12月的一天,经氏演讲《青年修养问题》,春晖师生都去听讲,这份演说词由陈伯勋笔记,刊登在《春晖》第三期上。这天,丰子恺创作了《经子渊先生底讲演》的漫画,也发表在同期《春晖》上,可见学校对演讲之重视,演讲景况之热闹。正是因为经亨颐为春晖创立了这样一个好风气,使得白马湖文派的活动有了一个好的环境。而演讲无疑则是其中由因之一。

白马湖演讲之风盛行,从深层的原因看,似与魏晋时期"清谈"遗风有着渊源关系。东晋初,一些清谈家,如许询、孙绰、王羲之、支遁等人,他们与寓居上虞东山的谢安一起交谊,"出则渔弋山水,入则言咏属文",形成盛极一时的玄言诗派。诗派的清谈,承袭了东汉清议的风气,分为主客对答、一主多客或一客多主、自为主客等多种形式,聚会狂辩,析理问题。这种呼朋引类、高朋满座式的谈玄论道,最能彰显语言犀利、谈锋锐削、逻辑严密、言理雄辩、音韵悦耳的谈辩形式,它几乎与演讲如出一辙。应该说是历史上最早的演讲。朱自清极慕他们当年的清谈情趣,写诗记云:"文采风流照四筵,每思玄度意悠然。也应有恨天难补,却与名山结善缘。"[1]诗中隐约表露的"言咏属文"的情致,不正是白马湖同人所喜好的吗?白马湖此时的演讲不就是历史上上虞清谈文风、文脉的承续?而这种活动(清谈与演讲)历史与现实竟有惊人的相似,即都是结社成派进行的——玄言诗派、白马湖文派。

  白马湖文化人喜好聚论文化的禀性也在白马湖文派的形成中起着某种媒介的作用。春晖与四中同道所引以自重的交友作风,是互勉,是互相劝善规过,以至成为生活和事业中的诤友。朱光潜说:"同事夏丏尊、朱佩弦、刘薰宇诸人和我都和子恺是吃酒谈天的朋友,常在一起聚会。我们吃酒如吃茶……酒后见真情,诸人各有胜概。我们在友谊中领取乐趣,在文艺中领取乐趣。"[2]作为交友风气的氤氲,自然会活跃新文学的声气。譬如,他们对于白采诗《赢疾者的爱》的研讨,就体现了这种情况。1924年春俞平伯来春晖,在游甬的火车上与朱自清探讨,评其诗云:"琼枝照眼,宝气辉然,愈读则愈爱"。夏丏尊在平屋家宴俞平伯(朱自清作陪)时又作讨论,气氛又是那样的热烈以至白采病殁后,他们不约而同地写了同题的遗念文章。对于丰子恺的漫画,它首次正式发表在《我们的七月》,由朱自清、俞平伯亲自编发,后来夏丏尊为《子恺漫画》写序,朱自清也为之,郑振铎也写了;朱光潜则写《丰子恺先生的人品与画品》。白马湖的朋友们为子恺漫画的鼓吹,是那样的热心。此种同声相应,同气相求,表明白马湖文派群体的有机联系之特征是何等明显。而共同参与讲演应该说也是其特征之一。演讲前,他们兴许作了切磋"狂辩",以求其演讲的成功。总之,对于白马湖同道来说,讲演如同写作,都是表达思想、传布学问的重要方式,而在某些时候,或许更为重要亦未可知。譬如表达朱自清此时人生哲

---

[1] 参见拙作《论现代散文"白马湖派"》。
[2] 朱光潜《丰子恺先生的人品与画品——为嘉定丰子恺书画展作》,文见《朱光潜全集》第九卷,安徽教育出版社,1993年版。

学与思想基础的《刹那》,他多次讲演。丰子恺的《艺术底创作与鉴赏》,他在春晖讲,又在四中讲,不惮辛劳。也许可以说,白马湖文派群体的形象,很大程度上是通过讲演来完成的。而这也正是撰述此文的深意所在。

二〇〇六年七月

白马湖作家与五四新诗的创新

白马湖是五四新文化的一个驿站,波澜壮阔的五四新文化运动都可以在二十世纪二十年代的白马湖畔春晖中学(包括宁波省立四中)找到它的回响和痕印。本文试图循着五四新诗这一线索,探寻白马湖作家在新诗革命中(特别是新诗的创体与创意上)的种种努力及其不凡的业绩。

新诗在五四时期诞生不是偶然的。郁达夫曾说过,五四运动的最大的成功第一要算"个人"的发现。新诗恰是个性的解放意识觉醒之作为。在五四时代的诗歌革命中,新诗的诞生,虽然不能说它就代表着整个五四新文学运动,但新诗却是个中最早发端并取得战绩的。因为诗体的解放,正是人的觉醒的思想在文学变革中的一种反映。而且,新诗在这个革命运动中据有了一个又一个战斗阵地,孕育了一批又一批创新诗人,也产生了一首又一首佳构杰作。这当中,白马湖作家也有其特殊的贡献。

引论:鲁迅、周作人与新诗

在中国文学革命的新声中,鲁迅的《狂人日记》,被誉为第一声春雷,但鲁迅的贡献不只是在白话文创作上,他也是五四新诗的最早拓荒者之一。如他的《梦》《爱之神》《桃花》等新诗,都是与《狂人日记》同期发表在《新青年》上的。鲁迅的新诗,无论在内容的创意上还是诗体的创新上都做了不懈的努力,并对一些斗方名士派予以有力的抨击。

鲁迅的《梦》是他写的第一首新诗,其内容与形式的创新是有口皆碑的。此诗的一个显著特点是运用比兴手法,即以婉曲的笔调,作犀利的讽喻,从这个意义讲,《梦》可称讽刺诗(包括其他几首)。《梦》不长,姑且引录于下:

> 很多的梦,趁黄昏起哄。
> 前梦才挤却大前梦时,后梦又赶走了前梦。
> 去的前梦黑如墨;在的后梦墨一般黑;
> 去的在的仿佛都说,"看我真好颜色。"
> 颜色许好,暗里不知,
> 而且不知道说话的是谁?
> 暗里不知,身热头痛。
> 你来你来!明白的梦。

鲁迅写这首《梦》的时候,正在教育部当佥事,他目睹部里总长及次长频繁更迭,并透过它洞悉到这一纷乱政象的根源,因而用比兴手法做诗,讽喻了那时宛如走马灯似的政局。"写景而兼兴时事",不能不说是这首诗的艺术上的特点。这首诗,如题所咏,句句切着"梦"说,不但描绘"梦"的容颜,而且揣摹"梦"的神情,"梦"的艺术形象跃纸而出。然作者的用意却在"蓄愤以斥言,环譬以讥讽",拿他当时亲身领略的社会现象的感觉,借"梦"来表达自己对时事的政见,"梦"所讽喻的正是1918年前后一段时期的政象——军阀混战,忽上忽下,朝臣暮贼,频繁更迭。"梦"是鲁迅多次使用过的比喻,这里的"黑梦"讽喻军阀混战的政象,而"明白的梦"则蕴含改革社会的理想和意见。

鲁迅所用的比兴,不拘限于句譬字喻,更构成一个隐喻形象。它的根本特点是通过比拟或概括,把形象的某一特征、某一方面集中起来，使形象具有一定的比喻意义。《梦》即是这样。你看，"梦"的形象有容颜，有动作，有言语，有心理，作者一一地描述出来：用"拥挤的梦"讥讽军阀的专横跋扈；写"黑梦"的"看我真好颜色"婉讽其诡计多端；写"明白的梦""你来你来！"则是热切呼吁，倾注出欢欣相迎的热爱之情。情意婉转，一气贯穿，构成一个完整的艺术形象，而且其赖以寄托的艺术形象与其作者寄托的思想是那样的水乳交融，这就建构了形象思维。"五四"新诗草创时期，有些诗篇也用讽喻兼比兴，如胡适的那首小放脚式的《蝴蝶》，用笔即为讽喻影射。然而，《蝴蝶》仅句譬字喻，而且多少有些破碎，不能给人以完整的形象，且与其所寄托内容的关系又显得有些牵强、不甚和谐，寄托的痕迹比较明显，严格地说，只能算是"比"。而鲁迅的《梦》，不但隐喻形象极为完整，而且与其内容的关系又异常密切，异常和谐，这才可以称为"兴"。当然"比""兴"在程度上是有深浅之别的，最深刻的为"兴"，次为"比"，有的则连"比"都够不上。在五四新诗处于草创状态的情况下，鲁迅作新诗，用比兴体能达到如此水准，足见作者功力之深。[1]"一滴水可以见太阳"，透过《梦》的比兴的传承与创新，可以管窥到鲁迅创作的新诗在内容创意与形式创体上，已经有了不凡的贡献。

  同时，鲁迅还热切地培育新诗的成长，如为周作人修改诸如《小河》《北风》《微明》《路上》《背枪的人》等新诗，此可见鲁迅对新诗的支持是很细致的，即便是如此点滴也从不放过。

  《小河》是周作人1919年2月写的新诗，发表在《新青年》六卷二期上，这是周作人早期诗歌的代表作，他自己也颇赞赏，在他的《知堂回想录》中曾有三节论述这首诗，题为《小河与新村》。他写道："写那样的长篇实在还是第一次，而且也就是第末次了，因为我写的稍长的诗实在只有这一篇。"全诗"共五十七行，当时觉得有点别致，颇引起

---

[1] 参见拙作《鲁迅新诗艺术手法琐谈》，文载《杭州师范学院学报》1984年第4期。

好些注意"。从现在保存的原稿上看，在这五十七行的诗中，就有鲁迅修改的八十多处，仔细推敲，使人感到很有特色，如在《小河》的第一段中，周作人的原文是：

　　一条小河，平静的向前流。
　　流过的地方，两边都是乌黑的土，
　　生满了红的花绿的叶，黄的果实。

　　鲁迅将"平静的向前流"改为"稳稳的向前流动"。这虽是个别词汇的更易，但却给人们展示了一个有声、有色、动的画面，并赋予了它诗的语言。

　　另一处，原句是：

　　我生在小河的旁边，
　　夏天不能晒干我的枝，
　　冬天不能冻伤我的根，
　　如今我只怕我的好朋友
　　将我带倒在沙滩上，和水草在一处。

　　鲁迅把"不能晒干"改为"晒不干"，把"不能冻伤"改为"冻不坏"，虽只将原字词颠倒一下，却显示了语汇的丰富、洗练，而且顺口易读。他又把"和水草在一处"改为"伴着他卷来的水草"，意思虽相同，但更富有诗的意境。这些正符合鲁迅自己后来提出的对新诗歌的极为精辟的见解，他说："诗须有形式，要易记、易懂、易唱、动听，但格式不要太严。要有韵，但不必依旧诗韵，只要顺口就好。"[1]

---

[1] 参见叶淑穗《五四时期鲁迅批改的几首诗》，见《人民日报》1981年9月22日第8版。

周作人的《小河》被胡适、朱自清、郑振铎等称之为当时新诗中的一首杰作。其实他的另一首《慈姑的盆》也写得相当精练,诗意盎然,而且颇有小诗体的味道。

周作人在二十年代"小诗运动"的推进上,是有着特殊的功绩的。从小诗的发展轨迹看,"小诗运动"贯穿于二十年代上半期。1922年前,是小诗运动的酝酿期;而1922年至1924年,则是小诗创作勃兴期;1925年开始,小诗运动势头减弱,日渐进入了尾声。周作人在这当中,呐喊呼号可谓不遗余力。1922年6月13日,他为燕京大学文学会作《论小诗》的讲演(后因身体不适未讲,讲演稿刊在1922年6月29日的《觉悟》上);1923年3月3日又在清华大学作《日本的小诗》的讲演。他在《论小诗》中指出:这种小诗的特点是表现"忽然而起,忽然而灭"的"刹那感觉之心","适于写一地的景色,一时的情调",必须"真实简炼"等等,这对于小诗的体制,是很中肯的概括。他还对小诗的创作发展发表了很好的意见,他说:"我于这小诗的兴起,是很赞成,而且很有兴趣的看着他的生长"。"我的意见以为最好任各人自由去做他们自己的诗,做的好了,由个人的诗人成为国民的诗人,由一时的诗而成为永久的诗,固然是最所希望的,即使不然,让各人发抒情思,满足自己的要求也是很好的事情。"[1] 正是由于他的指引与推重(包括他在《诗》月刊上大力介绍日本小诗),小诗运动便蓬勃开展起来。冰心的《繁星》与《春水》的问世便是有力的见证。茅盾称赞说:"冰心的春水诗,做得很好。"[2] 胡愈之专门撰文指出:"自从冰心女士在《晨报副刊》上发表她的《繁星》后,小诗颇流行一时,除了大白君的《旧梦》,此外在杂志报章上散见的短诗,差不多全是用这种新创造的文体写成的,

---

[1] 周作人《论小诗》,文载《周作人讲演集》(止庵编),河北人民出版社,2004年1月第1版。
[2] 见茅盾为《小说月报》第十三卷十二号写的一则通讯。

使我们的文坛,收获了无数粒情绪的珍珠……"[1] 当然,小诗运动的兴起,与外来文学,包括印度泰戈尔《飞鸟集》和日本的俳句的影响亦不无关系。但从总体上看,只是"略有影响"而已。而且这种影响,对于小诗的创新(体制的创意、内容的创意)都是有益的。创意古而有之,人类在创意的历程中,不乏创意的哲人、智者和能工巧匠。比如公元前2500年希腊人就创立了体育;公元前1500年埃及人发明了24个字母符号,公元前1400年中国人就发明了甲骨文。人类之创意尚且如此,更不必说新诗的创意了。

本论一:刘大白写白马湖新诗

在五四新诗(自然包括小诗)的创新发展中,白马湖作家刘大白有着杰出的贡献。刘很早就在上海《民国日报》副刊《觉悟》发表新诗,他的诗作备受关注和好评。他的处女诗集《旧梦》于1923年出版,共收入他在五四时期所写新诗616首。就其内容看,有社会诗、哲理诗、写景诗、爱情诗。但最能体现时代精神且具有积极意义的是那些社会诗,这些诗无疑是刘大白五四高潮期新诗创作的精华所在,也是《旧梦》的代表作。刘的写景诗,写平水的山光,西湖、白马湖的水色,钱塘的风雨都非常出色。特别是"平水的山光,白马湖的水色",周作人在《旧梦》序文中尤为希望和赞赏。刘大白直接写白马湖的诗有两首——《白马湖之夜》和《红树》,勾勒或描绘了白马湖美丽的自然景致。台湾学者张堂錡赞之为"是实景的描绘,也是心灵真挚的讴歌"。[2] 张具体分析说,《白马湖之夜》"在视角上颇新颖,第一段是诗人平望,第二段则仰视明月,月又俯瞰湖中倒影,第三段再回到水平线上的渔舟,这些景致错落迭现,使诗人不禁感叹'难得'再三,白马湖优美的夜

---

[1]　化鲁(胡愈之)《最近的出产·繁星》,载1923年5月20日《文学旬刊》第73期。
[2]　张堂錡《清静的热闹——白马湖作家群论》,台湾东大图书公司,1999年版。

色,也因着诗人的情感投射,而在读者心中留下生动的形象"[1]。它比之新月派诗人陈梦家所写的同题诗《白马湖》(1935 年 1 月写于上虞故里),内容要丰满得多。那天是 1923 年的 5 月 31 日,江南已是春末夏初的时节,天气晴好,气温宜人。当晚九时,蔡元培在春晖对师生演说结束后,刘大白随夏丏尊踏着皎洁的月光,沿湖畔小径去平屋过宿,当他抬头看到白马湖迷人夜景时,便诗兴突发,文思泉涌,回屋即挑灯写了这首诗。山水怡情,而情能催诗。是白马湖的山水,催生了如是丰满的佳作。另一首《红树》,是对白马湖秋色的描述:

　　谢自然好意,
　　几夜浓霜,
　　教叶将花替!
　　算秋光不及春光腻;
　　但秋光也许比春光丽;
　　你看那满树儿红艳艳的![2]

二十年代白马湖的秋,别有风致,其时,秋光渐渐地老了,除樟木常绿外,那梧桐的叶子也都由绿而黄,秋风的吹送,将那些黄叶吹落地上,地面呈现出一片红黄色,这红黄连同"平屋"后面象山上的满山红叶,会令人眼前浮现一片灿灿的红艳艳。难怪乎诗人要发出秋光胜似春光的赞叹。可以看出,这是一首新诗(小诗)初创期的佳作。诗的即景起兴,咏物寄言,尤其是诗作捕捉刹那的感觉、感受,全然是一种清新的隽逸的。据说是他在客寓的平屋里所作。刘的最后所作的小诗——《孤树》也写秋林,精彩极了。其第二首云:

---

[1] 张堂錡《清静的热闹——白马湖作家群论》,台北东大图书公司,1999 年版。
[2] 《刘大白诗集》,书目文献出版社,1983 年第 1 版。

一夜西风，
当前的秋林也瘦了。

　　这是最纯粹的，最完整的，最有诗意的。——赵景深如是说。[1]刘大白的小诗有似他自己说的属于"哲理底抒情化"一类，通过形象来抒情，寓以哲理的意蕴，启人产生回味和深思。兹录几首看看，见其一斑：

最重的一下，
扣我心钟的，
是月黑云低深夜里
一声孤雁。
　　　　——《丁宁·旧梦之群》二六[2]

一夜春雨，
绿了多少田畴；
一夜的秋霜，
黄了多少林壑；
如此神奇，
怎不叫画师们惭愧
　　　　——《旧梦》七十六[3]

当菜花披着黄袍
秋霜于绿野时，

---

[1]　赵景深《刘大白的诗》，文载《新文学过眼录》，赵景深著，陈子善编，广西师范大学出版社，2004年11月第1版。
[2][3]　《刘大白诗集》，书目文献出版社，1983年第1版。

豆花不曾屈服,

依然黑白分明!

——《再造·泪痕之群》三六[1]

这就是所谓"哲理底抒情化"一类小诗。初期的白话诗(也包括小诗),说理成了风气。但刘大白能注意于审美的把握,注意将自己的主观感觉具象化,并且致力于在刹那间所表现出来的理性与情感之中,寻觅一种"情结"。这就使他的作品提升了诗质。他的不少诗作,仰仗于艺术形象,溶进情感的浆汁,既让人产生审美的快感,又让人顿悟到那暗藏的哲理的睿智。比如他的一首写泪的小诗:"泪是人身底瀑布吧。/瀑布是起于源头底不平的;/泪底源头/也是不平呵!"(《秋之泪之群·三十三》)从瀑布的源头引到泪水的源头,归结为"不平"二字,让读者从自然事物的变化之理揣摩到人世间的事。由此可以悟到:为什么小诗中泪水特多,其源盖在于诗人对现实世界的诸多"不平"!当然刘大白也有些作品只顾言理,却忘记了艺术加工(须知,哲理入诗,尚需讲究形象,讲究情理调配)。比如他的《旧梦之群》之六十那首:"文学是有催眠性的;/文学家支配社会的魔力,/比宗教家还大!"虽有些许哲理意味,却缺诗的余香,只是说教式的言辞。这也印证了刘延陵在《小诗的流行》里之所言,"短诗必须文简而意精,否则也必须有特殊的风格。像泰戈尔《飞鸟集》里所做的诗,大部分可算好,但有二三十首我还觉得是一种理智的格言。"

本论二:白马湖作家及新诗

白马湖作家朱自清、叶圣陶、俞平伯、刘延陵、冯三昧等,都写过新

---

[1] 《刘大白诗集》,书目文献出版社,1983年第1版。

诗,也写过新诗之一种形制——小诗。他们不但亲笔尝试,而且对于新诗的创新做了思考与探索。叶圣陶最早提出诗的泉源是生活的观点。他在《诗》月刊第四号发表的《诗的泉源》的论文(后收编在叶圣陶、俞平伯合著的《剑鞘》一书中,朴社 1924 年 11 月初版),即便是今天读来也有其现实意义。叶圣陶说,生活有两种:"空虚"的生活和"充实"的生活。"空虚的生活是个干涸的泉源,也可说不成的泉源,那里会流出诗的泉来?""唯有充实的生活是汪汪无尽的泉源。说到泉源,就是泉水了,所以充实的生活就是诗。"他又说,"生活空虚的人,也可以写诗,但只是诗的形罢了。"这的确是对五四以来新诗创作理论的正确概括与总结。叶圣陶谈的是"诗与生活",俞平伯写《小劫》,并与另三首新诗一起,刊在《诗》刊创刊号卷首,朱自清对之赞不绝口,说《小劫》"意境殊胜,音节单缓和美,真是无以复加",是一篇"光明鲜洁"之作。俞平伯还在白马湖讲《诗的方便》。刘延陵总编《诗》刊(他费的心思和工夫最多)。朱自清为《诗》刊写了三首小诗,并写《短诗与长诗》,对小诗的创作进行探讨。他在春晖编《踪迹》。而夏丏尊、丰子恺帮助春晖学生王文川出版诗集《江户流浪曲》。他们都为新诗事业而辛勤耕耘。白马湖作家所编的《我们的七月》和《我们的六月》,虽然重点放在小品散文的创作上,但对于新诗的创作也留有一定版面。朱自清写了《赠 AS》《风尘》,刘延陵写了《一封信》,俞平伯写了《赠 MG》《呓语(之十九、之二十)》,均载于此。作为白马湖作家,俞平伯十分赏识白采的才气,称誉白采的长诗《羸疾者的爱》"琼枝照眼,宝气辉然,愈读则愈爱",希冀把它刊在《我们的六月》上。他致信白采征求,以"至缄札累万言",因白采已把长诗付梓于单行本,遂将唱和《微音》主编程本海之诗《自己墓上的徘徊》,交给《我们的六月》刊载。这首新诗好像受法国现代派诗人波德莱尔的《恶之花》诗风的影响,不过白采并非是颓废派,他只是一个异乎寻常的神秘者,和波德莱尔那个逃自地狱的魔鬼截然不同,他毕竟深受着中国文化的熏陶,是个悲吟于白杨衰草

1925年白采《羸疾者的爱》初版本

间李长吉一般的才鬼。在编《我们的六月》时,朱自清临时编发了为五卅惨案而作的《血歌》,而且把它放在扉页,足见对于新诗的重视。在《我们》中,对小诗创作给予了更多的关注。张维祺的《小诗》两首、冯三昧的小诗《花瓣》,还有无名氏的《小诗》二首(《我们的七月》第141页),格外引人瞩目。张维祺的《小诗》的第一首的"伊底长长的语丝",后来成了《语丝》的刊名。带去《我们的七月》的顾颉刚说,张《小诗》中找到的"语丝"二字"颇写意,不落褒贬"。冯三昧的小诗《花瓣》,全诗凡二十三首。题记云:"如其自然的心是花朵,这从心里飘拂下来的片也似的情思,便是我的花瓣了。"他此时在宁波四中与春晖中学掌教鞭,在国文课常教学生欣赏新诗,他说应该从小诗入手,尤其是日本的俳句。他的诗友王任叔说他"(三昧)全个人格的表现颇有些诗的风味,所作的诗又带日本诗风味很浓,我也颇受些影响"(未刊诗集《途遇·自叙》)。有一次,他在黑板上写了这样一首小诗作例子:"对女学生讲《诗经》,/胡子才是最需要的东西啊!"他很推崇白采的诗,说白采的诗,才是诗人的诗。无名氏的小诗二首是这样写的:(1)最聪明的,/到女子底手里,/就是最笨了。(2)一切都为谁所有?/我是私有泪珠!这些抒情小诗都写得单纯而清新,有些片段也确有一些实际生活的感受,包含了隽永的哲理思绪,以优美的艺术想象表现出作者点滴的感兴,引起读者的联想和共鸣。二十年代的小诗运动,时间虽然不长,但就其创作队伍看,南北呼应,作为南方的白马湖作家群,用他们各自的笔为其推波助澜,一时兴奋了大半个诗坛。

这里应当提及的是,曾在宁波省立四中执教的刘延陵对于新诗事业的贡献。且不说他为《诗》刊总负责所作的奉献,即便他五四早期的诗作如《水手》等,也令人惊叹他的成就之高。《水手》不长,兹录于此:

> 月在天上,
> 船在海上,
> 他两只手捧住面孔,
> 躲在摆舵的黑暗地方。
> 他怕见月儿眨眼,海儿掀浪,
> 引他看水天接处的故乡。
> 但他却想到了,
> 石榴花开得鲜明的井旁,
> 那人儿正架竹子,
> 晒她的青布衣裳。

这首诗朴实亲切,无论是音节、语言、情思、意境,都达到了很高的水平;这真是新诗初创时期难得的一首好诗!难怪梁宗岱在写给徐志摩的一封信里对它极力推崇,说诗的第二节竟写得"那么单纯,那么鲜气扑人!"据说,晚年客居在新加坡的刘延陵,请人把《水手》谱成歌唱之,可见他对这首诗的钟爱与推崇。[1]

白马湖时期的朱自清,对于新诗发展的贡献也是值得一记的。此

---

[1] 刘延陵《〈诗〉月刊影印本序》,载《新文学史料》1990年第2期。

时的他十分赞赏鲁迅的新诗,前引的鲁迅(唐俟)的《梦》里的诗句:"后梦赶走了前梦,前梦又赶了大前梦",他伸手掐来便引入自己的文中(《山野掇拾》)。他编撰出版的《踪迹》,其扉页引述周作人的新诗《过去的生命》代作前言。《踪迹》第一辑中的抒情诗,既赞颂光明,表现出对北国"红云"的向往,又揭露黑暗,从一个小舱里去"认识那窒息似的现代",意境清新含蓄。这些诗作,都从不同的角度反映了五四时代的时代精神,代表了五四新诗运动的方向。写于宁波四中的《别后》更贴近于他日常生活的原生态。1924年春寒料峭之中,徘徊在四中校园里的朱自清,正怀着人生的困惑和孤苦,随着躁动不安的生命鼓胀,在潜隐心态中,将被压抑的生之困苦与迷惘化作艺术的潮动,赋予生命另一种虚幻的外形,就这样萌生了这首《别后》。朱自清主编的《我们的六月》,其首页,临急妙思抱佛脚编发的为"五卅"惨案而作的《血歌》,则是一首政治抒情诗,充满着战斗的激情。诗篇以"血"字为轴心,展开了抒情,似声讨帝国主义侵略者的檄文,也似反帝反封建的动员令,具有强烈的艺术冲击力和感召力。对于大至诗的体制及其表现技巧,小至诗"味",朱皆潜心研究。他于《春晖》半月刊第三十三期上发表了《水上》一文,对沙剎所著的以西湖为背景描写爱情的新诗集作出评介。朱批评现在的新诗"最容易犯的一个毛病就是'浅薄'。印在纸上,好像没有神气,念在嘴边,也像没有斤两;这就是没味。尔后,朱发表了一段箴言:"味"是什么?粗一点说,便是生活,纯化的生活!便是个性,便是自我!"这是作诗的诀窍:"表现自己","尽力便行",诗之"味"便喷薄而出。在白马湖畔、在春晖返甬的火车上,他与诤友俞平伯共同研讨白采的长诗——《羸疾者的爱》,[1] 在春晖写专评《白采的诗》[2],以至于后来他写《中国新文学大系·诗集》导言时,专门写了一段评述,这是对白采诗最经典的评鹭,它凝结着白马湖作家对白采诗作的研讨成果。朱自清说:"白采的《羸疾者的爱》一首长诗,是这一路诗的压阵大将。他不靠复沓来维持它的结构,却用了一个故事的形式,是取巧的地方,也是聪明的地方。虽然没有持续的想象,虽然没有奇丽的比喻,但那质朴,那单纯,教它有力量。"[3] 正是因为白采的这首长诗,是五四时期甚或今天都可视为少见的一种创意诗歌,朱自清才给予这么高的评判。对新诗的创新(创体、创意并创造表情达意的艺术手法)是五四时代诗人的历史使命。朱自清担负了这一伟大的历史使命。可贵的是,朱自清不只是提倡诗体解放,而且是以社会革命为己任,强调诗魂的活跃。他认为,即是两三行的短诗也必须是灌溉生活的泉源,必须凝练地反映出像"电光底一闪,燕子底疾飞"那样的激情,才能有攫人的魅力。[4] 他的诗歌创作,尤显诗魂之活跃。亦即诗的内容上的创新——直面人生,鞭挞黑暗,企盼光明,甚或对处

---

[1] 《羸疾者的爱》1923年创作,1924年发表,1925年由上海中华书局出版单行本。诗以六千言的篇幅,叙述了这样一个故事:主人公羸疾者在漂泊的途中,遇到快乐村庄中慈祥的老人和美丽的孤女,他们把爱给了他,但他因自己是一个羸疾者,不配享受人间的爱,便谢绝了。母亲、朋友苦劝,爱他的孤女也跋涉寻来,而他却说"我不敢用我残碎的爱爱你了",自己将"求得'毁灭'的完成"。作者将这个故事构筑在对于现代世界的诅咒和对于将来世界的憧憬两块基石之上,他着力塑造了羸疾者这个五四时期知识青年的典型形象,虽然悲伤,但不绝望。诗在形式上新颖独特,全用对话写成,全诗四大段,章法重叠,而娓娓言之,遂令人忘其重复。此诗无论在意境和技巧上都是非常成功的力作,而且巨制鸿篇(总共七百二十余行),在当时的诗坛引起震动。

[2] 朱自清《你我》,文载《朱自清全集》第一卷,江苏教育出版社,1988年5月第1版。

[3] 杨匡汉、刘福春编《中国现代诗论》,花城出版社,1985年12月第1版。

[4] 朱自清《短诗与长诗》,文载《朱自清全集》第四卷,江苏教育出版社,1990年12月第1版。

于新生状态的共产主义事业的歌颂。

附论:诗派鼎足而立

　　诗以创新为贵。诗的创新包括创体和创意两个方面。创体,显然是指对诗的体裁形式的创造,而创意却是在诗的内容上的创新。"五四"新诗的崛起,亦是如此。胡适只满足于创体,说要"把从前一切束缚诗神的自由的枷锁镣铐,拢统推翻"(《谈新诗》),而忽略诗的创新的另一面——创意。他误以为中外文学史上的革命皆是形制上的革命,殊不知每一种诗体的革新或革命,皆是与"创意"同步进行的。诚如废名所言:"胡适之先生最初白话诗的提倡,实在是一个白话的提倡,与诗之一字可以说无关。"[1](这也难怪胡适,这一时期新诗,"偏于纯粹的摹仿者居多",然这不是正当趋向。我们应当创造主义和艺术一贯的诗,不宜常常在新体裁里放进旧的灵魂"。——有人大声疾呼。[2])因而他的一些新诗并无多少能超越他所否定的旧体诗词新意的。虽然他如是痛快淋漓谈着诗体的变革。鲁迅、周作人,特别是白马湖作家所从事的新诗事业,他们既创体,又创意,并创造了表情达意的艺术技巧,促进初期新诗向前迈进了一大步,某些还取得了突破性的成就:借由他们的诗音,听到了时代的呼唤,以及那鲜活的思想的力量。他们连同胡适、郭沫若等开创了朱自清所界定的"自由诗派",其后李金发开创了象征诗派,闻一多、徐志摩等开创了格律诗派,使得中国的新诗诗坛呈现了三足鼎立(自由诗派、格律诗派、象征诗派)的创新局面。

二〇〇六年七月

---

[1] 《周作人散文钞》(1932年开明版)序。参见司马长风:《中国新文学史》(中卷),香港昭明出版社,1978年11月再版。

[2] 《新潮》卷5号,1919年5月1日。文载《北大风——北京大学生刊物百年作品选》,北京大学出版社,1998年4月第1版。

白马湖文派研究述评

五四兴起的中国新文学运动,它的一个重要历史特点,是从发轫性刊物《新青年》起始,随着运动的深入和发展,相继涌现出各色各类的文学社团和文学流派。属地浙江的新文学社团,或曰文派,有二:一为湖畔诗社,所在地——杭州;二为现代散文"白马湖派",所在地——浙东宁波与上虞。湖畔诗社早为学界所确认。而对于散文白马湖派的认识,则是近些年的事。

一、研究之缘起与进展

"流派",若从字源上推究,即是由水的别流而引申为事物的流别。据说《尚书·禹贡》中对河流关系的记载,是"言流别之始"。可知"流别"概念的出现之早。刘勰《文心雕龙·诠赋》曰"赋自诗出,分歧异派",就是以水的同源别流现象喻示文体的分合。将"流别"的方法用于学术史领域的,当推《汉书·艺文志》对诸子百家之学的总结,从不同的源流所确认的"儒家者流""道家者流""法家者流"等九流,实际上具有学派的性质。"流别"的方法在文学批评中也不乏应用。例如沈约将自汉至魏400余年的创作史归结为"文体三变",他说:"原其飙流所始,莫不同祖《风》《骚》,徒以好赏异情,故意制相诡。"如果说《风》《骚》是水源的话,三体之变就正如"水别流"而成"派"了。也兴许是"水之别流"而成"流派"吧,中国新文学流派史中,少不了散文"白马湖派"。

从浙东水系看,"白马湖派"之发生在浙东的宁波与上虞,似也依稀可见其流脉。浙东群山中,会稽、四明、天台山三山最为著名。在这三山环抱之中,曹娥江另辟蹊径,由南向北一路流淌。当其快要汇入杭州湾之前,突然在百官镇地方转向西北。由百官镇往东15里,抵驿亭,其南侧,有一片水雾茫茫的湖泊,那便是白马湖了。湖的南岸,象山矗立,屏障似的挡住了湖的扩展。湖畔的春晖中学,当年执掌教鞭的夏丏尊、朱自清、丰子恺等擅长散文创作,他们的散文,似有共同的特点或近似风格,那就是像优美的白马湖湖水一般的清淡自然,隽永纯净。大抵山水自然与人文性灵之互交,使得白马湖的毓秀汇成一川清流,进入了新文学流派史的长河。流派作为一种文学现象,犹如水之别流作为一种自然现象,它产生于特定时空中。它的发展需要相对自由的政治空间。然文学流派又存在于特定的人际关系中。即还要有足够多的情致(他们或因志趣相投,或为情谊所感,或由兴致所至)。从这个意义上判断,散文白马湖派包括夏丏尊、朱自清、丰子恺、朱光潜等几家,叶圣陶、俞平伯虽不是春晖中学教员,但也曾在那里考察,作过短期讲学,又与夏、两朱(朱自清、朱光潜)、丰、刘等意气相契合,他俩的散文风格与其他文学流派相比照,更具有白马湖派的风味。叶圣陶与夏丏尊还结成儿女亲家,因此也可将其归入白马湖派之列。在这派散文家中,夏丏尊可谓"冠冕"人物,或者说是精神领袖。他的后背是一群志节卓荦之士,新文学高手"同志集合"其间。夏丏尊不只出生于白马湖边,在那里生活与劳作得最久,其人品、文品最为典型。尤其是他的文章风格,最有如周起莘在《雷琴记》中所说的"浙之东之文,清以淑"的因子——率直真挚,清淡素朴,言近而旨远。[1] 当然,对于白马湖派而言,究竟能否算是一个独立的文派?关键在于对其整体创作风格的确认。而围绕流派风格的形成,就有时代思潮、人际交往、地

---

[1] 胡朴安《中华全国风俗志》上篇卷三,台北启新书局,1968年版。

域文化、个人风格等因素。

最早提出这个命题的是台湾学者杨牧。1981年其在《中国近代散文选》的前言中提出了"白马湖派散文"的观点,认为其风格"清澈通明、朴实无华,不做作矫揉,也不讳言伤感"[1]。然而杨牧并没有作深入的论述。大陆学者关注此题的,早先有两位,一是陈星,二是朱惠民。陈星在《台、港女作家林文月、小思合论》中,指出"白马湖散文作家群的作品风格——清澈隽永、质朴平易,从不矫揉造作,力求自然畅达"。[2]几乎同时,朱惠民就此问题展开具体的论证。他在《现代散文"白马湖派"研究》中认为"从散文的艺术特质、作家的创作思想和审美情趣、生活经历以及时代、地域、社团、刊物诸多因素综合考察,以朱自清、夏丏尊等为代表的文学研究会宁波分会作家群的散文创作,确确实实已构成独具一格的以清淡为艺术风味的散文流派。""由于那些散文文格洁净,文味清淡得如同白马湖的湖水,加之以作家此时都生活在上虞白马湖畔,我们姑且称它为'白马湖派'。"[3]他又于《九州学刊》发表长篇文论《论现代散文"白马湖派"》。[4]紧接着以此为理论依据选编了《白马湖散文十三家》,于1994年5月出版面世。[5]应该说,陈星与朱惠民对这一问题的先行研究有着不可磨灭的拓荒之功。陈星于1996年在台湾出版的《教改先锋——白马湖作家群》的专著(后又在大陆出版《白马湖作家群》,浙江文艺出版社1998年8月版),则以"白马湖作家群"作为核心理念,为白马湖派的研究拓阔了视野。[6]而朱惠民的《红树青山白马湖——〈白马湖散文十三家〉选编后记》,

---

[1] 杨牧编《中国近代散文选》,台北洪范书店印行,1984年8月。
[2] 陈星《台、港女作家林文月、小思合论》,《杭州师范学院学报》,1991年第1期。
[3] 拙作《现代散文"白马湖派"研究》。
[4] 拙作《论现代散文"白马湖派"》。
[5] 拙编《白马湖散文十三家》,上海文艺出版社,1994年5月版。
[6] 陈星《教改先锋——白马湖作家群》,台北幼狮出版公司,1996年版。

则"为这一议题研究奠定良好的基础"。[1]

大陆两位学者对于这一课题的研究成果，引起了台湾学者对此的再度关注与回应。台湾学者张堂錡又对这一问题展开论析。他的观点载于《清静的热闹——"白马湖作家群"的散文世界》一文中。对于张堂錡的研究，大陆学者姜建认为，他立论的依据基本源于朱惠民《白马湖散文十三家》，但在观点上则更倾向于陈星的"作家群"说，"因为，这些作家主要的依托是文学研究会宁波分会，他们和北方的语丝社的美文系统合流，形成以周作人为主的小品散文流派，因此，若从现代散文史的角度来看，将其视为周作人散文流派的一翼比较适切。既为派下分支，再称之为'白马湖派'并不妥，不如以'群'称之较无争议。"指涉对象并无二致的同一群人，却有"散文流派"和"作家群"两种说法。这两种说法不分高下，以致应该具有权威性的辞典（尽管实际上许多辞典未必具有权威性）也不得不试图调和这两种说法。范泉主编的《中国现代文学社团流派辞典》便对有关白马湖的词条作了模糊处理，将作家群和散文流派合二为一，在"白马湖散文作家群"词条中称其"清新严谨、温雅淳朴的风格更趋成熟，形成了别具一格的散文流派"。[2]

如果说，张堂錡单篇文论还嫌其简要的话，那么，问世于1998年的皇皇巨著《清静的热闹——白马湖作家群论》，是为重要之作。它从多方面详尽地论述了这一文人群体，诚如著者自序所说："本论文主要分成两部分：一是这群作家所代表的文人形态、思想特质、人格力量，以及与时代对应下所显现、焕发出的人文精神，作为知识精英的文化关怀、文学理念、社会意识、人生抉择等，换言之，以'人'为主体；另一部分则是着眼于他们的作家身份，他们在文学艺术、特别是散文方面的表现，这也是此一群体形成的重要因素，他们是如何实践着一

---

[1] 张堂錡《清静的热闹——白马湖作家群论》，台北东大图书公司，1999年版。
[2] 姜建《"白马湖"流派辨证》，文载《南京审计学院学报》，2005年第1期。

种清隽、质朴、淡雅有味的文学风格,彼此之间如何激荡出风格相近的作品,有哪些作品流露出浓厚的白马湖风格等等,换言之,这部分是以'作品'为中心。以这两个大方向为基点,并以文化、地理、教育、出版等为'外视角',艺文创作的审美心理与艺术特征为'内视角',力求能把握住这群作家在思想上与文学上的集体风貌,此为本论文希冀勾勒、完成的理论格局与学术框架。"[1] 此言诚然。

二、研究之质疑与答疑

白马湖文派研究,并非一种声音,都是认同,对此持有异议甚而驳议的也有。贺圣谟的两文——《现代散文"白马湖派"说驳议》和《关于文学研究会宁波分会的再审察》就否认它的存在。[2] 对于贺文的质疑,随着研究的深入,好些学者其实都做了答疑,兹札录傅红英在《白马湖作家群的命名及研究范畴论说》中的论析,以作对照——

我们研究"白马湖作家群"或"白马湖文学"时,既要把"白马湖"看成是一个具体的地域名称或历史时期,注意这个群体的"种种的变化",同时也要把它看成是一个精神符号,一个文学能指,即一种带有鲜明的白马湖印记的文学精神和文学风格,应是考察某作家或作品是否可以被纳入白马湖作家群的研究范畴的主要依据。因此,无论是作家成员的确定,还是作家作品的选择,都应该以能体现白马湖作家群的文学精神和作品风格为前提。

夏丏尊、朱自清、丰子恺等作家,从这个群体形成初期就来到白马湖,且在这里生活时间较长,是群体文学活动的主要组织者与参与者,

---

[1] 张堂錡《清静的热闹——白马湖作家群论》台北东大图书公司,1998年版。
[2] 贺圣谟《现代散文"白马湖派"说驳议》,文载《宁波师范学院学报》,1997年第1期。贺圣谟、施虹《关于文学研究会宁波分会的再审察》,文载《浙江大学学报》,1999年第5期。

许多作品都是在这里创办的刊物上发表,是这个群体的核心人物。这些作家后来的文学活动有些变化,进入了"立达"和"开明",或转入别地,但依旧眷念着白马湖,发表了不少有关白马湖生活的作品。如夏丏尊的《白马湖之冬》《长闲》《猫》《灶君与财神》《闻歌有感》等,虽然是在离开白马湖后写的,但都是带有鲜明的白马湖印记的作品,自然应当纳入研究范畴。朱自清在白马湖文学期间,有不少诗文创作,体现了最本真的白马湖风格;离开白马湖后,他虽然远在北京,却依然保持着和这个群体的密切联系,创作也保持了白马湖清澈通明朴实的文风,所以这时期的作品,尤其是一些围绕白马湖人文而作的文章,如《白马湖》《飘零》《儿女》《白采》《教育家的夏丏尊先生》仍可当作为白马湖文学加以研究。丰子恺是由白马湖时期而起步文学创作的,这对其一生的文学创作产生了重大影响。他当时学的是绘画,于文学是"从夏先生学习的。夏先生常常指示我读什么书,或拿含有好文章的书给我看,在我最感受用",因而他在白马湖时期创作的作品不是很多,但离开白马湖后,他写有不少抒写日常生活体验的作品,如《法味》《给我的孩子们》《渐》《劳者自歌》《儿女》等,颇具白马湖风格,也不妨将其列入白马湖文学研究视野。

以白马湖畔的领军人物朱自清、夏丏尊为核心,也凝聚了一些远在外地的作家,他们虽然没有长期居留白马湖畔,或者没有在春晖中学和宁波四中共事,但他们彼此之间早有联系与交往,同白马湖也发生过诸多关系,创作风格与精神也较为接近于白马湖文学,这也应当视为白马湖作家群的一部分。有的研究者认为不应该把俞平伯、叶圣陶、刘大白和刘延陵等作家纳入白马湖作家群,这是有失偏颇的。实际上,早在"浙一师"时,夏丏尊和刘大白曾与李次久、陈望道一起被称为"四大金刚",后来,朱自清、俞平伯、刘延陵、王祺四人又被称为"后四金刚",是"浙一师"新文化运动的骨干力量。他们曾在共同的斗争中建立起深厚的情谊,以后又一直保持着密切的联系。后来他们虽时聚时散，如刘延陵执教于宁波四中，朱自清、夏丏尊等在春晖同时也在四中兼职，俞平伯、叶圣陶、刘大白等未在浙东担任专任教师，但他们常在白马湖畔聚合，白马湖始终成为联结他们共同事业和深厚情谊的精神纽带。1924年3月9日到11日，俞平伯曾到白马湖客居游学，后来写成《忆白马湖宁波旧游》，对此地"四山拥翠，曲水环之。菜花弥望皆黄，间有红墙隐约"的美景十分倾倒，也深感这里的人们"淳朴"与"平和"，感觉犹如置身"仙景"，可谓是白马湖人文环境和自然环境的最真切的记述。刘大白所留作品多是诗篇，1922年3月15日到1923年5月之间，曾在白马湖讲学，并在这里写下了《一闪》《看月》等二十多首诗篇，其中还有一首名为《白马湖之夜》的诗，抒写自己的白马湖情怀，很是真切感人。1924年4月朱自清与在上海的叶圣陶、刘大白、白采、北京的俞平伯、顾颉刚等联手，在白马湖畔编辑出版了《我们的七月》，次年又编辑出版了《我们的六月》，更是这些文友在白马湖文学活动的生动记录。可见，相同的生活经历，深厚的文人情谊与共同的文学理想，把作家们紧紧地联系在一起，白马湖便是一个理想的诗意栖居地。在这些作家们的心目中，白马湖不只是一个具体的地域概念，更是一个抽象的意象符号，是现代文人的一种精神指归，它指代了一种人文美的情与自然美的景相互交融契合的田园牧歌般的生活方式，于是便会有许多作家对它无限眷恋，产生一种"白马湖情结"，他们理所当然应纳入这个群体。[1]

至若姜建的异议，则是为其提出开明派之一说作本，他也正视"白马湖"群体的存在。只是提出"经过几年的探索，他们的努力终于结出了丰硕的果实，并形成了一个具有鲜明特征的影响深远的文化流派——开明派"之说。[2]

---

[1] 傅红英《白马湖作家群的命名及研究范畴论说》，文载《浙江学刊》，2007年第5期。

[2] 姜建《"白马湖"流派辩证》，文载《南京审计学院学报》，2005年第1期。

三、研究空间拓展之思考

关于白马湖文派研究，2006年、2007年，学界有两部专著前后面世。它们是《白马湖文派散论》[1]和《"白马湖文学"研究》[2]。前者（《白马湖文派散论》）对白马湖文派做了具体翔实的论阐，尤其是"散文流派说"。其中主干文章《现代散文"白马湖派"研究》和《现代散文"白马湖派"再研究》两文，作者深耕浙东文化史料，对其人文背景、创作思想、艺术风格及其他诸多因素，做了探究，论证了白马湖派形态的客观存在，特别是维系流派生命的血脉——其散文整体创作风格以及该派与语丝派的互动关系，作者做了独到的论阐。后者《"白马湖文学"研究》，共收录二十二篇文章，排编六个单元，切实地推进了研究。其中王晓初的《论"白马湖文学"现象》，对这一现象的历史渊源、文化精神、艺术个性、文学风格，乃至其流变作了全面的梳理和整合。傅红英的《论白马湖作家群形成的文化渊源》，从文化的角度探索白马湖作家群形成的渊源。吴蓓的《白马湖文化符号精神解读》，则将白马湖作为一种文化符号，从"桃花源"情结、"爱与美"的教育、"艺术与哲学的摇篮""新文化史上的文人雅集"等几个方面做了详细解读。而吕晓英的《一笔丰厚的精神财富——论白马湖作家群的出版活动》，又从出版的视角，论证了白马湖作家的同人性质及其文学（文化）的贡献。夏弘宁的《充满白马湖风情的散文》，更是搜罗了"白马湖文学"研究的诸多观点，为这一课题研究提供了一个大致的历史的检索与参照。两书中对于白马湖派，比较一致的看法是，它滥觞于白马湖，发展于立达，延伸于开明。朱惠民说，立达学园脱胎于春晖，它的班底是春晖中学的教师，另有一部分教师来自宁波省立四中，他们之中多为文

---

[1] 拙著《白马湖文派散论》，香港国际学术文化资讯出版公司，2006年8月版。
[2] 王建华、王晓初《"白马湖文学"研究》，上海三联书店，2007年1月版。

研会宁波分会成员,因而,从宽泛的视角看,立达学会可视为宁波分会的扩展、白马湖派的延伸。同样,有论者如吕晓英表述了同样的看法:白马湖作家群,"它滥觞白马湖畔的春晖中学,发展延伸于上海的立达学园,成熟于上海的开明书店"。可见,尽管有白马湖派、白马湖作家群、立达派、开明派的多种说法,但其指涉对象则大体是同一群体,窃以为,这一群体的称谓以其群体的滋生地——白马湖命名则更为妥帖。况且,我们研究的重点似当放在其本质内涵的把握上,没有必要去穷其外延,调和其多种说法。重要的是,要坚持"以人为本"的原则,寻绎文派的发生机制、运作历史、发展演变、传承变迁(隔海曼衍)、作家谱系、当代流变,乃至教育出版探索、文化艺术创造等。事实上,对于这一课题尚有很大研究意义与拓展空间,特别是对其共通性、规律性的研究尚不深入,其形成的深层背景(时代思潮、地域人文),创作态度(创作思考、审美情趣),甚或彼此相仿的人格类型,艺术观念与精神等群体的整合研究还有待于不断开拓。

如白马湖散文家对于初期白话(散)文之贡献的正确评价问题。"五四"文学革命是以反对文言文、提倡白话文起始的。白马湖散文家对此作过不凡的贡献。时下有李敖对朱自清等人的散文大加鄙薄,斥为幼稚做作。又有余斌以为,《桨声灯影里的秦淮河》"做"的痕迹很重。[1] 也有前贤王瑶认为《温州的踪迹》等以漂亮、缜密见长的抒情写景的散文,尽了"对旧文学的示威"的作用[2],以至于有杨振声评论说,"他文如其人,风华从朴素出来,幽默从忠厚出来,腴厚从平淡出来"。孰是孰非,似当加以研究,做出精准的评说。

比如,丰子恺在春晖的艺术教育思想研究还无人问津,丰子恺的艺术教育研究者所据材料多为丰子恺在 1927 年后所作,如《童心的培养》《儿童的大人化》《西洋画的看法》《废止艺术科》《美与同情》以

---

[1] 余斌《初期白话文》,文载《书城》2009 年 5 月号。
[2] 王瑶《五四时期散文的发展及其特点》,文载《北京大学学报》1964 年第 1 期。

及1939年的《艺术教育》（广西宜山：浙江大学油印讲义）等，而对于丰子恺写于春晖时期的材料则很少关注。因而也缺乏对其做出系统的理论梳理与研讨。事实是，丰在春晖时期，对于艺术教育的论述已有自己的体系。最近发掘出来的佚文《由艺术到生活》便可窥豹一斑。[1]

又如，对于白马湖闲适散文的研究，尚有深入之必要，似可据直接写白马湖的名篇，诸如夏丏尊的《白马湖之冬》，朱自清的《春晖的一月》《白马湖》，丰子恺的《山水间的生活》，俞平伯的《忆白马湖宁波旧游》，王世颖的《既望的白马湖》《黄昏泛舟》，弘一法师的《白马湖放生论》，陈望道的《从鸳鸯湖到白马湖》进行整合研究。白马湖的闲适散文所追求的是高雅的情趣，是"静虚"之境的"陶钧文思"，作家们力求经过这一"静虚"气氲的过滤，使自己心理感受自然的静趣，求得劳作后的养息，进而获取创作的感悟。"五四"新文学开创的中国闲适散文一脉，以周作人为领袖，三十年代林语堂跟紧，在四十年代则由梁实秋承继。而白马湖闲适散文实是周作人这脉的一条支流，它与"语丝"的闲适作南北呼应。

复如，周作人之关怀、指导白马湖派同人刊《我们》，倡导原创真情实感风格的研究。举个例作旁证吧，《我们》主编朱自清在《我们的六月》上刊发了他的学生金溟若《我来自东》，周作人颇有异议，他认为该文读之令人不快，因完全系仿人之作，"我觉得凡仿都不佳，因即是假也"。他还说："现在似乎有这一种倾向，以为仿李杜不可而仿适之、达夫则可，殊可笑。"从周作人的评论中，折射出他的文学批评标准，他赞赏表现真情实感的作品，厌恶一切虚假的模仿之作。对于同刊在《我们的六月》上的顾颉刚的《不寐》和《信三通》，周作人则称赞备至，他说："我觉得最妙者乃是颉刚之自述初恋的文章（指《不寐》），其信亦佳（指《信三通》）。"此因为写的是作者的真情实感，不是一种作态，更不是一种模仿。

---

[1] 拙文《新发现丰子恺写于白马湖的一篇佚文〈由艺术到生活〉》，文载"白马湖文化研究·朱惠民博客"：http://blog.sina.com.cn/baimahubian。

再如,白马湖文派结集方式的研究,他们的"同志的集合",显然不是党派或有形的社团,内部也没有富于宗派或团体意识的文件,纯粹是志同道合相凝聚。他们之间过往密切,交谊深厚,有关通信读来令人如沐春风。他们或定期例会,茶聚酒会;或相约碰头,三五夜谈。叙别相迎送,华诞相庆贺。他们之间有和谐的切磋,激烈的争论。既相濡以沫,又相忘江湖。却很少有钩心斗角或落井下石之举。白马湖文派"同志的集合",其主要价值似乎展示了这特定时代、特定群体的特定人群——新文化运动中的一群可敬可爱文化人。

四、白马湖文派之存在渐成共识

白马湖文派研究正越来越被学者们关注,相关的课题立项并结题,使得这一研究的价值有了提升。由绍兴文理学院傅红英承担并主持的 2005 年度浙江省哲学社会科学规划常规课题"白马湖作家群与中国新文学"的研究成果之一:《白马湖作家群的命名及研究范畴论说》已发布在《浙江学刊》2007 年第 5 期。另有成果《试论白马湖文学的独特存在意义与价值》(傅红英、王嘉良),刊于《中国现代文学研究丛刊》2008 年第 6 期。由杭州师范大学陈星主持并承担的 2006 年度国家哲学社会科学规划课题"从白马湖派到开明学派演变研究",试图以流派的形成、演变和消亡过程顺时叙述,以呈其流变脉络和生命历程。据悉现已完成,课题之成果——《白马湖作家群溯源》与《从"湖畔"到江湾》先行刊布于《丰子恺研究学术笔记》一书,该书已由太白文艺出版社 2007 年 7 月出版。后又有成果《白马湖作家群的出版理念及其编辑实践考辨》(朱晓江),刊于《浙江社会科学》2009 年第 1 期。

看来,白马湖文派已被人确认,这是值得欣慰的。早在 1991 年写《现代散文"白马湖派"研究》时就说过:"白马湖派",这是客观存在的文学流派,整个作家群体不仅有着共同的文学主张,所出的作品且有趋同的风格特征。纵然它未被适时地发现、认识,但却是不容抹煞的,迟早要被人确认。时隔十几年后,这个文派的存在已成共识。当年要为它在中国新文学流派纷呈和消长的历史书卷中,争个"席位",绝非是很遥远的事情了。新文学的众多研究学者已在不同场合、不同文论中,认同了这一文派的存在。这里仅举其荦荦大端。

1995年,商金林在《朱光潜与中国现代文学》中,以"朱光潜与白马湖派"印证了这一观点。[1]1997年,徐雁以"白马湖散文十三家"为题,写书话盛赞"白马湖派"散文。此文收辑在其著作《雁斋书灯录》[2]中。1997年8月出版的王尧所著的《询问美文》一书中,其《平屋杂文》,提及"近年来有学者认为现代散文的流派中有个'白马湖派'"。[3]

早先在1987年,钱理群、吴福辉、温儒敏等所著的《中国现代文学三十年》中就注意到这一文学现象,称之为"立达派",后在1998年的修订本中改称为"开明派"。[4]而吴福辉在1996年12月19日所写的《海上升"开明"》文中则又称之为"白马湖派"。[5]2006年8月出版的李叔同著作《送别·我在西湖出家的经过》导言里再次提到了白马湖作家。[6]

2005年11月出版的《"五四"作家的文化心理》,在论述"五四"时期蜂拥出现的文学社团和流派中,其中不少明显地与地域印记、风土感化与文人风致有关,地域环境的文化特征、精神气质明显地影响了这些社团流派的风貌。作者以"白马湖作家群"做例证。[7]

2006年6月出版的,作为中国现代文学社团史研究书系之一的《知

---

[1] 商金林《朱光潜与中国现代文学》,安徽教育出版社,1995年12月版。
[2] 徐雁《雁斋书灯录》,陕西师范大学出版社,1998年9月版。
[3] 王尧《询问美文》,山东画报出版社,1997年8月版。
[4] 《中国现代文学三十年》,上海文艺出版社,1987年版。
[5] 吴福辉《游走双城》,人民文学出版社,2006年1月版。
[6] 李叔同《送别·我在西湖出家的经过》,复旦大学出版社,2006年8月版。
[7] 倪婷婷《"五四"作家的文化心理》,南京大学出版社,2005年11月版。

识分子的岗位与追求——文学研究会研究》,把"白马湖作家群、立达同人、开明同人"视为文学研究会的外围组织,专辟章节论述之。[1]2006年7月出版的《平屋主人——夏丏尊传》,则以整章的篇幅,传述了白马湖派。[2]2007年出版的《白马湖畔的背光——丰子恺散文研究》,对丰子恺散文的归属——白马湖作家群研究做了客观公正的评述。[3]同年12月行世的《浙江文学史》,以"本土作家群:湖畔诗人,'白马湖'群体"专章作了定评。[4]

二〇〇九年四月

---

[1] 石曙萍《知识分子的岗位与追求——文学研究会研究》,东方出版中心,2006年6月版。

[2] 王利民《平屋主人——夏丏尊传》,浙江人民出版社,2007年7月版。

[3] 石晓枫《白马湖畔的背光——丰子恺散文研究》,台北秀威资讯科技股份有限公司,2007年1月版。

[4] 王嘉良《浙江文学史》,杭州出版社,2008年12月版。

关于"白马湖作家群"与散文"白马湖派"之辩

—— 兼议该流派风格特征的存在

在白马湖文学群体概念的表述中,目前主要有两种称谓,一谓"白马湖作家群",二谓现代散文"白马湖派"。关于"白马湖作家群",台湾学者张堂錡做的解释最完整,这大抵是因为张氏的此段概括写于2010年。他说:所谓"白马湖作家群"指的是二十世纪二十年代初期,在浙江省上虞县(今上虞市)白马湖畔春晖中学任教、生活过的一群作家文人,核心成员有夏丏尊、朱自清、丰子恺、朱光潜、刘叔琴、刘薰宇、匡互先以及校长经亨颐。另外还有一些曾到白马湖短暂访友或小住,在当时与这群作家往来密切的,如弘一大师、叶圣陶、俞平伯、刘大白等,可视为次要作家群。夏丏尊、匡互先、丰子恺等于1924年底离开春晖中学,1925年初到上海创办立达学园,成立立达学会,并又在1926年成立的开明书店中扮演重要角色,一般研究者遂将立达时期与开明时期视为白马湖时期的延续、尾声。[1] 在1991年做的《现代散文"白马湖派"研究》文论里,朱惠民解释说,从散文的艺术特质、作家的创作思想和审美情趣,生活经历以及时代、地域、社团、刊物诸多因素综合考察,二十年代中期,生活在浙江上虞白马湖畔春晖中学的一班先生所做的散文创作,确确实实已构成独具一格的以清淡为艺术风味的散文流派,我们姑且称它为"白马湖派"。它是以朱自清、夏丏尊、丰子恺为轴

---

[1] 张堂錡《春晖白马湖,立达开明路——"白马湖作家群"命题形成与发展的历史考察》,载《现代中文学刊》2010年第2期。

中心,团结一批志同道合者的自然形成。[1]两种表述以外,范泉在其主编的《中国现代文学社团流派辞典》中有过一则"白马湖散文作家群"的词条,文五百余字,提及核心作家夏丏尊、丰子恺、朱自清三人,指出他们"在教学之余,从事散文创作,大多取材于身边琐事,语言朴素,格调清新。离开学校以后,他们继续从事散文创作,清新严谨、淡雅淳朴的风格更趋成熟,形成了别具一格的散文流派"。[2]白马湖文学研究学者唐惠华的文论《一个值得重视的新文学群体——论白马湖散文作家群的研究现状和思考》,他的提法显然是呼应于范泉教授。[3]对于范氏的诠释,张堂錡教授评述说,"散文流派"与"作家群"被模糊地拼凑在一起,这种处理方式有其便利性,但也显示出不得不然的尴尬与犹疑。[4]其实,范泉教授所做的处理,即将作家群与散文流派合二为一,模糊处之,用"白马湖散文作家群"之词条,以调和这两种说法(或曰表述法),倒是不失为一种方法。其理由是:任何一个流派都包含一个作家群。这个作家群中的所有作家,无一不是个性与共性的奇妙统一。一方面,他们每人都有自己的创作个性和只属于自己的艺术风格,特别从单个作家全集视角加以考察之时。然另一方面,他们个人的创作个性与艺术风格中又下意识或有意识地潜藏着或表现出某种程度的相近似的共同的东西,即共持的思想倾向、文化选择、创作主张与审美情趣乃至艺术风格的择滤式的积聚与升华式的集成。对于一个文学流派来说,这"一方面"和"另一方面"都是不可或缺的。少了"一方面"作家的创作便违反文学的不可逆性,淡化或泯灭了文学的个性和创造性;少了"另一方面"又会失却组成流派的基本构架和维系流派的美

---

[1] 见拙作《现代散文"白马湖派"研究》。
[2] 范泉主编《中国现代文学社团流派辞典》,上海书店1993年版。
[3] 文见《井冈山学院学报》2008年第7期。
[4] 张堂錡《春晖白马湖,立达开明路——"白马湖作家群"命题形成与发展的历史考察》,载《现代中文学刊》2010年第2期。

学纽带。故而,举凡一个文学流派,其作家群中所有作家的创作,都必然和必须要以各自的方式,殊途同归地实现在创作特点和艺术风格上的个性与共性的结合与统一,即表现出统一的风格,或者说体现出"集体的文化形式"。因为文学流派即是文学思潮、作品风格和文学主张等近似或相同的一个集体的文学形式。"一群人进入到一个文化集体,就自觉或不自觉地接受了集体的文化形式,他们在这种文化形式中的各种行为和言论都不会出现多大的悖离现象。"[1]换句话说,他们的创作是充满动态感的,始终是一个张扬艺术个性和默契艺术共性的美学流程。这个作家群体的形成,可以是自觉的,也可以是非自觉的,而且在大多数情况下都是非自觉的,是一种共同的文学思潮、传统基因、文化积淀、生活特质、时代精神、艺术形态和美学物体的综合效应中的艺术集萃。就以散文"白马湖派"研究为例,研究者在对其"集体文化形式"进行学术概括和总体的把握时,也会列出与这种概括相悖的现象来,说什么他们的散文并没有形成统一的风格,概括其散文特征的比如"冲淡朴实、清新自然"之类只是一句浑话云云。[2]正确解决的有效路径,即如朱寿桐教授所言,将他们每个人可能显现自己的文学个性,理解为"集体的文化形式"之外的斜出的旁枝。[3]这样,散文"白马湖派"的独立存在和与之所做的学术概括便显豁而出了。在这方面台湾学者张堂錡的理解与处理无疑是很有见地的。他说:白马湖作家的散文共性来自他们长期的艺术涵养与实践的个性。他们彼此亲近、相仿的人格力量与熏染,使他们的个性特质"大同小异"。体现在散文写作上,也就有了异中有同,同中有异的集体风貌,而形成白马湖作家群这一

---

[1][3] 朱寿桐《中国现代社团文学史》,人民文学出版社2004年2月版。
[2] 朱晓江《"白马湖作家群"研究中若干问题的考辨》,载于《中国现代文学研究丛刊》2009年第6期。

文学集团的艺术特征。[1]这里实际上涉及流派个性和具体作家的艺术个性之间的关系问题。在流派活动中,作家总是以其艺术个性来丰富和发展本流派的流派个性。所谓流派个性即是该流派艺术上的独特性,即风格特征。对同一流派的作家来说,这是共同相通之点,对于其他流派却又是使该流派区别于其他流派的特殊之点,即流派个性。需要特别指出的,流派内的每一位作家又具有自己的艺术个性。流派个性绝不是该流派所有作家的艺术个性相加的总和,而是同一流派作家的艺术个性之间的相似性的交会和集中。文学史上任何一个流派之所以能在当时形成流派或被后人"追认"为流派,必定有一个体现该流派创作倾向上的某个共性特点之"交会点",在这"交会点"上,风格相似、审美情趣相近的作家们找到了志同道合者,并以这"交会点"为中心,形成了不同流派的各自的流派个性。白马湖散文家之能形成现代散文"白马湖派",其缘由亦在于此。退一步讲,诚如王嘉良教授所说,"它作为一个体现流派特质的独特作家群体,应该是没有疑问的"[2]。因为认定其流派的种种显著的学理依据则是客观存在的。王教授对于白马湖散文的艺术风格的分析(也即是对于白马湖流派的流派个性的分析)本身便证明散文"白马湖派"流派(个性)风貌的存在是毋庸置疑的。对于这一议题,作为研究者依然秉持在《现代散文"白马湖派"再研究》所做的阐述:散文之为情文,其创作上理所当然地重于作者感情世界的体验、性灵天地的反映,在抓住主观世界表现上,白马湖派散文作家似有共通之处,他们都精确把握三个关键——一是将自己内心世界的体验和表现,置于真实的天平上;二是在这种体验和表现中,不懈地去追求人格的完善;三是表达这种内心体验的语言形式上,

---

[1] 张堂錡《清静的热闹——白马湖作家群论》,台北东大图书公司,1998 年 11 月版。
[2] 王嘉良《辉煌"浙军"的历史聚合——浙江新文学作家群整体透视》,中国社会科学出版社,2009 年 12 月版。

力求美的升腾,即捕捉心灵世界对真善美的感动和追寻,完满真善美的世界。

"求真",此为白马湖派作家群所刻意追求的。他们以真挚的感情,写自己的所见所思所感,求得逼真的艺术效果,以形成散文的率真的特色。朱自清散文,力求人情之"真",他的《给亡妇》《儿女》《白采》等篇什,都出诸真情,把那真诚的灵魂捧出来给读者看。丰子恺为人率真坦诚,他的早期散文《渐》《秋》等篇中毫不掩饰地表示对"无常"的慨叹,对人生的悲观。这些文章即是他的整个好真心灵的表露。夏丏尊特别强调"应当把真心装到口舌中去",他的散文是他真心和真情的坦率流露。叶圣陶对朋友的感情坦率而诚挚,这种真情在散文中得以充分表现,《与佩弦》堪称代表作。他们几个人在创作散文时,都将自己内心世界的体验和表现,时刻置于真实的天平上,真挚地写出真情来。

"求善"。白马湖派作家群坚持了散文创作的真挚性,这就可以很好地通向善的终极。此乃由于真挚的感情本身,包含着善的因素。他们执着生活,修炼人格,在散文中抒发一种乐善好真的情感,展示一种高尚的内心生活,思考人生怎样走向更为美好的精神境界。这便有了对于完美人格的动人表达,以及有"莲荷精神"的真切写照。

"求美"。丰子恺说:"圆满的人格好比一个鼎,真善美好比鼎的三足。真善为美的基础,美是真善的完成。真善生美,美生艺术。"可见,由"三足"支撑起来的"人格"这个"鼎"是一种复合建构,三者缺一不可,合则鼎存,分则鼎亡。表现完美人格的散文的文格也是如此,"真"是文之灵魂,"善"是文之气脉,"美"则是"真善"的完成。此三者彼此相济,便完满了散文的文格。白马湖散文求美之升腾,体现在它有一种朴素而优美的语言,这种语言具有流畅、纯朴和纯净的美质。语言的朴素美,源于感情的真和善。这群作家语言运作,求其与心迹的一致,求其用语的大众化和口语化,不造古怪的词语和句式,即使稍事雕饰,亦作"清雕饰",让美在一种极其和谐自然的文势下娓娓流淌。在这朴素美共性的基点上，各人又力求自己语言风格的个性美：诸如朱自清之求清秀，夏丏尊之求平淡，丰子恺之求素淡，俞平伯之求冲淡，叶圣陶之求质朴。[1]

其实，说散文流派也好，说"作家群"也罢，不过是称谓的不一，两种说法无须分高下，争"尊信"。如果要说高明的话，说他们同属一个文化派别或文化族群倒是颇相宜的。因为深究起来白马湖同人皆是"作家"的文化人。这是一个特定群体，它指二十世纪二十年代一群从事文化活动的人，他们以志同道合相凝聚，即所谓"同志集合"。从这点出发，称之为"白马湖文派"则更为恰当。拙著《白马湖文派散论》便如是称谓之。然则，话又说回来，白马湖文派，最初获得的是一种散文流派的观照。当研究者将风格相类，追求相当甚至把地缘或人缘都较为相近的作家综合起来进行考察的时候，就自然会获得这样一种流派的观照，即散文"白马湖派"。1994年拙编《白马湖散文十三家》，显露出这一群体研究最初的同时也是最有系统性的流派审观的努力。其立论的基础，当为白马湖散文的审视：即这派散文的共同特点是：率直真挚、朴素清淡、言近而旨远。用杨牧的经典概括就是"清澈通明，朴素无华，不做作矫揉，也不讳言伤感"。要是这派散文家在散文创作上未有统一的风格，未有共同的美学追求与风格特征，不去建立起基本论述结构者，那就无所谓"白马湖派"或曰"白马湖作家群"了。这是因为风格是流派形成的渠道，甚至是形成流派的决定因素，在流派形成的过程中艺术风格往往起着决定性的作用。一些作家如果未能取得大体一致的艺术风格，尽管有共同的文学主张，甚或有共同的组织形式，仍然不能构成文学流派。但也不能认为凡是有艺术风格都能形成文学流派。风格成于个人，流派建于集体。大凡属于统一流派的作家，必然在众多的独特风格中表现出大体一致的共同倾向，也就是

---

[1] 参见拙作《现代散文"白马湖派"再研究》。

说必须在风格的个性与共性的统一上,即在艺术风格的多样性的统一上独树一帜,才能形成流派。前贤唐弢就特别强调流派要以风格为基础,研究流派首先要从艺术方面来分析。鉴于此,对于现代散文"白马湖派",兹不妨从艺术方面试作如是阐析:在现代散文研讨中,常有人把朱自清、俞平伯并称,这是有道理的。其所以并称,固有作品上合致的缘由,即同属于"我们社",他俩"都是O·M(我们)团体的同志,所以在O·M(我们)团体所出的《我们的七月》及《我们的六月》里可以见到他俩的文章"。1933年问世的王哲甫撰著的《中国新文学运动史》里即已如是说。丰子恺散文能于淡逸中见情理,题材不见深奥,却能把琐屑一般的事物写得别有一番风致。难怪乎朱光潜说他"从纷纭世态中挑出人所亦熟知而却不注意的一鳞半爪,经过他的点染,便显出微妙隽永,令人一见不忘"。又,丰子恺其作风虽不能强说与俞平伯一路,但趣味则相似。所谓趣味即周作人之"隐逸风"及俞平伯"明末名士情调",我们又不妨合此二者以日本夏目漱石的东方人"有余裕""非迫切人生""低徊趣味"来解释。——苏雪林三十年代的这个分析,独具慧眼,颇有见地。[1] 丰子恺师承夏丏尊,师生俩只操散文一体,是最纯正的散文家。且两人所作均融通儒佛,追求人格的自我完善,文字清幽玄妙,朴素真诚,不乏赤子之心,洵可谓"白马湖散文"的正宗之作。朱光潜十分推崇周作人,他对周作人散文"平淡自然"的风格评价很高。对周氏的《雨天的书》大加赞赏,说"在现代中国作者中,周先生而外,很难找得到第二个人能够做得清淡的小品文字","让我们同周先生坐在一块,一口一口地啜着清茗,看看院子里花条虾蟆戏水,听他谈'故乡的野菜''北京的茶食',三十年前的江南水师学堂,和清渡门外的杨三姑一类的故事,却是一大解放"。足见其对周氏作品的审美情趣和艺术风格的精细体味,几乎到了低回不已的地步。朱氏自己

---

[1] 苏雪林《俞平伯和他几个朋友的散文》,见《青年界》,1935年第7卷第1号。

也十分欣赏清淡与冲淡。他的《说"曲终人不见,江上数峰青"——答夏丏尊先生》一文中提及的静穆,其相对的概念即冲淡,冲淡不是平淡更非枯槁。冲淡犹如古潭,经千年冲涌而沉凝为一泓苍润,波澜不惊,却又静水流深。故冲淡又可被释为经冲涌而成的淡定与宁静。因此,冲淡与其说是孤立物,毋宁说是一个丰饶错综过程的终端状态。用朱氏的话说,就"好比黄酒经过长久年代的储藏,失去它的辣味,只剩下一味醇朴"。静穆亦然。朱文是就正于夏丏尊的,夏也十分欣赏静穆。无独有偶,丰子恺也素来崇仰陶渊明的静穆(冲淡)一路。"陶潜秀美恬淡的风格,在新一代作家中,已较少承继者,而丰子恺是个中能深得陶诗神髓的文学创作者"。[1] 此可见"白马湖"散文家有着共同的审美情趣。朱光潜与朱自清都是文章家。他们俩在早期的白话散文创作中,走的同一条路。朱光潜写于春晖的《无言之美》,便是在夏丏尊与朱自清鼓励下面世的,这种"散漫的说理文",形制夹叙夹议,如万斛流泉,汩汩而出,而内容则极有分量。朱自清的《白马读书录》也属同一抒写体制。在内容结实与文章之美之间,他们的追求,实是向"一般写语体文的人们揭示一个极好的模范"。

由是窥见,白马湖派散文的质朴的品性、隽永的韵味、高洁的情致上还是有其共通的底色,趋同的风格。其他且不说,即以白马湖散文家的"清趣"的美学追求而论,也可见他们的一致,"清"作为一个审美范畴,并具体与文学作品结合起来,是在魏晋之际,随着玄风的大盛,伴随着人物品藻的风气而产生。"清"的本意是纯净、寂静。从这个基本意出发,它可以进行多义组合。如《世说新语》中记载的对人物品藻,便有"清峙""清举""清虚""清朗""清疏""清远"等二十多个,而从当时以至后世,作为文学批评术语,它的组合就更多了,如"清淡""冲淡""清妙""清工""清新""清绝""清利""清美""清约""清奇""清

---

[1] 石晓枫《白马湖畔的辉光——丰子恺散文研究》,台北秀威资讯科技股份有限公司,2007年1月版。

华""清绮""清丽""清婉"等。现代作家郁达夫特别推崇散文的"清"。他说:"原来小品文字的所以可爱的地方,就在他的细、清、真的三点。"他尤看重"清",说:"细密的描写,若不慎加选择,巨细兼收,则清字就谈不上了。"[1]白马湖散文家对"清"这一审美趣味的追求是不遗余力的。虽然"清"这一范畴表现在他们创作的许多方面,但作为审美情趣的聚合上,其清淡之艺术风貌则是随处可见的。如语言之清新,白马湖散文的语言即如早春晨曦、晚秋山泉,给人以无限清新的感觉。此可以朱自清的《春晖的一月》为旁证。

朱自清是这样开始春晖的一月的:走向春晖,有一条狭狭的煤屑路。那黑黑的细小的颗粒,脚踏上去,便发出一种磨擦的骚音,给我多少清新的趣味。而最系我心的,是那小小的木桥。桥黑色,由这边慢慢地隆起,到那边又慢慢的低下去,故看去似乎很长。我最爱桥上的栏杆,那变形的丌纹的栏杆;我在车站门口早就看见了,我爱它的玲珑!桥之所以可爱,或者便因为这栏杆哩。我在桥上逗留了好些时。这是一个阴天。山的容光,被云雾遮了一半,仿佛淡妆的姑娘。但三面映照起来,也就青得可以了,映在湖里,白马湖里,接着水光,却另有一番妙景。我右手是个小湖,左手是个大湖。湖有这么大,使我自己觉得小了。湖在山的趾边,山在湖的唇边,他俩这样亲密,湖将山全吞下去了。吞的是青的,吐的是绿的,那软软的绿呀,绿的是一片,绿的却不安于一片;它无端的皱起来了。如絮的微痕,界出无数片的绿;闪闪闪闪的,像好看的眼睛。湖边系着一条小船,四面却没有一个人,我听见自己的呼吸。想起"野渡无人舟自横"的诗,真觉物我双忘了。读着这描述湖光山色的如此素净的句子,那清爽之气扑人眉睫,沾人衣襟。不加藻饰,清清淡淡,不正是"白马湖派"散文的艺术特质吗?

夏丏尊和丰子恺"白马湖风格"的散文,似有着师承关系,师生俩

---

[1] 郁达夫《清新的小品文字》,载《卖文买书——郁达夫和书》(陈子善、王自立编),生活·读书·新知三联书店,1995年3月第1版。

为文有许多共通的地方，如文笔之洗练、语言之简洁、韵味之深长隽永，文风之平实素朴，一句话，艺术风格的清淡，表明他们是同属一个散文流派的。诚然，即使是同派作家，他们各自也有其艺术个性的。丰子恺比较的达观，因而他的文笔潇洒，有多一点的趣味。丏师一生悲天悯人，他的文章看似超逸，实则更为深沉。即以那篇《猫》为例罢，他哪里是在写猫，不是通过这个小动物着重在写人，写人与人之间的感情吗？他的代表作《白马湖之冬》，更可称一篇正宗的"白马湖风味"的散文。该文通篇扣住最能表现白马湖冬的情味的"风"着笔，写得诗情浓郁，而文风又是那样的清隽。正是由于这篇佳作，使得白马湖从此出了名，散文"白马湖派"也因此有了与其艺术特质相吻合的名称。

如上所述，"白马湖派"散文的艺术特质可概括为"清"与"淡"两字。这个"清"字，不啻是指语言文字之清秀、素净，还是连作者人格的高洁、思想的纯正、感情的诚挚都包含在里面的。完美的人格力量，纯正、朴实的新鲜作风，可以说是"白马湖派"散文"清淡"中"清"之内在因素。至于那个"淡"字，即为淡泊。人与自然接近，媒介就是淡泊，所谓"出乎自然""不事雕饰"，自然本身是最平淡的，所以也是淡泊沟通了人与自然的关系。人与自然的接近就可在形而上的基础构建自己的意象世界。朱氏的《春晖的一月》中所说的"物我双忘"之境，表明他的散文创作常常在自然身上发现自己、寄托自己，也即在一种"静虚"之境"陶钧文思"，力求经过这一"静虚"气氛的过滤，使自己心理感受染上自然的静趣。这种醉景入情、融情于景的艺术手法，实非淡泊心境而不能为。写散文是朱氏人生的一种爱好，也是他淡泊心绪的释放。夏丏尊做人作文不尚浮华，而造平淡。他说："人生不单因了少数的英雄圣贤而表现，实因了蚩蚩平凡的民众而表现的。"[1]平凡踏实，默然用命，构成他忧国忧民的人生。他从无官欲，不为名缰利索所

---

[1] 夏丏尊《读书与瞑想》，文载《夏丏尊文集》（平屋之辑）浙江人民出版社，1983年12月第1版。

缚。1912年一次普选中，为不愿当选，竟将原字"勉旃"，改为"丐尊"，以期别人在选票上错写为"丐"字而成废票。丰子恺受着其师李叔同"背光"的照耀，以出世的态度做着入世的事业，作品与人品透视着他的淡逸的心境，因而他的画是素淡隽永的，他的文不求辞藻的繁华，而是"寄至味于淡泊"。清淡中的"清"，其实含有"清高"之意，他们把功名利禄看得很淡，当作身外事。只追求文字之底蕴，学术之真谛，甘于寂寞，在安心过淡泊、清逸之简单生活中，享受着人生的乐趣，保持自己的本性，故写文章能够直抒胸臆，绝无矫揉造作、装腔作势之态，这就自然能够写出至情至味的白马湖散文来。"五四"以来，中国文化艺术与政治关系扣得过紧，而这三位散文作家走的基本上是平民的艺术家道路，坚持平民立场写作，提倡人生艺术化，他们作为文艺家的主体性也难能可贵地得到坚持和张扬，这内在心态不能不成了他们散文具有淡逸风格的重要因素。

窃以为，当今的白马湖的研究者似乎不必在称谓上作过多讨论，其研究的主要精力似当放在其本质内涵的深掘上，没有必要去穷其外延，考辨其多种说法。诚如王晓初教授在《"白马湖文学"研究》的前言中所言，着重对"这一文学流派，或作家群体，或文学风格的内在文化精神、思想与艺术特征，特别是与同时期的以周作人为代表的'言志派'散文的比较，还有他们的历史渊源、文化传统、发展演变、传承变迁（隔海蔓延）、作家谱系、当代流变，以及教育探索、文化与艺术创造等等诸多迷人问题进行研究与探讨"[1]。事实上，对这一群体的研究尚有许多亟待解决的问题。这方面在《白马湖文派研究评述》中曾有列举：如白马湖散文家对于初期白话（散）文之贡献的正确评价问题。"五四"文学革命是以反对文言文、提倡白话文起始的。白马湖散文家对此作过不凡的贡献。时下有李敖对朱自清等人的散文加以鄙薄，斥为幼稚

---

[1] 王建华、王晓初主编《"白马湖文学"研究》，上海三联书店，2007年11月版。

做作。又有余斌以为,《桨声灯影里的秦淮河》"做"的痕迹很重。也有前贤王瑶认为《温州的踪迹》等以漂亮、缜密见长的抒情写景的散文,尽了"对旧文学的示威"的作用,以至于有杨振声评论说,"他文如其人,风华从朴素出来,幽默从忠厚出来,腴厚从平淡出来"。对于这样或那样的上下错动,褒贬不一,似当加以研究,做出精准的总结。

比如,丰子恺在春晖的艺术教育思想研究还无人问津,丰子恺的艺术教育研究者所据材料多为丰子恺在1927年后所作,如《童心的培养》《儿童的大人化》《西洋画的看法》《废止艺术科》《美与同情》以及1939年的《艺术教育》(广西宜山:浙江大学油印讲义)等,而对于丰子恺写于春晖时期的材料则很少关注。因而也缺乏对其做出系统的理论梳理与研讨。事实是,丰在春晖时期,对于艺术教育的论述已有自己的体系。最近发掘的佚文《由艺术到生活》便可窥豹一斑。[1]

又如,对于白马湖闲适散文的研究,尚有深入之必要,似可据以直接写白马湖的名篇,诸如夏丏尊的《白马湖之冬》,朱自清的《春晖的一月》《白马湖》,丰子恺的《山水间的生活》,俞平伯的《忆白马湖宁波旧游》,王世颖的《既望的白马湖》《黄昏泛舟》,弘一法师的《白马湖放生论》,陈望道的《从鸳鸯湖到白马湖》进行整合研究。白马湖的闲适散文所追求的是高雅的情趣,是"静虚"之境的"陶钧文思",作家们力求经过这一"静虚"气氲的过滤,使自己心理感受自然的静趣,求得劳作后的养息,进而获取创作的感悟。"五四"新文学开创的中国闲适散文一脉,以周作人为领袖,三十年代林语堂跟紧,在四十年代则由梁实秋承继。而白马湖闲适散文实是周作人这脉的一条支流,它与"语丝"的闲适作南北呼应。

复如,周作人之关怀、指导白马湖派同人刊《我们》,倡导原创真情实感风格的研究。举个例证吧,《我们》主编朱自清在《我们的六月》

---

[1] 详见朱惠民博客:《白马湖文化研究》, http://blog.sina.cn/baimahubian.

上刊发了他的学生金溟若的《我来自东》,周作人颇有异议,他认为该文读之令人不快,因完全系仿人之作,"我觉得凡仿都不佳,因即是假也"。他还说:"现在似乎有这一种倾向,以为仿李杜不可而仿适之、达夫则可,殊可笑。"从周作人的评论中,折射出他的文学批评标准,他赞赏表现真情实感的作品,厌恶一切虚假的模仿之作。对于同刊在《我们的六月》上的顾颉刚的《不寐》和《信三通》,周作人则称赞备至,他说:"我觉得最妙者乃是颉刚之自述初恋的文章(指《不寐》),其信亦佳(指《信三通》)。"此因为写的全是作者原创的真情实感,不是一种作态,更不是一种模仿。

再如,白马湖文派结集方式的研究,他们的"同志集合",显然不是党派或有形的社团,内部也没有富于宗派或团体意识的文件,纯粹是志同道合相凝聚。他们之间过往密切,交谊深厚,通信读来令人如沐春风。他们或定期例会,茶聚酒会;或相约碰头,三五夜话。叙别相迎送,华诞相庆贺。他们之间有和谐的切磋,激烈的争论。既相濡以沫,又相忘江湖。却很少有钩心斗角或落井下石之举。白马湖文派"同志的集合",其主要价值似乎展示了这特定时代、特定群体的特定人群——新文化运动中的一群可敬可爱文化人。

后如,白马湖文脉传承与赓续的研究。白马湖散文对文坛产生的影响,特别是对年已古稀的当代散文作家文风的影响是巨大的。海外的夏志清、内地的黄裳、李君维的散文皆有白马湖散文的影子。夏志清说,夏丏尊主编了一种极有影响力的杂志《中学生》,抗战那几年,我自己也是中学生,《中学生》每期必读,尤其是初中阶段,的确培养了我对文学的兴趣。[1] 黄裳说,到今天我还不能忘记给我提供接触新文学机会的南开。我还有好的老师,教我们英文的李尧林先生就是教我知识以外,还给了我多方面影响的老师。我从他那简单却丰富的藏书中,

---

[1] 夏志清《教育小说家金溟若》,文载《人的文学》,辽宁教育出版社,1998年3月第1版。

第一次看到《我们的六月》《我们的七月》,那是初版本,中间有精致的插页,再版本就没有了。这是我对新文学版本最早获得的知识。又如,李君维的散文创作深受白马湖散文作家为文风格的影响。李的不滥情与白马湖散文家的从不强为渲染,故作多情,有几分动情就直陈几分的作法,似有承续的意味。作者自谓,少年时代喜欢过朱自清的散文,朱的《你我》是他"读过而忘不了的一本书"。作者特别说及"其中《给亡妇》《择偶记》以平常的口语来写,却感人心肺,淡而有味,其功力不下《背影》《荷塘月色》,可是不常为人道及,未免有点落寞之感。李君维写吃,淡雅舒展,言近而旨远,与夏丏尊写吃似有内在的神似。我觉得,让"五四"后的优秀散文诸如白马湖文学传统重归人间,让白马湖散文家之文脉承续至当代的散文创作,将是非常有意义的事情。

  作为研究者,当以自视平凡之人,作心平气静的研究,力求公平地持论作为自勉。因为这种性情与学术风格与其研究对象白马湖作家其人其文有着内在的契合,是适合于严正的学术研究所要求的。周作人说得好:"文学家过于尊信于自己的流别,以为是唯一的'道',至于貌似别派的异端……与文艺的本性实在是很相违背了。"[1]学术研究大概也是这样吧。

二〇一一年九月

---

[1] 周作人《文艺上的宽容》,文载《周作人自编文集——自己的园地》,河北教育出版社,2002年1月第1版。

关于文学研究会宁波分会

文学研究会，是"五四"新文学运动中产生的一个带有鲜明时代印记的全国性纯文学社团。它提出"文学应该反映社会现象，表现并且讨论一些有关人生一般的问题"，[1]提倡为人生的艺术，被目为"人生派"。文研会于1921年1月成立于北京，发起人为郑振铎、沈雁冰、叶圣陶、周作人等十二人。该会成立不久，书记干事郑振铎由北京来上海，会务亦因此移之，除上海遂成为活动中心外，北京、广州、郑州、宁波等地都设有分会。[2]关于北京、上海、广州、郑州皆已有研究文章见世，唯独宁波分会似还未有人涉猎，即便涉及也作疑案立存，[3]笔者有感于此，特掇拾有关史料缀文表出。

（一）

宁波分会建于文学研究会鼎盛的二十年代。从宽泛和通达的眼

---

[1] 茅盾《中国新文学大系·小说一集导言》，上海良友图书公司，1935年5月。

[2] 茅盾在《中国新文学大系·小说一集导言》，阿英在《中国新文学大系·史料·索引》中谈及此事。有关现代文学史专著中均沿用此说。

[3] 王欣荣《大众情人传——多视角下的巴人》，上海社会科学院出版社，1990年2月版。

光看，文研会宁波分会的活动地域除宁波外，似也包括上虞春晖中学乃至江湾的立达学园。因为是时的分会成员系"火车教员""轮船老师"，他们在宁波任教，又在白马湖兼课，并在立达学园义教。1923年8月，上虞春晖中学校长经亨颐来宁波兼主省立第四中学校政，他一上任即推行"思想自由、兼容并包"的办学方针，新文化名师夏丏尊、朱自清、刘延陵、丰子恺、方光焘、沈仲九、冯三昧、唐性天与张皇国学的旧派人物包容在一起，遂使新文化争得了地盘。迨至1924年2月，朱自清袚被就聘，文研会会员所任甚多，一时间，宁波四中成了人文荟萃之区（文学研究会会员（1924年）表中显示：朱自清的通讯地址为宁波第四中学），那些文研会同人便以四中为营垒，聚集一起研讨"文学为人生问题"，切磋现实主义创作技法，共"谋文学工作的发达与巩固"。[1]在朱自清、夏丏尊等的倡议下，根据文学研究会简章第九条："本会会址设于北京，其京外各地有会员五人以上者得设一分会"的规定，成立宁波分会，尽管它和总会的关系很松散。

　　宁波分会的活动中心在宁波四中及上虞春晖中学。二十年代，四中新潮涤荡，办学氤氲着民主氛围，这便有助于新文学成长的宽松环境和条件的形成。宁波分会教师为培养文学新苗，促进新文学在宁波的发展，积极开展学术讲演活动，分会成员带头作讲。1924年9月，朱自清作的题为《我们对于文学的态度》的演讲，便是他集中分会同人的研究心得整理的。[2]在分会牵头下，夏丏尊、刘延陵分别作了《文章作法》《小诗的流行》的报告；丰子恺作了题为《美的世界与女性》的美学报告。宁波分会还邀请文研会同人前来演讲，沈仲九作《现代青年课外必修的一种科目》的讲座。陈望道应邀作《修辞学在中国之使命》

---

[1]《文学研究会宣言》，见《文学研究会资料》上册，河南人民出版社，1985年10月第1版。

[2] 详见《朱自清日记选录》，王瑶选辑，载《中国现代文艺资料丛刊》第3辑，上海文艺出版社版。

的学术报告，由方光焘作记录，该文刊于《文学》第一百三十二期。俞平伯于1924年春来宁波探访朱自清时，在宁波四中作了《中国小说之概要》的讲座。在春晖中学应邀作《诗的方便》的演讲。所谓诗的方便就是诗的自然。他主张"只是随随便便的，活活泼泼的，借当代的语言去表现在人类中间的我，为爱而活着的我"，他所说的"自然"，突破诗的规格的做法，对文学青年很有启发，也是当时诗坛颇为大胆的建议。在春晖园里也经常举办专题讲座，定期的有每旬一次的"五夜讲话"，由校内的教师或分会成员主讲；不定期的多邀校外的文研会会员主讲，沈仲九、沈泽民、陈望道、胡愈之、俞平伯、叶圣陶都先后应邀作过讲席。校内的如夏丏尊讲了《道德之意义》，朱自清以"刹那"为题作讲，丰子恺讲了《艺术的创作与鉴赏》，朱光潜以《无言之美》作讲。尽管各人讲演的内容各异，有关于人生修养的，有关于艺术欣赏的，有关于文学创作技法的，但演讲者各自的风格：如夏丏尊的通达，朱自清的缜密，丰子恺的率真，沈仲九的激进，陈望道的严谨，刘延陵的隽永有味，俞平伯的洒脱，朱光潜的娓娓动听，给人以深刻的印象。

早先两年，即1922年暑假，文研会"双柱"郑振铎、沈雁冰应四明暑期讲习所之请来宁波讲学，他俩在县学街孔庙明伦堂分别作《儿童文学的教授法》和《文学上各种新派兴起的原因》的报告。郑、沈两氏的报告给宁波新文化的火种增添了新的柴火，使新文化之火熊熊燃烧。尤其是沈氏主讲的《文学上各种新派兴起的原因》，更是从理论上指导宁波的新文学创作，解答了文学青年对中西文学撞击下思考而不得善解的种种问题。沈雁冰在报告中对新旧文学作了比照分析后说："文艺是人生的反映，是时代精神的缩影，一时代的文艺完全是该时代的人生的写真。"沈氏传播文研会"为人生"的创作宗旨，为稍后宁波分会的组建造成了声气。

二十年代，进步文化人办教育，提倡"人格造就"——德、智、体、美全面发展。宁波分会为配合"人格教育"所做的各种专题讲演，一时成为好风尚,它不啻活跃了教育风气,而且促进了分会活动的开展。因为作为一个新文学社团,它的生命在于活动。宁波分会的丰满活动安排,也昭示这个社团之客观存在。

(二)

据有关当事人访谈,及尘封已久的人文庋藏的开发之索得的材料,似可做出这样的考察:文研会宁波分会有四个团体组织——雪花社、火曜社、剡社及霜枫社,其核心组织则是 O·M 社(又名"我们社")。宁波新文学社团也像"五四"新文学那样,有它的萌发、成长和发展的过程。在记述宁波分会业绩的时候,不能忽略分会的基础组织所作出的拓荒和耕耘。

雪花社成立于 1921 年 7 月,它是宁波影响最大的青年文化团体。该社骨干社员有蒋本菁、俞茂容、潘凤涂、孙纲统、干书稼、谢传茂、毛路真、宓汝卓、张孟闻、王任叔、徐雉、孙宗麟等,几乎汇集了当时宁波青年一代的精英。雪花社成立的契机,是 1921 年宁波四中(当时为四师)学生孙纲统等不满校方的旧文化的沉闷空气而酿成学潮,他作为校务会议的学生代表,于 6 月退出,提议要求改良教务,同出的有俞茂容、谢传茂、潘凤涂、毛信桂、蒋本菁等五人。他们认为新文化斗争不可无联络团体,乃组织之。雪花社虽然是一个松散型的团体,但却是一个完善的社团,它既有社章,又自律很严,极注意社员的自身修养。结社宗旨很明确:"本互助之精神,作社会之改造",即团结互助反对封建旧礼教、旧文化,鼓吹"五四"新文化、新思想。它的作社会改造,表明它的文艺思想,受着文研会的影响,接受了"为人生而文学"的主张,把文学看作为改造人生、改造社会的工具。所以,雪花社后来成为文研会宁波分会的组成团体是很自然的。况且,雪花社的主要成员诸如王任叔、宓汝卓、张孟闻等和文研会的郑振铎、沈雁冰、朱自清等有着难解的因缘。如前所述，郑振铎、沈雁冰来宁波演讲，担任记录整理的便是王任叔。此后，王任叔不但经郑氏介绍加入了文研会，而且成为雪花社与郑氏联系的重要人物。另一个宓汝卓与当时主编《教育杂志》的杨贤江是同乡（同为慈溪人），郑、沈来宁波讲学，便是宓请杨贤江代为恳请的。宓也因此通过杨与郑、沈俩至交得以成为文研会成员。张孟闻是雪花社的骨干，他的父亲张葆灵是四中的教导主任，辅佐经亨颐校长推行教育改革。经来宁波导致甬城新旧势力急剧斗争，张孟闻与雪花社同人出力奋斗，堪为拥经派的骨干。雪花社的活动很正常，"每周轮流评论各人札记一篇，请名人演讲一次，轮流图书，谨慎发表，极可称讲宁波杰出的学社。"[1]如1924年，雪花社在宁波后乐园开社员大会，宓汝卓、张孟闻邀请宁波分会朱自清赴会指导，朱欣然承诺。检查《朱自清日记》，1924年9月14日（星期日）项下有详记。[2]

其时张孟闻正编辑雪花社社刊《大风》，他约朱自清写稿，朱后即把四中所做的讲演稿《我们对于文学的态度》交《大风》刊用。该稿分四部分阐述宁波分会对于文学的观点和态度，为雪花社的新文学创作活动指示了方向。

雪花社的《大风》，为十六开八页刊物。这是类似《语丝》的、以杂文为主的刊物，刊名由夏丏尊题签。笔者查到该刊第四期，1926年1月1日出版。此期文章为：西屏的白露之什（其四）——《聪明人》和白露之什（其五）——《呆子》，张孟闻的《生命之机械观及其起源》，红石的《寄赠雪花》。刊上写明：通讯处为宁波城内启明女子中学干书稼，派报处遍及全国，有北京、武昌、汉口、苏州、南京、杭州、定海等地，可见发行面之广，影响之大。据张孟闻回忆，他那时常阅读语丝社的社刊《语丝》，于是他们商量出了类似于《语丝》的《大风》半月刊，以作南

---

[1] 张天一《宁波的文学界》，载1924年5月22日《文学旬刊》第123期。
[2] 《朱自清日记选录》，王瑶选辑，载《中国现代文艺资料丛刊》第3辑，上海文艺出版社版。

(《大风》)北(《语丝》)之呼应。"后因为各人事情太忙,又苦于贫困,出了不多几期,随即停刊。"[1]《大风》刊颇有点小名气,因为鲁迅曾为它乃至后来改刊的《山雨》留过小小的纪念。[2]

  雪花社作为宁波颇具影响的社团,它的反封建反礼教,鼓吹进步思想,提倡新文学的活动,和文研会所信奉的"为人生"的文学主张相契合,所以雪花社的社务活动,文研会在宁波的会员会莅临指导,宁波分会的重要活动,雪花社社员亦必踊跃参加。文研会的朱自清、夏丏尊在新文学创作上悉心地指导雪花社同人,雪花社的学生把自己的习作,一本本的"诗集""散文集"送去请他们批改,朱、夏两位导师非但没有敷衍了事,反倒鼓励他们多多写作。还有四中学生组织"飞蛾社",朱自清帮其社刊《飞蛾》看稿件,说是了却一桩心事。雪花社中的学生常常问朱先生:你功课这样忙,怎能有时间去写那样细腻的诗歌和散文?朱自清不嫌其烦地回答:"我每天回家去写一点,有时一天只写一二句,这样慢慢的积成一篇篇东西。"他此时于人生正奉行刹那主义,他的刹那观并非及时行乐,而是抓紧时机,埋头工作。他以"刹那"为题为雪花社同人作演讲,陈述他对于人生的态度。他说:"我们所要体会的是刹那间的人生,不是上下古今东西南北的全人生!"[3] 朱自清谆谆告诫他们,"现在"是最可努力的地方,要用双手揿住它,愈牢愈好!朱不但言教于他们,而且重于身教,甘为学生乃至雪花社社员打杂,正是在朱自清等导师身教言传之下,雪花社中出了不少人才。

  雪花社出过一本纪念社友孙纲统的册子,名系经亨颐所题:《落梧映雪》;还办过纯文艺刊物《玫瑰》,专载新文艺作品。雪花社成员李琯卿于1924年取代陈布雷,出任宁波《四明日报》的主笔,据张孟闻回忆说:"那时《四明日报》可谓是雪花社刊物,刊有好些我们这些人的文

---

[1][2] 详见张孟闻1928年3月28日致鲁迅的信,此信作为附录收入《鲁迅全集·集外集拾遗补编》(即全集第八卷)中。

[3] 朱自清《刹那》,文载《朱自清全集》第4卷,江苏教育出版社,1990年12月版。

章。"是年10月,雪花社成员谢传茂、汪子望、王任叔进报馆任编辑,副刊《文学》版改由"雪花社文学组"主编,王任叔以其才名亲任责编,于是他利用副刊传播文研会宁波分会的"为人生"文学主张,发表新文学作品,借以同上海出刊的《文学周报》相呼应,大造新文学创作的声气。《文学》便成了宁波分会包括其团体组织雪花社从事文学活动的一块重要阵地。

《文学》周刊的前身原名为《四明旬刊》,由日月文学社的王玄冰主编。自第四期起一刷旧版面,以崭新的面目出现于宁波文坛。王任叔所撰的刊首《给读者》一文中说:"因为日月文学社放弃了编辑的责任,本报便要求我们雪花社文学组来担任编辑本刊;我们也因我们雪花之蕊,经过了长期的孕育,迄今还没有和世人见面,现在,有这种机会也乐得承认了……"从几期版面的内容看,其创作及批评文字无一不是文研会所主张的"为人生"的文学思想及其现实主义的创作手法,一扫鸳鸯蝴蝶派垄断的颓废不振之文风,《文学》的办刊方针也体现了文研会宁波分会的主张,《给读者》宣称:第一,创作选得严格些。第二,对于文学原理,多能介绍或论及。第三,对于翻译努力一下。以上三点实是文研会所一贯倡导的作品论和批评观的精辟概述,它给沉闷的浙东文坛吹起一股清新的文风。《文学》的作者队伍,除雪花社成员外,还有徐雉、蒯斯曛、董子兴等剡社社员。特别是王任叔发表了数量相当可观的文字,评论、剧本、新诗、小说、散文,无所不涉。像短篇小说《河豚子》,简直可视为中国现代文学中的传世佳作。由此可见,雪花社所编的《文学》周刊,即是文研会宁波分会的会刊。它同北京分会的《文学旬刊》、广州分会的《文学旬刊》、上海的《文学周报》一样,在贯彻文研会的宗旨,鼓吹"为人生的艺术",促进新文学的萌发和勃起,尽了自己的责任和努力。因之,以通达的目光来审视,雪花社岂止是宁波分会的组成团体,它更有文研会宁波分会的性质。

至若奉化的剡社,从其结社宗旨"本互助之精神,行改造之事业",

"要创造一个新的适应的社会"看,似也具有文研会宁波分会性质。该社分会曾给予具体指导。剡社《新奉化》的姐妹刊《锦溪》,约朱自清讲演,朱与冯三昧谈及《锦溪》觉得甚有希望。即可窥豹一斑。剡社发起于1920年,以奉化文教界知识青年为主体,串联沪、杭、甬的志同道合者而结成的新文化团体。社刊《新奉化》创办于1923年7月,系"剡社总编辑处"编稿,北京永明书局承印,宁波《四明日报》馆发行。该刊虽是一本综合性的刊物,从现存一、四、五期看,文艺专栏甚为突出。第一期发表的王任叔的《告兄弟们》、周国瑞的《曼曼》、胡行之的《领路者》,思想和艺术都有一定的深度。王任叔的《告兄弟们》是首长诗,全诗凡七十行。这是歌颂光明、呼唤民众起来与黑暗势力斗争的诗篇。1925年刊物由王任叔接编后,所发文章锋芒更其犀利,措辞激烈,抨击尤甚。如他的杂文《万民生计岂容一人垄断耶?》便是一篇为贫苦农民伸张正义的文字。"正是这个刊物打击了法治协会里的一些城狐社鼠,使他们对我有置之死地而后快的愤怒。"[1]作为新文化社团,剡社社刊上所发的作品表现了较开阔的现实主义的创作思想和方法,如第三期上所刊的王任叔的短篇小说《剪发的故事》,便是一篇"为人生血淋淋的生活的写照"的力作,作品通过民初因剪发而引起的家庭闹剧,反映了闭塞的穷乡仍以剪辫子为大逆不道。王任叔对"为人生"的理解是"文学的唯一责任,是在表现人生内在的生命步调","是捉捆人生的生命的",因而,他的作品"出发在人生,归着在人生"。其间,剡社参加了由宁波分会领头的"迎经"斗争。经亨颐兼任四中校长,"拒经""迎经"风潮闹得不可开交,剡社在《四明日报》上发表《欢迎经先生长宁波四中》的联合公开信,王任叔领衔署名,剡社、雪花社以及四中的分会老师彼此默契配合,取得了这场斗争的胜利,此也足资证明剡社是文研会宁波分会的组成团体。再从剡社同人的文艺思想看,他们受文研会

---

[1] 巴人《旅广手记》,人民文学出版社版,1981年12月初版。

的影响很深。《新奉化》文艺栏目云："凡新旧诗歌词曲之有价值者(以人生的艺术为标准),与各地歌谣及游记等类属之。"说明它接受了"为人生而文学"的主张,并且重视体现"民间之怨苦不平"的歌谣及游记。再者,1925年7月,《新奉化》改为月刊,王仁叔的文友许杰来宁波,许杰又介绍好友王以仁前来,他们皆是文研会会员,加上冯三昧、董子兴积极参与,分会活动的高潮再度迭起。

雪花社于1925年"五卅"前后开始分化。该社的进步社员另建火曜社,编印《火曜》《喊声》社刊。雪花社虽解体,然雪花社中坚仍根据该社初衷,随时代、环境的变迁,继续于"为人生"的新文学事业。如王任叔鼎力支持上海白露社,后与潘凤涂、张孟闻等人,在白马湖畔办文艺刊物——《山雨》,通过李匀之在上海印行。迨至二十年代后期,上海那个"更社",其前身还是雪花社。成员除雪花社旧友潘凤涂、徐城美、张赛英诸人外,还扩充了金则人、邱韵铎、郭正塘等人。

霜枫社建于1924年,由朴社和O·M社派生而出,顾颉刚等人积极参与,叶圣陶、俞平伯为该社"双柱",他俩合著的《剑鞘》便以"霜枫社"署名出版,这是最早的一本散文合集,其意在"力扫浮滥",表明在散文创作还是荆棘丛生的野径时,就有霜枫社同人在开辟,钟敬文为之称它"是一部很可称赏的书"[1]。

(三)

文研会宁波分会的核心组织当为O·M同人团体(又称"我们社"),此乃编《我们》文艺丛刊署名O·M而得名。O·M乃"我们"的拼音代号,加以刊物之名《我们》而称之为"我们社"。前人王哲甫说过,朱自清与俞平伯都是O·M的团体的同志。又说,俞平伯和几位同志

---

[1] 钟敬文《试谈小品文》,载于1927年《文学周报》合订本第七卷。文又见《〈小品文艺术谈〉》(李宁编),中国广播电视出版社,1990年10月版。

在O·M团体所出的《我们的七月》《我们的六月》里有不少散文。《我们的七月》里的《月朦胧鸟朦胧帘卷海棠红》，那么美丽活泼的文字，在新文学创作上，实是一种稀有的收获。[1]O·M社（我们社）实是高层次的新文学同人团体，是"为人生派"在宁波的作家群创作思想、艺术志趣相接近的结合，他们是分会的核心和主干。整个宁波分会似以O·M社（我们社）为核心，联合道合志同的团体共同集合于"为人生"的文学旗帜下的一种松散组合的作家群落。而《我们的七月》和《我们的六月》，则是这一作家群落中的核心圈作家发表高品位佳作的共同园地。

刊物的第一辑《我们的七月》，1924年7月在宁波编定，上海亚东图书馆出版。是年3月俞平伯专程来宁波与朱自清、刘延陵等商榷编务，四中校园里的乐群亭便是他们聚合之地。而夏丏尊因忙于《春晖》的编务，未及参与，则给予更多的照拂。《我们》形式如书，三十二开本，厚达二百余页，实际上是一本文艺丛刊。以其文学样式论，有散文、新旧诗词、诗剧、评论、随笔、书信、插图等不下三十余题。甚为奇特的是全部作者都自愿隐没大名，连通信人亦彼此抹去姓名不用称谓。其实，稍加留意，还是可以觅到一些蛛丝马迹，有谁不知《温州的踪迹》出自朱自清的手笔？《茸芷缭衡室札记》，这古色古香的文题，不是俞平伯所出还有孰人？刊物出刊后，朱自清于同年8月4日在宁波收到亚东寄来三册，他欣喜地说："甚美，阅之不忍释手！"[2]15日，针对有个名曰徐奎的人士评说《我们的七月》不大好，似乎随便，又说没有小说风格，作如斯记："我说，并不随便，但或因小品太多，故你觉如此。因思'小品文之价值'应该说明。我们诚哉不伟大，但自附于优美的花草，亦无妨的。我觉创造社作品之轻松，实是吸引人之一因，最大因由却在情

---

[1] 王哲甫《中国新文学运动史》，上海书店印行，1986年2月版。
[2] 《朱自清日记选录》，王瑶选辑，载《中国现代文艺资料丛刊》第3辑，上海文艺出版社版。

四中校园里的乐群亭,朱自清与刘延陵、丰子恺等在这里商议《我们》编辑事宜。

感的浓厚。后者是不可强为,不是可及的。前者则自成一体,可否独占优胜,尚难说定也。"[1]在这里隐约折射出朱自清的散文观——他力求小品散文纯正朴实的民族风格,即便认为感情冲动乃是小品文写作的缘由,也要写得真率和出自情致。

鉴于徐奎的评说,朱自清在编辑《我们》第二辑《我们的六月》时,似增添了具有思想力度之作。他自己为这期写了他的诗作中音调最为激越的诗篇《赠AS》,又临时编发了他为五卅惨剧而作的《血歌》,这首诗在目录未及引入,因刊物已在上海付印,想是临急抱妙思的脚抱出来的。从中似可窥视作为刊物的编者,朱氏力图把刊物与时代相呼号,敏感社会脉搏所做的努力。

《我们》第二辑是于1925年出版的,这期作品都署上作者的大名。这两期刊物在四中与春晖中学编定,送上海付印。它的组稿、编辑、排样到校对乃至发行,均由宁波分会承办。朱自清自有他卓著的劳绩,分会诸人鼎力相助,刘延陵、丰子恺出力最勤。朱为刊物事时时往返

---

[1]《朱自清日记选录》,王瑶选辑,载《中国现代文艺资料丛刊》第3辑,上海文艺出版社版。

于沪甬航道,他跑亚东图书馆,与叶圣陶切磋稿件,煞是忙碌。难怪叶圣陶称他"旅人的颜色可谓十足"。他"颧颊的部分往往泛着桃红色,行走急遽,仿佛有无量的事务在前头"[1]。不仅如此,他还要与俞平伯书信联系,共商编辑事宜。

朱自清当时在给俞平伯的信中说:"《我们》现只销去一千二百余本,甚滞!亚东印了三千本呢……署名一层,圣(指叶圣陶)不以为然。但弟因一图推广,二图便利(如周岂明说),故仍主署名。"[2] 从此信中,还可看出朱自清不啻为刊物花了精力和心血,而且和叶圣陶曾就作品的署名问题有过异议。朱是主张署名的,叶则不以为然。对此,俞平伯后来倒有实在而明晰的意见,他说:"之所以《七月》号(按指《我们》第一辑)不具名,盖无甚深义。写稿者都是熟人,可共负文责。又有一些空想,务实而不求名,就算是无名氏的作品罢。后来觉得这办法不大妥当,就在《六月》号(按《我们》第二辑)上发表了。"[3]

俞平伯此话诚然。主张隐名的,求务实,表示厌恶世俗的名利,甚或有超逸绝俗、企求清高之想念。"五四"以后,文学界思想活跃,这种不具名的行为亦是一时的风尚。主张署名的,一则以作家的知名度以利刊物的推销,二则文责自负,隐名终究行不通。后来觉得隐匿姓名这办法毕竟欠妥,第二辑全部署了作者姓名,而且把第一辑目录加以重刊,补登了全部作者的姓名,并附登一则启事:"本刊所载文字,原O·M(《我们》的代号)同人共同负责,概不署名。而行世以来常听见读者们的议论,觉得打这闷葫芦很不便,颇愿知道各作者的名字,我们虽不求名,亦不逃名,又何必如此吊诡呢?故从此揭示了。"第一辑虽

---

[1] 叶圣陶《与佩弦》,见《未厌居习作》,文载《叶圣陶集》(第五卷),江苏教育出版社,1988年10月版。

[2] 朱自清《1925年4月12日给俞平伯的信函》。

[3] 陈孝全《朱自清传》,北京十月文艺出版社,1991年3月版。又见姜德明《书边草》,浙江文艺出版社,1983年1月版。

未具名，而刊物封面却署了设计者丰子恺的大名，是时，丰在四中执教音乐、美术。可见，宁波分会所编的刊物还是有迹可寻的。丰的封面设计笔墨简练，用色单纯，显示他的独特的艺术情趣。《我们的七月》，只用一种天蓝色，《我们的六月》，只用一种绿色。但是整个书面夺人眼目，效果强烈，胜于五颜六彩。

《我们》这两期刊物的作者，除了朱自清、俞平伯以外，还有刘延陵、叶圣陶、丰子恺、顾颉刚、刘大白、潘漠华、冯三昧、白采诸人，他们都是 O·M 团体的同志，而刊物则是他们发抒情趣的园地。O·M 社这个作家群落的构建，标志着在新文学洪流中，宁波分会是颇为活跃壮观的一股。郑振铎说，北平的一部分文学研究会会员在《晨报》上附刊一种《文学旬刊》，广州的一部分文学研究会会员也出版一种广州《文学旬刊》。叶圣陶、俞平伯、朱自清等又在上海创办《诗》杂志及《我们》。他提及的《我们》似可足资旁证。[1] 宁波分会作家群还在宁波四中校刊《四中之半月》、上虞春晖中学校刊《春晖》半月刊上发表佳作。仅据粗略统计，朱自清、夏丏尊、丰子恺在《春晖》揭载其作品合起来就有三十多篇。知名的如朱氏的《春晖的一月》，夏氏的《读书与瞑想》《春晖的使命》，丰氏的《山水间的生活》便是。至 1925 年以后，他们到立达学园义教，又创办立达学会会刊《一般》月刊，夏丏尊任主编，责任编辑者有朱自清、丰子恺、朱光潜、叶圣陶、刘薰宇、刘叔琴、刘大白、胡愈之。这本刊物，文研会的中坚郑振铎甚为支持，据《立达半月刊》第十三期"园讯"透露，该刊是胡愈之在一次会议上提议创办的，而郑当场就被推举为筹备负责人之一。宁波分会同人在这本刊物上又发表了抒写对人生观感的文字。立达学园脱胎于春晖，它的班底是春晖中学的教师，另有一部分教师来自宁波省立四中，他们之中多为文研会宁波分会成员。因而，从宽泛的视角看，立达学会可视为宁波分会的

---

[1] 郑振铎《中国新文学大系·文学论争集导言》，上海良友图书公司，1935 年 10 月。

延伸和扩展,《一般》月刊倘目为宁波分会在江湾所办的最后一本刊物也不为过。

（四）

"五四"以后,新文化阵垒中的文艺刊物,几乎都是同人刊。文研会宁波分会所办的也不例外。分会的同人刊发表同人们的文艺作品,"鼓吹着为人生的艺术,标志着写实主义文学"[1]。分会作家群结集在为人生的旗帜下,通过作品把自己的文学主张和态度作了最显豁的揭橥。他们各自以其不同体式的跋涉与擅长,组建分会的诗人之群,小说家之群,散文家之群。当然,作家群落不是机械的平均和划一,而是动态的组合,彼此交叉着结合。

宁波分会诗人之群结成早期写实诗派。这是在为人生的创作宗旨和写实求真的艺术风格上的彼此呼应而成,尽管诗作的题材异彩纷呈。早期写实派由两个群体组成,一是朱自清、刘延陵、俞平伯、刘大白、白采等合为一群,他们的诗作多半刊登在《我们的七月》和《我们的六月》以及上海的《文学周报》上,表达立足于现实人生的写作态度。二是以王任叔为轴心,辐射诗友王以仁、董子兴、冯三昧。

宁波分会的小说创作,集中体现在浙东乡土小说作家群的劳作上。乡土小说的出现,是文研会"为人生"的现实主义文学发展的一个新趋向和新突破,以王任叔、许杰、王鲁彦等人为代表的浙东乡土小说作家群便是乡土小说创作的一支劲旅。

宁波分会的散文创作,已形成一个崭新的文学流派。它可称之为现代散文"白马湖派"。朱自清、夏丏尊、丰子恺、朱光潜、刘延陵及俞平伯、叶圣陶诸位,都是在上虞白马湖这一诗意沛然的湖山深处和民

---

[1] 郑振铎《中国新文学大系·文学论争集导言》,上海良友图书公司,1935年10月15日。

主科学环境之中，进行着散文的创作活动，故而构建了以清淡为艺术特质的散文流派。该派的艺术风格似属于清隽一路，宛如白马湖清淡的湖水。朱自清的写作大体属于朴实、清新一类，他的散文具有真挚清幽的神态；夏丏尊的散文为清淡风格；丰子恺散文则为清幽玄妙，他师承李叔同，李幽微淡远得很；俞平伯、叶圣陶、刘延陵的散文也不失清淡隽永。朱光潜的散漫说理文，更是散文中的奇葩。总之，作品的题材、风格、语言都实实在在地满熏着白马湖浓郁的"土气"。"白马湖派"的作家群是因思想倾向、艺术特质以至审美情趣相一致而结合。[1] 散文"白马湖之群"（文研会宁波分会）和"语丝的美文之群"（语丝社）南北汇合（语丝社的周作人不脱浙东人的气质，十分赞赏浙东文化的飘逸与深刻，"希望写出平水的山光，白马湖的水色"[2]）。这就形成了二十年代散文鼎盛期以周作人为首的清淡小品散文的"一个很有权威的流派"[3]。

上述诗歌、小说、散文三种流派形状的客观存在，表明宁波分会作为"人生派"的一翼是实有其事的。社团孕育刊物，刊物成为流派的摇篮，流派的形成又反过来展示社团的存在。就这样文学研究会宁波分会作为文学社团，连同其同人刊物，加之以新构成的文学流派，合成一种宏大的文学力量，在文坛上造成自己的影响和声势。

一九九二年九月

---

[1] 参见拙作《现代散文"白马湖派"研究》。
[2] 周作人《〈旧梦〉》，见《周作人早期散文选》，许志英编，上海文艺出版社，1984年版。
[3] 参阅阿英《俞平伯小品序》，文见《现代十六家小品》，光明书局1935年3月出版，天津市古籍书店影印。

附录：

宁波新文化运动记略

（一）

中国共产党的诞生是同五四新文化运动及马克思主义在中国的传播联系在一起的。马克思主义在中国的传介，给文化启蒙增添了新的血液，也孕育了中国共产党。有基于此，人们论及"五四"，自然不啻是指1919年5月4日的学生运动而言，而且用"五四"这个符号指代那个历史周期：1915年到1928年，并以"五四"来指代这整整13年间的新文化运动。特别是中国共产党成立后的7年的文化革命斗争。

1915年，陈独秀在上海创办了《新青年》，揭起民主、科学两面大旗，开始了打倒孔家店的斗争。新文化运动从此拉开了序幕。翌年，蔡元培新任北京大学校长，他推行"思想自由、兼容并包"的办学方针，带来了思想文化界的曙光，使新文化运动主将陈独秀、李大钊、鲁迅与刘师培、辜鸿铭等旧派人物在一校之中进行针锋相对的交锋。"兼容并包"貌似不倚不偏，实则为文化启蒙开拓道路。正是这个"包容"，才有了布尔什维克和长辫子的守旧复古者在一个校园里并存的现象，才有北大反封建旧文化斗争的滥觞，新文化运动才随之汇成一股不可阻挡的洪流。宁波作为一座中古式的城市，敏感着新文化、新思潮的激荡，汹涌澎湃的潮头冲撞着东海之滨的古老商港。

（二）

宁波新文化运动发轫于被誉为"小北大"的浙江省立第四中学。1919年5月7日，五四运动的消息传至宁波，四中的进步学生率先组织"殖群社",演出街头话剧,宣传反帝爱国。长期郁结于宁波师生心头的对封建奴化、买办洋人的仇恨,一下子像火山一样喷爆出来。5月19日,四中、效实联名提议,组建"宁波中等以上学校联合会",后改为"宁波学生联合会"。它的成立使投身于五四运动的宁波学子有了统一的组织和领导。斗争开始比较重于抵制日货等经济方面,查禁日货乃至洋货斗争搞得热火朝天。然对五四之有力一翼的文化启蒙运动,相比之下却被严厉地拒于闾门之外。反对旧文学、提倡新文学,反对旧道德、提倡新道德,这文化革命的两面旗帜在缙绅先生们看来,是断不准在宁波城头飘扬的。但新文化运动的主体意识毕竟是文化,它终究要冲决封建旧文化的罗网而兴起。最初学运的宣传活动中已经包含着倡导新文化的因素。学生的街头宣传多采用民众喜闻乐见的新文艺形式,剧本都是新编的,爱国题材的有《痛打卖国贼》《东洋乌龟爬不动》《巴黎和会》等,反封建的有《父与子》《夫妻之争》《苦况》等。这类反帝反封建新剧的演出,颇受民众欢迎,以至于有一次夜间在奉化肖王庙演出时,场子内外挤得水泄不通,演至一半时竟挤死了人。新剧演出像宁波这样的盛况,似不多见。

五四文学革命发端后,新文学倡导者在戏剧方面,主要忙于批判传统戏曲和译介外国戏曲,而未能也无力促成现代新剧创作的繁荣,造成了"理论非常丰富,创作却十分贫乏"的局面。而宁波新剧创作和演出却十分繁茂,虽然剧情单薄,但普及面却很广,而且多与政治救亡相结合,开了全国风气之先。另则,戏剧由于反传统的主张最为激烈,因而它在宁波新文化运动中发端也早于诗歌、小说和散文。

(三)

五四新文化运动的主体当为文学革命,而新诗则是这场革命的急先锋。白话新诗的出现作为一场改革,自当受到封建卫道者的反对。

在《新青年》的通讯栏中，曾有读者来信反映说："《新青年》提倡新文学以来，招社会非难，也不知有多少……而其中独以新体诗招人反对最烈……以为诗可以这般随便做法，岂不是把他们斗方名士派辱没了吗？"为了扫荡这些斗方名士派的无聊，鲁迅、刘半农、周作人等人曾采取巧妙而生动的形式，给斗方派诗以辛辣的讽刺。同时热切地培育新诗的成长。那时，宁波的王任叔（即巴人）正寻找着梦境的慰藉，他疾恶如仇的秉性中有压抑的愤怒要求泄泻。这就与诗（巴人称之为"梦"）有了某种接近。所以他说："在我似乎没有吟诗的资格了。然而我终不免在寂寞中做我底梦"。但由于斗方诗只能使他情感的棱角在"押平仄"和"检韵"的烦琐过程中消磨，却不曾做出"快人心意"的"梦"来。如火山喷发的能量集聚，那诗人的性格气质中已有诗魂的内核埋藏，等待着一触即燃的火种。火种终于引爆。五四文化启蒙所掀起的科学、民主思潮在王任叔的心灵里溅起灿烂的火花。新诗格调灵活和口语化的体式正切合他心灵的节拍，他感到新诗的可爱，用它可以尽情宣泄各种复杂的感情，而无罣无碍。王于1921年写下了一系列猛烈抨击旧世界的政治抒情诗，1922年6月又写出散文诗十二首（即《情诗》）和长篇叙事诗《洪炉》。《情诗》于1923年出版。诗集后有王任叔好友王吟雪的题跋。此人为王在四中的校友，一条血性汉子。"五四"学运在宁波展开时，他作为宁波救国十人团的团员，登台演说，壮怀激烈，并当场咬破手指，血书"国耻"两字。千余民众无不为之动容。此后，他成了王任叔的挚友，这本书便是他主持的宁波佛教孤儿院印制的。他在跋款中这样写道："任叔的诗很多，下年来艺术更为进步。但正如他自比于鹧鸪的歌讴，多沉着急弦的悲响。他全部诗的生命，通流过夜的黑影，如紫色的辛黄在蒙蒙细雨中颤抖般。要是像霓裳霞衫似的光彩，水晶镁光似的活跃的诗篇，可说只有这几篇了。任叔之爱这几篇，也比别的为甚。自去年暑期做成以后，时时披诵，改易三四次之多。这因为他是个孩子，对于自己制造的爱神的木偶，觉得非常可玩的,虽时境如流星般过去,而他心中一点灵犀——孩子的爱,很愿常常化作香火似供奉此爱神的木偶呵!"

王吟雪的题跋,是对于王任叔新诗最早最中肯的评价,而其中所谓"多沉着急弦的悲响"的歌讴,是指王任叔的长篇叙事诗《洪炉》。这是一首规模宏大的诗篇,连"楔子"凡十一部分,约八百来行。虽与《情诗》写于同时,然内容、形式乃至风格却大相径庭。它不是充满温柔、甜美、深挚、热烈的感情的散文诗,而是表达了对"血肉洪炉"的罪恶社会的强烈诅咒和愤怒抨击。那叛逆者强硬狂暴的绝叫,犹如一座炎炎赫赫的人生熔炉,腾跃着烧毁旧世界的熊熊烈火:

> 终至世界的大火灾来到,
> 宇宙真成了个洪炉了,
> 一出出的惨剧继续着,
> 世人呵,怎不待到恶梦破晓。……
> 啊!起来哟。起来哟!啊
> 索性把那个世界打成个破碎腐烂……

《洪炉》对中国现代叙事诗的成熟,作了全方位的展示。青年诗人受"五四"新文化运动的战斗洗礼,从新诗起步,开始了他新文学的创作生涯。遗憾的是,这篇诗稿过了整整六十年才得以面世,不然的话,宁波新文化运动中涌现的王任叔早就被文坛尊推为中国现代叙事诗的开拓者了。

(四)

在创作《情诗》与《洪炉》的前一年,即 1921 年,王任叔与其哥哥王仲隅一起加入奉化的进步社团"剡社"。王任叔其时在宁波四中读书,任宁波学生联合会秘书。

"剡社"发起于1920年,它是宁波新文化运动中所涌现的一个带政治色彩的文学社团,具有反封建的进步倾向。该社的宗旨是"本互相之精神,行改造之事业。""要创造一个新的适应的社会。"可见其受着"五四"新思潮的影响。王任叔在"剡社"中算是觉悟较早的文学青年,他当时对农村的社会实际已有较深的认识。他在"剡社"社刊《新奉化》上发表作品,启发农民阶级觉悟,呼吁他们跟传统观念决裂,勇敢地向旧世界挑战,具有革命民主主义者的思想倾向。"剡社"曾与奉化县城的土豪劣绅组织"法治协会"作过斗争,并取得斗争的胜利。此中年轻的王任叔和王仲隅、董挚声、卓子英一起立下汗马之功。"剡社"出版社刊《新奉化》,也为王任叔早期创作新文学提供了一个重要阵地。《新奉化》创刊于1923年7月,其一至三期是年刊,为三十二开本,约二百页,系"剡社总编辑处"编稿。北京永明书局承印,宁波四明日报馆发行。《新奉化》是一本有文艺栏的综合性杂志,文艺约占全刊的六分之一。第一期发表的《告兄弟们》(王任叔)、《曼曼》(周国瑞)、《领略者》(胡颖之)三篇。这些新文学之作,使刊物得以跻身于浙东最早一批文艺性期刊的行列。该刊1925年由王任叔接编后,所发文章锋芒更为犀利。正如王氏所说:"正是这个刊物打击了法治协会里的一些城狐社鼠,使他们对我有置之死地而后快的愤怒。"

王任叔发表于《新奉化》上的新文学作品有两篇——长诗《告兄弟们》和短篇小说《剪发的故事》。《告兄弟们》全诗七十行,诗人向一切"趋附利粪,而争食而断送人命"的恶兽们,和"搬弄那太阳不能发光"的天狗们发出了怒喝。诗人并以高昂的政治热情,从阶级斗争的高度敏锐地揭示出现实中的敏感问题。短篇小说《剪发的故事》发刊于第三期,作品通过民初因剪发而引起的家庭闹剧,反映了闭塞的穷乡仍以剪辫子为大逆不道的群众不觉悟的社会现实。这是王任叔最早的讽刺小说。他在关切农民悲苦时,也注意展现现实社会的可笑和可恼,表现他较开阔的现实主义的一个层面。也在这一年初(即1925年),柔石在宁波自费印了他的早期短篇小说集《疯人》(为宁波华升书店承印),内收《疯人》《他俩的前途》《船中》《一线的爱呀》《无聊的谈话》《爱的隔膜》处女作六篇。此亦是宁波新文学之作。不过由于内容的粗糙、技巧的幼稚,其影响远不及王任叔的小说。

其时,文学研究会的现实主义文学发展显现一个新的趋向,即乡土小说的出现。以王任叔、王鲁彦、许杰等为代表的浙东乡土小说作家群便是乡土小说创作的一支劲旅。王任叔的许多乡土小说就比较多地反映了农民的种种痛苦和不幸。他于1925年写的发表在《小说月报》第16卷第11期上的《疲惫者》,便是他在宁波新文化运动中所写的力作。作者以十分同情的笔调,描述一个驼背的运秧雇农赤贫如洗,常常忍饥挨饿、最后被诬而坐牢的悲惨故事,塑造了一个不肯向恶势力低头的耿直的老雇农人物形象。在乡土小说创作上取得突出成绩的许杰,他的乡土小说"出发在人世,归着在人生"。1925年写的《惨雾》,描写农村原始性的械斗,引起文坛的注目。茅盾说"是那时候一篇杰出的作品"。王鲁彦的乡土小说更是一幅幅浙东农村的风俗画。《菊英的出嫁》描写了浙东民间的陋习冥婚;《黄金》《阿卓呆子》《许是不至于罢》等篇什,则刻画了农村小有产者的败落和炎凉的世态。宁波籍作家群为乡土小说的兴起和发展做出了不凡的贡献。

(五)

如果说成立于1920年的"剡社"是宁波新文化运动中出现最早的一个社团。那么,发起于1921年的"雪花社"则是宁波影响最大的青年文学社团。它也是在"五四"狂飙中产生的。"雪花社"原名为"血花社",与温州的"血波社"齐名,大抵是这个名称刺激性太强,遂以"血""雪"谐音,改名为"雪花社"。该社同人有蒋本菁、俞茂容、潘凤涂、孙纲统、干书稼、谢传茂、毛路真、宓汝卓、孙甫侯、钱枞湘、李元皋、张杏娟、张孟闻、王任叔、孙宗麟等，几乎汇集了当时宁波青年一代的精英。"雪花社"可称得上是一个完善的社团，它既有社章，分列名称、宗旨、社约、入社、出社、开会、职员、附则等条款，以至各股的细则，又自律很严，极注意社员的修养。它的结社宗旨"本互助之精神，作社会之改造"，与奉化"剡社"的宗旨"本互助之精神，行改造之事业"可谓如出一辙，即反封建旧思想，鼓吹"五四"进步新思想。在文艺思想上，"雪花社"与"剡社"一样都受文学研究会的影响，它们都接受了"为人生而文学"的主张，并重视体现"民间之怨苦不平"创作倾向。这也与文学研究会宣言中提出的"文学要为人生"、文学要看成是"于人生很切要的一种工作""一种事业"是相一致的。所谓"为人生"，就是把文学作为改造人生的工具。"雪花社""剡社"的作社会改造、行改造之事业，也即把文学当作改造人生的工具。所以说，把"雪花社""剡社"看作为文学研究会的外围组织是一点不为过的。何况，"雪花社"本来就受着文学研究会宁波分会的指导，尤其得到文研会中坚郑振铎、沈雁冰、朱自清的指导。郑、沈两氏于1922年暑假来宁波作讲演，在孔庙明伦堂分别作《儿童文学的教授法》和《文学上各种新派兴起的原因》报告。"雪花社""剡社"的同人都聆听了报告。王任叔和张承哉担任郑氏讲演的记录。此虽为王任叔与郑的第一次相见，然而郑之为人襟怀坦白，没有丝毫的虚伪世故，给王任叔留下良好的印象，之后他们交谊日深，第二年6月由郑氏介绍王任叔加入了文学研究会，两人结为莫逆之交。沈雁冰主讲的《文学上各种新派兴起的原因》，更是从理论上指导了宁波的新文学创作，解答了宁波文学青年对中西文化撞击下思考而不得善解的问题。整个暑假讲习会，是宁波新文化运动中的盛举。郑、沈两氏的报告无疑起着推波助澜的作用，使新文化活动越加活跃。

1923年秋，经亨颐来宁波任省立四中校长，朱自清、夏丏尊、丰子恺、刘延陵等一批文学研究会骨干俱来执教，宁波新文化运动如火如茶。朱自清他们像关心杭州"晨光社""湖畔诗社"那样,悉心关怀着"雪花社",还组建了文学研究会宁波分会,办了同人文艺丛刊《我们的七月》和《我们的六月》。这是高层次的新文学社团,是"为人生"文学流派作家自然形成的群体,也是思想倾向和艺术风格相接近的组合。

宁波分会的新文学活动,在宁波引起强烈的反响,那直接受分会指导的"雪花社",即成为分会的团体会员组织。联系分会和"雪花社",起着纽带作用的人物是王任叔。1924年秋,在分会的指导下,王任叔任《四明日报》副刊《文学》周刊主编。他在《文学》第四期所撰的刊首《给读者》中说:"我们也因我们雪花之蕊,经过了长期的孕育,迄今还没有和世人见面,现在,有这种机会也乐得承认了……"他以"雪花社文学社"的名义,按照分会的主旨,编发了不少革命倾向明显的作品。从几期刊物的内容上看,其创作及批评是接受了文学研究会为人生的现实主义文学主张的。此《文学》周刊实是宁波分会的会刊,它和广州分会附《大光报》发行的《文学旬刊》、北京分会附《晨报》副刊发行的《文学旬刊》一样,在促进新文学的萌发勃起方面,尽了自己的责任和努力。

(六)

共同的文艺刊物,往往成为一些文学流派的摇篮。从宁波分会同人刊物《我们的七月》《我们的六月》和《文学周刊》乃至《春晖》半月刊上发表的散文看,宁波分会作家群其间在散文创作上,似已形成一个崭新的文学流派。可称为散文"白马湖派"。散文,在五四新文化运动中的成功,几乎在诗歌、戏曲和小说之上,特别是被誉为"美文"的抒情叙事性散文,更是尽了"对于旧文学的示威"。这里面,岂能漠视"白马湖派"散文的功绩?这一派散文正是以其漂亮、缜密的艺术手法,清幽隽永的艺术风格佳构的"美文",丰富着当时的散文园地。即便在今天,海峡两岸的当代散文家中,也有这一流派影响的迁流曼衍。"白马湖派"散文的直接成因,乃是宁波分会的同人都是"火车教员",他们既在宁波四中任教,而又在上虞春晖中学兼课。他们每周三天在四中,另三天则在白马湖。每月数次,往返于宁波与驿亭之间,故有"火车教员"之称。白马湖畔的春晖中学也像宁波四中一样,浸润着五四新文化的精神。国文课的内容不少选自《新青年》《新潮》《向导》《语丝》等"五四"进步刊物。朱自清、夏丏尊、丰子恺、朱光潜等先生,就是在这种诗意沛然的湖山深处和民主科学环境之中,进行着新文学的创作活动,故形成了这一以清淡为艺术特质的散文"白马湖派"。这一文学流派,似可从社团、刊物、地域以及作家的思想倾向、艺术风格来印证。从社团看,它是文学研究会宁波分会;从刊物看,他们的散文作品大都揭载在《我们》和《春晖》半月刊里;从地域看,他们都生活、工作在宁波奉化江畔和上虞白马湖畔,沐浴着"江上清风"和"山间明月";从作家的思想倾向看,他们都不忘文学为人生的使命。诚然,研究文学流派首先要从艺术特质来考察。风格成于个人,流派建于集体。凡属于同一个流派的作家必然在各自的风格基础上,表现出共同的东西,必然在众多的独特风格中表现出大体一致的共同倾向。也就是说,必然在风格的个性与共性的统一上,即在艺术风格的多样性的统一上独树一帜,以形成流派。考散文"白马湖派"的艺术风格似属于清淡一路,宛如白马湖清淡纯净的湖水。朱自清的写作大体属于朴实、清新一类。他的散文具有真挚清幽的神态;夏丏尊的散文为清淡风格;丰子恺散文则为清幽玄妙,他师承李叔同,李幽微淡远得很;朱光潜在春晖教英文,他写的"散漫说理文",则是散文中的另类。总之他们作品题材、风格、语言都实实在在地满熏着白马湖浓郁的"土气"。春晖中学范围不大,大家朝夕相处,宛如一家人。彼此又酷爱新文学,常以所作相传视,遂形成相接近的艺术共性。"五四"散文,乃是思想文化革命,个性解放意识觉醒的历史背景下产生的。抒我之情、言我之意,把个人的

"人格"当作散文的"第一要件",因而"白马湖派"作家群又有各自不同的艺术个性。一方面,艺术个性是作品的生命,是艺术共性的基础。另一方面,如作家们没有思想和艺术的相似或相近,就形成不了一个艺术流派。"白马湖派"的作家群是因思想倾向、艺术特质以至生活情趣相一致而结合。

"白马湖派"的几位作家,都是"五四"狂飙突进的勇士。朱自清在北京大学求学时是运动的积极分子,其他几位均在"五四"刚刚过后,即在南方思想最活跃的学校学习或任教。他们都呼吸着"五四"时代的新空气,吸吮着"五四"新文学的果汁。他们忧国忧民,是斗争中的中坚力量。共同的人生追求,成了构成"白马湖"文学流派的基因。二十年代初中期,文学研究会宁波分会在散文创作上形成的这一新文学流派,无疑为宁波新文化运动增添了荣光。而二十年代后期,即1928年初,王任叔(巴人)、张孟闻、毛路真三人到春晖中学执掌教鞭时,合计办了《山雨》,并请夏丏尊题署封面。《山雨》是雪花社社刊《大风》的后续。《大风》只出刊一二期便夭折了。现在办新刊,他们循着"大风"的思路,想到了此时"山雨欲来风满楼"的形势,脑子里忽而跳出"山雨"两字,遂作为刊名。《山雨》通过李匀之在上海出版、发行。王任叔、张孟闻他们在刊物上发表了大量的文艺批评、杂文、小说和诗歌。白马湖畔有一家为春晖中学师生服务的小书店叫"秋水室",《山雨》成了该书店的抢手读物。《山雨》的发刊词为王任叔所撰。像许多参加过大革命的文学者一样,此时的他又回到文学里去探寻革命的前途。他在创刊词中写道:"在革命狂飙时代中,总有一个未来的社会的雏形孕育着,革命文学家能于其中看出意义来,于是所谓'艺术的武器'的话也可以成立了。"所谓"艺术的武器"出自马克思的《〈黑格尔哲学批判〉导言》:"批判的武器当然不能代替武器的批判,物质力量只能用物质力量来摧毁;但是理论一经掌握群众,也会变成物质力量。"显然,此时,王任叔是把文学视同理论一样,认定是可以转化成为推动社会的物质力量的。革命文学之倡导的热心于此可见。《山雨》是用来弥补《语丝》休刊后给文坛造成的损失，它以杂文为特色。《山雨》第二期，王任叔开辟"雨丝"专栏，发表自己的杂感。"雨丝"专栏一直坚持到八、九期合刊。张孟闻曾将刊物寄呈鲁迅。鲁迅在《我和语丝的始终》一文中，提及此事。综上可见，"五四"文坛上的南（白马湖作家）北（语丝作家）文派呼应的格局横跨了整个二十年代。早先以《我们的七月》《我们的六月》映对《语丝》，后又以《山雨》对衬《语丝》，直至《语丝》休刊后，《山雨》仍苦苦独撑。就这样南方"白马湖派"作家与北方"语丝派"作家相汇合，构建了现代散文流派的颇为壮观的一脉。

（七）

宁波的新文学社团，除却文学研究会宁波分会、"雪花社""剡社"之外，尚有许多各种名目的社会团体。五四新思潮的激荡，给宁波这座千年古城注入新的生命力，产生一种新的力量，令各种进步社团及白话刊物喷涌而出。自五四运动波及宁波，宁波就出现了多种白话刊物，如：《救国》，为救国十人团联合会编印；《良心》，系救国十人团联合会所编；《火花》主编不详；《天鸣》，主编戴钝痴。同时宁波《时事公报》所撰文章，十之八九也用白话。此外，宁波学生联合会主办的《宁波学生联合会周刊》、私立效实中学主办的《学生自助会会刊》也颇有影响。这些白话刊物，对于冲破"古文派桐城文学"的垄断，以及在介绍宁波五四运动情况、揭露奸商丑恶行径方面起了不少作用。不过，由于人力资力两感不足，这些刊物往往此起彼伏，能够持久的实不多。迨至1923年8月，经亨颐来宁波后，新文化的潮流更加澎湃，社团及其刊物宛如雨后春笋般地出现。社团有雪花社、火曜社、社会科学研究会。刊物有《宁波评论》《大风》《火曜》《嗷声》《飞蛾》《玫瑰》《惺惺》《春潮》《甬江潮》。其中《宁波评论》及《大风》为雪花社社刊，《火曜》《嗷声》是火曜社社刊,《玫瑰》为四中学生所编,既宣传马列主义,又揭发地方绅士罪恶。"宁波社会科学研究会"出版过《社会科学研究》,所载文章除分析国内外形势,介绍马列主义一般理论外,并介绍马列主义入门书刊。

值得注意的是,所有新文化刊物,无一不是宁波党团所领导或指导的。《宁波评论》名为雪花社社刊,实为宁波共青团宁波团组织的半公开刊物。该刊创刊于1924年5月间,出至第七、第八期便被孙传芳的部属、宁波防守司令段承泽查封。据潘念之(即潘凤涂)1959年回忆:1924年上半年以前,宁波团组织是支部,约有团员十余人,现在记得的有谢传茂、赵济猛、孙鸿湘、李汉辅、徐诚美、陈洪、华少峰、潘凤涂,支部书记是谢传茂。刊物由谢、潘俩轮流执编。如该刊第六期(1924年7月30日出版)便揭载赵济猛的题为《打倒国家资本主义》的文章。

《火曜》名为火曜社社刊,实为共青团宁波地委的刊物。该刊于1925年3月24日创刊,1925年9月停刊。开本为32开16页,铅印,期发1000份以上。每周火曜日(即星期二)出版发行。所发的宣传马克思主义文章,数量是同类刊物之最。在宁波它似一盏明灯,照亮了宁波人民(学生)的革命斗争的道路。

如前所述,《大风》为雪花社所办。刊名为夏丏尊题字,朱自清作过指导。参与的同志多为中共党员。诸如卓恺泽、汪子望、王仲隅、王任叔兄弟、潘凤涂、赵济猛。这是一种类似《语丝》的、以杂文为主的小刊物,但也不乏传介唯物论的好文章。如第四期所刊的张孟闻撰写的《生命之机械观及其来源》即是。同期署名红石的诗——《寄赠雪花》被称为"不是诗,是碎碎的哀谐",写得声泪俱下。张孟闻还写了《白露之什》系列杂文。该期刊《聪明人》,系白露之什(其四)。另《偶像与奴才》系白露之什(其六),被《鲁迅全集》(集外集拾遗补编)作为张1928年3月28日致鲁迅的信之附录所收。可见刊物亦为鲁迅所关注。

"雪花社"前已所述,"火曜社"约建于1924年至1925年间,该社为1924年下半年起"雪花社"内部分化后由社内进步社员所另建,社员思想激进,革命性强。他们经常举行火曜演讲会,邀请进步名流如恽代英、陈望道、杨贤江、沈仲九等来社演讲。宁波社团的进步活动,给那班士绅以极大的震动。他们视新文化潮流为洪水猛兽,指为"近乎赤化"。有一篇署题《乡谈》的文章这样写道:"阿拉宁波人是顶怕'赤化'这些名词,正如十几年前怕革命党一样。他们有时对于关帝也会吃惊,因为他的面孔是'赤'化——可是现在一般前进青年偏会不争气,而喜欢谈社会科学、主张阶级革命,他们出了如《火曜》《嗷声》等周刊。偏偏要象征'赤'字,而大加抨击黑暗的缙绅先生们。又如,他们署名什么朱同、火星、赤枫等都是以吓死缙绅先生有余。"新文化的怒涛汹汹然滚滚而来,谁想阻挡又怎能阻挡得了呢?

(八)

五四新文化运动前期基本上属文化启蒙运动,它打开了反封建旧文化的通道,后期则发展为马克思主义的传播和科学社会主义思潮的兴起,这是历史选择的必由之路,也像全国的运动一样。宁波新文化运动促进了马克思主义的科学社会主义的广泛传播。五四以后进步的白话报刊风行,其时全国的报刊多达四百余种,而在传播马克思主义方面比较典型的有六种:《新青年》《每周评论》《湘江评论》《新潮》《星期评论》《少年中国》。浙江省教育会主编的《教育潮》(沈仲九执编)及夏衍执编的《浙江新潮》,每期以许多篇幅介绍这些刊物宣传马克思主义的文章,因而为宁波进步师生争相购读之刊物。此外,《新青年》《响导》《中国青年》等刊物,以及《共产党宣言》及其他上海出版的马列主义书刊涌入四中,在师生中广为传阅,四中遂成为全市传播马列主义的一个最初的阵地。当时的《时事公报》也顺应潮流,在副刊辟《问题讨论》专栏,研讨马克思主义的科学社会主义,发表读者的探讨文章。该报还用连载形式向读者介绍马克思主义。自然,从发表的文章看,见解似嫌肤浅,但毕竟推动了马克思主义在宁波的宣传。

1924年春,著名的共产党人张秋人奉命来宁波,组建宁波党、团组织。他在给中央执行委员会请示报告中提到:"《宁波评论》(由SY同志和原党同志以私人名义办的)应多介绍新文化新思潮,反对非科学的旧思想,政治方面以国民革命的口号为目标,对于帝国主义尤特别注意,从这方面慢慢吸收SY的新同志。"还提到"商请教育局长通函各校定阅《中国青年》"。由此可见,张秋人在宁波建党(团)工作中,十分注意新文化的宣传和马列主义的传播。宁波党团指导的新文化刊物如《大风》《宁波评论》《火曜》《嗷声》在传播马克思主义学说中,更是一马当先,冲锋陷阵。如1925年7月28日出版的《火曜》第二十期,专题发表署名文章,介绍研究马克思主义的书籍,文章列出研究马克思主义最低限度的书目表。表中所列的介绍书籍计有《共产党宣言》《马克思主义浅说》《马克思学说概要》《〈资本论〉入门》等。马克思主义学说在宁波的传播与介绍,给予宁波学界以深刻的影响。它使宁波人"在刀光火色的衰微中"看到了"曙光在头上",唤起了人们的觉醒和斗争。

(九)

然而,马克思主义在宁波的宣传,并不是一帆风顺的,它"在其生命的途程中每走一步都得经过战斗"。在宁波反马列主义最起劲的是国家主义派。共产党人施存统、梅申龙(又名梅龚彬)其时来宁波宣讲马列主义,他俩在宁波县学街的明伦堂作演讲。国家主义派不甘示弱,并与之抗衡。他们派陈启天、张之柱来宁波宣传国家主义。陈的讲题是《国家主义》,张的讲题是《世界新潮》。

国家主义派,又名"醒狮"派。他们以《醒狮》周报为主要阵地,宣传抽象的国家观念和爱国精神,以及"国家至上"的口号,要求人们放弃阶级斗争,效忠于旧的国家机器,其目的是阻碍马克思主义的传播,反对中国共产党的纲领。这个派别的代表人物是曾琦、左舜利等,而宁波的代表人物则是《四明日报》主编李官卿,他依仗《四明日报》和新创办的《爱国青年》,与《醒狮》周报遥相呼应,在宁波大肆鼓吹国家主义的论调。1925年10月,经亨颐离开宁波后,国家主义派活动更加狂獗。面对这股反马克思主义的政治思潮,共产党人和进步学生奋起与之论争。从全国而讲,以《中国青年》为阵地,对国家主义派的反动谬论进行了坚决的批判。从宁波看,"雪花社"中进步社员另组"火曜社",编印《火曜》《嗷声》社刊,予以痛击。检查1925年3月24日至8月18日总计十五期的《火曜》刊,痛斥国家主义派的文章不少于10篇,其中较有分量的,有《李官卿的新国家主义》《新国家主义的真面目》《谢传茂给李官卿的信》《介绍宓汝卓的宏论》等,所揭载的篇什,对国家主义派的"国家观念"即"国家尤应存在"论进行了有力的批驳。《火曜》中还刊登一批"短檄",多用寥寥数语,说明一个问题,讲明一个道理。其笔锋犀利,击中要害。

宁波的国家主义派打的是"新国家主义"的牌记,借以招摇撞骗。李官卿曾由宁波寄信给恽代英,侈谈其"新国家主义"和醒狮派的"旧国家主义"的不同。对此,恽代英在《中国青年》上作了公开答复,其中说道:"我究竟相信你所谓'新国家主义',仍旧与醒狮诸君的'旧国家主义'不免有同样的错误。"恽代英在分析李之提出的"生之欲望"决定人们行为的观点时,也一起批驳了心与物"相存并重""斤两相称"的醒狮派的哲学观点。李官卿的这种"生之欲望"决定人们行为的理论,既否定了物质因素的决定作用,也曲解了心理因素的反作用。他之所以拿这种错误观点作依据,是借以攻击马克思主义关于物与心的辩证关系及其社会作用的科学原理,进而歪曲和否定马克思主义哲学。他这样做是有其政治目的的,即为了给他所宣扬的加强国家主义教育、增强对腐朽的半殖民地半封建的国家的爱国心提供理论根据,也即为了所谓"陶激国性、发扬国光、鼓铸国魂"。

宁波的国家主义派的另一个头面人物为宓汝卓。此人原为文学研究会会员,1924年印行的文学研究会名册中有其姓名,编号为第77号。他是经郑振铎介绍加入文研会的。是时为"雪花社"骨干。1924年9月14日下午,雪花社在后乐园(即今宁波中山广场)聚会,宓汝卓为会议主席,主持这次活动。宓氏特邀宁波分会主持人朱自清莅临指导。因之朱自清日记对宓氏有形象的记载:

> 主席是宓汝卓,背微曲,通身着新直丝罗衣,长衫甚大,迎风飘飘然,大有不是他自己之意。面架金丝镜。应对进退之间,俨然有度,非复当年质朴如乡下人之他矣!

1924年下半年起,宓汝卓转向为国家主义派,宓曾在北京大学求学,又出洋入日本早稻田大学,然对故里的事甚为关切,每年寒暑假总要穿洋服归来,倾着头,叉着手,招诱一般青年。且大谈其新国家主义的"宏论",因之有《火曜》的题为《介绍宓汝卓的宏论》的署名文章(刊于《火曜》第十五期,1925年8月18日出版),批驳宓的新国家主义观点。《火曜》姐妹刊《啸声》也刊文《介绍宓汝卓》,将他从事国家主义派别活动予以披露。

上述这些斗争,不但挫败了国家主义派的锐气,而且进一步传介了马列主义,帮助青年提高马列主义思想觉悟,使他们于论辩之中,明白何者为无产阶级的科学理论,何者是更为正确,更切合于事实的理论。

(十)

综观宁波新文化运动及其马克思主义的传播,似可做出这样的历史结论。宁波五四运动的斗争内容比较重于抵制日货的经济斗争,这是宁波商港城市的经济地位所决定的。而对"五四"之有力一翼的新文化运动，相比之下却是严厉地抗拒于闾门之外的。尽管如此，然新文化运动的主体意识毕竟是文化，作为新文化运动，它还是冲破封建旧文化罗网而兴起。宁波新文化运动发端于文学革命，文学样式的革新，或戏剧，或诗歌，或小说，或散文，均有新的突破性进展，创立了全新的文学，做出了自己的应有努力和贡献。宁波新文化社团、刊物乃至文学流派都有自己的特点，合成一种文化力量，在文坛上造成自己的大小影响和声势。

在宁波破除旧文化、创建新文化的斗争中，文学研究会宁波籍作家、主要是王任叔自有卓著的劳绩，不凡的贡献。文学研究会作家，如郑振铎、沈雁冰、朱自清、夏丏尊、丰子恺、俞平伯等许多人，他们在宁波的新文化运动，不但推波助澜于宁波新文化运动的发展，而且在形成声势浩大的新文学洪流中，通过他们的劳绩，汇聚了颇为壮观的一股。此其一。

其二，宁波这座中古式的城市，当"五四"风雷波及时，它是经受着新文化、新思潮涤荡的。宁波新文化运动的前期，以文化启蒙思想打开了反封建的通道，后期在浙东党（CP）团（CY）组织领导下，传播马克思主义成为运动的主流，并由此开始了改造宁波的革命实践。两者的功绩应同样得到肯定，文化启蒙和马列传播有着承转与互补的关系，即由文化革命转化为马列主义在宁波的传介，文化启蒙渐向政治斗争和无产阶级靠拢，传介马克思主义又廓清宁波文化启蒙的道路。

其三，宁波新文化运动也像全国运动那样，它的本意在于文化启蒙，并非全然着眼于政治。但也应该说，这文化中明确包含着或暗中潜埋着政治的因素和要素。迨至宁波党团的诞生，马克思主义的科学社会主义思潮在宁波的兴起，特别是经过马列主义的思想启蒙的宁波学界，对新国家主义思潮的论争，则更推动了文化启蒙工作和马列主义的传播，从而推进了宁波新民主主义革命斗争的进程。

其四，宁波新文化社团的活动，是和浙东共产党（CP）共产主义青年团（CY）的组织活动连在一起的，并且直接受着党团组织的领导和指导。宁波的党团特别重视马克思主义学说在宁波的传介。这样便使宁波新文化运动蒙上了鲜明的政治色彩，宁波的文化启蒙也因此纳入新民主主义革命的轨道。

一九九一年五月

抒写对人生的观感

——朱自清写于宁波诗文考析

朱自清于1924年2月底来宁波省立第四中学（即今宁波中学）任教，至1925年8月去职赴清华大学，在宁波工作了一年半光景。[1]在此期间，他编纂了自己的诗文合集《踪迹》，写下了十一篇诗文，其中诗六首，文五篇。按作文时日序次排列，见有《别后》（诗），作于1924年3月；《白水漈》（散文），作于3月16日；《生命的价格——七毛钱》（散文），作于4月9日；《春晖的一月》（散文），作于4月12日；《赠AS》（诗），作于4月15日；《正义》（论文），作于5月14日；《风尘》（诗），作于5月28日；1924年夏，为俞平伯诗集《忆》撰了《忆之跋》的草拟稿，8月17日又写了手书稿；《中秋诗》（绝句）作于9月13日；9月15日，奉化江盘散归途成一绝。还有《石鼓图题诗》，创作日期尚待考证。

朱自清是在时代激荡风雷的感召下，决意以文艺来抒写对人生的观感的，因而在文学活动中"便迫切感着"，时刻不忘"为人生"的创作使命，努力创作出"血与泪底文学""呼吁与诅咒底文学"。[2]他在宁波所写的诗文，虽有旧诗三首，但多半为新体。这些篇什为"五四"新文学增添了崭新的内容，并以其风格独特的文字与结构，为文学"为人

---

[1] 参见拙作《朱自清先生在宁波》。
[2] 朱自清《〈蕙的风〉序》文载《"湖畔诗社"资料集》（创作通讯），1982年第1期。中国作家协会浙江分会编印。

生""表现人生"作了不凡的贡献。本文拟结合所检索到的有关地方史料,对诗文分别予以考析,以就正于高明。

(一)

朱自清写于宁波最先的是篇散文——《白水漈》。白水漈即温州白水瀑布,地在瓯江北罗浮山山腰,并不著称于当地。瀑布不大,只是在暴雨后才成匹白练,在温州稍高处即可望见,平日水小,如文中所说的"太薄了,又太细了"。1923年,朱自清在温州省立十中执教期间,于重阳前后曾去仙岩梅雨潭游览,作散文《绿》;后又偕友人游白水漈,便有此作。该篇只有三百字。恐怕是现代游记散文中篇幅最为短小的了。文字虽少,层次却极分明。文章一开笔就以简洁的笔墨概写白水漈"雾縠"般瀑布的特点,继之说明它的成因,这是由于岩石中空,水势无可凭依而成的,最后则在这样观察的基础上,着力描画那自然奇迹的神韵——表现他"独得的秘密",真切地显示白水漈瀑流的"新异的滋味"。

朱自清写的散文贮满着一种浓郁的诗意。他能诗情地用感情承受现实的印象,在描写客观景物时融入自己的感受、情绪,"登山则情满于山,观海则意溢于海"。[1] 在他的笔下,自然景观已经不是单纯的自然,而是充满情意的"人化的自然"。山水瀑布被作者情意化,使人感到她有迷人的美。这种真情实感谱写的至美之音,作者并不用浓词艳语织就而成,而是运用体现中华民族审美习性的真诚、含蓄、适度的抒情方式。此实显示出朱自清散文艺术的飞腾之功。

诚然,像《绿》《白水漈》那样精巧的"白话美术文",我们无须去从中挖掘出什么"微言大义"。但从作者对梅雨潭生机勃勃、绿意盎然的

---

[1] 语出刘勰《文心雕龙》。

朱自清《踪迹》，1924年11月上海东亚图书馆初版本。书为三十二开，丰子恺设计封面。这是画家对书籍装帧的较早尝试，吝用色彩，笔墨单纯。

描绘中，对白水漈气韵的状形传神中，并且透过这一幅幅精美动人、意味隽永的人生画面，依然可以感受到那种勃然进取、崇尚革新的生活态度；于恬淡、宁静之中，却蕴蓄着生机勃勃的情怀，体现着作者对人生的热爱，升腾着积极向上的激情。

（二）

朱自清是文学研究会的成员。文学研究会"提倡血与泪的文学，主张文人们必须和时代的呼号相应答，必须敏感着苦难的社会而为之写作"，[1]因而在创作思想上对中国社会之沦为半殖民地半封建，以及人民遭受的不幸和苦难，是抱着无比愤激与同情，而希冀用文艺来惊醒读者，所以一般作品都不同程度地反映了当时的社会生活。或者说，提出了一些令人注目的社会问题。写于宁波的《生命的价格——七毛钱》正是抨击了人口买卖的残酷，提出了"这是谁之罪责"的社会问题。这是一篇控诉血泪人生的檄文，在挑破那半殖民地半封建黑暗社会的帷幕的同时，作者特意将这个仅卖七毛钱的小女孩同自己的儿女

---

[1] 郑振铎《中国新文学大系·文学论争集导言》，载《文学研究会资料》中篇，河南人民出版社，1985年第1版。

反复地作比较，认为他们"没有什么不同"，这就表现了朱自清愿与平民为伍的民主主义立场。朱自清的这一立场和他的人道主义精神，绝不是偶然形成的，而是有它的一定基础的。

朱自清在温州时，住在四营堂巷，它接近瓯江码头边，离闹市区远。此地没有深宅大院，多住平民，或为肩挑小贩，或作苦力搬扛，或系店员，或是手工业者，他们以自己的劳力艰难地维持生计，挣扎在死亡线上。在宁波省立四中执教时，朱自清下榻学校宿舍，四中附近是类似于贫民窟的"江北寨"，住着从苏北逃荒而来的难民。而他也生于苏北，称作"江北佬"，[1] 大抵是同乡三分亲之故，他有暇便出入于"江北寨"，使其有机会目击"江北寨"贫民的悲惨生活，听到老乡凄苦的呻吟。这些，对朱自清的思想必定有深刻的影响。再加上他自己的生活也很清苦，更易体验人生的酸辛，同情贫民的不幸遭遇。诚如他的夫人陈竹隐所说的："这使他对半殖民地旧中国人民的苦难有较深切的感受……他始终是同情广大受压迫、受屈辱的人民。"[2] 这篇写血泪人生的散文，正是有了这个生活基础，经多方面的缜密审视和严辨淄渑的体味而涉笔写成的。

（三）

《春晖的一月》是一篇1983年才被发现的佚文，原载于1924年4月16日的《春晖》半月刊第二十七期上，同在四中和春晖中学执教的丰子恺为此文作了插画。全文共两千八百余字，作者用完全口语化和充满乡土气息的文字，用充满感情的笔调，把上虞白马湖和春晖校园的美描写得淋漓尽致。由于该文风格特异，自成体式，因此，为研究朱

---

[1] 朱自清《我是扬州人》，文载《朱自清散文集》（蔡清富缩）百花文艺出版社，1986年版。
[2] 陈竹隐《忆佩弦》，载《新文学史料》1978年第一辑。

自清早期散文的创作风格提供了重要依据。这篇佚文是在春晖中学整理校庆六十周年资料时偶尔发现的。它的发现，为朱自清二十年代从温州省立十中辞聘来宁波省立四中就聘的确切时日，提供了有力的佐证。朱自清来宁波时在2月底，这年春节是2月4日，他在温州和家人一起过了年就只身到宁波来了。有关"朱自清年表"对朱氏来甬之日多有误记。季镇淮编纂的《朱自清先生年谱》，[1]说朱系1924年8月就聘四中国文教员。陈孝全、刘泰隆合编的《朱自清年表》依从季说。[2]季说似依据于朱自清1924年的日记。该日记第一款作如是记："一九二四年八月四日，晴，星期一。下午亚东寄《我们的七月》三册来，甚美，阅之不忍释手。"[3]其实此证不力。检阅《春晖的一月》，即可得到解释。《春晖的一月》写于1924年4月12日夜。文中说："三月二日，我到这儿上课来了。"又说，"我到春晖教书，不觉已有一个月。在这一个月里，我虽然只在春晖登了十五日（我在宁波四中兼课），但觉甚是亲密。"于此证明朱自清是于1924年3月2日去春晖中学上课的。朱自清是应经亨颐校长之聘而来的，是时，经氏一身兼任四中、春晖两校之长，因而朱自然就聘于两校而往返于宁波与驿亭之间。朱自清来宁波先于上虞白马湖，他于2月底即来宁波四中任教。在温州十中，他最后为无隅（李芳）的诗集《梅花》写了序文，写作时间为2月23日，而到宁波最早写的《白水漈》落款则题3月16日，可以推见朱自清来宁波的确凿之日当为2月底，而绝不可能是8月。

---

[1] 季镇淮《朱自清先生年谱》，载郭良夫《完美的人格——朱自清的治学和为人》，生活・读书・新知三联书店，1987年第1版。

[2] 陈孝全，刘泰隆《朱自清作品欣赏》，广西人民出版社，1981年第1版。

[3] 《朱自清日记选录》，王瑶选录，载《中国现代文艺资料丛刊》第三辑，上海文艺出版社版。

（四）

朱自清的美文——《〈忆〉之跋》，在民国十四年（即1925年）12月北京朴社初版的俞平伯诗集《忆》中，落款题为"一九二四年八月十七日，朱自清记"。后在1936年商务印书馆初版的朱氏的散文集《你我》登载时，则题为"十三、八、十七、温州"。据考，此文写作背景如是：《〈忆〉之跋》草拟稿为1924年夏在宁波省立四中所撰。那年暑假，朱自清因其家眷在温州，他便去温州家里度假。8月17日，他兴致勃勃地在温州手书了那篇跋。9月5日，四中新学期将开学，他又匆匆离温返甬上课，同时把书写稿奉寄在北京的俞平伯，俞把此手书稿连同他的手书诗稿三十六篇，一起交北京朴社精印出版。由于该书所刊的是俞氏手书的诗，加之以丰子恺作的插图和精美的线装形式，《忆》自成了现代出版史上的一件珍品。尤其是朱自清手书的跋影印于后，使人能一睹朱自清那隽秀的书法而娱目，朱自清称赞《忆》是一部"双美"的书，他说："我们不但能用我们心眼看见平伯君的梦，更能用我们的肉眼看见那些梦，于是更摇动了平伯君以外的我们的风魔了的眷念了。"其实，朱的跋本身就是一篇美文。跋文只有千把字，主要就俞平伯所记述的在"忆之路"上对孩提时生活的顾盼眷恋，那些充盈着人情味的诗作，陈述了他的鉴赏之辞，字里也不免流露朱自清对平伯儿时生活羡慕之情，并在其间对他自己生活作了坦率的评估。他说："我的儿时现在真只剩了'薄薄的影'。我的'忆之路'几乎是直如矢的；像被大水洗了一般，寂寞到可惊的程度！这大约因为我的儿时实在太单调了；沙漠般展伸着，自然没有我的'依恋'回翔的余地了。"朱自清出身于小康之家，不像俞平伯跻身于上层社会，生活自不像俞那样优裕安适，因而他对儿时并没有多少的依恋，而直言"我是并没有好时光"，朱自清确实"不曾有过惊心动魄的生活"，他的"颜色永远是灰的"，"即使在别人想来最风华的少年时代"。他是"什么时候都了了玲玲地"[1]。从这点看,同在五四运动落潮期,朱要比俞清醒,俞平伯此时孜孜以求地去寻觅"儿时的梦"中的"爱"和"美",而朱自清呢,他虽颇有"空虚之感",但却很少彳亍踯躅于"忆之路"上作迷惘的吟哦低诵,更没有把生命的风帆驶入了"忆旧"的宁静港湾,而仍直面人生,纵使他也"空虚"过,而极思"转向";纵使他也彷徨过,而仍思挣扎。总之,朱于生活比较执着,俞则比较恬淡。俞日渐趋于消极遁世,朱仍奉行"人生以服务为目的"的处世哲学,在文学生涯上,则时刻不忘"为人生"的创作使命,努力创作"血与泪底文学"。这可以9月19日在宁波四中所做的《我们对于文学的态度》讲演作证。

(五)

朱自清写于宁波的诗计有六首,新旧体各三首。作为现代著名诗人的朱自清,他的功绩主要是新诗,他以新诗来表达对人生的观感,抒发时代的新声,他的旧诗虽然间或为之,生前秘不示人,然亦不乏佳作。朱自清旧诗有两本集子——《敝帚集》和《犹贤博弈斋诗钞》。前者是敝帚自珍之意,后者为稍强于博弈之玩的意思。从其集名看,仅作自娱而已,然究其实,朱自清作旧诗皆斤斤于平仄。更由于旧诗这一形式便于"书怀",他的许多篇章,倒是更直接地写出了他的思想感情和对世事的看法,也更直接地揭露血泪的人生。

1924年9月13日为旧历中秋节,朱自清在宁波过节,写了七绝——中秋诗。诗不长,照录于后:

---

[1] 朱自清《论无话可说》,载《你我》,生活·读书·新知三联书店,1984年10月第1版。

> 万千风雨逼人来,世事都成劫里灰。
> 秋老干戈人老病,中天皓月几时回?

　　这是朱自清第一次学作旧诗,似可窥见他对旧诗已有相当造诣了。朱写这首诗时,江、浙、闽一带正在战乱,直皖交战,温州骚动,他惦念留在温州的家眷,中秋理当团圆,可目下合家欢聚而不得,忧国忧家,心境十分不悦。而对纷乱的政象,不圆的家庭,加之以天气甚劣,触情景而有所感,写了这首愤世之作。9月28日,朱自清坐宁波到温州的"永宁"轮赴温,"至海门,轮忽停驶",说是前面有战事,不敢开了。朱"不得已改道温岭街",步行一百来里,在江厦搭上一只开往温州的船,"途中凡历二日"才抵温。10月3日,朱携眷乘船来宁波,5日抵甬。当时四中住屋尚有问题,8日赴上虞春晖中学布置家屋。这些时日,朱自清目睹魔怪舞翩跹、人民不团圆的景况,写景而兼兴时事,感慨时事,发为诗歌,摄照政局的黑暗,抒写人生的坎坷。诗的第三句,原作"小病遂教心似晦",他觉得不满意,找他在四中的同事国文教员杜天縻商酌改句为"秋老干戈人老病"。朱说:"绝句第三句最难做,五绝第三字最难做。"[1]此乃深谙诗道之言。朱自清虽把作旧诗看作消闲遣兴之事,可是凡事认真的他,从不存戏弄的心思,而真个下了功夫。

　　朱自清是喜欢宋诗的,这无论是从他的旧体诗作还是教学中都可以看得清楚。"取材广而命意新",是宋诗的特点,也是诗人应有的态度。他以为诗并不限于抒情描写,说理的也有好诗。他又认为好的诗并不只因为写诗的技巧好,最重要的是因为作诗者抱有严肃的人生见解。朱自清的旧诗便有对人生的灼见之作。

　　朱自清写于宁波的另一首七绝,作于9月15日。那天下午他访卢绥青等,皆不遇,因赴茅亭小坐,又至奉化江边盘散,颇有浩渺之致,

---

[1] 《朱自清日记选录》,王瑶选录,载《中国现代文艺资料丛刊》第三辑,上海文艺出版社版。

归途成一绝句：

> 渺渺银波翻白日，离离弱草映朱颜。
> 只今江上清如许，借问羁人心可闲？

诗附白说："在亭中时，忆及暑假前曾共三昧徘徊于此，颇爽然也。"

朱自清至此在南方从教已届四年，他是那样地尽职尽力，然而"黑板总是那样黑，粉笔总是那样白，我总是那样的我！"他深感成为羁人而"腻得慌"，欲"要寻些味儿"。[1] 这就驱使他从不赋闲，而努力为青年学生打杂，他在宁波四中常常参加青年文学社团"雪花社"的活动，给社刊《大风》以具体指导，帮四中学生刊物《飞蛾》看稿件，把自己的青春的热与光奉献于青年，这首诗正是他在人生道路上积极进取，奋力搏击的"羁人心不闲"的风范的写照。全诗还对四中素称"江上清风"之胜"以文字作画"，给人以沁人心脾的美的享受。

朱自清在温州十中执教时，与杜天縻、马公愚等交谊笃深。马公愚，名范，温州人，现代书画家。二十年代在十中教英语，马宅在百里坊，离朱自清住室四营堂巷相距仅两三百步，两家过从甚密。温州战乱之时，朱留温家眷全赖马氏照料，所以他由宁波致函给马氏，说："内人言及此次承先生贷款及照料一切，具见朋友风义！"1925 年春节，马公愚作画《石鼓图》并题了一首七古以记其事。随后致书给在宁波的朱自清，请他也题一首。朱自清揣摩了画意后，在给马氏的信中说："旧体诗非所素习，颇畏其难。"又谦虚地说："搜索枯肠，勉成一绝。"把诗寄给了马公愚。这首诗是这样写的：

---

[1] 朱自清《"海阔天空"与"古今中外"》，载《你我》，生活·读书·新知三联书店，1984 年第 1 版。

> 文采风流照四筵,每思玄度意悠然。
> 也应有恨天难补,却与名山结善缘。

诗中"玄度"系东晋"名流""高士",许洵。《晋书》卷七十九《谢安》云:"谢(安)寓居上虞东山,曾与王羲之及高阳许洵、桑门支遁等交谊,出则渔弋山水,入则言咏属文。"卷八十《王羲之》也提及他曾参与兰亭宴集,《世说新语》中多次记录他的言行。该诗切石鼓题,同时也表达了朱自清对马公愚的赞仰和怀念。从现在能看到的朱氏诗作来说,这首诗同他后来写的旧体诗比起来,或许较有生疏之感,但绝不是他的信中所说的"弟系生手,所作自不脱'打油'风味,友人某谓只可算逻辑的诗"。此与他后来的旧体诗相比照,其清新朴素的诗风还是一脉相承的。

朱自清平生好以旧诗赠友,赠答唱和之作,每每在诗眼处便点出友朋深谊。诸如赠夏丏尊的,有"丏翁诚可人,挟我共趋走"之句;赠叶圣陶的,有"狷介不随俗,交亲自有真"之句;赠俞平伯的,有"桨声打彻秦淮水,浪影看浮瀛海船"之句。朱为人正直,待人诚挚。他的朋友,称他为狷者。他狷介自守,不与统治者同流合污,却与友朋相处甚善。朱自清在四中和白马湖畔,和夏丏尊、丰子恺、刘延陵为邻。夏最年长,朱自清对其十分敬重,夏丏尊常请他办个什么事,只要听见夏氏喊一声"佩弦啊!"朱即竭力相助。从三首诗的考析中,也可看出朱自清与同事杜天縻、冯三昧、马公愚诸君情谊之诚挚。

(六)

有些喜作旧诗的人,怀着一偏之见来否定新诗,甚至想以旧体来取代新体的主流地位。朱自清则不然,他擅长旧体,只聊以自娱,而对新诗却倾注了很大的热情。他对中国的旧诗与新诗发展的道路作了历史的比较，认为诗歌发展必然之路是"现代化"的新路。他本人即是"五四"浪潮冲涌他创作新诗，借以抒唱时代新声的。其时，他一共写了五十几首，基本上收在宁波编就的《踪迹》和文学研究会刊物《雪朝》里，这些诗作大多是抒写个人对生活的感受和追求，表达对人生的观感，它与时代相呼号，并敏感着苦难社会的神经。其中最为知名的当是1922年写的长诗《毁灭》。写于宁波的新诗计有三首。三首之中数《赠AS》最有名，诗是以全部革命热情来塑造他心目中的英雄的。这个"手像火把"，"眼看波涛"，志在推倒反动派的"黄金的王宫"，"要建红色的天国在地上"的革命者，乃是以诗人好友邓中夏作原型。邓中夏于1923年写了《贡献于新诗人之前》，恳切要求新诗人"须多做能表现伟大精神的作品"，"须多做描写社会实际生活的作品"，"须从事革命的实际活动"，唯其如此，新诗才能够起到"鼓舞人民奋斗"的战斗作用，达到"改造社会的目的"。邓身体力行，于同年12月于《中国青年》上发表诗作二首，朱即于1924年4月15日作此，与之呼应。此诗原题《赠友》，首寄至邓中夏编辑的《中国青年》刊登，后转载宁波编的《我们的七月》上，改题为《赠AS》。邓氏在上海从事革命工作时改名为安石，AS正是英文拼音头两个字母，由此也可见它是赠给邓中夏的。《赠AS》与另一首稍早写的《送韩伯画往俄国》，堪称朱氏诗歌创作中音调十分激越的诗篇，它把个人抒情和对无产阶级革命的歌颂结合起来，把对旧世界的诅咒和新世纪的赞美结合起来，题旨深远，充满战斗的激情。朱自清在评析"五四"新诗时曾说："从新诗运动开始，就有社会主义倾向的诗。"[1]这自然包括诗人自己的诗作。朱自清能写出如此主题积极、意境崭新的诗，绝非偶然，这是他在宁波四中深受列宁主义影响，从域外红色国度偷得"密意"的结果。朱在四中，适经亨颐主校。经以"兼容并蓄"作指导，因而党的活动虽在地下，然在校则可公开。

---

[1] 朱自清《新诗的进步》，载《新诗杂话》，生活·读书·新知三联书店，1984年版。

1924年,列宁逝世,党组织与学校联合假四中大礼堂举行列宁追悼会。主席台挂出一副由总务主任张葆灵写的对联:"全人类救主,新世纪元勋"。列宁主义在师生中影响之大,即见一斑,朱自清自然深受鼓励而崇拜列宁主义。他曾幽默地说过:我以为马克思应译为马克"私",因为马克思主张消灭私有制,克服私有思想。此时其思想进步,于此可证。但是,朱自清只是微妙地表露自己心中的"密意",《赠 AS》所涌现的"红色的天国"的光明前景,仅是十月革命和五四运动给古老中国带来的新生希望在诗人心中的一点投影,至于究竟如何去创造仍不甚明了,因而他的有些诗作常常流露怅惘和惶惑,彷徨和苦闷的情绪,格调也比较悲怆。作于宁波的另两首新诗——《别后》《风尘》,便有这一情调的痕印,也暴露了诗人柔而不弱的心灵。显然,从朱自清的诗篇中传达出的声调是并不怎么一致的,有震撼人心的高歌,也有令人哀伤的低吟。

《别后》作于1924年3月。是日,朱自清由温州抵宁波四中执教,他是与妻子武钟谦离别只身前来的。时值军阀混战,教育凋敝不堪,学校经年欠薪,再加之他父亲丢官后,家境衰落;"烦扰着就将降临的败家的凶惨",为了生计,为了省去一笔搬家费用,只得把家属留在温州,自己独身而来。诗人迫于生活,转徙至此,心中充满怅惘而悲怆。诗中写道:

> 我却将你们冷冷的丢在那地方,
> 没有依靠的地方!
> 我是你唯一的依靠,
> 但我又是靠不住的;
> 我悬悬的
> 便是这个。

诗人直白自己承受妻子恩情而没有承挑起家庭担子的内心的歉疚和忏悔,隐约地表露了他与妻子"相从十余载,耿耿一心存"的真挚情怀。朱自清对武钟谦一片深情,在有关家庭生活为题材的篇什中,几乎篇篇写到她,《笑的历史》主要写她,《儿女》写到她,《择偶记》写到她,《冬天》和《给亡妇》更是追忆她,可谓朝思暮想,深刻难忘了。此时别后之念实属情理之中。

《别后》所抒写的主要是社会黑暗和诗人个人生活境遇的苦楚。

在这首诗中也不免流露出些颓废的情绪。朱自清在给俞平伯信中说:近来"极感到颓废的滋味,与现代的懊恼",由此而"感到空虚"。诗篇叙写了他的失落和消沉。朱自清当时之所以会有那么浓郁的失落感和悲哀的情绪,主要原因在于他的"希望"破灭了,从他对希望的热烈咏唱到失望的苦楚悲吟,正是说明诗人在人生旅途中失却依傍,思想上蒙上了一层阴影,也是诗人脆而不弱心灵的写照。但是朱自清绝不是悲观主义者,他"不堪这个空虚"而思"转向"。[1]诚然,诗人此时奉行的刹那主义有消极避世的一面,但更有积极进取的一面。这种积极进取的态度和为人生专崇实务的精神,在他任教于宁波四中时表现得很彻底。在四中他忠其所事,尽其所职,视教务为家务,而且经常同学生热烈地讨论哲学上的问题、人生的意义,指导学生正确地对待人生。他自选《人生之目的》论文作教材,教后又以"人生之目的何在?"为题让学生作文。这些使他的生活"起了一个转机"。[2]他在另一首《睁眼》中曾明白表示:在漫漫路途中,绝不"裹足"不前,而要一步步去挨着——直到"眼不必睁、不能睁底时候"。这种面向现实,挣扎向前的人生精神是朱自清世界观中十分可贵的因素。

朱自清擅长取喻自然风物,进而赋予它们以深刻的内涵,使这些自然景观成为诗人驰骋想象、创造形象的有效手段。在《煤》《北河沿

---

[1] 朱自清《一九二二的十一月七日残信》,见朱自清《信三通》,原载《我们的七月》,亚东图书馆,1924年版。

的路灯》《小草》《满月的光》等篇什中,他均借助于那些发光和向阳的风物,热切地抒唱自己向往光明的心愿。写于宁波的《风尘——兼赠F君》,显然也是一首借助于风尘这一自然景观作为起兴的诗篇,写于1924年5月28日驿亭至宁波的旅途中。五月的南方时有黄沙天,那天诗人乘火车从上虞驿亭站至宁波站适遇大风沙,他在车上目击这大自然掀起的尘沙,作为起兴,借景生发,极力描摹莽莽罡风将他吹入黄沙的梦中的种种空虚的幻觉,借以表达自己怅惘的身世之感。就是诗人所说的"丝毫立不定脚跟的空虚"感。朱自清在给俞平伯信中曾说:我"因怅惘而感到空虚,……我不堪这个空虚,便觉飘飘然终是不成,只有转向,才可比较安心"[1]。确实,诗人不愿长此以往地飞在悬空之中,立志要脚踏实地,回归到地上。自然,这是积极的否定,也是"丢去玄言,专崇实际"的必走之步。至于"黄沙的梦中"的种种离奇古怪的景象,则是人生旅途对诗人的种种诱惑和压力的意象表现,诗人意识到,这些都是阻碍他"专崇实际"的纠缠。在《毁灭》中诗人写道:

  我流离转徙,
  我流离转徙,
  脚尖儿踏呀,
  却踏不上自己的国土!
  在风尘里老了,在风尘里衰了,
  仅存的一个懒恹恹的身子,
  几堆黑簇簇的影子!

  你看,诗人为自己人生旅途中不能"专崇实际"而感到多么地苦痛和彷徨。在《风尘》里,诗人也表露了同样的心境。"五四"高潮过后,

---

[1] 朱自清《一九二二的十一月七日残信》,见朱自清《信三通》,原载《我们的七月》,亚东图书馆,1924年版。

一些觉醒了的青年，由于没有和群众主流结合而产生了彷徨苦闷的心绪。朱自清也不免如此，在众多矛盾纠缠中，他一时找不到解脱的途径，看不到出路，在《转眼》一诗中曾发出过这样的呼告："理不清的现在，摸不着的将来，谁可懂得，谁能说出呢？"他甚至到了惶惶无主的境地："待顺流而下罢，空辜负了天生的'我'；待逆流而上呵，又惭愧着无力的他。"瞧，当前理不清楚，将来又摸不着边，既不愿随波逐流，又无力逆风前进，这该有多么痛苦和彷徨。于是，在那人生风雨途中，他"踯躅"而"彷徨"了，《风尘》所表露的，正是诗人的这种"理不清的现在"的纷乱思绪，不过在诗里，诗人是凭借丰富的想象力而为之的，想象乃是诗人赖以飞腾的翅膀。在《风尘》里，诗人借助于想象，描绘出如此惊心动魄的景象：天在"旋转"，星在"飞舞"，地在"回旋"，山河在滚动，地上所有的一切，连同诗人自己，"都飞起来了"。那天旋地转，飞沙走石的景象，形象地反映出诗人那时的心境。朱自清此时尽管不明了前进的方向，然而他不愿虚掷年华，敢于面向实际，虽彷徨而仍思挣扎，力排纠缠而有所作为，执着地要回归到"生之原"。他说："弟虽潦倒，但现在态度却颇积极，丢去玄言，专崇实际，这就是我的企图的生活。"[1] 朱于人生奉行的刹那主义，并非及时行乐，而是抓紧时机，埋头工作。他在四中素崇实务，出力最勤。不仅为执教而奔走于两校之间，而且要为办《我们》刊物而往返于沪甬道上，如叶圣陶称他为"永远的旅人的颜色"一样。1924年叶在上海供职，朱每去上海总是行色匆匆，彼此不能"沉入晤谈的深永的境界里"。对此，叶颇感"若有所失"，又"天各一方"了。[2] 朱自清在作《风尘》时念及挚友叶圣陶是很自然的。因而诗兼赠F君：

---

[1] 朱自清《一九二二的十一月七日残信》，见朱自清《信三通》，原载《我们的七月》，亚东图书馆，1924年版。
[2] 叶圣陶《与佩弦》，载《未厌居习作》，又载《叶圣陶集》（第五卷），江苏教育出版社，1988年版。

呀，F君，你呢？你呢？
也在什么地方飞吧？
来携手呀。

综上考析，我们看到朱自清写于宁波的诗文，不论是用写实的方法，抑或是用象征比喻的方法，其创作的目的是综合地表现人生，抒写对人生的观感。正如茅盾所说的，文学研究会作家的创作态度是一般地认为"文学应该反映社会的现象，表现并且讨论一些有关人生一般的问题"[1]。在正视现实和面向人生的态度上，朱自清的这些诗文，无疑是毫不例外地表现了这一精神。他在宁波奉行"文学研究会"的宗旨，把文学看作是"于人生很切要的一种工作""一种事业"，[2]他涉笔而成的文学作品，既为新文学画廊增添异彩，也为宁波文化史留下了光辉的一页。

一九八八年十二月

---

[1] 茅盾《新文学大系小说一集·导言》，载《文学研究会资料》中册，河南人民出版社，1985年第1版。

[2] 见《文学研究会宣言》，载《文学研究会资料》上册，河南人民出版社，1985年第1版。

朱自清在宁波事迹考

—— 兼及上虞白马湖

二十年代,朱自清(字佩弦)在杭州、温州留下的足迹,已有人掇拾成文。[1]唯独他在宁波这座中古式的城市里(包括在娟秀幽静的上虞白马湖),所留下的斑斑点点的人生踪迹,却还未有人问津。由于年久失记,他的事迹几濒湮没无闻。为其彰彰明甚计,因觅踪而得史实若干,并加考订,缀文六题予以表出,聊为朱自清研究及浙江新文化史添上一束史料,亦算是对这位杰出的文学家的一个钦敬的纪念。

一、关于朱自清来宁波始末

朱自清来宁波时在1924年2月底。这年的春节是2月5日,他在温州和家人一起过了年,即于正月二十后,只身到宁波省立第四中学任教来了,自此他在宁波教了三个学期。

有关"朱自清年谱"对朱氏来宁波时日,多有误记。季镇淮编纂的《朱自清先生年谱》说朱系1924年8月就聘宁波四中国文教员,同月16日到白马湖春晖中学去教书。[2]陈孝全、刘泰隆合编的《朱自清年

---

[1] 此类文章代表作见有董校昌的《朱自清在杭州的教育活动》,载《杭州大学学报》第15卷第2期;张如元的《朱自清先生在温州》,载《浙江学刊》1984年第6期。
[2] 季镇淮《朱自清先生年谱》,载郭良夫《完美的人格——朱自清的治学和为人》,生活、读书、新知三联书店,1987年7月版。

四中讲堂，朱自清在此作过演讲——《我们对于文学的态度》。

表》依从季说。[1]蒋明玳、马宏柏、张王飞三君合撰的《朱自清年谱简编》说是9月9日至宁波四中师范部。[2]朱乔森编定的《朱自清生平著作编年简表》，则认为朱自清是在3月初到宁波任省立四中国文教员，并在上虞春晖中学兼课。[3]前三说所依实据季说，因季说成文最早，时在1949年10月。考季说似据朱自清1924年的日记。该日记作如是说："一九二四年八月十六日，晴，星期二……下午圣来信，云曾为我进行商务，未成，甚感之。又云，雁冰已为问上大（按上海大学）事。晚丏尊来信，嘱我到白马湖，计划吃饭方法，云已稍有把握，想来或指春晖也。"[4]究其实，此记是朱自清为筹划他来宁波后第二学期的教职之事。是时，教师的聘任为一学期计算，每当暑寒假期之末，教员必要为生计而操心。8月16日正值此期暑假之末，朱谋划着下学期的就聘问题，春晖的教籍，他托夏丏尊为之计划，事有眉目后，夏即致函嘱朱到白马

---

[1] 陈孝全，刘泰隆《朱自清作品欣赏》，广西人民出版社，1981年9月版。

[2] 文见《朱自清研究论文集》，扬州师范学院中文系、学报编辑部编著，1988年3月印行。

[3] 朱乔森《中国现代作家——朱自清》，人民文学出版社、三联书店分店联合版，1985年6月版。

[4] 《朱自清日记选录》，王瑶选录，载《中国现代文艺资料丛刊》第3辑，上海文艺出版社。

湖"计划吃饭方法"。此"吃饭方法",显然为第二学期兼课事。当时的讲台粉笔生涯,往往落脚一处,而又及他校兼课,朱应经亨颐之聘前来,是时经一身兼任四中、春晖两校之长,朱自然就聘于两校而往返于宁波与驿亭之间。朱此举原因似有两点:其一,当时白马湖畔名师荟萃,且多系浙江一师老友,朱念于旧谊笃深,心向往之。其二,确为生计所致。朱在四中教书,月薪约三十元,虽是一笔可观的收入,但由于既要赡养双亲,又要维持全家五口人的生活,故负担沉重,所以要和夏丏尊计划春晖兼课之事。据考,朱寒假后来宁波就任第一学期教职时,每周星期四乘火车去驿亭,星期五授课至星期一返回四中,星期天在春晖例不休息。这样他在春晖、四中各上课三天,一周教务排得满满的。为此他在10月2日给温州十中友人马公愚写的信中感慨地说道:"半年来,弟仍碌碌两校,火车生活,竟习以为常矣。"从这里也可证实,朱自清是这年2月底来宁波执教。"10月2日"的写信日期向上推溯至朱来宁波任教的时日——2月底,除却暑假期,不正好是半年吗?

朱自清1923初就聘于温州十中(兼师范部)国文教员,他在该校教了两个学期,即工作了一年。最后在那里为他的学生无隅(李芳)的诗集《梅花》写了序文,时为1924年2月23日,即正月十九,稍前写了散文《绿》,落款年月是2月8日,即正月初四。他写于宁波的第一篇散文《白水漈》则是3月16日。于此可推知,朱自清来宁波一定是在1924年2月底至3月中旬之间。那么,究竟何时来宁波?检阅《春晖的一月》,[1]即可得出结论。该文首段写道:"三月二日(按1924年)了,我到这儿上课来了。"文又道:"我到春晖教书,不觉已一月了,在这一个月里,我虽然只在春晖登了十五日(我在宁波兼课),但觉甚是亲密。"此可确证朱氏是于3月2日去春晖的。另据俞平伯甲子年游宁波日记载,他于1924年3月7日至3月13日,在宁波、上虞白马湖

---

[1] 文见《朱自清散文选集》(蔡清富编),百花文艺出版社,1986年版。

与朱相叙五天。[1]俞在3月7日由杭州动身转上海,于8日抵达宁波。朱到职没几天,老友前来探视,此也可作旁证。

朱乔森认为其父3月初至宁波四中任教,恐据此。然朱自清来宁波当先于上虞白马湖,这是确定无疑的。《春晖的一月》足资佐证。文章开首便写道:"今年到宁波时,听许多朋友说,白马湖的风景怎样怎样好,更加向往。"客观上也不可能于3月1日到宁波,2日即匆匆赴白马湖授课。他是于2月底,即正月二十后,辞别家人只身来宁波,在四中稍事安耽并即开课后,再于3月2日在春晖上课。所以说,朱自清是于1924年2月底,即正月二十后到宁波四中执掌起教鞭的。[2]

朱氏于1925年8月离开宁波和白马湖,赴清华大学任职。届时,朱在江南中学校已"做了五年教书匠了",他觉得"一个人老做一种职业,那真是一条死路",他"想改业"。[3]改业的直接原因,他在给俞平伯信中陈述得很明白:"春晖闹了风潮,学生反对教务主任而罢课,当局开除学生廿八人,我们反对而辞职;结果,他仍被留在此,夏先生专任甬事,丰子恺改任上海艺术师范大学事。此后事甚乏味。半年后仍须一走。"[4]他颇想脱离教育界,在商务觅一事,请平伯留意。适北京清华学校加办大学部,成立国文系,经俞平伯推荐,胡适介绍,就聘为教授。至此他在宁波工作、生活了一年半光景。

---

[1] 俞平伯《朱佩弦兄遗念——甲子年游宁波日记》,载《论语》第161期,1948年9月。

[2] 参见拙作《抒写对人生的观感——朱自清写于宁波诗文考析》。

[3] 朱自清《"海阔天空"与"古今中外"》,见《朱自清全集》第一卷,江苏教育出版社,1988年版。

[4] 俞平伯《忆白马湖宁波旧游——朱佩弦兄遗念》,文载张守常《最完美的人格——朱自清先生哀念集》,北京出版社,1988年版。

二、关于朱自清与"雪花社"

朱自清在宁波四中掌教时,与宁波青年文学社团"雪花社"关系密切。虽未像在杭州浙江一师那样,担任过"晨光社""湖畔诗社"的顾问,然对"雪花社"也作过悉心的指导和关怀。

"雪花社",原定名为"血花社",与朱自清在温州十中指点过的"血波社"齐名,这个名称刺激性太强,遂以"血""雪"谐音,改名为"雪花社"。该社成立于1921年7月,为"五四"新潮推动下产生的。当时的宁波青年有鉴于作社会之改造,人生的联合以祈上进,不可无联络之团体,乃组织"雪花社"。该社虽系松散性组织,但有完善的社章。社章分列名称、宗旨、社约、入社、出社、开会、职员、附则等条款。"雪花社"作为文学研究会宁波分会的外围组织,它的宗旨:"本互助之精神,作社会之改造",便体现出"为人生的艺术",文学改造人生的精神。据始终其事的张孟闻、潘凤涂回忆,"雪花社最初的宗旨,有改造社会的愿望,介绍新思想、创作新文艺",该社"自律很严","极注意社员的修养"。最初参加者有蒋本菁、谢传茂、潘凤涂、干书稼等七人,后来陆续加入的有宓汝卓、张孟闻、汪子道、王任叔等,几乎荟集了当时宁波一代青年的精英。他们之中多为四中进步学生,适朱自清在四中,他又是文学研究会中坚分子,于是"雪花社"与他结下了一段难解之缘。

"雪花社"作为宁波颇具影响的社团,它的反封建礼教,鼓吹进步思想的活动,和朱自清信奉的"为人生"的文学主张相契合,所以他乐于参加社务活动。"雪花社"编印《大风》社刊,受到朱先生精辟的指导。刊物进行反旧礼教、旧统治的启蒙,所发进步倾向的文字,锋芒直指宁波缙绅先生们,给以极大的震慑和抨击。

"雪花社"每有聚会,朱自清必被邀参加。虽然他那时还只有二十七八岁,"矮矮的身躯,方方正正的脸,配上一件青布大褂,一个平顶头，完全像个乡下土佬"[1]，但由于他在"五四"新文学中的威望，与会者无不投以景仰的目光，聆听他的教诲。1924年他的日记有载，他于8月14日下午参加后乐园的聚会。他对以范仲淹"先天下之忧而忧，后天下之乐而乐"文意命名的后乐园颇为赞赏，曾和潘漠华作游，他说：后乐园"占地不多，而小亭错落，池水一方，满蔽浮萍，颇有雅致。就中所谓螺髻亭者尤佳！"[2]在这般幽雅僻静处雅集，他兴致很高，朱戏曰："有茶点，恣意取啖，颇偿日来之清淡也。"那次会议主席是宓汝卓。其人1922年1月入社，后又介绍王任叔加入。宓氏是文学研究会会员，1924年印行的《文学研究会会员录》中有他的名。不过，此人1924年下半年起日渐转向为国家主义派了。朱自清在日记里对宓氏作如斯观："宓背微曲，通身着新直丝罗衣，长衫甚大，迎风飘飘然，大有不是他自己之意。面架金丝镜，应对进退之间，俨然有度，非复当年质朴如乡下人之他矣！"[3]此刻朱已洞悉宓已转向了。朱扶持文学新人，甚而不惜耗去生命。然对有些青年之蜕变，亦不无敏锐的洞察。会上张孟闻请朱为"雪花社"刊撰稿，他一口允诺。过了几天，即作了《我们对于文学的态度》演讲。

朱常和社员热烈地探讨人生。他说："人生以服务为目的，虽然近乎高调，但有机会为人做点有用的事，到底是个安慰。"他以此自勉，亦勖勉"雪花社"同人。他奖掖后学，甘为他们打杂。社员送来一本本的"诗集""散文集"，他或作细批，或约面陈，从未敷衍了事。稿子上满是紫色墨水的批改和圈点，那双圈密点，表示他的赞同与鼓励，那朱笔写的端端正正的蝇头小楷，是批改和评语。他热情地鼓励说："你们不

---

[1] 魏金枝《杭州一师时代的朱自清先生》，载《文讯》第9卷，第3期。
[2][3] 《朱自清日记选录》，王瑶选录，载《中国现代文艺资料丛刊》第3辑，上海文艺出版社。

要怕文章写不好,我的第一篇在刊物上发表的长诗《毁灭》,就是投了又退,退了又改,反复四五次才得以录用的。"[1]像《桨声灯影里的秦淮河》,"我每天回家去写一点,有时一天只写一、二句,这样慢慢的积成一篇篇东西。"作为新文学的拓荒者,培植文学青年的教育者,朱先生实在称得上一个可敬佩的保姆。正是他的辛勤培育、谆谆教导,使得"雪花社"中出了不少人才,革命志士汪子道,著名作家王任叔便是突出代表。

三、关于朱自清与文学研究会宁波分会

1921年元月4日,成立于北京的文学研究会,不久便在上海、广州、郑州、宁波建立分会。文研会书记干事郑振铎由北京来上海后,会务亦移至上海。朱自清来宁波任教后,在四中执教的文学研究会会员有夏丏尊、丰子恺、刘延陵、王任叔、许杰等。再则,在经亨颐校长倡导下,各界名流诸如恽代英、杨贤江、陈望道、叶圣陶、俞平伯、沈仲九等应邀前来宁波讲学,一时宁波成了人文荟萃之区。文研会主将郑振铎、茅盾在这以前,也曾来宁波讲学,他俩分别讲演《儿童文学教授法》和《文学上各种新派兴起的原因》。他们的报告,无疑在宁波播下了新文学的火种,使文研会在宁波影响更为巨大。

朱自清作为文研会的中坚,时刻不忘"为人生"的创作使命,努力创作出"血与泪底文学""呼吁与诅咒底文学"。他与四中的文研会其他会员一起聚会,研讨"文学为人生"问题,切磋现实主义创作技法,同时商讨成立分会事宜,"共谋文学工作的发达与巩固"。据文学研究会简章第九条"本会会址设于北京,其京外各地有会员五人以上者得设一分会"之精神,宁波分会也即成立,朱自清实际上是分会的主持人。

---

[1]《宁波中学校史》,见宁波中学建校八十五周年校庆纪念册。

1924年9月,他作的题为"我们对于文学的态度"的演讲,便是他集中分会的研究心得而整理的。在他牵头下,夏丏尊、刘延陵分别作了《文章作法》《诗的流行》的报告,俞平伯应邀作《诗的方便》与《中国小说之概要》的讲演。陈望道作《修辞学在中国的使命》,沈仲九作《现代青年课外必修的科目》的讲座。尽管讲演者各自观点不同,但其中如朱自清的缜密、夏丏尊的通达、刘延陵的隽永有味,俞平伯的洒脱、陈望道的严谨、沈仲九的激进,给人们的心灵留下了深刻的印象。

宁波分会的积极活动,在宁波文学青年社团诸如"雪花社""火曜社"中引起强烈的反响,那直接受朱自清指点的"雪花社",不久即成为分会的外围组织,该社骨干宓汝卓、王任叔即是文学研究会会员。正如茅盾所说的,"这些分会都是各地一些有志于新文学的青年学生自行组织的,他们给《文学旬刊》寄信,表示愿意成为某地的分会,如此而已"[1]。1924年秋,在分会的帮助下,"雪花社"骨干,也是文研会会员的王任叔,出任《文学》周刊主编,他以"雪花社文学社"的名义,按分会的主张,编发了不少革命倾向明显的文学作品,附《四明日报》发行。

宁波分会为活跃新文学创作计,办了同人刊物《我们》,由朱自清、俞平伯主编,叶圣陶、刘延陵助编。刊物的第一辑《我们的七月》,1924年7月,由宁波编定,上海亚东图书馆出版。内载朱自清散文五篇、诗二首、信三通。《我们》形式如书,三十二开本,厚达两百余页,实际上是一本文艺丛刊。以其文学样式论,有散文、新旧诗词、诗剧、评论、随笔、书信、插图等不下三十余题。甚为奇特的是全部作者都自愿隐没大名,连通信人亦彼此抹去姓名不用称谓。其实,稍加留意,还是可以觅到一些蛛丝马迹,有谁不知《温州的踪迹》出自朱自清的手笔?《茸芷缭衡室札记》,这古色古香的文题,不是俞平伯所出还有孰人?但是有些作品出自于谁之手,还待考证。刊物出刊后,朱自清于同年8

---

[1] 茅盾《复杂而紧张的生活、学习和斗争》,初载《新文学史料》第4、5辑,转引自《文学研究会资料》中册,河南人民出版社,1985年10月版。

月4日在宁波收到亚东寄来的三册,他欣喜地说:"甚美,阅之不忍释手!"[1]15日,针对有个名曰徐奎的人士评说《我们的七月》不大好,似乎随便,又说没有小说风格,作如斯记:"我说,并不随便,但或因小品太多,故你觉如此。因思'小品文之价值'应该说明。我们诚哉不伟大,但自附于优美的花草,亦无妨的。我觉创造社作品之轻松,实是吸引人之一因;最大因由却在情感的浓厚。后者是不可强为,不是可及的。前者则自成一体,可否独占优胜,尚难说定也。"[2]在这里隐约折射出朱自清的散文观——他为求小品散文纯正朴实的民族风格,即便认为感情冲动乃是小品文写作的缘由,也要写得真率和出自情致。他所企及的自成一格说和他早期散文创作实践,倘以社团、刊物、风格及时代、地域诸因素考察,他和夏丏尊、丰子恺、俞平伯、叶圣陶、刘延陵等,简直可构成小品文的"白马湖派"。

　　鉴于徐奎的评说,朱自清在宁波编辑《我们》第二辑《我们的六月》上,似增添了具有思想力度之作。他自己为这期写了他的诗作中音调最为激越的诗篇《赠AS》,又临时编发了他为五卅惨剧而作的《血歌》,这首诗在目录未及引入,因刊物已在上海付印,想是临急抱妙思的脚抱出来的。从中似可窥见作为刊物的编者,朱氏力图把刊物与时代相呼号,敏感社会脉搏所做的努力。

　　《我们》第二辑是于1925年出版的,内载朱自清散文三篇,诗两首(包括未及目录的《血歌》)。所不同于第一辑的是,这期作品都署上了作者的大名。这两期刊物在四中与春晖中学编定,送上海付印。它的组稿、编辑、排样到校对乃至发行,均由宁波分会承担。朱自清自有他卓著的劳绩,分会诸人鼎力相助,刘延陵、丰子恺出力最勤。刘那时在四中教社会学兼文化史,他是朱的苏北同乡,早就相好,故帮助甚多。

---

[1][2]　《朱自清日记选录》,王瑶选录,载《中国现代文艺资料丛刊》第3辑,上海文艺出版社。

刘长于小诗,那首题为《水手》的最知名,三十年代的中学语言课本都选这首诗。朱自清为刊物事时时往返于沪甬航道,他跑亚东图书馆,与叶圣陶切磋稿件,煞是忙碌。难怪叶圣陶称他"旅人的颜色可谓十足"。他"颧颊的部分往往泛着桃花色,行走急遽,仿佛有无量的事务在前头"。[1]不仅如此,他还要与俞平伯书信联系,共商编辑事宜。

朱自清当时在给俞平伯的信中说:"《我们》现只销去一千二百余本,甚滞!亚东印了三千本呢。……署名一层,圣(指叶圣陶)不以为然。但弟因一图推广,二图便利,故仍主署名。"[2]从此信中,还可看出朱自清不啻为刊物花了精力和心血,而且和叶圣陶曾就作品的署名问题有过异议。朱是主张署名的,叶则不以为然。对此,俞平伯后来倒有实在而明晰的意见,他说:"之所以《七月》号(按指《我们》第一辑)不具名,盖无甚深义。写稿者都是熟人,可共负文责。又有一些空想,务实而不求名,就算是无名氏的作品罢。后来觉得这办法不大妥当,就在《六月》号(按《我们》第二辑)上发表了。"[3]

俞平伯此话诚然。主张隐名的,求务实,表示厌恶世俗的名利,甚或有超逸绝俗、企求清高之想念。"五四"以后,文学界思想活跃,这种不具名的行为亦是一时的风尚。主张署名的,一则以作家的知名度以利刊物的推销,二则文责自负,隐名终究行不通。后来觉得隐匿姓名这办法毕竟欠妥,第二辑全部署了作者姓名,而且把第一辑目录加以重刊,补登了全部作者的姓名,并附登一则启事:"本刊所载文字,原O·M(《我们》的代号)同人共同负责,概不署名。而行世以来常听见读者们的议论,觉得打这闷葫芦很不便,颇愿知道各作者的名字,我们虽不求名,亦不逃名,又何必如此吊诡呢?故从此揭示了。"第一辑虽

---

[1] 叶圣陶《与佩弦》,见《未厌居习作》,文载《叶圣陶集》(第五卷),江苏教育出版社,1988年10月版。

[2] 朱自清《一九二五年四月十二日给俞平伯的信函》。

[3] 姜德明《书边草》,浙江文艺出版社,1983年5月版。

未具名,而刊物封面却署了设计者丰子恺大名,是时丰在四中执教美术。可见,宁波分会所编的刊物还是有迹可寻的。

四、朱自清爱花嗜好自白马湖始

朱自清在春晖中学兼课时,"传染了他那爱花的嗜好"。他说:"我爱白马湖的花木,我爱S家(按即夏丏尊家)的盆栽——这其间有诗有画。"[1]诚然,白马湖能招徕名人流连忘返。相传,虞舜避丹朱到上虞,常在这里捕鱼垂钓;晋时周鹏举出任雁门,因思念渔浦湖(白马湖原名),又千里迢迢,骑白马返虞,径入湖中不出,为心爱的湖殉了葬。白马湖的灵山秀水也陶冶了朱自清的性情,令他异乎寻常地喜欢这里一花一木。他这样深情地作了描绘:"沿湖与杨柳间种了一行小桃树,春天花发时,在风里娇媚地笑着。还有山里的杜鹃花也不少。"[2]当时,朱住白马湖畔,和夏丏尊家邻近,他便常到"平屋"去寻花,丏师家鲜花终年不凋,朱更为夏家的盆栽所倾倒。他是这样倾心于那盆栽艺术的:"一盆是小小的竹子,栽在方的小白石盆里;细细的竿子疏疏地隔着,疏疏的叶子淡淡地撇着,更点缀上两三块小石头,颇有静远之意……另一盆是棕竹,瘦削的叶子亭亭地立着;下部是绿绿的,上部颇劲健地坼着几片长长的叶子,叶根有极细极细的棕丝网着。这像一个丰神俊朗而蓄着微须的少年。"[3]如此细腻的如诗如画的描摹,着实令人陶醉。

朱自清酷爱荷花自白马湖始,他的宿舍至校路经一大片水塘,里面满种荷花,迤逦约一里许,每每下班晚了,月夜经过荷塘,他便凝神地领略皎洁幽静的月色和亭亭玉立的荷花,探求"独得的秘密"。后来

---

[1][3] 朱自清《"海阔天空"与"古今中外"》,见《朱自清全集》第一卷,江苏教育出版社,1988年版。

[2] 朱自清《看花》,载于《朱自清全集》第一卷,江苏教育出版社,1988年版。

他到清华园,那工字厅后面的荷花池,又是他徘徊啸傲之所在。若有片刻闲暇,他便屏息地看着荷花濯清涟而不妖的态势,佳构那脍炙人口的《荷塘月色》。该篇对月色、荷塘的精湛的描写艺术,岂不是有白马湖"荷花塘"、清华"荷花池"体察作基础,岂不是源于他善于"费点心去发现"描写对象的特点,眼有所见、心有所领的结果?

朱自清是从白马湖带上这爱花的嗜好去北京的。在清华园定居后,就常去园中赏花,"一天三四趟地到那些花下去徘徊"。他之嗜花,并非清高隐逸,而是劳作之余的精神调节。他不赞成那躬耕自守的陶渊明,而是始终睁大着沉思的郁怒的眼睛凝视灾难深重的社会现实,并且迸发出愤世嫉俗的不平之鸣,即使"自附于优美的花草",也无士大夫式的闲情,而深蕴着个人忧国忧民的寄托。

朱自清平生也爱那妩媚玲珑的海棠。早先在温州,他在《月朦胧,鸟朦胧,帘卷海棠红》里,对红艳欲流的海棠作过详尽逼真的描绘,以后又说这花"繁得好,也淡得好;艳极了,却没有一丝荡意,疏疏的高个子,英气隐隐逼人"[1]。朱自清有一次竟冒了大风到中山公园去观赏盛开的海棠。

五、俞平伯来宁波探访朱自清事略

二十年代初,宁波还是一座狭小逼仄的中古式的城市。那东门外大街上商店的算盘声,中学校的朗读桐城派古文的读书声,加上半边街那鱼行里的鱼贩的叫卖声,构成了这座中古式城市的特色。[2]1923年秋,经亨颐来宁波四中就职,即慎选师资,一批新文化运动中素负盛名的学者如朱自清等祆被就聘,才使宁波新文化极一时之盛。朱在四中、春晖掌教还只开课八九天光景,诤友俞平伯就甘心仆仆风尘来宁

---

[1] 朱自清《看花》,文载《朱自清全集》第一卷,江苏教育出版社,1988年版。

[2] 见巴人《旅广手记》,人民文学出版社版,1981年12月版。

波探访。他俩相叙五天,切磋文事,留下了一段佳话。

1924年3月7日,俞平伯由杭城出发,转沪来甬。8日下午乘新江天轮,9日晨抵宁波。适值大雨,俞雇车到火车站,转车至百官站,乃朱信约百官站见面。后终因佩弦踪影不见,而折回驿亭才抵春晖中学。其实,朱那天早晨,也候车去白马湖上课,恰好同车,故约平伯在车站等候。不过,朱用宁波土话,因当时宁波人管沪杭甬线宁波站叫百官车站,此时宁波那一段只通到百官,故有此俗称。俞以为朱在百官等,径往那里,虽是同乘一列车,却当面错过了。为此,俞平伯在日记上写了一大段,谈到他们相互的误会,他说,颇有小孩吵嘴的空气。

那天朱照例上课,俞闲着就旁听了一堂。朱先生必不是"温故而支薪"的教书匠,他随时随刻地汲取新知,吐出新解。他的教法颇似现在的"启发式",学生可在课堂发问,而他总是尽量地予以解答,且对各个意见均予尊重,还不时地启发学生思索。诚然,记问之学不足以为人师,需要有启发别人的力量才不愧为人师,在这点上朱先生有他独到之处,因为他有丰富的人生经验和好学深思的学术性格。俞在日记中对此评估说:"学生颇有自动之意味,胜一师及上大也。"

那天晚上,夏丏尊家宴俞平伯,这是他俩首次见面,朱自清作陪。丏师、佩弦两人皆知酒善饮,平伯只勉力追陪。宴罢,佩弦陪平伯从夏家回归,归途光景,俞平伯有日记载,颇有兴味:"饭后偕佩笼烛而归,长风引波,微辉耀之。蹀躞郊野间,纸伞上沙沙作响,趣味殊佳,惟苦冷与湿耳,归寓畅谈至午夜始睡。"[1]

俞平伯在春晖与四中应请,由丏尊、佩弦作陪,各作了一次讲演。他在春晖耽搁了三天,朱却天天有课,他总是"自觉而肯定地走着一条平凡、踏实及认真努力,一步一个脚印的道路"[2]。

---

[1] 俞平伯《朱佩弦兄遗念——甲子年游宁波日记》,载《论语》第161期,1948年9月。

[2] 季镇淮《纪念佩弦师逝世三十周年》,载《新文学史料》第2辑,1979年。

11日,离白马湖回宁波四中。那晚朱自清陪平伯在一家名叫"李荣昌"的酒店喝酒,且接连去了两天。那儿的特色是野味,丰腴珍馐,都是地道的酒菜。酒有"宁""绍"两种。酒罢,吃炒年糕,据称是上虞的名产,其佳在"滑"。俞平伯戏言宁波的几顿饭很有"江南味"。也许是行色匆匆,俞平伯对于二十年代的逼仄狭小的宁波,并没太好的印象。他只觉得"宁波道路全以石板铺之,车颠欹尤甚于杭州,甚不适"[1]。

六、关于朱自清执教于宁波四中

朱自清在南方中学校前后从教五年,其中在宁波四中(包括在春晖中学)有一年半。是时,四中以名流荟萃、学风民主、设备完善、"江上清风之胜"而吸引莘莘学子,享有"小北大"之美誉。他到职时,正值学制改革,中学和师范部合并,六年制分为三段,前两年为初中,中两年为公共高中,末两年为分科高中,分文理两科。朱自清担高中及分科国文(还兼任科学概论),他喜性自选课文,教材中不合时宜的不大用,他将鲁迅《阿Q正传》《药》等新文学佳作编入讲义,深为学生欢迎。

朱先生堪称一位尽职的胜任的国文教师和文学教师。他治教谨严不苟,备课十分充分,"不论教材的难易深浅,授课以前总要剖析揣摩,把必须给学生解释或指示的记下来"[2]。讲授时又不肯轻易荒废分秒时间,总是尽量使学生多获得一些知识。朱先生对学生循循善诱,从来没有疾言厉色,刻薄寡恩在他的生涯中是寻不出的。可他也不曾大笑,顶多是莞尔而笑,笑不露齿。由于他全然没有架子,平易近人,四中学生都乐于去他寓所请教学问,他有问必答,"勤勤恳恳的招待,规规矩矩的谈话"。后来往他处请教的人愈来愈多,他索性开小课,置

---

[1] 俞平伯《朱佩弦兄遗念——甲子年游宁波日记》,载《论语》第161期,1948年9月。

[2] 叶圣陶《朱佩弦先生》,载《中学生》1948年9月号。

一张桌子居中,听者环桌而坐,他讲析不慢不紧,一句是一句,或阐明原义,或教以作法,往往长达数小时毫无倦意。

那个时候,中学还时兴文言文,朱自清一上来就提倡读写白话文,《窗外》《书的自叙》《人生的意义何在》便是他常出的白话文作文题。他和丏师都主张文章要言之有物,最忌陈词滥调——什么"人生在世"或"光阴似箭、日月如梭"人云亦云、半文半白的。朱先生为激发学生写作兴趣,批作文采用奇特的图解记分法。此法始于温州十中,在四中亦用之。他要学生把作文本的第一页空下,一边由学生自己依次写本学期所作文章的题目,另一边由他记分,簿页上的首格代表九十至一百分,次格为八十至九十分,这样顺推下去。每批一题,就在应得分数格里点上红点,到期末结束,将各点用线连接起来,成绩的进步和退步,令学生一目了然。他还用心发掘学生习作中的上乘之篇,每有发现,即批上"传观",壁贴以供观摩;坏的则加一大叉子,令其重做之,学生戏言曰之"吃柴爿"。

在写作教学上,朱自清和四中另一位国文教师冯三昧合作,加强小品散文的训练。冯系义乌人,他极喜教小品散文。朱与冯氏相处友善,两人常盘散于奉化江畔,任"江上清风"吹拂,徘徊于白马湖边,凭"山间明月"沐浴,以求爽然与欢欣。他俩与丏师都认为小品散文是写作之基础,自当注重为之。在教学中,朱身体力行,写下小品散文作示范,许多学生竞相模仿,尔后拿自己的散文习作跟老师比较,以发现自己的不足。朱自清很推崇夏丏尊的《小品文》和冯三昧的《论小品文》两部讲义稿,共同探讨小品文的作法。为给学生有习作的发表园地,他们竭力倡议印行校刊《四中之半月》。该刊每半月出四开一张,内容丰富,形式活泼,登有经亨颐的教育论文,也刊有教员示范之作、学生习作。有一个名叫杨先焘的学生对文学很有研究,常有习作刊载于《四中之半月》上,在学生中影响很大。

朱自清在四中,不但教书,而且育人。他是北大哲学系的高才生,又具有"五四"的新思维，他经常同学生热心于哲学问题的讨论，人生意义的探索，借以培养完美的人格。即便是他的本职——国文教学，也渗透着完美人格的训练。他认为，教育者不独要为"经师"，更要为"人师"。所谓"人师"者"用不着满口仁义道德，道貌岸然，也用不着一手摊经，一手握剑，只要认真而亲切的服务，就是人师"[1]。他从发展学生的完美人格着眼，在国文教师位置上，尽心尽力地为学生服务，既做"经师"，更做"人师"。为使学生品行得以端正的培养，人品得以完美的发展，朱自清在四中撰写了一篇关涉做人态度的议论文《正义》（写于1924年5月14日），这也可说是朱氏的第一篇杂文。该文针对人世间某些伪君子的丑恶嘴脸，作了无情的鞭挞："可怕的正是这种假名行恶的人。他嘴里唱着正义的名字，手里却满满的握着罪恶，他将这些罪恶送给社会，粘上金碧辉煌的正义的签条送了去。……这种人的嘴边，虽更频繁的闪烁着正义的弯曲的影儿，但是深藏在他们心底的正义，只怕早已霉了、烂了，且将毁灭了。"[2]先生在文中对于这一做人的基本态度，即处世之道的放谈，其本意显然在使受教育者的人格能得到完美的造就。从文章看，朱自清的观察众生相的态度不像丰子恺那样，于悲悯洒脱中夹有旁观玩世之意，他的态度偏于冷俊稳健，时刻直面着人生。总而言之，朱自清在宁波兼及白马湖的治教中，十分注重于教书育人，为人师表。

一九八九年十二月

---

[1] 朱自清《论青年》，文载《语文影及其他》，《朱自清全集》第三卷，江苏教育出版社，1988年8月版。

[2] 文初载于《我们的七月》，亚东图书馆出版，1924年版。又载于朱自清的《语文影及其他》，见《朱自清全集》第三卷，江苏教育出版社，1988年8月版。

朱自清在宁波事迹再考

—— 读《朱自清日记》1924年册本

《朱自清日记》中有1924年的一册,这是最早的存有的册本,而且朱自清记日记的习惯始于在宁波生活时。朱乔森主编的《朱自清全集》第九卷,揭录了1924年7月28日至11月30日所写的日记。之前,王瑶的《朱自清日记选录》,1924年的仅录8月至9月寥寥数项,刊于《中国现代文艺资料丛刊》上海文艺出版社编辑出版)第三辑。《全集》则多披露了两个月内容,弥足珍贵。此段时间,朱自清主要是在宁波省立四中执教,因而日记颇多涉及二十世纪二十年代的宁波情状,它为朱自清在宁波事迹再考(也及上虞白马湖)提供了重要史料。况且朱先生在写日记时,明确表示"是不准备发表的"[1],是为自己看的。他是把他的整个人格都放在日记里面,这就使得朱自清在宁波的踪迹的考述带有了相当高的真实度。

(一)

在1924年的日记里,首先引人关注的是,朱自清其时仍坚持着"五四"以来"文学是为人生"的这一立场。他认为"文学是改造社会的途径,并主张少写一己"。—— 这在当时即是很公允且是很进步的。

---

[1] 朱乔森《朱自清全集》第九卷《编后记》。文载《朱自清全集》第九卷,江苏教育出版社,1997年9月版。

朱自清在9月19日项下有记：早在中学，讲《我们对于文学的态度》，分（一）改造社会的途径：1.科学，2.文学——时代要求与理想；（二）文学的感染力是不大的：1.人有隐机、平静、艺术——只能陶冶性习，2.作者反因此减少行为的力量；（三）我们的态度：1.深厚的同情，2.积极的态度，3.少写一己；（四）结论：1.人人必能作文，其他尚有职业，2.觉得感情无谓者，宜节产——而尤重品格之养成。

从这个讲演大纲看，作为文学研究会成员的朱自清是"文学是为人生"的信奉者与践行者。他主张文学要表现"时代的要求与理想"，作者要有"深厚的同情"和"积极的态度"，且"觉得感情无谓者，宜节产"。其时，朱自清正主持文学研究会宁波分会，他的这个讲演表明了"文学应该反映社会的现象，表现并且讨论一些有关人生一般的问题"这一积极的态度。[1]也就是说，他所持的态度——为人生而文学、创作思想——人的文学、创作方法——写实主义，这与两年前，即1922年暑期，郑振铎和沈雁冰来宁波演讲的观点是一脉相承的。尤其是沈雁冰主讲的《文学上的各种新派兴起的原因》，从理论上指导了宁波的新文学创作，发布了"文艺是人生的反映，是时代精神的缩影，一时代的文艺完全是该时代人生的写真"的"文学与人生"的鲜明观点。朱自清的《我们对于文学的态度》，正是呼应了郑、沈两人的新文学观的建设。也是写于1922年底的他的长诗《毁灭》主旨的体现与脉承。朱自清的"一步步踏在泥土上，打上深深的脚印"，最足以代表文学研究会为人生不断进取的作风，在文坛上起着很好的影响。

中国的新文学起始于《新青年》提倡的文学革命，到1921年《新青年》团体散掉后，就其新文学传统的继承，可以说一分为三：在纯文学上，为文学研究会。在对旧文化与旧社会的批判上说，为语丝社。《语丝》中虽有论文学，也发表较短的文学作品，但其主要则是对封建旧文

---

[1] 茅盾《〈中国新文学大系·小说一集〉导言》，上海良友图书公司，1935年5月。

化的抨击。朱自清主持的我们社,主办《我们》丛刊,从其内容看,类似于"语丝"风格,以散文为主,兼及小说、诗歌、评论和理论文字,甚或还有摄影和绘画,样式之丰富多彩,真可与《语丝》媲美。因此可视作其三。

在1924年的日记里,抒写为人生的观感为内涵的丛刊——《我们》的记载亦是用了许多笔墨的。它反映了朱自清对《我们》的钟爱,亦折射了其对散文创作与研究的重视。其8月4日项下有记:下午亚东寄《我们的七月》三册来,甚美,阅之不忍释手。7日项下记:下午李超麟来,借《七月》;托他送《七月》于赵柏卿。9日云:寄函于亚东。10日下午李超麟来,还《我们的七月》。特别是15日项下记:徐奎说《我们的七月》不大好,似乎随便;又说没有小说风格。朱自清不以为然,认为这个刊物"并不随便",仍然有自己的特色。他将刊物比之为"优美的花草",觉得在文坛上应有其价值。尤其是"小品文之价值"。他分析说,"我说并不随便,但或因小品太多,故你(徐奎)觉如此。""我们诚哉不伟大,但自附于优美的花草,也无妨的。"朱自清在《我们的七月》上发表的作品最多,《温州的踪迹》一组四篇散文、一篇杂文《正义》、一首诗《风尘》、三通信(佩弦、平伯),同时又把《赠友》改为《赠AS》重新刊登。1925年6月,朱自清执编的《我们的六月》出刊,内收朱自清散文三篇,计《"海阔天空"与"古今中外"》《〈忆〉跋》《山野掇拾》,新诗一首,为《血歌——为五卅惨剧作》。《〈忆〉之跋》和《山野掇拾》其实是两篇书评,前者为俞平伯的散文集《忆》所写的跋,后者为孙福熙散文集《山野掇拾》所写的评论。朱以诗歌般的语言抒写读后心得,把评论文字写得如散文一般优美,内含着他对于生活的见解和美学的理趣,所以也可当作散文来读。于此也可窥见朱自清对于散文的钟情。难怪有人说《我们》"没有小说风格"时,他仍然坚持着散文小品在丛刊中的分量,以体现其"小品文之价值"。朱自清何以如此推重散文呢?这是因为他在宁波与白马湖时期,正在完成由诗转向散文的创作体裁的嬗变。诚如学者姜建所指出的："不知他是否意识到,这本书两辑的安排,带着某种暗示,它意味着朱自清诗歌创作期的结束和散文创作期的发端,因而不妨把《踪迹》看作朱自清创作生涯中的一个分水岭。"[1]朱自清的这一转向(文体的转变),在几年之后,作过一次深刻的剖析。他说:"我们知道,中国文学向来大抵以散文为正宗;散文的发达,正是顺势。……但你要问,散文既有那样的历史的优势,为什么新文学的初期,倒是诗,短篇小说和戏剧盛行呢?我想那也许是一种反动。这反动原是好的,但历史的力量究竟太大了,你看,它们支持了几年,终于懈弛下来,让散文恢复了原来的位置。"[2]朱自清在"让散文恢复了原来的位置"之求索,在他的日记中折视出诸多讯息,如关于《我们》的记载就特别多。朱氏自己便写了10篇散文,以为探求与践行。《我们》,表明确有一个宗旨不很明确、团体也较松散的新文学社团——"我们社"的存在。这是一班爱好新文化的青年作者的自然结合。他们不打算在文坛造成多大的声气,却颇有一定的影响与特色,尤其在散文小品所呈现的特色与价值。我们至少可以说,在二十年代中期的宁波与白马湖,曾有过诚如学者吴周文所说的"一个由朱自清、俞平伯、叶绍钧、丰子恺、刘延陵、潘训等人所组成的散文流派(以1924、1925年朱自清主编的书刊《我们的七月》《我们的六月》为标识的作家群)——如强立名目可以称之为"我们派"。[3]从宽泛的目光看,那就是散文"白马湖派"。这个派别,也有人称之为"开明派""立达派"。中国现代文学馆吴福辉研究员如是云:"开明派,有人称为立达派或白马湖派。""那是因1926年由章锡琛、章锡珊兄弟于

---

[1] 姜建《大地足印——朱自清传记》,江苏教育出版社,1993年6月版。
[2] 朱自清《背影》序。文见《朱自清全集》第一卷,江苏教育出版社,1988年5月版。
[3] 吴周文,张王飞,林道立著《朱自清散文艺术论》,江苏教育出版社,1994年7月版。

上海四马路278号创办的"开明书店",它几十年间担当编务的人员,如夏丏尊、叶圣陶、丰子恺等,最早多半在浙江上虞白马湖畔的春晖中学教过书"。"白马湖的教师,叶、夏、丰之外,朱自清也是一个,都是文学研究会中人"。"他们注重个人的修养,却不张扬自己……许多人早年也写诗歌,但随了年事的增长,绚烂之心归于冲淡,短的诗歌年龄转换成绵长的散文的年龄了。'开明'派多出散文家,究其缘由,我这里姑且存一说"[1]。

（二）

从1924年这册日记看,朱自清给自己确定的人生哲学,就是"刹那主义"。其12月20日日记中说:"下午得圣陶信,劝我仍持刹那主义,甚感之"。对于朱所提倡"刹那主义",有人以为他"玩世不恭"。其根据可能是朱自清曾在1948年3月写的《语文影及其他·自序》中说过的一段话:"这个世纪的二十年代,承接着第一次世界大战,正是玩世主义盛行的时代,也正是作者的青年时代,作者大概很受了些《语丝》的影响。"然而,考察朱自清二十年代的整个生活及其创作,表明朱的"刹那主义",实是"丢掉玄言,专崇实务"[2],"本本分分做一个寻常人"[3]也即认认真真地处世,扎扎实实地走着人生道路。这个时期,他虽然依靠微薄的薪金过着清苦的生活,但是,他仍孜孜不倦地工作,奔波于宁波四中与春晖中学两校教职,根本不像是一个玩世不恭之人。叶圣陶在《与佩弦》中说得好:'玩世是以物待物,高兴玩这件就玩这件,不高兴则丢在一旁,态度是冷酷的。而你情况岂是这样呢! 你并非玩世,

---

[1] 吴福辉《海上升"开明"》,文载《游走双城》,人民文学出版社,2006年1月版。
[2] 朱自清一九二二年一月十三日残信,见《我们的七月》,亚东图书馆,1924年版。
[3] 朱自清一九二三年四月十日残信,见《我们的七月》,亚东图书馆,1924年版。

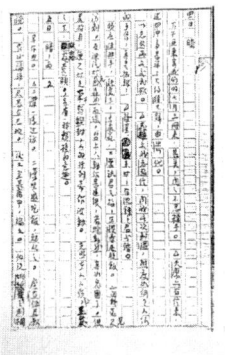

朱自清1924年7月28日起始记日记,时在宁波。图为日记手迹。

是认真处世。认真处世是以有情待物,彼此接触,就以交付以全生命,态度是热烈的。"可见叶圣陶由衷地赞赏他的"刹那主义"是有其道理的。朱自清的"刹那主义",其实与李大钊《时》和《今》两文中所主张的只能前进,只有努力,不能旁观,不可回顾;最可宝贵、最易丧失的就是现在;与鲁迅《华盖集·杂感》中"应该是执着现在",与茅盾《野蔷薇》序文中"应该凝视现实"的思想是一致的。[1]他主张要牢牢抓住现在,是因为现在"是最可努力的地方,是我们最能管的地方,因为是最能管的,所以是最可爱的"。"我们把'现在'捉住,发展它,改造它,补充它,使它健全、谐和,成为完美的一段落,一历程"。这样充实的"刹那"便可以不朽,便可以"化为无限"。[2]他实际上是把"勤奋"作为他的"处世准则"(1931年11月15日日记),反复提醒自己"继续致力于你的工作"(1931年12月17日日记)。朱自清在宁波确立的"刹那主义",

---

[1] 商金林《亲切的自叙传形象的编年史——〈朱自清日记〉研究之二》,文载《求真集》,安徽教育出版社,2004年6月第1版。

[2] 朱自清《刹那》,文见《朱自清全集》第四卷,江苏教育出版社,1990年12月第1版。

是"五四"退潮时期的人生哲学,是朱自清思想的一个"转向"[1]——他的那种不务空想,不甘沦落,执着地"只管一步步走"的务实精神,表现了难能可贵的坚实风格。这种"最重要的是眼前的一步"的观点,朱自清还践行于自己担任的国文教学。他教育学生要抓住眼前刹那时间学习基础知识、基础本领,因为"事情已过,追想是无用的,事情未来,预想也是无用的"。只有"深入现在的里面,用两只手揪牢它,愈牢愈好"。[2] 朱自清之教学,就这样现身说法去影响学生,其方式是民主的平等的,效果又是出奇地好。学生学习颇为用功,学业进步很快。朱自清把这叫"刹那主义",或者叫作"三此"——"此时此地此我"。这难道是"玩世不恭"?对于这样的"刹那主义",难怪叶圣陶要劝朱仍旧坚持了。

(三)

相对说来,朱自清日记里记得最多的还是"人"。他自北京大学毕业后,即在江浙的中学里任教,结识了叶圣陶、夏丏尊、俞平伯、丰子恺、刘延陵、郑振铎、沈雁冰、杨贤江、胡愈之、方光焘、匡互生等一大批"南方的朋友"。在 1924 年这册日记里,朱自清还记了另一个人——宓汝卓。朱自清在 9 月 14 日项下记云:"下午到后乐园,应雪花社之招。有茶点,恣意而啖,颇偿日来之清淡也。言明一时开会,而延至两时半。主席是宓汝卓,背微曲,通身着直丝罗衣,长衫甚大,迎风飘飘然,大有不是他自己之意。面架金丝镜。应对进退之间,俨然有度,非复当年质朴如乡下人之他矣!来宾演说,我亦被邀,上台乱说一番。亦不知

---

[1] 朱自清一九二二年一月十三日残信,见《我们的七月》,亚东图书馆,1924 年 7 月版。
[2] 朱自清《刹那》,文见《朱自清全集》第四卷,江苏教育出版社,1990 年 12 月第 1 版。

所论云何也。但主席于每人说毕，必加以甚长之按语，殊劳而无功。"虽然只是片言只语，但都是知人之语，形象而动人，精辟而透彻。透过宓汝卓其人其事的描述，似可了解朱自清与宁波雪花社的一段因缘。

宓汝卓（1903—1969），字君伏，号汝卓，又号公干。慈溪市宓家埭乡人。二十年代，宓氏在宁波就读于浙江四师（也即四中之师范部），后在上海大同大学念书，旋即转入北京大学求学，未终。又出洋入日本早稻田大学，得商学士。嗣后致力于工商经济研究，执教于上海法科大学，著有《近世欧美经济史》（上海爱文书局1928年10月出版）。宓汝卓后来弃教从政，曾任台湾省嘉义市市长。宓氏早年参加过学生运动，加入过好些社团。他是宁波籍的文学研究会早期会员，1924年印行的文学研究会名册中有其姓名，编号为第77号。宓汝卓是怎么加入文研会的？据考，1922年暑假，宁波举办四明教育讲习会，聘请著名文化人前来讲学，以期开创宁波新文化之风气。文学研究会的主将郑振铎和沈雁冰应邀也来讲席，他俩在县学街的孔庙明伦堂作演讲。郑振铎讲《儿童文学的教授法》，沈雁冰讲《文学上各种新派兴起的原因》，宓汝卓和王任叔等宁波文学青年聆听了讲演。虽然郑氏、沈氏来去匆匆，前后只三天，然给宁波新文化运动以巨大的影响，王任叔称，这是五四运动在宁波以抵制日货为主的斗争在文化方面开风气的一着。宓、王也因之坚信文学"为人生"的主张。宓汝卓与王任叔同是四师同学，这次又一道结识了郑振铎、沈雁冰。郑为文研会书记干事，为人诚挚，没有一点虚伪世故，故同宓、王俩一见如故，之后交谊渐深，后即由郑振铎介绍，他俩前后加入了文学研究会。

1922年1月4日，成立于北京的文学研究会，不久便在上海、广州、郑州、宁波建立分会。1923年经亨颐来宁波任省立四中校长，他慎选师资，所聘的教师多是教坛名师，文研会会员朱自清、夏丏尊、丰子恺、刘延陵、许杰相继而来，祓被就聘。在经氏"兼容并包"办学方针指导下，各界名流纷至宁波讲学，属文研会成员的，尚有陈望道、俞平伯、沈仲九。一时宁波成了文研会人杰荟萃之地。朱自清等以四中为营垒，约请宁波会员聚会，研讨、演讲。分会活动搞得热火朝天。朱之1924年10月10日日记云："早行仪式，丏尊演说历史的运命与创造历史。匡（互生）先生演说十三年来之大事，有前所未闻者。"[1]朱自己又应冯三昧之约在奉化为"剡社"社刊《锦溪》作演讲。[2]即见其一斑。

宁波分会的积极活动，在宁波文学青年中产生强烈的反响。特别是宁波青年文学社团"雪花社""火曜社"更是愿意接受分会的指导。"雪花社"，原定名为"血花社"，与温州"血波社"齐名，这个称名刺激性太强，遂以"血""雪"谐音，改为"雪花社"。该社成立于1921年7月，为"五四"新潮推动下产生的。当时的宁波文学青年有鉴于作社会之改造，人生的联合以祈上进，不可无联络之团体，乃组织之。"雪花社"虽系松散性组织，但有完善的社章。社章分列名称、宗旨、社约、入社、出社、开会、职员、附款等条款。该社最初参加者只有八人，后来陆续加入了二十几人，骨干有孙纲统、谢传茂、宓汝卓、张孟闻、王任叔、汪子望等，几乎汇集了当时宁波一代青年精英。现存的《雪花社社友名录》，记载宓汝卓的款项，说他是1922年1月入社。王任叔稍晚，为1923年6月入社。据考，"雪花社"即是文研会宁波分会的外围组织。当时联系宁波分会和"雪花社"，起着纽带作用的关键人物，是宓汝卓和王任叔。宓、王既是文研会会员，又是"雪花社"骨干，自然担任此职。王早就向文学研究会机关报《文学旬刊》投稿，而且颇为主编郑振铎所赏识。宓汝卓在大同大学念书，常为商务印书馆出版的《学生杂志》（杨贤江编）写稿，也为宁波学生界所瞩目。1924年10月，王任叔出任《四明日报》副刊《文学》周刊主编，他以"雪花社文学社"的名义，按照分会的主旨，编发了不少革命倾向明显的作品（《文学》周刊实是文研会宁波分会的会刊），这些文章多出自于"雪花社"成员之手。

---

[1][2]《朱自清全集》第九卷，江苏教育出版社，1997年9月版。

1924年9月14日下午,"雪花社"在后乐园聚会,宓汝卓为会议主席,主持这次活动。宓氏特邀宁波分会主持人朱自清莅临指导。因之朱自清日记就有了对宓氏的记载。另外在9月11日项下也有"闻宓汝卓在此"的记载。

宓汝卓、王任叔参加了"雪花社"后,至此"雪花社"有骨干社员十五人,阵容扩大,原以四师为基本队伍的,此时又吸收了其他学校同人参加。从这年下半年起,"雪花社"内部的思想也分化了。该社社员似分成为三派:一派,像谢传茂、潘凤涂、王任叔、蒋本菁、汪子望投身于革命;一派如宓汝卓则转向为国家主义派;另有像毛如真那样的,自称是无政府主义者了。自然尚有不属于这三派的,如张孟闻等钻研科学做学问了。

宓汝卓转向为国家主义派,朱自清早有察觉,他日记中说宓"非复当年质朴如乡下人之他矣",足见其洞悉的敏锐。国家主义派是一个政治派别,提出"国家至上"的口号,要求人们放弃阶级斗争,无条件地效忠于旧的国家机器。中国的国家主义代表人物为曾琦,其人于1924年9月由巴黎回上海即办《醒狮》周报,权充喉舌,大肆散布国家主义谬论,攻击马克思主义。宁波国家主义派头面人物系《四明日报》主编李官卿,他依仗日报和《爱国青年》刊,与《醒狮》周报遥相呼应,大放厥词。宓汝卓也秉承其衣钵,亦步亦趋。特别是1925年10月,经亨颐离开宁波,国家主义派活动更为放肆。该派乃遣陈启天、张之柱两人来宁波演讲,鼓吹国家主义,陈的讲题是"国家主义",张的讲题是"世界新潮"。面对这反动的政治思潮,"雪花社"中进步社员另组"火曜社",编印《火曜》《嗷声》社刊,抨击缙绅先生们,痛击国家主义派。《嗷声》周报刊登署名禹鼎的文章——《介绍宓汝卓》,把宓氏从事国家主义派别活动揭露无遗。《火曜》第五十期(1925年8月18日出刊)也发表题为《介绍宓汝卓的宏论》的文章,批驳了宓汝卓的国家主义论调。次年2月,国家主义派陈世党来宁波"屈就"四中校长,他的班底即国家主义人马,宓汝卓为教务主任。可见,宓汝卓此时已蜕变为一个彻头彻尾的国家主义分子了。

(四)

翻看朱自清的日记,"贪食"是一个不难碰见的词语,他的诗文中亦有写吃的佳作。朱自清1924年的这册日记里多处记着请酒聚饮的内容,那时生活虽然很清苦,但与朋友聚餐还是常有的。如9月22日记,晚与郑萼村等凑份往某徽馆吃饭;9月23日记,在丏尊家饮酒,甚适;10月24日又记,在丏尊家饮酒;11月16日记,十时余,在家中饮酒,有丏尊、绥青、叔琴、敏行、天縻诸人,菜难以为继。直至过了很多年,朱自清写《怀旧诗》:"左抱当筵见,豪情百辈输。萌花春永在,好客酒频呼。"仍记着他与朋友同吃酒席的情景。

1924年3月,俞平伯于杭州取道上海抵宁波探访朱自清,他们在宁波的一家名叫"李荣昌酒店"吃了两天酒席。其中一天是四中校长郑萼村请的。酒店的酒有"宁"、"绍"两种,俞平伯回忆说,"绍酒清冽,宁酒我是初尝,味微酸而醇,也不坏。"那家的特色是野味,有竹鸡、鸽、鹌鹑、水鸭、麂肉等品。朱自清他们吃得津津有味。吃惯了杭帮菜的俞平伯唊着这满桌的野味,像是刘姥姥进了大观园,满以为稀罕。他说:"宁波酒家的野味,丰腴珍馐,可称酒人之盛筵了。"那晚喝了两斤酒,朱自清大概喝得多了,回到宿舍即便小眠。那"泥醉"的难受滋味,还传染给了俞平伯。俞说,使他醉的新酒,一定是宁酒罢。酒后,又吃炒年糕。俞却以面食代之。朱自清很喜欢这年糕,说是其佳在"滑"。

俞平伯在宁波四中住了两天,因朱自清要去白马湖上课,于是两人乘火车同去春晖中学。当晚夏丏尊在平屋为平伯洗尘,朱作陪。俞平伯谦逊地说,丏佩二君皆知酒善饮,我只勉力追陪耳。又说:"归途光景值得追怀,日记上也比较写得详细:饭后偕佩笼烛而归。长风引波,微辉继之。踯躅郊野间,纸伞上沙沙作繁响,趣味殊佳,惟苦冷与湿耳。归寓畅谈至夜半始睡。"[1]字里行间,充满着优雅的消闲情趣。你看,对句散语,错落有致,文辞的简洁而潇洒的飘逸美,皆沛然从肺腑中流出。

其实,朱自清是夏丏尊家的常客,夏先生好客如命,其夫人又能烹制好菜,故每次总是满满的盘碗拿出来,空空的放回去。朱后来回忆道:"白马湖最好的时候是黄昏……这个时候便是我们喝酒的时候,大家都微有醉意。"一次,朱自清在平屋喝酒后给前来讨教的学生讲起唐诗宋词,讲着、讲着,讲到了诗与酒的关系时,不慎脱口而出:"饮酒到将醉未醉时,头脑中有一种说不出的韵味、快感,脑筋特别活络,所以李、杜能作出好诗来……"话毕,突然意识到听者乃是自己的学生,便当场认错说:"可是你们千万不要到湖边小店去试啊!否则大家会骂我在提倡吃酒呢。"此也可窥视朱自清对于酒之情钟。另从其日记看,他对于宁波菜点品味之精到也令人折服。如日记8月22日云:晚到吴家,吃杏仁豆腐,以洋菜縻和杏仁露凝成,再加杏仁露汤,味甚美。又进双弓米,小菜四色:咸蛋、绿笋、菜蕻、鲫鱼,均可口……后两色尤佳。同月16日记,晚应徐奎约,到他家。吃酥面萝卜丝饼,甚佳。9月19日记,下午与郑萼村到丁榕臣家,席间有鸡,甚嫩美,芋艿煨鸡,亦鲜隽。后来他写《伦敦杂记》也念念不忘在宁波吃过的佳肴,例如"宁波蛎黄"。他在伦敦牛津街的一家菜馆里用膳,吃到炸"搰气蚝",说是"鲜嫩清香,鮂蛘瑶柱都不能及,只有宁波的蛎黄仿佛近之"。对于宁波小吃他也情有独钟。雪花社在后乐园聚会,有茶点,他"恣意取啖,颇偿日来之清淡也";啖宁波葡萄,说是"味颇甜,今年尚是第一次"。朱自清在同事徐奎家吃酥面萝卜丝饼,感觉甚佳;在唐性天家吃了一碗红糖挂面,记了"此时生子后以供产妇及客人者";在校长经子渊处

---

[1] 俞平伯《忆白马湖宁波旧游——朱佩弦兄遗念》。文载拙编《白马湖散文十三家》,上海文艺出版社,1994年5月版。

吃苔菜饼,才吃了两三枚,经子渊"便拿了一只铁罐,将那些饼都收进去了,并严密的盖了",他为此耿耿于怀,在日记里写了"此公脾气,固自不同"。

凡认识朱自清的人都知道他的"馋",在筵席上常常"当仁不让",最先伸筷子,吃了什么菜也大都记在日记里,自记嫌不够,还每每写在诗之中。这诗文,这酒,遂成了他与"南方朋友"传递友情的媒介物,聚会自成了他们的文化沙龙。从酒文化的视角看,他们的聚合,在很大程度上是由于理想追求的相似和文化气质的接近,这其中生活嗜好的相投,不能不说也是一个缘由。

朱自清们对于酒是深有研究的,他们知味知酒,此从他们论酒之文即可窥豹一斑。是时,朱自清正在宁波四中组建"我们社",并在四中校园里的乐群亭里拟定创办《我们》社刊。就在《我们的七月》这一辑里,俞平伯写了论酒的两篇文章——《瓶与酒》和《酒》,畅谈品酒之心得。文云:"辨别酒味的范畴约有两个:①酒力,②酒性。前者是醉的量度,后者是醉的趣味。从第一义说,我希望你既有志于酒,切不可一杯便醉,更不可惨淡了它,尤其不可只看瓶上的签条,不辨嘴里的感觉。从第二义说,我希望你即使只喜欢喝一种酒,但其他酒味亦总应当遍尝一下,方才评论他们的好歹,固定你的嗜好。"[1] 这是知味之言,更是知酒之言。而朱自清在浙江住过几年,喝绍酒很有经验。他说,酒要陈的好,配得也要好。所谓"配"就是在陈酒中适当地掺和新酒,然后烫热,饮时保持微温。看来,朱自清他们确实是富有宽博的酒量,沉静的酒性,以及精微的酒品。

朱自清的1924年这册日记中可挖掘的资源还很多,综览这册日记,史料性强,文学色彩厚重,语言文字清新,写景状物的文字亦美。如9月21日记:"早访(冯)三昧于后乐园,不遇。在螺髻亭上小坐,

---

[1] 俞平伯《瓶与酒》《酒》,文载《我们的七月》,亚东图书馆,1924年7月版。

风日清幽,木叶明瑟,甚有意致。"又如9月19日记:"到中学时,在竹洲附近桥上,见一女人,脚甚秀美,着绯色花缎鞋。腰肢亦甚袅娜,着竹布衫,华丝葛裙。偶回头,白齿灿然,貌亦清癯。"仅两则,即可窥见朱自清对美的独到感悟。

二〇〇六年五月

白马湖文派经名书

语文教学中的"人格教育"

—— 朱自清在宁波教育生涯的探勘

朱自清先生堪称现代文学家中的语文教育家("语文"这两个字是叶圣陶先生与朱先生他们倡导的,原来都叫"国文")。他自1920年北京大学哲学系毕业以后,在江浙一带中学校里执教五年,其间在宁波省立第四中学治教一年半(时为三个学期,即1924年2月至1925年8月)。[1] 在此期间,他与同行切磋学问,商榷教事,潜心研讨中学语文教育问题。他结合自身的教学实践,研读国内学者的教育论著,总结经验,撰写了不少有关语文教育方面的文论。这些文论是:《教育的信仰》,写于1924年6月16日,发表于《春晖》34期;《课余》《团体生活》,写于1924年11月16日,先后发表于《春晖》35、36期;《中等学校国文教学的几个问题》,写于1925年5月23日,刊于《教育杂志》第17卷第7期。我们从这些文论中看到朱自清教育思想的核心是"以教育为目的"的原则。朱自清认为教育者的目的应该是教育,而教育的目的在于被教育者的"人格"。他的"人格教育"思想发端于宁波(包含春晖中学),贯穿其一生。宁波的执教是朱氏教坛生涯中的重要一站。他以语文教师任上,孜孜以求地探索语文教学,而后又为之跋涉了二十多年,语文教育成了他实施"人格教育"的出发点和归宿点。本文试就朱那时的语文教育教学观,结合他在宁波治教的事迹作一番探

---

[1] 参见拙作《朱自清在宁波事迹考 —— 兼及上虞白马湖》。

勘，聊作发掘和提炼埋在岁月的沉沙中的朱氏传统语文教育思想和经验的引玉之砖。

（一）

朱自清在从事语文教育的理论研究和实践活动中，始终把语文教育看作是整个教育事业的一个重要组成部分，其目的在使受教育者的整个人格得以完美的发展。他曾表述这样的观点："教育还当注意整个人格的发展。"[1]他的这一教育思想早在二十年代初宁波省立四中执教时业已形成。朱氏在宁波掌教之时，正值经亨颐主校政，经氏提倡"人格教育"，"它主张教育以养成人格为目的，教授当注意感情陶冶和意志培养"。[2]崇尚"自动、自由、自治、自律"。他说："人格是做人的格式，思想要走在时代前面，什么都要积极，不要腐化。"[3]经氏是遵命于蔡元培所提倡的"德、智、体、美全面发展，造就完全的人格"的教育方针的，其时宁波四中，即有"小北大"的美称，教育体式参照北京大学的甚多。五四新文化运动呈现的"一元多向"格局，使学界"循思想自由原则，取兼容并包主义"。当时的教育大气候是极力反对"数千年学术专制之积习"，以猛烈冲击意在培养官僚和奴仆的封建传统教育。在这样的大背景下，经亨颐倡导"人格教育"是应顺时代新潮的。经于学生，因材施教，重视其个性发展，辅导其"自动、自由、自治、自律"，不加硬性拘束。具有民主和科学的新思想的朱自清来到四中后，便投身

---

[1] 朱自清《论大学国文选目》，载《朱自清论语文教育》，中央教育科学研究所编，河南教育出版社，1985年6月版。

[2] 张彬《与时俱进的教育家——经亨颐》，文载《浙江近代著名学校和教育家》，浙江人民出版社，1991年9月版。

[3] 汪志青《记浙江第一师范学生对反动教育当局的斗争》，载《浙江文史资料选辑》第4辑，1962年12月。

二十世纪二十年代,宁波省立四中校园一隅。

到进步师生的革新事业中去。当时四中的语文教师除朱自清外,尚有夏丏尊、冯三昧、杜天縻、洪樵岺、章锐初、汪崇干、钱南阳、汪子望等。朱先生作为一位尽职的胜任的国文教师和文学教师,他与国文科同人通力合作,以语文教学为出发点,在语文的读写训练中,发掘教材的内涵,凭借教师的人格力量的影响,悉心实施"人格教育",提高学生的人格修养,最后又以完成语文的专任的任务为归宿,进行一系列的语文教改工作。

为培养学生"自立的、个人的"人格目标,朱自清在国文教育和日常生活中,以培养学生合格的人格为目的进行教学。他经常勉励学生"自觉的努力,按着明确的步骤去努力",各种知识的学习都是如此。在国文方面,要切实地学会各种应用文和养成鉴赏力。"初级中学国文教授,当以练习各种实用文、即练习从各方面发表情思的方法为主,而以涵养文学的兴趣为辅"[1],因为前者是自立的基础本领之一。故他教育学生要抓住眼前的"刹那"时间学习这一基础本领,因为"事情已过,追想是无用的,事情未来,预想也是无用的;只有在事情正来的时候,我们才可以把捉它,发展它,改正它,补充它,使它健全、谐和,成为完整的一段落、一历程"。他把这叫"刹那主义",或者叫作"三此"——此时此地此我。[2]

---

[1] 朱自清《无题》,见《春晖》半月刊第 30 期《白马读书录》。
[2] 朱自清《刹那》,见《春晖》半月刊第 30 期。

在朱自清这一思想指导下,学生学习颇为用功,学业进步很快。他们经过三年学习,已具备了相当的自立本领,此乃健全人格的基本要素之一。

人格还包括"协同的、社会的"能力。要能"自己教育自己,自己培养自己的团体生活的习惯和能力",[1]这种团体生活便是互相协同,它体现了人的社会性。它更是以"事"为主,而不是以"人"为主,可久可暂,可分可合。朱自清主张师生共同去远足,共同去聚餐,一起练习英语、音乐、写生、演戏,"读了一部书,共同设论或交互报告,……诸如此类,多多益善!"[2]为培养学生的团体生活精神,他身体力行,有劝导,有参与,"并非从外遥制",有时教师还要故意"造出机会来,造出困难来,使学生觉着有组织团体之必要与可能。"[3]所有这些,全在于培养学生的健全人格。

语文科是整个学校教育中的一门工具学科,故而人们往往重于教材教法上,然朱氏却在二十年代便深刻意识:要使语文教学取得"圆满的收成",决计不能把目光只投之以课堂,仅注视教材,而当拓宽视野,抓住"训育"这一环节,注意整个学校对学生的"人格影响"。这与经亨颐当时主校政的教育理念是相呼应、相契合的。1925年1月1日,经氏在《四明日报》上发表了《训育和教育方针底商榷》的教育文论。他说:"我现在草这篇文字,极想表示我底决心,再做几年有方针的教育事业,负责任的训育工夫。""我主张积极的训育,适应个性和共同陶冶两件事……合成健全的人格,为社会国家造就需要的人才。"朱自清积极践行,把"训育"中的人格造就,落实在语文教学中。他按照语文学科的特点,使之融会、渗透在教学全过程,着力在熏陶感染、潜移默化中进行。朱自清说:"训育"是学校各科教学的"联络中心",失却了这个"联络中心",各科教学势必难以收到圆满的效果。他常常问

---

[1][2][3] 朱自清《团体生活》,见《春晖》半月刊第36期。

自己，又向同事提出问题："你上课时，个个学生是注意听讲么？有人谈话么？有人在桌子底下偷看别的书么？最要紧的，你能断定没有一个人想着别的事么？——今日讲的，他们曾如你所嘱地预习过了吗？昨天讲的，他们上自修班时曾复习过了么？"[1]朱氏以为，这些问题的答案如何，"固然要看你的教法如何，但更要看你的人格影响如何，更要看你的校长和同事们的人格影响如何，换言之，你们平日怎样实施你们的教育宗旨，怎样实施训育，上课时便是怎样的气象"。[2]这里，朱自清提出教育工作中一个十分棘手而又十分重要的问题，即教育者对于受教育者如何施以人格影响，给以人格力量的启迪和昭示，从而使受影响者的品行得以端正，人格得到发展并日趋完美。此为语文教学能否收到实效之关键所在，而此种人格影响是潜移默化的，不啻在课堂的几十分钟，更其重要的是体现在平时的以心之交往和沟通之中。诚如夏丏尊所说："理想的教师应当把真心装到口舌中去。"这个真心，即要"有好学问及好人格"，给学生作出做人的好榜样。

  朱先生即是这样的楷模。他在宁波四中以治教谨严而著称。他学问渊博，又具有抒情诗人的气质，一身而兼有文学与哲学之长，因此他教授时富有感情，但它不是西洋浪漫主义诗人那种惊雷疾电式的激情，而是表现为我国具有高度文化修养的文士传统的一种儒雅风度。这种感情，如氤氲和气，如清泉流水，洋溢贯彻于讲授的内容里面，从而产生一种吸引力。聆者犹如沐浴春风之中。朱先生督责功课一丝不苟，管教严，分数紧，课外另有作业，不能误期，不能敷衍，教学中极重训练，重循序渐进、锲而不舍的训练，在读写训练中伴之以人格教育，让学生在理解和运用祖国语言文字中，得到自身道德人品上的熏陶和感染。正是在凭借语文课自身的功能这点上，朱氏实践着"教育还当注意整个人格的发展"的主张。他在四中，适教育革新，实行学生

---

[1][2] 朱自清《中等学校国文教学的几个问题》，载《教育杂志》第17卷第7期。

自治,对于这一提高学生自觉、自治、自学钻研能力的教育活动,朱是支持并加以维护的。虽是语文教师,然他并未忘却为师者之传道重任。而对这一进步潮流,他热忱地称赞道:"看哪!我们的自治底火焰越发亮了,快努力吧!"在实施过程中,他正确地处理"自治"与"自由"的辩证关系,说绝对的自由是不行的。他反对自由化,主张"自治"要有纪律的约束,否则势必导致"无治"。这就尤为"自治"活动指明了健康发展的方向。他还明确地指出:"自治的目的在乎人生底向上或品格的增进"。它是一种进步的活动,并不是静止的权威。"方向和发展便靠我们创造底能力决定"。作为国文教师,朱自清在从事专任教学之中,注重抓紧"训育"中心一环,通过人生道德规范的训练,培养学生自身的意志、情感和行为的调节能力,使学生的人格得到完美的造就。这是他教书育人的教育风范的具体体现。

一位备受学生钦敬的国文教师,应该既是严师,又像慈母,热爱学生,这种爱是实施"人格教育"的前提条件。朱自清以他的完整的人格,爱的情感,去陶冶学生的心灵,言教之外,兼施身教,因而成为学生的良师益友。"他在中学任教的时候就与学生亲近","是他的教学和态度使学生自然乐意亲近他,与他谈话和玩儿。"[1]在四中他住学校宿舍,学生乐于上门去请教学问,他有问必答,绝不敷衍了事,故而往他寓室请教的人也就增多,他索性在内室开小课,屋中置一张桌子,学生环桌而坐,他讲析汨汨滔滔,或则阐明语源,或则教以作法,往往长达数小时毫无倦意(在春晖中学,他的寓所也常有大批学生前来请教,《朱自清日记》1924年8月28日项下云,王福茂前有一片来,说读我《别后》一诗,想起我在那间冷清清的房里吸烟吃杨梅的光景)。为鼓励学生大胆写作,他现身说法:"你们不要怕文章写不好,我的第一篇刊物上发表的长诗《毁灭》,就是投了又退,退了又投,反复四五次才得以录

---

[1] 叶圣陶《朱佩弦先生》,见《朱自清论语文教育》,中央教育科学研究所编,河南教育出版社,1985年6月版。

用。"[1]"像《桨声灯影里的秦淮河》,我每天回家去写一点,有时一天只写一二句,这样慢慢的积成一篇篇东西。"他还细心批改同学们在课外所写的大量而不成熟的文艺作品,习作之有所进步,必奖掖有加。他甘愿为学生打杂,不惜倾注了心血,捐去了生命。他有句口头禅:"'人生以服务为目的',虽然近乎高调,但有机会为人做点有用的事,到底是个安慰",用以自勉,亦勖勉青年学生。由此可见,朱自清教国文,原不限于教几本书讲几篇文章,他言传身教,要学生做的自己必先做到,他愿做泥土培育花草,愿做烛光光耀后学,甚而以他自己的生命全献给教育青年的工作亦在所不惜。朱自清即是这样一个肯负责的教师之典范,其时他兼课于春晖中学,每周三天在宁波省立四中,三天在春晖中学,奔走于两校之间,却没有误课的情况。他在1924年10月给友人马公愚的信函中说自己对"火车生活,竟习以为常矣",欣然地做着"火车教员"。由此一端,即可见他的负责。他认为教师先得负责,才能循循善诱,师生合作,才能"教学相长"。正如叶圣陶所说的:"像朱先生那样的教师,实践了古人所说的'教学相长',有亲切的友谊,又有坚强的责任感,这才自然而然成为学生敬爱的对象。"[2]朱自清知道,如若教师不尊重学生的人格,而只把他们当作一种接受知识的容器,教师自己也因之淡化活生生的"人"的意识,而仅当作负责传输某种文化指令的中心台,那就使师生关系不是处在思想感情的交流,而经常在抵触和对立之中,语文教学的专项任务也便难以完成。他是深谙"教师与学生交往的性质——这是整个学校活动赖以建立的基础"的道理的。

---

[1] 《宁波中学校史》,见宁波中学建校八十五周年校庆纪念册。
[2] 叶圣陶《朱佩弦先生》,见《朱自清论语文教育》,中央教育科学研究所编,河南教育出版社,1985年6月版。

（二）

朱自清在构建他的包括教育内容、教学目的和教学方法在内的语文教学观中，十分注重于学生的整个人格的发展和造就。

朱自清尤其强调语文教育的内容。国文是当时中学校各种学科中的一门学科，各科又像轮辐一样辏合于教育的轴心，所以国文教学除却完成专任训练之外，更需含有教育意义，以确保"人格教育"任务的完成。这种教育的意义的落实便关涉到国文教育的内容，因之国文教学的选材切不可忽略教育意义。当时的教材，有"专籍""选本""碰本"三种。所谓"碰本"，即为将随手检索到的材料印为讲义，对于此本，朱颇不以为然。但使用"专籍"作为中学生的课本，他亦不甚赞同。他主张用的是"选本"，而且是要采用编得有道理的"选本"作为课本。"选本"入选之文宜文质并兼，合于教学。他说："我们读英文，读本里常见培根《论读者》、牛曼《君子人》等短论。这些或说明，或议论。虽短，却是正式的论文。这一体白话文里似乎还少，值得发展起来。这种短论最适宜于做教材。"[1] 此类短论的共同特点是文道统一，它于"示范"（即语文训练）有用，于"立本"（人格教育）亦有益。朱氏明白，不讲"文"，无法理解它的"道"，抛开"道"，难以理解它的"文"。在四中执掌国文教鞭，他选《人生之目的》短论作教材，对学生进行人生哲学教育，使学生懂得人生的真正意义，并能在此基础上去贪婪地吞噬知识、锤炼技能。鉴于那时旧说选本毛病甚多，他大胆革新，自编"选本"，他将新文学的佳作诸如鲁迅的《阿Q正传》、《药》编入选本，成了他所有讲授的"白话时文"的"保留节目"，深为学生欢迎。

国文教学自当有其目的。当时，于此歧义颇多，而后在相当长的

---

[1] 朱自清《论教本与写作》，载《朱自清论语文教育》，中央教育科学研究所编，河南教育出版社，1985年6月版。

时期又争论不休。朱自清的观点则正确而明甚。他在《论中国文学选本与专籍》中指出："我想中学生念国文的目的,不外乎获得文学的常识,培养鉴赏的能力,和练习表现的技术。无论读文言白话,俱是如此。我主张大家都用白话作文,但文言必须要读;词汇与成语,风格与技术,白话都还有借助于文言的地方。"[1]显而易见,他的教学目的观包括了知识、能力和技术。由于语文科具有鲜明的思想性,朱氏在实施这三项教学任务中,寓之以"人格教育",极为看重训练中语文因素所产生的潜移默化、熏陶渐染的作用。在四中执教国文课,他十分注重新文学知识的传授,他用新文学作品所蕴含的知识教育学生懂得人生的真谛,增进对于人生的理解,指示人生的道理。他认为"这就是教育上的价值"。在他看来,语言文字仅是一种了解和表现人生的工具,语文学科更是一门工具性的学科。学生接受新文学知识同时也是在接受生活的教育、接受做人的教育。语文教育与人格教育之间,语文知识的传授起着最好的双向沟通作用。至于鉴赏能力的培养,朱氏也注目于"人格教育"。在诗歌鉴赏中,他指示学生领略"诗里含着的高尚的感情",体味诗中"暗示人生"的言外之意。小说鉴赏,他认为它能"增加人的经验,提示种种生活的样式"。练习表现的技术,即指口头表达和书面写作的训练。在此项基础训练中,他也注意整个人格的发展。出题作文,他考虑学生人生观的培养,《人生之目的何在?》便是他在四中出的题目。综合教学目的之三项,显然,他强调了语文学科作为工具学科的"文"的特质,又顾及了"人格教育"这个"道"的特质,文道统一,以文载道,"文道"相互为用,相辅相成。朱自清的语文教育指导思想是何等彰彰明甚,熠熠生辉!

语文教学方法是达到目的的途径和手段,授文之法是每个语文教师所追求的,朱自清也不例外。他在南方中学教了五年国文,试行各

---

[1]《朱自清论语文教育》,中央教育科学研究所编,河南教育出版社,1985年6月版。

种教法,虽调迁数校,然所执各校教鞭,皆受欢迎,兹阐释其在四中动用过的几种教学法以证之。

一、阅读教学"五步教学法"。朱自清在宁波四中为阅读教学设计了"五步教学法":(1)课前学生预习。(2)课上学生报告预习结果。(3)令学生分述各段大意及全篇大意。(4)师生共同研究篇中的情思与文笔。(5)一篇教完,行口问或笔试。教师的讲解,贯穿于课堂上的几个环节之中,详略相机处之。[1] 这种讲读教学样式可简化为预习、讨论、复习三步。课前预习自然要定向,即确定课文的学习重点,随后有目的地预习。在"讨论"这个环节中,朱氏教学中大致解决三个问题:一是帮助学生解决已经发现却不能独立解决的疑难问题;二是提供学生容易忽视的重要问题,引起讨论;三是提出可资比较的材料,引起讨论兴味,把讨论引向深入。复习这一环伴之于测验,根据定向指示的重点、难点,以及学生学后的接受信息反馈,出题口问和笔答。在所有这些环节上,既给学生以充分的练习,又把教师的讲解穿插于教学全过程,形成师生共同研讨的教学气氛,在这种师生双向沟通的融洽氛围中完成教学任务。朱先生在组织课堂讨论中,曾难免产生过"许多周折""许多枝节",初时确实不易应变和控制。魏金枝在《杭州一师时代的朱自清先生》中所描述的"一到学生发问,他就不免慌张起来,一面红脸,一面急巴巴地作答,直到问题完全解决,才得平舒下来"的情况,在四中已不复存在了。经过五年的教学实践,朱先生组织课堂教学时已操纵自如,游刃有余。有学生言,老师教书时声调平平,平得像无风无浪的壮阔江流,但水势深厚,滔滔不绝。

二、赏析法。旧时中学国文课程标准的制订中离不开欣赏能力的培养,但国文教师去深入理会的却寥寥无几。朱自清在"欣赏"问题上提出过许多中肯的见解,构成了他的国文赏析教学法。有的教师运用

---

[1] 朱自清《中等学校国文教学的几个问题》,载《教育杂志》第17卷第7期。

赏析法讲课时,喜欢发挥,喜欢铺陈。但或如野马,东西驰突无羁勒;或如放风筝,随风飘荡无定准。朱氏讲课却放得开,也收得拢。他不作蜻蜓点水式的泛泛评点,而扎扎实实地把鉴赏放之透彻的了解中。他说:"欣赏得从辨别入手,辨别词义、句式、条理、体裁,都是基本,囫囵吞枣的欣赏只是糊涂的爱好,没有什么益处。"[1] 欣赏用力于语言文字的分析咀嚼上显然是对的,否则与一般评论家按照文艺批评原理作粗线条的勾勒无异,这样岂不丢却了语文教学自身的价值?

三、诵读法。朱自清把一般的诵读法分作"吟""读""说"三类。"吟"者于读古代诗文最相宜,朱氏认为桐城派的"因声求气说"不无道理。因此,尽管中学生不必写文言文,但于古文欣赏之切实透脱,还是非"吟"不可。"读"者于白话文最相宜。白话诗文本于口语,又夹入欧化成分,故宜乎用"读"。所谓"说"者,对于用纯粹口语写成的作品,朱氏主张用"说"精确地传达出语言中的情味。三类之中,"读"的用处最大,语文教学上应当特别注重之。从"读"来说,朱氏举凡熟读、默读、精读、略读、朗读、诵读、吟读,可谓囊括无遗。他力主诵读,提倡要像唱曲子讲究咬字一样,一个字一个字地出声诵读,因为诵读有利于学生理顺自己的"语脉"。朱自清在四中执掌"五步教学法"过程中,每讲完一篇,他自己吟诵一、两遍,并让学生跟着吟诵,总结之时,他又令全班齐诵课文,然后再由学生中选一两名单独诵读,力求使写在纸上的"死"的语言,变成"活"的语气。

(三)

从造就学生完美的人格入手,朱自清在宁波四中还特别强调语文教育要重视表情达意的"至诚"。语文教学自然要教会学生说话和作

---

[1] 朱自清《论教本与写作》,载《朱自清论语文教育》,中央教育科学研究所编,河南教育出版社,1985年6月版。

文，然而，说话应当说至诚的话，作文应当写至诚之文，这关涉到做人的态度，关涉到整个人格。人格并不是什么神秘的东西，它是社会存在的反映，是自我意识根据道德规范对自己的欲望、感情、意志以及行为的调节能力。教师在训练言谈为文技能的同时，自然要对这"调节能力"予以训导，须知"学校最基本的科目应该是'人学'"。为此，他在四中着意撰写了一篇关于做人态度的议论文章——《正义》。该文针对当时社会上那班"只知讲究修饰，嘴边天花乱坠，腹中矛戟森然"的"诈伪"的"小人"，作了无情的抨击："可怕的正是这种假名行恶的人。……这种人的嘴边，虽更频繁的闪烁着正义的弯曲的影儿，但是深藏在他们心底的正义，只怕早就霉了、烂了，且将毁灭了。"[1]他教育青年学生做人作文都要诚实、诚笃、至诚。自己持躬朴实，待人以诚。他反对作文一味"追时代潮流"的门面话，要求学生能自己观察、自己思想，养成自己的判断力，他自己热切地关注着人生，着力创作"血和泪底文学"。

朱自清文格如人格，他强调文艺必须写实，必须立诚。他说："我们所要求的文艺，是作者真实的话"；我们所要求的作家，要有"求诚之心"。自己之为文，那叙事之真实，感情之真挚，简直把真诚的灵魂捧之欲出。这颗诚朴诚挚的心灵，正是他的人格美的摄照。他以如此完整的人格美传染给了青年学生，实是尽了为人师表之天职。朱自清把《正义》一文，入编于《语文影及其他》，并非是无意的安排，从《语文影之辑》与《人生的一角》合编成书，这本身就表明朱自清的语文教育和"人格教育"相统一的教育思想。他的观点是，从事语文教育的人，不仅要为"经师"，更要为"人师"——这个"人师"并非是满口仁义道德、道貌岸然，只要在语文教育的本职上，从完全学生的整个人格上切入，提供认真而亲切的服务，即是"人师"。

---

[1] 朱自清《正义》，见《朱自清文集》第三卷，江苏教育出版社，1988年8月版。

（四）

在宁波四中从事讲台粉笔生涯的朱自清，在写作教学上，更多的是着眼于"应用"，以实施其"人格教育"。那个时候，中学还时兴文言文，朱先生一上来就提倡学写白话文。据当年亲聆朱先生教诲的学生回忆：开始时他为我们选授几课白话时文。他自己念，或叫同学念给大家听。有问题时停下来给大家讲解。学生在轻松愉快中感受"五四"新文化的新鲜空气。上作文课，《窗外》《书的自叙》《人生的目的何在？》，便是他常出的白话作文题。他和夏丏尊都主张写文章要言之有物，切忌陈词滥调——什么"人生在世"或"光阴似箭，日月如梭"这一类人云亦云、半文半白的东西。其时还是二十年代之初，朱自清即倡行白话写作，冲破封建古装的旧文学的桎梏。朱氏自己创作的白话美文——如成名作《桨声灯影里的秦淮河》，以其漂亮而又缜密的写法，尽了"对于旧文学的示威"，"在表示旧文学之自以为特长者，白话文学也并非做不到。"在指导学生作文上，他自然而然采用了白话文这个体制。

彼时四中国文教师大都是才学并茂，卓立不凡之士。洪樵苓旧学根底深，汪子望文学思想新，钱南阳擅元曲，章锐初擅古文，汪崇干擅书法，至于夏丏尊、冯三昧、杜天縻更是新旧文学皆精通，教坛呈鼎足之势，各擅其妙，朱自清非才华横溢而尽展其长孰能处之。好在经亨颐治校，教学兴革，为师者大可竞相献技。朱自清对于写作指导和训练的见解，则是从造就学生的完美的人格入手，着眼于"应用"的。这是他顺从"五四"新潮而做出的大胆革新。"五四"新文化运动后，青年学生练写作文，多以"创作"为目标，这些学生心目中便或隐或显地有个"假想的读者"，即社会上的一般知识阶层。朱自清适时把握学生的心理脉搏，他以为教师对学生的作文训练，倘不带点创作意味，他们便不甚感兴趣。针对此状,朱氏在写作训练中给学生悬出一个明确的目标,让其提笔为文时心里有个"假想的读者",这就激发了他们的兴趣,而又使训练贴近了"应用"。朱氏选择"报刊文学"作为训练的模式,教学生学写报章文体,因为那是"广义应用文",它的内涵在"应用",外延则可包括各体各式的实用文章。为读写配合,他突破常规,把报刊文学中那些意深而语淡,亲切而气和的文字补充到教材里,借以突出教材的示范性和实用性。

为作文指导和训练贴近"应用"计,朱自清在写作教学中告之文笔写得"有味"的"诀窍",把自己写《绿》、《桨声灯影里的秦淮河》的经验加以传授,说明有味的文章全得之于生活,并非全然靠天赋与灵感,学生很受启发。于是,学生在写作练习中也注意"细意寻探"生活,努力写出"个性",写出"自我",很有一些成功之作。朱自清在四中积极倡办班级壁报和校刊,作为佳作的发表园地。四中校刊《四中之半月》就是他和夏丏尊等人力主而办的。该刊每半月出一张,内容丰富多彩,体式活泼生动,刊载的有校长经亨颐的教育论文,也登教师"下水"之作和学生习作。遗存的1925年6月30日在《四中之半月》上揭载的刘沧海写的《洒泪吟——并慰沪上惨死的同胞》,便是在朱先生指导下刊出的。对于班级壁报,朱先生常作文示范,学生则竞相仿作,尔后拿自己的习作跟先生作比,以发现自己之不足。至于学生习作中的上等之篇,他用心发掘,每有所见,便批上"传观",壁贴以供阅览和揣摩,或选优送登校刊。朱自清后来说过:"从前我教中学国文,有时选些学生的文章张贴在教室墙壁上,似乎很能引起全体的注意,他们都去读一下,壁报的办法自然更有效力:门类多,回数多。写作者有了较广大的读者群,阅读者也可以时常观摩。一面又可以使一般学生对于拿报纸上和一般杂志上文字做写作目标有更亲切的印象。这是一个值得采取的写作设计。"[1]学生在校练笔,无论从需要和场合看,抑或从读者的对象看,多半都带有"假定性",从"假定性"到"现实性",中间需架一座"桥",办壁报校刊之类,可谓是具有这种性质的"桥梁"。

朱自清在宁波四中同事方光焘说过:"欧洲有些著名的教授,没有什么著作传世,但教学极有水平,有的学生也就著书专门介绍他的教学活动,因为教学本身也是一门艺术,应该作为研究的对象,中国就缺乏这一类著作。"[2]朱自清先生学问固佳,而教学上也很有成就。对于中学语文教育他是终身关注的,包括在清华大学任上。"他鼓励中文系的毕业生去当中学教员,还自己开了"中学国文教育法"一课,与学生共同讨论。"一直到他逝世之前,还同叶圣陶合编一套中学的语文教材。[3]他那中学语文教育改革的思想和实践是完全符合"五四"新文化运动精神的。这在近代语文教育发展史上是黑夜里的一颗闪闪发光的明珠。朱自清在宁波治教事迹及其语文教育改革思想和实践经验,显然也是遗留给我们的一笔宝贵的财富,对于它的探勘和总结,能帮助我们厘清语文教学发展的历史轨迹,使语文教学回归传统,找回本真,于今天语文教育改革提供有益的借鉴。

一九九〇年十一月

---

[1] 朱自清《论教本与写作》,载《朱自清论语文教育》,中央教育科学研究所编,河南教育出版社,1985年6月版。

[2] 转引自周勋初《胡小石的教学艺术》,文载《学林漫录》九集,中华书局1984年12月第1版。

[3] 王瑶《我的欣慰和期待——在清华大学纪念朱自清先生逝世四十周年、诞生九十周年座谈会上的发言》,文载《文艺报》第49期(1988年12月10日)。

下编

白马湖：五四新文化的"驿亭"

——《白马湖文派散论》代引言

（一）

为拙编《白马湖散文十三家》（此书后由上海文艺出版社于1994年5月出版）搜访作品资料，前年春天我有幸来到白马湖畔作一次短暂的文化之旅。白马湖位于绍兴上虞境内。从宁波乘车到一个不显眼的小站驿亭下车，大约走六七里路程便可抵达。这个驿亭，当然是一个极小的车站，"在（上虞）县北三十里，驿亭堰旁"，距春晖中学约一千九百步。然而，它又何尝不是中国"五四"新文化的"驿亭"？我思忖着。伴我同行的是《朱自清全集》的责编吴为公、李树平两先生，他们为寻觅朱先生的佚文也去春晖中学探访。白马湖缘何引起当今文化人的兴致，令许多人不约而同地来到她的身边？原来，在中国"五四"新文化时代的二十年代，那里一度为文化名人荟萃之处，朱自清、夏丏尊、丰子恺、朱光潜及俞平伯等适在春晖任教或讲学。他们又多在宁波省立四中兼掌教鞭，一周之中，三天在白马湖沐浴"山间明月"，三天在奉化江边吹拂"江上清风"，欣然做着"火车教员"。对此朱自清曾给友人的信中说过："半年来弟仍碌碌两校，火车生活，竟习以为常矣。"就是在火车上，朱自清他们仍忙着切磋文事。1924年3月间，朱自清和俞平伯由春晖乘车返宁波，他俩在车厢里兴致勃勃地酌改白采的诗稿《羸疾者的爱》。此事平伯曾作如是记云：

《白马湖文派散论》,朱惠民著

"三月间游甬带给佩弦看。于柠檬黄的菜花初开时,我们在驿亭与宁波间之三等车中畅读之。"佩弦说,"这作品的意境音节俱臻独造,人物的个性颇带尼采式。"足见其兴味之盎然。隐约记得朱自清记白采文中插印了一幅插图,是白采"立在露台上远望的背影",照片有白采的手识:"佩弦兄将南返,寄此致余延伫之意。"可见朱自清对白采印象之深。

从前龚定庵奔波于北京与杭州之间,柳亚子说他"北驾南舣到白头"。朱自清们奔走于两校之间,虽未劳瘁到白头,只是短短的几年,然由于当时的春晖、四中都浸润着"五四"新文化的精神,文化氛围诗意沛然,故而他们都乐此不倦。尤其是春晖园,由于家眷耽此,彼此相聚便愈多,正如朱光潜所说的,"学校范围不大,大家朝夕相处,宛如一家人。佩弦和丏尊、子恺诸人都爱好文艺,常以所作相传视"。噢,我明白了,以他们为人生的态度找到了生存空间与处世方式,并以此为联结的精神纽带而走到一起了。白马湖原来便成了中国新文化时期的一个文学沙龙。这确是一个具有高雅文化气质的沙龙,它以夏丏尊、朱自清为轴心,团结一些志同道合者和师承者的自然形成。参与的人不多,但它拥有一种精神、一种气质,这是参与者表现出来的人文精神和完美的人格力量。而这，正是这个文学沙龙所独有的文化价值。我在春晖园及研读白马湖文化史料时，便处处留意寻觅这个沙龙的踪迹，力图梳理出一个头绪来，所成的便是那本《白马湖散文十三家》作品集，以及对现代散文"白马湖派"的论证。

（二）

不独如此，白马湖的湖光山色也令人流连忘返。我们一行踏着朱自清先生当年走过的小径，一路领略他彩笔勾勒的白马湖风姿："山是青得要滴下来，水是满满的，小马路的两边，一株间一株地种着小桃与杨柳。小桃上各缀着几朵重瓣的红花，像夜空的疏星。杨柳在暖风里不住地摇曳。"白马湖的风光，虽没有西湖那么秀丽，但富有自然气息和原野风味。来到她的身边，我得到了一种真正的休憩。自然就是美，从作家心灵深处创造出的大自然就是美文，当我们欣赏自然美时，通体感到一种如恩格斯所说的"幸福的战栗"。

我国有许多静态之湖，但真正称得上"静情相融"之湖的，我想恐怕只有白马湖了。正是由于白马湖的静，使当年的夏丏尊先生在平屋的深夜作种种"幽邈的遐想"。这平屋如今成了先生的纪念室。这一幢寓意平凡、平淡、平民的小屋，眼下由他的玄孙居护着。夏先生手植的那棵梅树，虽已苍老多节，皱皮斑驳，但绿叶枝头却还生机勃然。主人指着靠山的小后轩介绍说，这是夏先生的书斋。我清楚，当年夏先生就在这里读书、写作。夜间，松涛如吼，霜月当窗，他常常在一盏油灯下工作到深夜，不以为苦，反而感到萧瑟的诗趣，独自儿生发种种幽邈的遐思。这诗趣，蕴蓄在先生的脑海，流淌于笔尖，便生发为耐人咀嚼的文字：时而恬淡，时而激越，流贯于"剑"与"箫"之间。那部风行几十载的译作《爱的教育》，当初就是在这里完成的。同行的吴先生也介绍，丏尊师是流着泪翻译此书的。他动情地说：诚如夏先生所言，

《爱的教育》,夏丏尊译

这不是悲哀的眼泪,而是惭愧与感激的泪花。因为书中叙述亲子之爱、师生之情、朋友之谊、乡国之感、社会之同情,都近于理想的境界,虽是幻影,但使人读了感受到理想世界的情味,以为世间要如此才好。于是不觉中就感激了流泪。此书原名为《心》,夏译作时改为《爱的教育》,他认为教育不能没有情爱,没有情爱的教育就像无水之池,是空虚的。

  我明白了,夏先生回到远离尘嚣的白马湖追求的正是这样一个恬静的理想世界……的确,白马湖这里没有骚扰,没有客套应酬,人与人之间情感是那样纯真,就像清澈的湖水一眼见底。恍惚间,我觉得夏先生仿佛正操着浓重的上虞乡音在与春晖学生畅谈爱的教育,抑或和乡亲们喝茶聊天,笑语融融。我喜爱白马湖畔那醇和的学风乡风。我想,久处都市的浮躁,如若经山水间生活的熏陶,定能把你心头的烦躁和褶皱慰抚得平平整整。人与人的关系也会因为寂寥而变得亲近。尤其是当你站在幽雅宁静、超然脱俗的小屋前,"看看墙外的山,门前的水,又看到墙内外的花木","风来不禁倾耳到屋后的松籁,雨霁不禁放眼到墙外的山光"……这就是白马湖静情相融的妙处。

（三）

朱自清先生说过："我爱春晖的闲适！闲适的生活可说是春晖给我的第三件礼物。"是啊，到白马湖的人无一不爱这山水间的闲适生活。我们下了火车，从驿亭去春晖中学，不多久便望见了白马湖，湖水是碧澄澄的，波平如镜，临镜一照，又看见了"山阴道上"那样的景色，苍润的山峦、蓊郁的林木，真是秀色夺人。加之四周静谧，从闹市宁波到这样一个安静秀丽的去处，我们顿时感到心旷神怡，颇有身处世外桃源之感，殊人流连安居，觉得这里不啻是个读书治学的好地方，而且是文化人忙中偷闲的佳境。

"闲是文明的母亲"，一切文明制度的优美大抵是由闲暇中研究出来的。闲适，也属于一种生活艺术，"闲得其道，非特无损，而且有益"。中国新文化人中，有相当多的人深受传统文化的熏陶，再加上一些人又生活在内忧外患交织的年代，迁徙无常，极不安定的生活境遇，如何求得心理的平衡和体力的支撑？每每借助于传统观念——随遇而安，乐于天命，于苦中自我解脱。红树青山白马湖使他们能静参自然妙谛，托花木葱茏以怡情，得到休息和调节，从而舒解自己的心境，并获得创作的感悟。

朱自清以白马湖题材的美文，便是这类作品。他的闲情美文《白马湖》，写得情浓墨淡、疏密有致，宛如一幅写意画。白马湖的"湖光山色从门里从墙头进来，到我们窗前，桌上"，虽为暗写，倒反而令人感到湖光山色之无垠，清新之气扑面而来。

俞平伯当年（1924年春）去春晖园探访挚友朱自清，佳构《忆白马湖宁波旧游》，写他在夏丏尊家宴后偕佩弦晚归的路上，充满优雅的清闲情趣："饭后偕佩笼烛而归，傍水行，长风引波，微风耀之。踯躅并行，油纸伞上沙沙繁响，此趣至隽，唯稍苦冷与湿耳，归寓畅谈至午夜始睡。"

　　对句散语、错落有致,文辞简洁而洒脱,透视出作者的适意闲情。俞平伯擅写闲情美文。"五四"新文化开创的中国闲适散文流派,以周作人为领袖,三十年代林语堂跟紧,四十年代则由梁实秋承继。白马湖作家诸如俞平伯自为其突出代表。他作品形式上的"冲淡平和",是这一流派艺术上的一个显著特点。试读一下周作人的《喝茶》《故乡的野菜》等篇什,以及俞平伯的《中午》《春来》等作品,无不使人感到这种"冲淡平和"的气息(此时周作人作文极慕平淡自然的境地,希望能够从容地做出平和冲淡的文章来)。这种文气的形成,对于俞平伯来说,始于白马湖之旅。俞平伯探访春晖后,兴许是白马湖灵性陶冶了他,他忽然热衷于散文创作了。《湖楼小撷》《芝园留梦记》《西湖的六月十八夜》等佳作从他的笔端涌出。这仿佛只是写作体裁上的变化,却也包含着微妙的本质的因素。在这个地方,俞平伯简直称得上是个"典型人物":他写新诗和小说的时候,正是文坛上用白话小说、新诗、新戏剧冲击旧营垒的时候;他写散文时,又值文坛上散文兴起。特别是北有"语丝"、南有"白马湖"散文作家群的勃兴。诗和散文毕竟不同,"诗像星光,不妨疏疏朗朗闪闪烁烁,散文像活水,要娓娓的流下去"。这大抵是俞平伯"转向"的一个原因罢。这年年底他的北上北京,又适时填补了周作人苦雨斋的寂寞。"周作人小品一派",也就多了俞平伯的创作实践之功。我想,说白了,俞的散文,其实就是周作人这派散文的一条支流。

　　白马湖闲情散文追求的是高雅的情趣,它不是感官的迷醉,是"静虚"之境的"陶钧文思",而不是热烈的刺激。作家们力求经过这一"静虚"气氛的过滤,使自己心理感受自然的静趣,这种消闲涤虑的方式并非纯是消极之为。闲是人生的一种机遇,有忙中偷闲,有消闲赏心等等。白马湖作家闲情之作,每每抒写他们看、听、体察、吟咏如身边的白马湖之景物,写出消闲情趣,求的是劳作后的养息。读着这类闲适散文,不唯无害,反而有益,它可以丰富我们的精神生活,还能在其间寻得对品性修养有益的东西来。

(四)

白马湖从前也许是个不被人注意的地方,她被称道,大概是由于浙东硕儒经亨颐创办春晖中学,遂使新文化名士俊彦汇集于此。他们构织诗文、商榷文事、相交文字。私人友情及为文之相互交融影响,乃形成一个文学沙龙。这次,我们到春晖园寻访他们的踪迹,体察他们当年沙龙活动的雅兴倒也饶有兴味。

我们来到丰子恺的小杨柳屋。这是一座小巧玲珑的矮平屋,屋前一脉清水,是从不远的白马湖流过来的。丰先生当年在宅前手植的小杨柳如今已不存,却被一小披舍占据了。小屋倒还无恙,只是显得苍老了。屋的大门颇为别致,顶部呈"人"字形门框,略似一个大方口,据说是模仿日本住房的"玄关"格局而建的。踏进大门,迎面是一堵照墙,往西拐弯,进去是个小院落。房有两间,东首为正房,是丰先生的卧室兼书房。西首一间略见小些,这兴许是朱自清所说的"一颗骰子似的客厅",正是在这间屋里,丐师、佩弦、朱光潜和两刘(薰宇、叔琴)等,相聚在一起,或聚会做客,吃酒谈天;或切磋"狂辩",钻坚求通,钩深取极。他们有时教研课务,而更多的则是磋商文事。

他们有着共同的文学主张、共通的审美情趣,又在这绿水环绕、万木扶疏中生息和劳作,因而他们所作的散文具有趋同的美学追求,形成一个崭新的创作流派,即"白马湖派"。这种散文取材于白马湖,又表现于白马湖,于是合成白马湖美丽世界。他们之触景生情,缘情布景,铸为形象,都从白马湖生活美中取境而创作,娟秀的湖光山色,成了涉笔为文的共同题材和所表现主题。更可贵的是,他们结撰美文,并非是自然主义的模作,而是别出心裁地寻找表现方法,去曲径通幽、石破天惊地创造一种艺术的胜境，去培育一种新的文种。我想，如果没有这个新文学沙龙，没有白马湖畔这批文化人的成就，整个二十年代乃至三十年代的散文，必然显得单调而逊色许多，至少少了与"语丝美文之群"遥为南北呼应的"白马湖派"。正是这种文派呼应，造就了那个时代散文的斑斓。

我在春晖中学搜寻到许多篇美文便是这样的佳作，有好几篇还是尚未传世的散佚之作。面对这尘封已久的旧报旧书，我笨拙的手指抚过一页页纸张，窸窣作响。我如获至宝地抄录着，虽然破敝枯黄的书页上的字迹已难以辨认，但就在这字里行间，我隐约谛听到中国现代散文在艰困中行进与跋涉的跫然足音，我就用心揣摩、竭力辨认。我想，我从中觅得或认取的白马湖散文家的足迹，有的为史籍所未载，为世人所鲜知，撮抄于纸，条分缕析之后，可编成我的《白马湖散文十三家》，使白马湖文化现象的存在、白马湖散文流派的确认，得到文献的佐证。

（五）

出"平屋"和"小杨柳屋"数百步，便来到春晖桥堍，映在绿树红花丛中的春晖中学已经在望。我们踏进校门，更似在一座精致的园林里散步。穿过蜿蜒有致的曲院，轩昂的仰山楼矗立在面前，楼有带栏杆的长廊，凭栏眺望，近挹湖光，隔湖山色，排空送翠，从垂柳叶丛里掩映到眼前来，偶尔还能听得鸟儿啼叫，婉转清唳。此时，我们都被陶醉，都被迷恋而进入一种忘我的境界。白马湖实在太美了！与仰山楼毗邻是叶圣陶题字的"白马湖图书馆"，为中西合璧建筑风格。据校办主任经遵义先生介绍，此处是春晖园文友们聚会的地方。朱自清们以诗文言志，座谈辩难，切磋创作技法，共"谋文学工作的发达与巩固"。"他们之所以云集于此，是因为是师友或师承者。"同行的李先生以独到的见解，汩汩滔滔地分析说："其深层原因则是他们品性气质的相近和理想志趣的一致。你们看,他们个个质朴无华,淡泊名利,务求实干,一步一个脚印地从事着自己喜欢的文化事业。即便后来离开白马湖转往上海,又一起办立达(学园)、创开明(书店),他们始终是一批志同道合者。"

思索间,我想起了朱自清写于白马湖时期的诗作《题石鼓图》。因为这首诗似可印证朱自清特别欣赏这段以文会友的历史。诗是他为温州十中老友马公愚所作《石鼓图》的题跋:

文采风流照四筵,每思玄度意悠然。
也应有恨天难补,却与名山结善缘。

诗中"玄度"为东晋著名的玄言诗人许洵。《晋书》卷七十九《谢安》云:谢安寓上虞东山时,与王羲之及高阳许洵、桑门支遁等交谊,"出则渔弋山水,入则言咏属文",形成盛极一时的玄言诗派。他们以一种高级社交文化,如"竹林之游、兰亭修禊",进行玄理的辩论,于是清淡与析理便成了雅集的内容。朱自清极慕晋人的情趣,写诗以记之。诗里隐约地折射出白马湖同人"言咏属文"的情致。

当时春晖园文友集于白马湖图书馆,说"沙龙"也罢,说"以文会友"也罢,反正是在辩论名理。我想,他们或许也像晋人清谈那样,"理致甚微",且"辞条丰蔚,甚足以动心骇听",只可惜没把言谈详记下来,否则将另有一部《世说新语》。不过,另文碎记中尚有点滴叙写,如朱光潜回忆白马湖聚会,曾作如是记云:"同事夏丏尊、朱佩弦、刘薰宇和我,都是子恺吃酒谈天的朋友,常在一起聚会……酒后见真情,诸人各有胜慨,我最喜欢子恺那一副面红耳热、雍容恬静、一团和气的风度。这时候,夏先生的笑声往往响彻整个屋子,形成一片欢乐融洽的气氛。饮酒不讲究小菜,几块豆腐干便算佳肴,在文艺中领取乐趣。"不是吗,当俞平伯展示白采的诗稿《赢疾者的爱》,让朱自清他们品评时,讨论的气氛是何等地热烈!当朱自清侃侃而谈白采诗受尼采之影响,并说诗的抒情主人公是作者的自托时;当夏丏尊看了后觉得大有不可蔑视的所在,深悔自己从前对白采诗的妄断时;一个艺术的精灵便翻飞在斗室之间,翻飞在他们的心灵之间。

(六)

几天来,我们一行在春晖园寻访白马湖作家的足迹,昔日名师硕彦所到之处,我们总要踯躅其间,作种种的遐思。春晖园实在太美了!她三面环水,绿树掩映。只有一条小桥,连接着坐落在象山之麓的幢幢村舍式的教师居屋。春晖的教导主任严禄标先生做我们向导,他如数家珍地指画着,这使我们更加怀念居室的主人:那"平屋"倒也完好无损,与之毗邻的"小杨柳屋"亦无恙,只是这些年的沧海桑田使它们更老旧了,不远处的经亨颐的"长松山房"及何香凝的"蓼花居"已不复存在。我们心中不免有点儿悻悻然。我想:像白马湖这样历史悠久,极有人文价值的地方,有关部门是不是应当予以修复并加以保护呢?

白马湖的人文景观内含着丰富的文化意蕴,二十年代中国知名文化人会集于此,显然是一种独特的文化现象。荟萃一处建构美文而成白马湖文派又是不可多见的。我在春晖发现,该文派的形成,除地域、社团、思想倾向、生活情趣诸多因素之外,似还有审美风格上的缘由。作家们在美学追求上有着共通之处,即捕捉心灵世界和人性对真善美的感动和追寻。他们所写的美文,大抵以一段写实的旅程来象征探讨人类心灵和人性的历程,追求一种人格的美。诚如丰子恺所说:"圆满的人格好比一个鼎,真善美好比鼎的三足。真善为美的基础,美是真善的完成。"可见,由三足支撑起来的"人格"这个鼎是一个复合建构,三者缺一不可,合则鼎存,分则鼎亡。我从春晖的文化庋藏中搜集到的白马湖诗文篇什不乏这样的扛鼎之作。那些作品将作者内心世界的体验和表现,置于真实的天平上,在这种体验和表现中去追求人格的完善,而表现的语词又力求美的升腾。

如长松主人经亨颐的"长松山房",其自题诗即有追求人格美的佳篇:"为木当作松,松寒不改容,我爱太白句,居亦曰长松。"以爱松颂松,借喻逆境中傲然挺立、毫不改容的气节,体现了人格的完美。经亨颐五十岁开始习画,所画的皆为梅、竹、松石等耐岁寒的题材,用以自勉自表,这亦是他的"长松山房"之寓意所在。

何香凝的"蓼花居",与"长松山房"相邻,她和廖承志时来暂住,何氏常邀友人到家泼墨写意,以画喻节,以诗言志,互相砥砺,坚守完美的人格与节操。

弘一法师从儿时起就喜读唐人李义山的"人间重晚晴"之句,夏丏尊为他白马湖居室命名为"晚晴山房"。据严先生介绍,这是朝东三间依山面湖的简易平屋,拾级而上,其中两间前面留有雨廊,室内尚宽敞明净。主人站在窗前,可望见春晖全景及白马湖一角。1929年9月,弘一法师在此禅居时写了许多偈文,这些可视为小品的文字,坚持了写作的真挚性,因为其真,这就很好地通向善的终极,真情之中,包含着善因,这种乐善好真也展示了主人高尚的人格美。绍兴徐仲荪居士倡议在白马湖放生,以贺五十岁寿庆。事后,他写下《白马湖放生记》。该文写得言简意切,这种护生惜生的悲悯情怀,读之无不深受感动。它与王世颖居白马湖时写下的述景小品《既望的白马湖》比照,更显其岑寂的平淡。

我在春晖探寻白马湖文化人的心迹中,意外地发现他们身上洋溢着一种淡远、宁静,但又不乏着眼洞彻的文化品性。这是一种刚柔相济的文化品格和积极的人生参与态度。这就是白马湖文化精神。我以为,或许这正是越文化的文脉的传承与赓续。周作人在语丝时期(也是白马湖时期)不脱浙东人的气质,赞赏浙东文化人的飘逸与深刻,极希望写出平水的山光,白马湖的水色。这种飘逸与深刻正是越文化的特征所在,它亦是白马湖新文化的特征所在。周作人之"飘逸","如清士名谈,庄谐杂出,或清丽,或幽玄,或奔放,不必定含妙理而自觉可喜",此以徐渭、王思任、张岱、袁枚为代表;他之言"深刻","如老吏断狱,下笔辛辣,其特色不在词华,在其着眼的洞彻与措语的犀利",此以毛奇龄、章学诚、赵之谦、章炳麟为代表。递至白马湖时期更是英才辈出,实不负浙东人杰地灵之誉,这与其文化的开放复合品性有关。越文化作为多重的复合体(比如它涵盖了正如周作人所说的"飘逸"与"深刻"),是一个多方面的存在(又比如它涵盖的如龚定庵所言的"亦剑亦箫"),是一种随历史发展而不断传承创新的开放系统,而二十年代五四新文化时代的白马湖新文化,难道不正是越文化的一个子系统吗?

一九九三年十月

《红树青山白马湖》存忆

—— 为纪念《白马湖散文十三家》出版二十周年作

我一生所写的文字中,《红树青山白马湖》可能是最为成熟与成功的篇章。该文获得多名专家、学者的好评。浙江省社会科学研究基地(江南文化研究中心)首席专家王嘉良教授曾作如是的评判:《红树青山白马湖》一文,对白马湖作家的散文创作及其散文风格,作了较详梳理与述评,对杨牧等的"白马湖风格"之说有更多伸论,并把此类散文定名为"白马湖派"散文,颇有自己的见解。作者编选的《白马湖散文十三家》,是国内出版的最早的一个"白马湖文学"的选本,为深入开展研究提供了重要史料。台湾学者张堂錡教授说:该文是在台湾散文家杨牧提出白马湖文学集体现象的概念之后,首先将这一概念具体发挥扩充,建立起基本论述结构者。对白马湖作家群体的形成、互动、创作风貌、流派特征等做了较为详细的爬梳和析论。对此一群体在学界的"能见度"有一定的贡献。作者长期致力于此一命题的开发,又搜集文本编选倡扬。为这一议题的研究奠定良好的基础。

《红树青山白马湖》作为拙编《白马湖散文十三家》(上海文艺出版社1994年5月版)的选编后记,其实就是我对于"白马湖派"散文的研究文论,不过我以散文的文笔出之,竭力把它写成散文式的研究论文,以提升它的可读性。虽然其尝试并不成功,然毕竟作了努力。时下学院式的学术文论,八股气太浓,读着令人昏昏入睡。我非常欣赏上海学者陈子善教授的文风,对他在这方面的理念与践行深表赞许。这是题外之话,就此打住。

《红树青山白马湖》一文始写于1990年2月,三个月半完成初稿,近两个月半的修订,1990年11月定稿送《宁波大学学报》编辑部。发表于1991年6月出刊的《宁波大学学报》(第一期)上。当时的文题为《现代散文"白马湖派"研究》。这是一篇实际意义上的探求白马湖文派形态之存在的文章,是散文"白马湖派"研究展开具体论证的拓荒之作。文章在学界首次提出现代散文"白马湖派"之说。这是我主要审察《我们》散文创作和我们社文学活动后获得的一个直观的印象(这是一个印象主义的直观感觉。然直感与直观经验的批评有时倒能引出精准的阐论,至少我有这样的体验)。我们社的活动地域和《我们》的编务地,即在宁波省立四中与白马湖畔的春晖中学。这点为许多学者所忽略,而我恰恰关注了它。我觉得在新文学散文创作还是荆棘丛生的野径时,为数不多的拓荒者中,周作人是第一位,随后便是朱自清、俞平伯、叶圣陶、丰子恺等作家了。钟敬文的《浅谈小品文》也表达了这一意思。阿英在《现代十六家小品》里的作家排序也折射了这个看法:周作人小品为第一卷,接下去为俞平伯小品、朱自清小品。赵景深的《现代小品文选》序言更是说得相当清楚:"周作人的清淡,永远是那样淡如水。除周氏外,最努力的要算是朱自清和俞平伯了。"赵景深特别指出了他俩的"我们社"以及《我们》两本年刊。初期的散文创作都可以在这两本年刊里找到。我们讲到小品文,断然不能忘记《我们的七月》和《我们的六月》。叶圣陶和丰子恺也都与我们社有密切的关系。赵说,最有力的证据则是《我们》里都有叶、丰两位的文字和图画。这些让我的朦胧的印象得到了文献的佐证。我们社作为文学研究会宁波分会的核心组织,它的同人刊物《我们》所发的散文,特别是朱自清在该刊物上发表的散文,我以为,作家在追寻精神生活中的理想人格,在执着地表现着人格品藻,并通过创造意境,抒写自我,不啻生成漂亮与缜密的文风,而且蕴含着清淡的美学特征。朱的这种新颖的风格特征,实际上代表着我们社同人所共持的思想倾向、文化选择、创作立场与艺术风貌。从宽泛的眼光审视,以《我们》为标志的这一群同人,或者说作家群,即白马湖派作家。他们的散文内含着一种纯正朴实的新鲜作风,达到了一个极高的美学境界。这是白马湖自然环境和生活的淡泊,以及各人恬淡的人格所促成的。这当中,彼此的情致所至,大为要紧,诚如朱自清所说:"好风景固然可以打动人心,但若得几个情投意合的人,相与徜徉其间,那才真有味,这时候风景觉得更好!"情之所至,每每促成同人刊的创办。同人刊物,往往又成为一些文学流派的摇篮。从我们社的同人刊《我们》,以及《春晖》半月刊的散文,包括对白马湖散文家这个群体离开白马湖后,仍为白马湖情结所驱使而写的一些白马湖人文事略的散文的综合考察。诸如朱自清的《春晖的一月》《白马湖》,俞平伯的《诗的方便》《忆宁波白马湖旧游——朱佩弦兄遗念》,夏丏尊的《春晖的使命》《白马湖之冬》《长闲》《猫》,丰子恺的《山水间的生活》,朱光潜的《无言之美》等。这些篇什皆属清淡之体,内含着一种共同性的神韵风骨,一种清淡美的基本形态,显示出大体一致的美学趋向,一种共同的美学追求。这是我此时发散性思维所得的思索。因为此前之文,仅止于做出构想,而未有翔实的论证。特别是作出更多的伸论。该文的写作,可以说是我最为用心之作,为文时间长达半年,每日沉浸于研究与思索的氛围中,以至于一度头晕病发作而搁笔。此文揭载后,我依然思考着这一议题,并对它进行了深化,增补了些许章节,它的篇幅也由一万字增至一万五千字。形成了一篇颇有分量的研究文论,随即改题为《论现代散文"白马湖派"》,于1992年11月投稿至香港中华文化促进中心主办的《九州学刊》。第二年(即1993年)6月23日收到该刊主编郑培凯教授的录用信函。这封信发自台湾"国立"清华大学,分明是从台湾寄来。信说,大作《论现代散文"白马湖派"》已经外审通过,交编辑部出版,将在近期内(三、四个月内)面世。出版后,将奉上抽印本三十本及当期《九州》。读之大喜。外审专家据说是美籍华裔汉学家夏志清先生。夏先生虽然批评过朱自清的早期散文，又说"朱自清一向是我敬爱的学人，他后期散文可能进步多了，可惜我读的不多"。然对白马湖派散文，他还是认可的。夏先生说，夏丏尊主编了一种极有影响力的杂志《中学生》，抗战那几年，我自己也是中学生，《中学生》每期必读，尤其是初中阶段，的确培养了我对文学的兴趣。可见，白马湖文脉的传承与赓续。不然他怎么会肯首发表该文呢。郑教授我不熟识。后来获悉为香港城市大学中国文化中心主任，一生致力于海外与内地的文化交流。据说，他对白马湖很是向往，因谢晋导演曾邀他考察白马湖，未及如愿而抱憾，这是我从一篇文章读到的。郑先生对白马湖期待着期许着，我想，一是因为谢晋对他作过介绍，二是我的拙作，他审阅时兴许也留下印象罢。此后，我一直念念于刊有拙文的《九州学刊》先睹的快意。等呀，等呀！简直有点望眼欲穿。可是一直无缘见到《九州》。直至1994年9月14日，台湾艾肯形象策略公司总经理魏正先生从台湾给我携来两本《九州》，那时，我的拙编《白马湖散文十三家》已经出版了。后来（1994年10月）《九州》给我寄来10本刊物。厚厚的一大捆，算是为我对它思念的补偿吧。此事之所以然，若干年后从陈子善的《忆范用先生》中找到答案，陈说是他曾向范用先生抱怨，"从事现代文学研究，免不了要与海外学者交流，互换资料，但香港同行寄来的专业书刊，常常被海关以冠冕堂皇的理由没收"。范先生建议用他的专用信箱，在他那里中转。

我的拙编《白马湖散文十三家》在学界"能见度"较高，这是台湾张堂錡教授说的。事实也正如此。许多专家、学者手头都有此编本，现代文学研究专家朱金顺教授来函时说，1994年，沪上友人曾为我购到《白马湖散文十三家》，读后感到您的立论有开创性，是有学术价值的。台湾学者石晓枫对此本颇多推崇，她在《白马湖的辉光——丰子恺散文研究》中有十分中肯、客观的评说：对白马湖风格作家做系统整理,并在《后记》中详加论述者,则首推朱惠民于1994年选编的《白马湖散文十三家》。并云1995年台湾《"中央"日报》发表的有关白马湖诸文,大抵都是以朱书为主要参考资料,所做的观察与论述。图书评论家徐雁教授很早(1997年)就对此书有过介绍和评论,说白马湖是一时的"文人荟萃之地"。此话不虚。我面前这部十八万字的《白马湖散文十三家》就是白马湖荟人萃文的明证(见《雁斋书灯录》,徐雁著,陕西师范大学出版社1998年9月版)。南京大学倪婷婷博士的《五四作家的文化心理》(2005年11月版)在论述五四时期蜂拥出现的文学社团和流派中,其中不少明显地与地域胎记、风土感化与人文风致有关,地域环境的文化特征、精神气候自然也明显地影响了这些社团流派的风貌,作者以"白马湖作家群体"做例证。现居新加坡的学者石曙萍在其博士论文《知识分子的岗位与追求——文学研究会研究》中,用了《红树青山白马湖》及《关于文学研究会宁波分会》的有关内容,推论"白马湖作家群"为文学研究会的外围组织。然而滑稽的是,在其注解中又断言拙文内容多有臆测成分,说要证伪。石文十分推崇张堂锜教授的有关白马湖派的论述,引用了他的《清净的热闹——"白马湖作家群"的散文世界》诸多片段。殊不知这些内容,诚如南京学者姜建研究员所说的,其立论的依据基本源于朱惠民的《白马湖散文十三家》。姜说,就此问题展开具体论证的是朱惠民。并在注释称,以《红树青山白马湖》为代表。这就说明做引证,一定要通晓所有材料,尤其是材料的来龙去脉,才不至于出现诸如此类情况。王嘉良教授主编的《浙江文学史》(2008年12月版)与《浙江20世纪文学史》(2009年9月修订版),乃至《辉煌"浙军"的历史聚会——浙江新文学作家群体透视》(2009年12月版)的专著,皆提及《白马湖散文十三家》的选编后记。王教授以"本土作家群:白马湖群体"与"白马湖作家群"的专章作了这一社团流派的论析与确认。

对于《红树青山白马湖》,并非都表认同,持有异议甚而驳议的也是有的。其主要的论调是白马湖散文无"清淡"可言。如夏丏尊,"以'清淡'概括他的散文,以'恬淡'标识他的品格,是以偏概全的肤浅看法"。又说,"多数作家都写过篇把可称清淡的散文,我们当然不能据此断定这就是他们的风格特征"云云。窃以为,白马湖散文家皆洋溢着一种淡远、宁静,但又不乏着眼洞彻的文化品性,这是一种刚柔相济的文化品格和积极的人生参与态度,这便是白马湖文化精神。夏丏尊他既有"清淡"文,又不乏格调激越之作,而且这些文字敢于直面黑暗的现实而给予有力的抨击。事实上,中国现代散文存在着两个不可忽略的传统:一个是鲁迅式的激越,一个是周作人式的清淡。当年,"周氏兄弟"并称,被誉为"文坛的两大权威者"。两者自然不是对立的,而可相融在一起,白马湖派散文家为文也是如此——"亦剑亦箫"。时而激越,时而清淡,流贯于"剑"与"箫"之间。在他们眼里,两个传统是并行不悖的。他们的精神深处即流动着激越与清淡的意象,他们的文字在两种韵味里游动,在两种笔意里舒展。自然,他们更多的是传承了周作人"清淡"的文风,即郁达夫说的"散记清淡"。走的也是一条从绚烂转向平淡的道路,而且其绚烂是最华丽的绚烂,其平淡也是最岑寂的平淡。虽则他们的"趣味"(一种审美情趣)有别于周作人,然像周作人一样考究散文的语言。这群作家语言散淡,即平稳、清顺、自然。无论叙事、议论、抒情、状物,皆以散谈之方式向你吐露内心感受,袒示真挚意绪,不事掩饰,不事雕琢。即使稍事雕饰,亦作"清雕琢",让散淡美在一种极其和谐自然的文势底下娓娓流淌。这种"散淡"的共性,便造就了他们统一的风格与体性。

　　这种散文风格后延伸为适合于广大中学生的体性,它不同于周作人的面向他的朋友,鲁迅的针对他的论敌,它是专门为"中学生"考虑的目标定位。这是白马湖派散文的独特之处,可区别于其他派别的,为的是充填中学生实用文体的文学涵量——这是一件功德无量的事。

《书味醇醇——从宁波到白马湖》,朱惠民著。

看来,白马湖派已被学界所确认,这是令我感到欢欣鼓舞的。二十年前,我写《红树青山白马湖》时就说过:"白马湖派",这是客观存在的文学流派,整个作家群体不仅有着共同的文学主张,所出的作品且有趋同的风格特征(此在拙作《关于"白马湖作家群"与散文"白马湖派"之辩——兼议该流派风格特征的存在》中详有专论)。纵然它未被适时地发现、认识,但却不容抹杀的,迟早要被人确认。时隔二十年后,这个流派的存在已成共识。当年,我要为它争个"席位"的愿望如今已经实现了。我所付出的汗水和心血,终究体现了价值。这是令我欣慰的,说句实话,自觉颇有成就感。

《白马湖散文十三家》今天已很少见了,我自藏的几本差不多也被友人索走了。前些日子,我从孔夫子旧书网中淘得两本,作为永久的珍藏。这两本书品相还不错,可书价却要五十八元一册。二十年前出版的书,现在卖这个价,也不算贵;况且,今天想读白马湖散文的读者很多,想找此书参考做研究写论文的也不乏其人。如有人(包括有远见卓识的出版家)能再版其书,稍作修订与增订,我看还是有其市场的。对于我来说,已无能为力了,只能摩挲与把玩着仅有的几册旧本,优哉游哉。然我也尽力了，此书行世后，又专著了《白马湖文派散论》与《书味醰醰——从宁波到白马湖》以至行将面世的《白马湖文派短长书》，勉强地形成了我的白马湖文论"三部曲"。

说到拙著《书味醰醰——从宁波到白马湖》的"白马湖文学"辑，我试图用散文随笔来做白马湖派的研究。我一直以为，读严正的论文，往往得到的是一派沉寂印象，而用学术化随笔，它的作用犹如在暗黑的空夜中投下一颗闪光弹，顿时令四周一亮，资料、观点、例证，一切都须眉毕现。比如，白马湖散文家丰子恺研究，我比较爱读的还是陈星教授的《丰子恺研究学术笔记》一书，另外，读他的《白马湖作家群》，远比其《从"湖畔"到"海上"——白马湖作家群的形成及流变》来得饶有兴味。作者总结说，从严格意义上讲，这是一部学术论著，但我在写作过程中似乎也有意识使它也能"白马湖化"。说明用"白马湖"笔触写研究文字，特别是白马湖的文论是令人赞许的。散文随笔式的研究文字，最好将自己的思想、性格、感情大胆地热情地泻入其中，使之具有强烈的个性。诚如吴泰昌所撰的《艺文轶话》，史料性很强，然他把自己的思想、性格、感情注入文中，把自己的见解化入文中，成为独特散文样式的开拓性之作，即"带史料性随笔"。写这类文章需要博学和识力，博学者，作者见闻要广，涉猎要博，而又要将自己博学广闻所得，以简约而缜密的行文出之。识力者，要有独到的见解，甚或思想的闪光。博学识力兼备的，吴泰昌算一位，陈子善也是出色的一位。其实，白马湖散文家何尝不是写这类文字的高手？吴、陈（还有黄裳、谷林、李君维）等人的散文皆有白马湖散文的影子。这种文学基因的传承与发展，赓续到当代的散文创作，包括别出心裁去寻找表现方式，去曲径通幽，石破天惊地去创造一种艺术胜境，将是非常有意义的事情。我将竭尽余力而尝试之。

二〇一四年一月

朱自清先生在宁波

朱自清先生来宁波时在1924年2月，这年的春节是2月5日，他在温州和家人一起过了年就只身到宁波来了。《朱自清年表》说是1924年8月就聘宁波省立四中国文教员，显然是误记。朱自清由1923年初春任教于温州省立十中，他在该校只教了一个学期书。最后在温州写了《绿》，落款年月为2月8日，即这年的正月初四，而写于宁波的《白水漈》则是3月16日。此可推知朱自清先生大约是2月下旬来宁波的。于1925年8月离开，由俞平伯推荐，前往清华大学任教。他在宁波生活了一年半光景。朱自清先生是应浙江省立第四中学之聘来宁波任教的，相继到来的有夏丏尊、丰子恺、方光焘、刘延陵、唐性天、冯三昧、汪子望等思想进步、学有专长的老师，其时四中有"小北大"之美称。校长经亨颐是一位具有民主主义思想的教育家，办学锐于进取，勇于革新。1923年8月到宁波四中兼任（其时他在春晖中学主校政），即慎选师资，所聘的教师多是当时名师。1924年朱自清到职时，适值学制改革，中学和师范部合并，学校将中学六年分为三段，前二年为初中，中二年为公共高中，末二年为分科高中，分文理二科。朱自清教文科国文，兼教科学概论。他教国文自编选本，将鲁迅等新文学的佳作编入。文言文教学则选《虞初新志》和《白香词谱笺》。前者意在培养写小品文的能力，后者使之掌握音韵的基本知识，皆深受学生欢迎。

朱自清先生在四中执教时，治教谨严，教法得体，备课十分充分，

1925年,朱自清与子女一起在宁波。

"不论教材的难易深浅,授课以前总要剖析揣摩,把必须给学生解释或指示的记下来"。讲授时又不肯轻易荒废分秒时间,总是尽量使学生多获得一些知识。朱先生对学生循循善诱,从来没有疾言厉色,因而学生都乐于向先生请教学问,他有问必答,绝不敷衍了事。往他住处请教的人也越来越多,他索性在内室开小课,屋中置一张桌子,学生环桌而坐,他讲析汩汩滔滔,或则阐明语源,或则教以作法,往往长达数小时毫无倦意。为了鼓励学生大胆写作,他现身说法,劝勉学生:"你们不要怕文章写不好,我的第一篇在刊物上发表的长诗《毁灭》,就是投了又退,退了又投,反复四五次才得以录用的。"朱先生在国文教学中很注重于散文的写作指导。他说:"我写过诗,写过小说,写过散文",但"我所写的大抵还是散文的多","我是自然而然地采用这个体制"。他很赞同夏丏尊的《文章作法》中于记事文、叙事文、说明文、议论文之外,另辟小品文一章。为给学生以练笔的园地,他和夏先生竭力倡导,印行校刊《四中之半月》。该刊每半月出版四开一张,内容丰富,形式活泼,有经亨颐的教育论文,也有师生们写的文学作品(郑萼邨、朱自清、唐性天、方光焘等均有文揭载)。

朱自清在四中教第二学期时,即9月23日,应夏丏尊之约到白马湖畔春晖中学去兼职。当时其家眷还在温州,他遂到温州去接眷,于9月28日抵温州,住了几天,于10月3日带上合家老小离开温州来宁波,在宁波逗留了一旬,于10月12日偕眷至春晖中学,自此他往来宁波与白马湖畔。朱自清为什么要去春晖中学兼职呢?原因似有两点:其一当时春晖中学由于校长经亨颐治校有方,白马湖畔名师荟萃,而且多系浙江一师老友。朱与他们情深谊笃,念于旧谊,便"心向往之"。其二是为生计所致。朱自清在四中教书,月薪约三十元,虽是一笔可观的收入,但由于他既要赡养老家双亲,又要维持全家五口人的生活,故负担沉重,所以到春晖中学兼职。朱自清这种"只为家贫成聚散"的生活是很清苦的。他的夫人陈竹隐在《忆佩弦》一文中也说:"从很年青的时候,他就肩负起了家庭生活的重担,一直到死,都过着极其清苦的生活。"就是在这样转徙无常、极不安定的生活中,朱自清还是笔舌互用,辛勤耕耘。他说:"转徙无常,诚然算不得好日子,但要说到人生味,怕倒比平平常常时候深切地感着。"这"感着"的结果便是他的为人生而艺术的诗文。

二十年代的朱自清,正是这样一个积极的狷者,他狷介自守,为人正直,而又积极进取。这固然与他的小康家庭出身,受过传统的士大夫教育有关,但主要的是他采取积极的人生态度。他说:"弟虽潦倒,但现在态度却颇积极,丢去玄言,专崇实际,这便是我企图的生活。"他于人生奉行刹那主义,但朱自清的刹那主义并不是指及时享乐,而是抓紧时机,埋头工作。他在四中素崇实务,出力最勤,且不说他所任课节之多,即便是他甘为学生打杂,也足见其辛勤。当时四中学生中进步社团很多,其中1923年出现的"雪花社",是一群青年文学爱好者的结社,原由四中同学发起的,主要社员有宓汝卓、谢传茂、王任叔、汪子望。1924年"雪花社"成员增多,他们编行《大风》刊物,宣传进步思想,抨击地方封建势力。朱先生对《大风》曾给以具体指导,就像在杭州浙江一师执教时指导"湖畔诗社"一样。这时他帮助四中学生进步刊物

《飞蛾》编稿子。只要刊物有求，他总是乐意指导，从未推辞。虽不像一师"晨光文学社"那样正式被聘为顾问，但大都是得到他的有益帮助的。

朱自清在四中时适逢学校实施"学科制"，故此课程教授似有些减少，然课外活动及自习时间却有了增加。朱先生便竭力建议校方利用课外活动，聘请校内外名师来校作学术讲演。他自己则身体力行带头开讲，"我们对于文学的态度"即是他讲演新文学的题目。在他的带动下，夏丏尊、丰子恺、刘延陵、冯三昧等相继登台，他们分别以"文章讲话""艺术的创作与鉴赏""小诗的流行""论小品文"为题作了讲演。校外的知名人士应邀来四中讲学的有恽代英、陈望道、杨贤江、沈仲九等人，校长经亨颐也作了题为"学生的责任"的演讲。

朱自清的积极为人生的态度和他的踏实精神，除驱使他于教学诚心尽职之外，还使他在新文学运动中时刻不忘"为人生"的创作使命，努力创作出"血与泪底文学""呼吁与诅咒底文学"。他是文学研究会的中坚，他在宁波时积极开展了该会的工作。

1921年1月4日，成立于北京的文学研究会，不久便在上海、广州、郑州、宁波设立分会。1924年至1925年间，宁波分会的会员计有：夏丏尊、朱自清、丰子恺、刘延陵、王任叔，他们又都是四中的教员。朱自清便以四中为营垒，约请宁波会员聚会，研讨"文学为人生"问题，切磋现实主义创作技法，共"谋文学工作的发达与巩固"。1924年9月15日，朱自清在四中所做的题为"我们对于文学的态度"的演讲，便是他参加宁波分会文学研究活动心得的结晶。

朱自清还和同事旧好俞平伯、刘延陵、叶圣陶合办了一杂志——《我们》。该刊的第一辑在1924年7月，由上海亚东图书馆出版。内载朱自清散文五篇，诗二首，信三通。《我们》形式如书，三十二开本，厚达二百余页，实际上是一本文艺丛刊。就其样式而言，其中有散文、小说、新旧诗词、诗剧、评论、随笔、书信、插图等不下三十余题。甚为难得的是全部作者都自愿隐其大名,连通信人也互相略其姓名不用称呼。第二年六月又出版了第二辑,内载朱自清散文三篇、诗一首。所不同的是,第二辑的作品全然署了作者的姓名。这二辑刊物是朱自清在宁波四中和上虞春晖中学编定的。他和俞平伯是主编,叶圣陶、刘延陵、丰子恺参与其事。朱自清在给俞平伯的信中,谈到《我们》时说:"《我们》现只销去一千二百余本,甚滞!亚东印了三千本呢。……署名一层,圣(按指叶圣陶)不以为然。但弟因一图推广,二图便利,故仍主署名。"在这里似能看出两点:一、朱自清为刊物确实花了心血和精力。二、朱自清和叶圣陶曾就作品的署名问题有过异议。

《我们》的组稿、编辑、发稿到出版、排样、校对乃至发行,均出自他之手,其劳务简直是应接不暇,幸好在四中有同事刘延陵、丰子恺等相助。刘那时在四中教文化史,他是朱的苏北同乡,早就要好,故相帮甚多。刘也是文学研究会会员,长于诗作,三十年代的中学课本几乎都选他的诗,那首题目《水手》的不足八十字的小诗最显见,后因他长期在海外漂泊,国内便很少知道他了。朱自清该时不仅要为执掌教鞭事,奔走于两校之间,还要为办《我们》而往返于沪甬之道。面对如此辛苦而转徙的生活,他却沉浸其中,乐此不疲。他在这年给温州友人马公愚的信中说:"半年来弟仍碌碌两校,火车生活,竟习以为常矣。"

至于朱自清和叶圣陶就《我们》的作者署名的异议,俞平伯后来倒有实在而清晰的意见。俞平伯说:"之所以《七月》(按即《我们》第一辑)不具名,盖无甚深义。写稿者都是熟人,可共负文责。又有一些空想,务实而不求名,就算是无名氏的作品罢。后来觉得这办法不大妥当,就在《六月》号(按即《我们》第二辑)上发表了。"俞平伯此言实显示出前辈作家的谦逊文德。《我们》第一辑虽未署名,而书的封面却是署了设计者丰子恺大名,可见朱自清是力主署名的。丰那时也在宁波四中,执教美术与音乐。

1924年12月,朱自清在四中编纂了自己的诗文集《踪迹》,交亚东图书馆出版,内收诗三十三首,散文七篇。这些篇什为"五四"新文学增添了新的内容,并以其漂亮和缜密的文字和结构,为坚持白话文学的方向作出了贡献。

集中《温州的踪迹》的后两篇,即《白水漈》《生命的价格——七毛钱》是在四中写的,前者题:三月十日宁波作,后者跋:六月九日宁波作。白水漈即白水瀑布,地在瓯江北罗浮山山腰,在温州并不十分知名。朱自清在温州省立十中执教时曾去仙岩梅雨潭游览,作散文《绿》,追求其"逼真"的艺术境界。后又偕友游白水漈,便有此作。《生命的价格——七毛钱》是一篇难得的思想性较高的散文。作品抨击人口买卖的残酷,提出了"这是谁之罪呢?"的社会问题。笔触中饱蕴深刻的内容的表现力,也正是作者"深入观察""写实"主张的宝贵结晶。这篇散文为朱自清在温州、宁波两地耳闻目睹社会上把人当作商品买卖事,愤而涉笔而成的,因而作品是有一定的社会生活基础的。朱自清在温州时住在四营堂巷,接近瓯江码道边,住在此地的多是底层的劳苦大众,这使他得以了解底层民众疾苦。在宁波,他下榻于四中教员寓所,学校附近是类似贫民窟的"江北窠",居住着来自苏北的难民。他们挣扎在死亡线上,卖儿卖女。而朱也是出生苏北,大抵是由于同乡关系,他有暇便在"江北窠"进出,这又使他有机会目击苏北同乡的悲惨生活情景,听到他们凄苦的呻吟。加之以朱自清对这个变动不居的时代和当时新老军阀混战的政局深为厌恶和不满。这些,便构成了为文的生活基础。

朱自清把《温州的踪迹》这组散文最初揭载在《我们》第一辑上,而把1924年4月15日作于宁波的新诗《赠AS》,刊载在《我们》第二辑上。这首原题目《赠友》的新诗,最早寄给他的北京大学学友邓中夏,并在邓编的《中国青年》第二十八期上发表,时为1924年4月26日,是年七月又转载于《我们》第二辑上。《赠AS》即赠邓中夏,邓氏1923年在上海从事革命时改名为安石,AS正是安石二字拼音的头两个字母。朱自清和邓中夏交谊很深,"早年,在北京大学读书时候,他和著名的共产党人邓中夏等建立了很好的友谊。"邓中夏于1923年12月在《中国青年》上发表了《过洞庭》诗二首。首句都是"莽莽洞庭湖,五日两飞渡",还有"问将为何世?共产均贫富"之句;《赠AS》的首节写道:"你飞渡洞庭湖,你飞渡扬子江",以及"你要建红色的天国在地上"。这分明是和邓诗相呼应的。该诗的章句还和邓氏同期诗作《新诗人的棒喝》《胜利》章句相应和;而且在全诗中,作者竭力地赞美的是邓中夏那样的"手像火把""眼像波涛""要建红色的天国"的革命者。无疑,诗是以邓中夏为生活原型的。自然,作者赞颂的不仅是邓一个人,而是整个先进阶级的力量。诗所呈现的如此积极主题,崇高形象,崭新的意境,实是同期诗作中的最强者!朱自清在评论五四新诗时曾说:"从新诗运动开始,就有社会主义倾向的诗。"这首诗何尝不是具备这种社会主义倾向的力作?尽管他当时对社会主义的认识还是朦胧的,但作为一个正直的富有正义感的知识分子,朱自清二十年代初中期在宁波时,便已具有诗人特有的"深锐的、理性和远到的眼光",又抱有现实主义作家大抵有的崇尚实际、向上进取的人生态度。他面对人生,深入观察,对现实中发生的许多问题做出种种的反响。比如,《生命的价格——七毛钱》《赠AS》,便是作者对于帝国主义、军阀统治发出的控诉和谴责的声音,和热切地呼唤创造光明的革命先驱到来的呐喊。即使像《温州的踪迹》里的《绿》那样的记游散文,我们虽然很难从中挖出什么"微言大义",但作者对梅雨潭生机勃勃、绿意盎然的描绘,令人依稀可以感到那种勃然进取、崇尚革新的生活态度的微温。

朱自清先生在宁波执教时间,曾在宁波这座中古式的城市里留下了他的深深的踪迹。他为宁波的教育事业,为宁波新文学运动中所作出的贡献,是值得永久地追念和传颂的。

一九八五年十二月

朱自清的"五卅"诗文及其他

—— 文学研究会宁波分会活动的一个例证

朱自清在宁波与上虞白马湖畔编文学研究会宁波分会同人刊物《我们的六月》(时在 1925 年),较之 1924 年编的《我们的七月》,似增添了具有思想力度之作。《血歌——为五卅惨剧作》很抢眼,因为《血歌》位居扉页显得十分突出。这首诗在目录中未及写入,是由于刊物已经付印,想是临急妙思出来的。由此可窥见朱自清力图使刊物与时代相呼应所做的努力,同时亦折射出朱自清标榜文学研究会宁波分会创作宗旨的《我们对于文学的态度》之内蕴的精神。

《血歌》无疑是一首政治抒情诗。诗人把"五卅"这一特定的表示时间概念的词语借代为"血歌",说它是用血谱写而成的,这就艺术地表现了"五卅"惨案的血腥气味,使表述时间的词语获得了形象可感的效果。在整篇作品中,诗人以"血"字为轴心,展开抒情,宛如声讨帝国主义侵略者的战斗檄文,酷似反帝反封建斗争的动员令,那种激情澎湃,热血奔涌的呼号,具有强烈的艺术冲击力和感召力。

朱自清此时激情澎湃,思绪万千。他又写了一首《给死者》,刊在《文学周刊》179 期上:

> 你们的血染红了马路,
> 你们的血染红了人心!
> 日月将为你们而躲存!

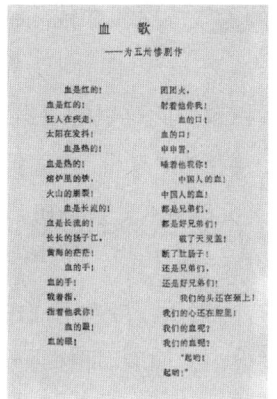

《血歌》作于1925年6月10日，朱自清在诗中对帝国主义者屠杀中国人民的暴行，表示极大的愤慨，号召同胞们奋起抗争。

云雾将为你们而弥漫！
风必不息的狂吹，
雨必不息的降下！
黄浦江将永远的掀腾！
电线杆将永远的抖颤！
上海市将为你们而地震！
……

这首诗语言全是口语化的短语，如战鼓，铿锵有力，节奏感特强，具有一种强烈的情感律动的内在美和振聋发聩、催人奋起的力量。

6月19日，朱自清又写下了《白种人——上帝的骄子》，从另一角度，抒发他"迫切的国家之念"：现在还是白种人的世界！如果说《血歌》抒写的是向帝国主义讨还血债的民族仇恨情绪，那么《白种人——上帝的骄子！》则是抒写对帝国主义侵略中国的沉静思考。

前一年在上海，作者因为喜欢与小孩亲近，在电车上对一个十一二岁的西洋小孩多看了几眼，西洋小孩初时不作理会，但当他跟着父亲下车时，却突然走近"我"，"将脸尽力的伸过来，两只蓝眼睛大大的睁着",足有两秒钟,脸上布满着横秋的老气。"我"在他眼睛里读出了这样的话:"咄!黄种人,黄种的支那人,你——你看吧!你配看我!"一种对孩子的亲热、亲近的表示,竟然招致如此难堪的袭击,实在使"我"手足无措。这种憋在心中的闷气,终于在"五卅"惨案掀起的反帝革命风暴中,发为一篇激情的文章。此文刊在《文学周刊》第180期上。

朱自清在"五卅"惨案发生后,第一时间写下了字字滴血的《血歌》,过了几天写了《给死者》,抒发他犹如"火山的崩裂"那样强烈的感情,愤怒地控诉了帝国主义的血腥罪行。6月19日夜,又作了这篇《白种人——上帝的骄子》,这样就构成了朱氏五卅诗文"三部曲"。

朱自清的"五卅"诗文,显而易见是"五卅"运动中的最愤怒的吼声!它与叶圣陶的《五月三十日》《五月卅日急雨中》和郑振铎的《墙角的创痕》《街血洗去后》一样,直抒胸臆,激越高亢,以其江河决口、火山爆发的奔突情流,写出了时代的最强音,鼓舞千百万民众呼啸前行。这些都是众所周知的。朱自清此时还在宁波省立四中指导其学生写诗文为五卅运动呐喊。1925年6月30日《四中之半月》上揭载的刘沧海的《洒泪吟——并慰沪上惨死的同胞》一诗,便是在朱先生指导下刊出的。全诗抄录于下:

霹雳一声,
惊醒了华人的好梦。
那被洋兽糟蹋得肮脏不堪的上海,
由你们的鲜血去涂得光华灿烂!

唉!我南京路上惨死的同胞呵!
你们赤手空拳,
怎么敌得过青面獠牙的他们的利刃与毒弹呢?

"出师未捷身先死"
你们可在忧虑而怨恨吗?

同志呀!请不要忧虑生人,
也请不要怨恨先死,
你看,那一处不热火似的在着燃烧,
更那一处不雷电似的在着闪烁而怒号?
这些,不是正在继续你们未竟的志愿吗?

在最近的将来,同志呀!
我们要联合中州健儿,跨过太平洋去,
把狡猾的倭奴踏倒;
我们要伸手到欧大陆去,
把暴悍的英贼捏牢!

如是以后,同志呵!
我们更将拼命把血来流,把心来烧,
将世上一切阶级和罪恶洗得干干净净!
将世上一切冷酷与自私烧得不剩秋毫!

此诗与朱氏发表在《文学周刊》第179期上的《给死者》(1925年6月28日出版)洵可谓是前后脚面世,诗风如出一辙。

朱自清在白马湖宁波期间,实是文学研究会宁波分会的主持人。他以宁波省立四中与春晖中学为营垒,将分会活动开展得如火如荼。有些活动拓展到分会的外围组织,诸如奉化的"剡社"等。据朱自清日记载,朱自清、冯三昧曾为"剡社"做过讲演,时在1924年10月10日。奉化剡社社刊《锦溪》为王任叔任主编,刊物经常刊载宁波分会会员研讨新文学的文章，如王以仁的《心理分析与文学》《青年的恋爱问题》王任叔的《论独幕剧》《小说论》《写景与小说》等。他们请朱自清来《锦溪》做客，向他请教，与他探讨，请他演讲。剡社《锦溪》每半月举行一次演讲会。现有资料可证的有：王以仁讲过《读书法》，董子兴讲过《谈诗》，邬介屏讲过《中国韵文之变迁》，特别是石愈白讲的《五卅惨案与中国民族解放运动》与王任叔讲的《五卅与赤化》。这些都是宁波分会投入"五卅"运动的强有力例证。王任叔说："'五卅'惨案的发生，我在上海是亲眼看到的。""这是一课严肃的教课，是血和泪，悲凉与愤怒的教课，我再也不愿留在这杀人的地狱了。"王任叔回宁波后即成立"五卅"惨案后援会，组织演剧队，演出话剧《沪上血案记》；组织演讲队，进行《五卅与赤化》的演讲：

  以中国人之血、任彼帝国主义者的吸吮，以"赤化"吾中国的地皮；而吾国之不肖子孙，犹甘为虎作伥，千方掩护其丑态，为之卖力效劳，无端以"赤化"罪名，搜罗赤化之主犯，而不知主犯固在其后也，能不悲哉，能不悲哉！

整个演讲以气骋辞，酣畅淋漓，自有一股不可驳诘的锐气。

二〇一二年五月

夏丏尊先生与春晖中学

夏丏尊先生是现代文学家中一位出色的教育家。他在语文教育方面的卓著贡献,实远过于他在文学方面之所作。教育述林及语文论著影响之大自不待说,即便是他的文学述作,亦处处蕴含着教育的意义。故而,与其说他是文学家,毋宁说他是位孜孜于教育事业的深孚众望的教育家。

夏丏尊先生执掌教鞭前后达十余年之久。早先在浙江第一师范任职,后转入湖南一师执教。而他的黑板粉笔生涯中最重要的"一站",则数上虞的春晖中学。时在1921年秋冬,当他欣闻故里上虞白马湖创办了春晖中学,就决然还乡从教。

当时春晖中学虽属草创,然主校政的却是经亨颐。这位资深望重的、具有民主思想的教育家,在浙江一师任职达十三年之久,1920年正去职息影乡里,可实施"国民教育"之心不泯。1921年,他本着"与时俱进"的方针,敦促上虞富绅陈春澜斥资兴办学校。在陈的帮助下,由经擘画,勘定风光秀丽的白马湖畔作校址,于当年12月建成春晖中学。经氏办学有方,锐意进取,勇于革新,因而颇能吸引有见识的文化人前来任教。其时至春晖的一些教员都是教坛名师,如刘薰宇、刘叔琴、匡互生、朱自清、朱光潜、丰子恺、冯三昧、王任叔、范寿康等先生,都是才学并茂,卓超不凡。夏丏尊先生优游其中,颉颃其间,非才华横溢孰能处之?

夏先生是上虞人,当他在湖南获悉故里创办学校,一股浓烈的莼鲈之情顿时在心中熊熊燃起。相传，晋人张翰到洛阳做官，看见萧萧瑟瑟的秋风吹来，忽然念起吴中家乡的莼羹和鲈脍。外头千般好，不如故里亲。这位小游官宦的乡情越来越浓，终于弃官回乡。此时，夏丏尊思故怀乡之情的深沉和炽烈，又何尝是张翰所能企及的？他情怀沸沸，于1921年冬即回上虞，在春晖掌起语文课的教鞭。

初来春晖，白马湖畔还是一片荒野，献身于故乡教育事业的赤诚的心，驱使他毫不犹豫地将崧厦镇的一所高大祖宅卖给他人，用所得之资，在与春晖近在咫尺的象山脚下，盖起了平屋。"平屋"背山临水，地位清静，初时"住着我和刘君心如两家。此外两三里内没有人烟"。夏先生后来在《白马湖之冬》一文里记述了他彼时的心境。他说，"一家人于阴历十一月下旬从热闹的杭州移居于这荒凉的山野，宛如投身于极带中"。

夏先生把新居定名为"平屋"，寓有"平民、平凡、平淡"之意。他以平屋主人自侃，把写成的文章结集定名为《平屋杂文》，它行文纡缓，毫无烟火气，读来给人以朴素、平实之感。他的其他著述也似平屋，既无华美装饰，又没大厦气派，不过平平而已。这种清淡平实风格的散文简直可谓之"白马湖派"。然而，就在貌似平淡和素朴的文字底下，却折射或表现了客观的社会现象。夏先生观察现实的态度稳健、平实，较之丰子恺观察众生相常于悲悯洒脱中夹带旁观现世之态，显然是高明多了。

夏丏尊是现代文学中的教育家，他的文章构思谨严，交代清楚，不离题旨，而且处处含有教育意义。至于语言的朴素，近于口语，更显出语文教师的本色。

夏先生具有高超的教育艺术，尤精于中学国文教学。他提倡新文学，教材选用全部是白话文的，由孙俍工、沈仲九合编的《初中国文课本》，又不全废文言文，选些如《逍遥游》《石壕吏》的让学生学习。他讲课语言朴素质直、操的是款款低沉的绍兴口音，加之以他吐辞有理

《平屋杂文》,夏丏尊著。1935年由开明书店出版。书名为作者自题。

趣,间或妙语爆出,深得学生好评。夏先生讲课也富于感情,这种感情,洋溢于讲授的内容里,产生一种感染力,聆者犹如沐浴于春风之中。

那时的春晖教育兴革,各科教师争相献技,全校形成百花齐放的教改气象。教师们都精心编写教案,尽量使学生能系统地认识各家思想和风格流派。如朱自清教国文,以鲁迅等新文学佳作为教材;夏先生尤注重于写作指导,他以自己的《文章作法》充任写作课教材,在讲义中把文章列为记事文、叙事文、说明文、议论文而外,另辟小品文专章,可见他对小品散文写作的重视。作为教师,他亲自"下水"为文,每以自己的示范之作让学生观赏。他写的《读书与瞑想》《猫》《春晖的使命》便是极好的散文佳作。他注意用心发掘学生习作中的上乘之作,每有所见,便批作"传观",贴在"成绩展览处"以供阅读。他出语文试题形式不拘,有作文、读书心得和思想总结,真是别开生面。

夏先生为人敦厚谦和,尤其是对学生,素以诚挚宽宏待之,从来没有疾言厉色,多是循循然善诱导。刻薄寡恩在他的执教生涯中是寻不出的。兹有一事足可证之:如人所知,夏的名字难读,稍有疏忽,便会出错。这在春晖中学学生中误读其名为夏"丐"尊者不乏其人,他的同事朱自清听到后便告诉了他,朱打趣地说:"弟子们在唤您作化子头脑,您意下如何?"夏说:"那也无妨,做做讨饭帮主有什么关系呢?"他得悉后就在课堂上平心静气地辨析了丐尊与"丐尊"两词的不同含义,还诙谐地揭出自己改名的缘由——原来民国初年,他憎恶当时的假民主,怕选上议员,改"勉旃"为音近的"丐尊",使得投票选他的人容易把夏丏尊错写成夏"丐"尊,可以一律作废,免得当选。

"温、良、恭、俭、让"作为做人之美德,在丏师身上兼而有之,他待人宽厚,即之温然。他,为人师表,关怀学生身心与品德的成长,是一位蔼然长者。他把意大利亚米契斯的《爱的教育》译介到中国,自己的教育思想也备受影响。他教育学生,从"爱"出发,着力去感动学生的"心",借以达到"春风育人"的境界。后来又译过一本题为《续爱的教育》,讲的是意志教育、硬教育,来源仍是爱,是续爱的教育。当时,班上有一个学生在宿舍病倒了,丏师坐在床边,一口口喂汤喂药,亲自担任护理。又有一个学生,品质恶劣,操行不良,成了害群之马,好些人见到他便掩鼻而过,校方主张将他开除了事,丏师力排众议,自任这个学生的导师,晓之以理,动之以情,终于使那个学生幡然悔悟,成为一名好学生。

二十年代那时从事于"黑白生涯"之中,倘是要找寻些味儿来,则往往是落脚一处,又去他校兼课。诚然,"黑板总是那样黑,粉笔总是那样白,我总是那样的我!"然而一身而兼任两校之课,却能以一躯而体两校之秀。夏丏尊先生在春晖教了三个学期的课,至第四学期时(即1923年8月),他随经亨颐去宁波四中兼课。从此他奔走于两校之间,不辞劳瘁。好在春晖有"山间明月"之美,四中有"江上清风"之胜,一身而兼有两地之胜,则又何苦之有?诚如校长经亨颐所云:"山间得同心,江上偶涉足。明月与清风,而以求自勖。"

四中此时适学制改革,中师合并;夏先生执掌高中文科国文课的教鞭,首任文科组长。由于他善于团结文科诸君,因而全科教员皆能忠其所事,久于其职,视学生如家人子弟,视教务为家务。

经亨颐在四中,据春晖的一套教育理论和经验,以最大的决心和魄力进行教育改革,夏先生等春晖来四中的同人配合默契,他们的教改主张常常发表于四中的校刊《四中之半月》上。此刊为夏与朱自清先生倡议所办,每月出版四开一张,内容丰富,有校长教员的论著,有学生写的文学作品,还有校讯等。夏先生在春晖也办《春晖》半月刊,他写于1923年12月2日的《春晖的使命》,洵可谓向全体师生及社会宣告的办学宣言书,体现了夏丏尊的办学理念与教育思想。

作为教育家的夏先生在教育中十分注意教人,他策励青年学生们在为人上和学问上要不断进步,培养高尚的品格节操,他的学生中有不少后来成长为共产党人、革命志士仁人。他同这些学生意笃情深,而且不因时光的流逝而淡薄。如他的一个学生名叫叶天底的,是上虞地下党的一个负责人。四一二事变,国民党右派拘捕了他。夏得悉后非常担忧,当即致书于"一师"时的老友,请求设法营救。这时正任省教育厅长和国民党省党部委员的那位大员既居要津,便渐忘来路,他接信后却给夏先生一封冷酷的复函,不仅拒绝了嘱托,还反过来指斥夏先生为叶天底求情,是"不负责任的妇人之仁"。这个自镌书章为"寻常百姓"的五四时期鼓吹新文化不遗余力的骁将,此举却决非"寻常百姓"可言了,看来"撕碎了的旧梦,至此又要重'撕'一番了"。夏读信时脸色霎时苍白,手指微微颤抖。夏先生此时不但目睹了自己亲身教育过的学生,一个个惨遭杀害,甚至还看到也是亲自教育过的学生,却带领着屠夫在搜捕自己的同学。作为一名教师,他的深切的苦楚,使他写出了这样一副著名的联语:宁可早死,莫作先生。

夏丏尊先生是极不乐意离开春晖园的,这里的灵山秀水、风土人情、生活环境,对于一个只操散文一体的最纯正的作家来说是很相宜的。尽管他对人生所抱愤世嫉俗的态度。他在春晖时,平屋大门上自撰一联云:青山绕户,白眼看人。便是极好的佐证。后来又因为他的教育理想难伸，终于，在 1925 年初的一个晓风残月的早晨，夏先生带着简单的几件行李，忍痛告别了"平屋"和春晖中学。有几个最早得悉的学生为他送行。临上火车时，丐师从月台旁的梧桐树上折下一枝桐枝，插在一只随身携带的瓶皿里，强颜欢笑地对相送的学生们说："我要把它带至上海，种活它，它会像你们一样茁壮成长。"

夏先生并未为实施教育理想遭挫而灰心，他矢志不渝，执着耕耘于教育园地。到上海后还是那副孜孜矻矻追求教育理想的风貌。他在立达学园任教员，把白马湖畔播下的种子，移植到江湾的烟尘和黄土之中，一些新的嫩苗果然又渐渐地茁壮成长起来。

1927 年起夏先生兼任开明书店编译所主任，创办《中学生》杂志。他像一名出色的语文教师，细心而恳切地谈着作文的种种心诀。《中学生》设有"文章病院"一栏，批评时文，有发必中，就是由他主持的，他自己还动笔开诊文病。此时，尽管先生的编务工作十分繁忙，但心中仍惦念着春晖园，尤其是"偶然于夜深人静时听到风声"，他就会说："白马湖不知今夜又刮得怎样厉害哩！"在《白马湖之冬》里，他深情地写道："我在过去四十余年的生涯中，冬的情味尝得最深刻，要算十年前初移居白马湖的时候了。"

夏先生虽远离了讲台，然他从未忘情于春晖中学。他把自己拳拳的爱乡爱校的情致写进作品里，使得许多文章充盈着对白马湖、春晖园的深厚感情。每当他编就出版《中学生》《新少年》杂志时，总要寄一大包给春晖中学的师友和学生，以表对春晖的一番情意。

风云激荡的大革命时期，夏先生从上海回白马湖家中探亲，火车路经余姚，曾因楼适夷等人之邀下车逗留，他目睹这看似热气腾腾的革命场面，并不因之而高兴，却像大人看孩子玩家家似的，直摇着头，冷冷而平静地说："你们今天在喊蒋介石万岁，我看将来杀你们的头的，也正是这个蒋介石！"果然不出所料，仅过两月，四一二事变发生，蒋介石举起了屠刀。夏先生目击于友人学生横遭杀害，怒不可遏，毅然辞去立达学园之职,回到白马湖的平屋。他在平屋正中央挂了一幅"天高皇帝远,人少畜生多"的对联,表达对政局的讥讽。先生此时心境颇不宁静,常常发牢骚,叹心气,吐心绪。他常常一人坐在平屋门前的矮凳上,郁郁寡欢,一壶酒、一碟豆腐干,据案独酌,借闷酒消愁。然而,先生并没有为之而消沉,他一面思索着,一面坚定不移地做他那份他能做、应该做而对人有益的事。即便在任何残酷的恶劣的境遇下,宁可熬贫受苦,也总是与罪恶势力站在决不妥协的立场上。

上海沦为"孤岛"后,夏丏尊先生过着深居简出的匿处生活。1943年,五十七岁的夏先生因列名于中国文艺家协会的抗日宣言,被日本宪兵拘禁,然大义凛然,毫不屈服。由于受了酷刑,释后不久,这位数十年来致力于新文化运动,曾建树不可磨灭的功绩的杰出教育家、文学家、出版家,终因劳瘁过度而病逝于上海。

夏先生眷眷于白马湖的心,纵使在弥留之际,仍在颤颤跳动。此刻,或许他正思忖着故乡对他的哺育之恩,忆起在春晖校园的日日夜夜。他嘱家人,死后将他的骨灰埋葬在平屋后的象山上。这实显示出先生对春晖中学的深厚的感情。先生作古已近半个世纪了,象山的青峰永在,白马湖的绿水长流,他在春晖中学所作出的种种业绩,也将永远为后人所传颂吧!

一九八六年三月

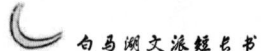

子恺漫画:《我们》的封面画与插画

漫画是绘画艺术中一个不可或缺的独特画种。"漫画"是否可理解为浪漫、随意、自由,而这些正是漫画艺术在表现上所蕴含的特征。漫画在我国的流行,始于丰子恺先生。

丰子恺的第一幅公开发表的漫画是《人散后,一钩新月天如水》,刊于 1924 年出版的《我们的七月》。这幅画插于该刊第 152—153 页之间,标明"漫画子恺笔",分明已是漫画,并非如黄可所说的当时没有标明"漫画"字样。它作于白马湖畔的春晖中学。当时丰先生住"小杨柳屋",同住的还有刘叔琴;西首"平屋"住着夏丏尊、刘薰宇,隔壁住朱自清。隔河曲院教员宿舍里尚住朱光潜、冯三昧,此外,又有兼课的方光焘等。他们七八个人,健谈善饮,"小杨柳屋"一时成为新文艺的"沙龙"。《人散后,一钩新月天如水》则是他们文艺生活的真实写照。画作表达了"小杨柳屋"相聚后的心境——新月升空,友朋尽散,清幽的夜色,清雅的房舍,清静的心境,如冷冷的古琴声在画幅间流淌。郑振铎认为:"虽然是疏朗的几笔墨痕,画着一道卷上的芦帘,一个放在廊边的小桌,桌上是一把壶,几个杯,天上是一钩新月,我的情思被他带到一个诗的境界,我的心上感到一种说不出的美感,这时所得的印象,较之我读那首《千秋岁》(谢无逸作,咏夏景)为尤深。实在的,子恺不惟复写那首古诗的情调而已,直已把它化成一幅更足迷人的仙境图了。"丰子恺的艺术再造,让"新月如水"脱离了原来的语境,表达的是白马湖文派别样的情致。诚如叶圣陶所云,"它给了我一种不曾有

《子恺漫画》是丰子恺的第一本漫画集，米色道林纸印，三十二开本。1925年12月由《文学周报》社印行。为作者自己设计封面。

过的乐趣，这种乐趣超越了形式与神似的鉴赏，而达到相与会心的感受"。

叶圣陶在1978年3月29日谈及《子恺漫画》时说："《人散后，一钩新月天如水》这幅画发表最早。记得当时大家看后，觉得很新鲜。画一题上字，精神就来了，你看，一根柱子画得歪点也有趣味。丰先生这种线条，也便于发挥毛笔的特长。"这是熟谙此道之言，不是吗？丰设计的王文川《江户流浪曲》书衣，波浪纹被画得五线谱一般，极富音乐的韵律。这种画法，唯有毛笔用漫画手法才可为之。丰子恺漫画这种线条随意自由，流淌潇洒的"漫"味十足的画风，显然植基于他的老师李叔同，间或深受日本画家竹久梦二的影响。但最终还是属于他自己的。

第二年，即1925年，朱自清、俞平伯编定的《我们的六月》，刊中插入两幅漫画：《黄昏》和《三等车窗内》。《黄昏》窗外有月，窗内有洋灯（未点），使人沉入悠然的静默。《三等车窗内》里则画出两女子自玻璃门窥视头等车的样貌。对此，朱自清在同年4月25日致俞平伯的信中事先做了介绍，并告诉叶圣陶此画可用的意见。

值得一提的是，以漫画手法装饰书衣，丰子恺实为首创，代表了他早期创作推陈出新的勃勃生机。他为《我们的六月》所设计的封面画，虽然"漫笔"写来，但还是几易其稿的，朱自清说："封面画——浓郁之大树，中为河水，岸边，在大树下，坐二人吹箫笛，下为草地。"该刊出版时所见到的则不见了两位吹箫笛的人，但见一人坐在树下埋头阅书。想是丰氏作了修改所致。这一改倒是更有倡导读书的含义，且贴近了书的本意。书话家姜德明评得好："只用一种绿色，又造成炎热夏天里的一片宁静的绿荫。尤其是那个在芭蕉树下，赤背默读的少年，更给人以温馨的美感。"

关于《我们的七月》封面，姜德明又说，"七月的田野，雨后的霓虹，丰茂的草丛，飘逸的柳叶，合奏出一首抒情曲。"是为佳评。两刊的封面画下端均有草丛，《六月》清清的嫩草，《七月》则丛生怒草，细微的细节差异，足见画家之颇有意致匠心所在。

丰子恺开创漫画手法装帧书衣，深受读者的欢迎。其中影响最大的，莫过于《我们的七月》与《我们的六月》，当然还有朱自清的《踪迹》、叶圣陶、俞平伯合著的《剑鞘》、夏丏尊译的田山花袋《绵被》、王文川的《江户流浪曲》等。难怪乎黄裳在《舞文弄墨七十年》一文中要写下这么一段文字："到今天，我还是不能忘记给我提供接触新文学机会的南开（中学）。学校外不远处有一家会友书店，我是常客，在那里先后买得鲁迅、周作人、郁达夫……的著作，还有《文学》《中流》《译文》《作家》……直到胡适编的《独立评论》。我还有好的老师，教我们英文的李尧林先生（巴金的二哥，也即翻译冈察洛夫《悬崖》的李林先生）。就是教给我知识以外，还给了我多方面的影响。我从他那简单却丰富的藏书中，第一次看到《我们的七月》《我们的六月》，那是初版本，中间有精致的插页，再版本就没有了。这是我对新文学版本最早获得的知识。"这难道不足以证明它的受欢迎和影响的程度吗？

二〇一二年七月

丰子恺木刻漫画之我见

最早关注并寻索丰子恺木刻漫画话题的是著名画家毕克官先生，其《走近丰子恺》一书言之凿凿。丰子恺研究专家陈星在《关于丰子恺的木刻漫画》中予以肯定，并作了伸论。毕认为，在丰子恺的第一部漫画集《子恺漫画》中，至少有十几幅作品给人是刻出来的印象。其中几幅当是木刻的。

《阿宝赤膊》。头发的"刘海"部分、裙子前面的双线及"赤膊"两字，都有明显的刀刻痕迹。

《晚凉》。拖鞋、头发、灯泡及"凉"字都能看出刀痕。

《立尽梧桐影》。整个画面的刻味很深。梧桐树的树干有明显的刀刻味。

《爸爸还不来》。门框靠里的那条竖线，其末端的刀痕再明显不过了。用毛笔信手拈来是出不了这种效果的。

陈星教授补充说，循着毕克官的思路观察，1922年12月16日《春晖》第四期上的《女来宾——宁波女子师范》或许也是一幅木刻。窃以为然。因为在白马湖畔，丰子恺与春晖中学同事常常相聚喝酒，兴致所至，就会挥笔画漫画，并把所画作品刻成木刻，翻印后分送给他们。朱光潜在1979年写的《缅怀丰子恺老友》一文尚能回忆起那时的情景："我至今还记得子恺酒后面红耳赤，欣然微笑，一团和气的风度。这时他总爱拈一张纸乘兴作几笔漫画，画成就自己制成木刻，让我们传观，我们看到各自欣赏。"为使每位都能分得，用木刻来印行即

《晚凉》，丰子恺作（1925年）

是绝佳的办法。童年丰子恺曾用番薯和芋艿"木刻"。在浙一师求学时，又在恩师李叔同的指导下学会了木刻。此时丰画漫画，刻木刻，显然是很自然的事。丰纯粹是兴趣爱好而为之，似乎属于"玩票"性质。是朱自清等人最早发现了"子恺漫画"的价值，把它们刊发在《我们的七月》和《我们的六月》丛刊上，遂使子恺漫画在中国风行开来。

丰子恺的《几人相忆在江楼》，也是一幅采用木刻手法来描写的漫画。它注重人物与其背景（风景）并重。这幅画，夏丏尊先生甚为喜好，说是"日夕观览，聊寄遐想，默视祷平安"。夏丏尊给丰子恺写过一封专为论画的信。指出传统的中国人物画有两种：一是以人物为主，一是以人物为副（如山水画中之人物）。夏认为应该还有第三种，即背景与人物并重。丰子恺在《读丏师遗札》里，极赞同其师的观点：夏先生所说的第三种画，我以为在将来必须要出现。而且已有小规模的先驱者，便是今日蓬勃发展的木刻画。优良的木刻画中，人物与其背景（风景）一样注重，一样写实，并无主客轻重之分。用木刻画的手法来描写的大画，便是夏先生所盼望的第三种画。《几人相忆在江楼》丰认为即是这样的画。无怪乎夏先生如是钟爱备至。其实，类似此画的，尚有丰为沈达夫（风人）《西湖古今谈》一书所作的封面画。它作于1948年早春。是时，沈达夫系中央社杭州分社主编，他把写在《大公报》副刊《大公园》上的《西湖旧事》诸文六十篇汇辑成书出版。沈持书稿登丰的杭城寓所请其作序。不日，丰子恺送还原稿。令沈氏欣喜过望的是，丰不仅为《西湖古今谈》写了"读后记"，还亲自题签，并绘制了封面。此书后（1948年4月）由大东书局印行。

丰子恺的"读后记"不长，为飨同好计，录于兹：沈风人先生以所著《西湖古今谈》原稿相示，使我得先睹之快。我于西湖，可谓第二故乡。幼时求学于此，中年卜居于此。胜利后复无家可归，即僦居于此。先后几十余年矣。湖上胜迹，大都游过；然不善考据，懒于探索，到处徘徊徜徉，不详其史迹。此犹渊明读书，不求甚解。今读沈先生之著，始恍然于各地之典故。今后重游，当更增怀古之情矣。沈先生考据精详，文章畅茂，使人乐于阅读。此书诚为最良之西湖导游者。三十七年二月二十一日丰子恺读后记。

上文不知海豚出版社新版的《丰子恺全集》有否收入，甚为系念。因为其主编陈星教授在丰子恺著作中好像未及此文，恕笔者寡闻。

至于那书封，有丰子恺"戊子二月"读后作的画，并有题句："夜深满载月明归，划破琉璃千万丈"。该画较之《几人相忆在江楼》，其技法更为稔熟。有背景，有人物，背景与人物双方并重。明眼一看，是用木刻画的手法来描绘西湖风光的一幅大画，说明丰子恺正在遵照丏师论画信所示，努力践行"第三种方式"而着力创作"大幅"。这种"大幅"创作时，"多是从最理想的实景中吸取优美的素材"。这话是其弟子胡治均说的。胡在《"小杨柳屋"无恙》小文中写道："小杨柳屋"背山面水，坐北朝南，落点非常舒泰，它离春晖校门只在二三十步之间。一抹粉墙，灰瓦盖顶，是一座小巧玲珑的矮平房，屋前一脉清水，是从不远的白马湖里流过来的。乍看之际，我竟疑心丰先生的哪一幅画活起来了？原来先生曾有一幅题为"家住夕阳江上村，一湾流水绕柴门。种来松树高于屋,借与春禽养子孙"的画,此时此景,除了宅西一棵粗大榆树,替代了松树之外,其他几乎无差异。可见画家的作品,多是从最理想的实景中吸取优美的素材。丰子恺的"大幅"作品,比之其漫画小品洵可谓"更上一层楼"。丰子恺小品,特别是用木刻手法的那几幅,别有一番艺术情趣,这是因为木刻令其疏散中生张力,简略中得浑涵,以致"力之美"的画风意蕴超值、境界舒放。它与后来的"大幅"璧合珠联,实是成就了作为著名的艺术大师丰子恺的成功之路。

二〇一四年二月

王文川与《江户流浪曲》

我藏有一本二十世纪二十年代末开明（书店）版的新诗集《江户流浪曲》（王文川著），品相尚好。据孔夫子旧书网云，该书最高竞价近壹仟元。今天也该上晒书台来晒一晒。这本新诗集著者王文川是春晖中学第一届学生，毕业后，在夏丏尊等人的帮助下，偕同其他七个同学去日本留学，王在日本三年写了近50首新诗。时在1926年至1928年间。《江户流浪曲》便是写于日本东京的新诗的结集，但其中也有几首是写于春晖的。诗集于1929年6月在上海开明书店出版发行，为米色道林纸印，三十二开本，每页书眉上都有流水音符装饰，极具书的音乐感。书衣设计是著者的老师丰子恺。这从跋言所道"素所敬爱的丰子恺先生欣然为我挥笔，使本书增了光，我也非常感激"，得以佐证。丰先生还在其包稿的布面上题了词。丰先生设计了这样的意境：星夜寒空下，小船静泊江上，舟上人正低首沉思。用深蓝与铁红两色构图正表现了著者当时的心境，诚如著者在跋言中所云："读我这诗集的人，要感到几分黯淡的色彩也未可知，但这个因为我的生活是如此，我的运命是如此，是无可奈何的事。"王文川的诗是写实的，杜甫式的，平易可诵。诚如诗序所云："我平平淡淡地唱了，因为我唱的是我的心。"诗集中最精彩的是这一首《夜中的东京流浪》：

秋夜的浓雾，罩住了深更的都市；
水气沉沉，街上的灯影，

《江户流浪曲》书衣,丰子恺设计

现着五彩虹晕,无力地闪明。
步道上的下驮,宛如玉盘珠滚,奏着交响歌音。

Café 的玻璃窗中,醉汉的眼睛,水淋淋,贪于夜中游兴;
朱色的唇,荡漾的喉音,使他们醉饮无尽。
横町的阴暗中,立着一对恋人,细语频频,
许是在议论忧心,他们今夜的如何安身。

裤袋中插入两手,任足闲走;露店的灯影,遮住了我的行手。
幸有银币三枚,几日来藏在胸头;
一片鸡肝,两杯 gin 酒,回复了我的机缘;
将我的清泪,折向内流。
雾渐浓,衣渐重,头上积露,寒气满心胸。
汽车的灯光,犹如贫人眼睛,迷糊臃肿。
市外的火车鸣音,一声声尖入心中,
旧别重忆,不堪心头酸痛。

著名新文学评论家赵景深说这首诗是书中"最优美、最匀称、最有力之作",是一点不过誉的。其他如《失望的恋》《朋友,我无需你安慰》《纺花女》都不错。《牛吃草》(童谣)亦平易可诵——牛吃草、鸡吃谷一切生物都安足,只有我们,天天饥哭。读王文川的诗,让人仿佛看见了一个谨严沉默的人。这种诗风显然受他的另一位老师——夏丏尊的影响。夏的文风平实质朴,清隽意长,或多或少氤氲了他的学生。在春晖六十年校庆时,王写的《怀念母校》文中有这样一段话:"我们的语文老师是夏丏尊先生与朱自清先生。这两位老师讲课都非常生动,特别是夏丏尊教文学作品时,充满感情。……这两位老师对于培养我们的写作能力,十分重视,夏先生往往叫我们去他那里,当面给我们批改作文,指出我们错误的地方加以详细说明。遇到好的作文,他就张贴出来。"正是在丏师的言传身教下,年仅二十二岁的王能写出《夜中的东京流浪》那样的佳作。此书的出版,还得到丏师的帮助,著者的跋言里透露了如是信息:"这本诗集,虽则是我由学费中节省了钱自费出版的;但它的能和世人见面,全由于恩师夏丏尊先生的斡旋。如果有爱读这诗集的人,我也要请他向夏先生道一声感谢。"

《江户流浪曲》中有一首是写叶天底的,题为《吊T.T.君》(民国时"天底"两字的拼音首字首即为ＴＴ)。叶系中国共产党早期党员,中共上虞独立支部书记,1927年四一二反革命政变中遇害。时隔两年后的1929年6月出版的该书,却收了此诗,这是要冒很大的风险的,可是,著者还是无所畏惧,而且诗集中还有几首内容也都很进步(如《雄鸡》等),体现的完全是一位革命者的理念。可见王文川此时已具备一些革命者的素质和行为了。

诗集中有三首小诗,写得清纯可爱,似有日本俳句的风味。著者的老师冯三昧此时也很迷恋小诗,尤其是日本的俳句。他的诗友王任叔说他"(三昧)全个人格的表现颇有些诗的风味,所作的诗又带日本诗风味很浓"。王文川小诗兴许受其影响。二十世纪二十年代新文学的小诗运动,虽然时间不长,但南北呼应,作为南方的白马湖作家,用

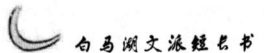

他们各自的笔为其推波助澜,倒是兴奋了当时的诗坛。

王文川一生从教,早期执教于上虞春晖中学,后任职于宁波中学与慈湖中学,被教育界誉为"浙东名师"。

二〇〇八年八月

白马湖秋意·弘一·王任叔

浙东白马湖的风光,白马湖的文化庋藏,总是在我的心头挥之不去。金秋时节,我又上那儿去了一趟。静静地感受白马湖秋意,倒也兴味酣然。

白马湖形似一匹驯服的白马,在象山脚下优哉游哉漫步着。此刻湖面柔和如锦缎,湖水仍是那样清澈,那样平静。与春日不同的是,昔日陌头杨柳经秋风寒露的浸沉,柳叶已离树枝而去,飘落在湖面上,黄的绿的。高枝上尚存的疏疏黄叶,随风飘拂,那倒影在水中荡来荡去,惊散了嬉游着的活泼小鱼,兴许是疑为有人垂钓吧,霎时都躲了起来,湖面因此而更显静谧。

湖堤是曲折的,走了些许路,走过了好几座小桥,来到白马湖的半山坡上,这是弘一法师"晚晴山房"。山舍青砖白墙,两扇木扉山门,典雅古朴,坐落在古樟木与梧桐树丛中。要是在深秋时节,法师站在窗前,望着春晖的秋景。可以想见,其时秋光渐渐地老了,除樟木常绿外,那梧桐的叶子也都由绿而黄:秋风的吹送,将那些黄叶吹落地上,地面呈现出一片憔悴之色。法师面容安详,手捻佛珠,口里念着"南无阿弥陀佛"。今天,站在山坡上,我难以揣测,面对秋的萧索与幽远,弘一法师心中是落寞空惘,抑或以"莫嫌老圃秋容淡,犹有黄花晚节香"自重?兴许是后者吧,因为法师儿时就喜欢唐人李义山的诗句,后有自题门联云:"老圃秋残,犹有黄花标晚节;澄潭息影,仰视皓月镇中天。"

"晚晴山房",意取"天意怜幽草,人间重晚晴"之义。弘一法师说过这么一席话:"朽人年来老态日增,不久即往生极乐。故于今春在泉州及惠安尽力弘法,近在漳州亦尔。犹如夕阳,殷红绚彩,随即西沉。吾生亦尔,世寿将尽,聊作最后之纪念耳。"其"犹如夕阳,殷红绚彩,随即西沉"这几句话,不就是"晚晴"两字的最好注脚吗?

二十世纪二十年代末,法师的朋友与弟子们念其云游艰困,漂泊无定,由夏丏尊、丰子恺等人倡议醵资,在白马湖畔觅地数弓,结庐三椽,为其栖息净修之所。主人自书居室为"晚晴山房",自称"晚晴老人",自署"晚晴院沙门"。房成后的1929年至1931年间,遂先后三次驻住数月,精读、圈点、订校《行事钞》,着意于南山律学的深研。并与友人集聚谈经论道。值得一记的是,1929年秋深的入住适届五十寿诞。为祝寿助兴,法师及夏丏尊等"居士"们,在白马湖上举行一次"放生"活动。是时,"岸上簇立而观者甚众,皆大欢喜,叹未曾有"。此事为其学生徐仲荪操办,那天上午九时许,法师与夏丏尊同坐一船作前导,徐仲荪等携鱼虾另乘一船尾随,由山房湖边埠头开船,缓缓向东驶往湖心,边行边放。事后,法师写《白马湖放生记》,言简意赅,云"己巳秋晚,徐居士仲荪过谈,欲买鱼介放生(白)马湖,余为赞喜"。文中所表达的护生惜生的悲悯情怀,读之令人深为感动。可见其是一位艰苦奋斗、悲天悯人的大教育家,亦是一位偶尔为之却是文采斐然的散文家,他的《我在西湖出家的经过》《南闽十年之梦影》,洵可谓意境悠远的散文佳作,这篇小记更有天然素简之美,即以极短之文字达到极淡之美的典范。堪称白马湖散文经典。

走出晚晴山房不过百来步,便到春晖桥堍,掩映在绿树丛中的校舍已经在望。一进春晖园,好似漫步在一座精致的园林里。说也怪,时值金秋,校园内的金桂、银桂,竞放醉人的幽香。到花草树木相伴的曲院去探访老相识,令人不单领略浓浓的秋意,还感受到一丝春的氛围。

曲院是春晖的文化区,那白色墙壁,红色栏杆,深灰色房顶与曲院固有的古色古香相映成趣，相得益彰。文化名士屋，一间接一间，荡漾着酽酽的新文化的气氛。驻足于王任叔（巴人）那间门前，久久不想离去。因为王是宁波籍人氏，浙东新文化运动的先锋。他于1928年任春晖中学国文教师，在白马湖本可发挥逸兴，写写光风霁月、野鹤闲云。然而他没有这样做。执拗的性情令他拿起"艺术的武器"，投身于文学革命中去。他办《山雨》，写"雨丝"，直呼"在革命狂飙时代中，总有一个未来的社会的雏形孕育着，革命文学家能于其中看出意义来"。白马湖边有那么一家名曰"秋水室"的小书店里，《山雨》杂志为它赢来不少的春晖学生顾客。当年，王任叔对平屋主人夏丏尊非常仰慕，他认为夏先生不是俯首于现实按部就班走路的人，而是一位追求理想、诅咒现实的人。在1928年仅出过三期的由陈望道编辑的《大江月刊》里，王任叔写过一篇题为《关于平屋主人》的短文，说他访问过夏先生，见其门前挂有对联："看人用白眼，当户有青山"，反映了平屋主人嫉俗愤世的态度，足见主人的性格。又有对联："端居媚幽独，结习惯平生"，亦可知主人的处世风格。王任叔以为夏先生"似乎将要完成一个理想人物了"。其实，王任叔自个儿便是一位追求理想的人物。这从他对于秋的观照与感悟可窥见其一斑。

秋天，如果只低回于欧阳子的秋声赋，那么总不免使人气短的，此时的王任叔亦悲秋，感到在春晖园，秋肃临天下。然他在抗争，他以诲人不倦的教育精神，像夏丏尊一样，去完成一个理想人物的夙愿：王任叔在春晖中学教作文时，学生吴汶没做命题作文，则自撰了短文《秋的恋》，自嫌结尾平淡无力，王老师信笔添了几句："秋，虽然明年还会重来。但已不是今年的秋了！"吴汶觉得意味无穷。不日，王老师以《秋燕》命题令学生学作诗，吴撷缀"斜阳巷口"等古旧辞藻凑成七律，王老师读后把诗的颔联改成："留将春色伴人老，啄尽残英若我思。"吴汶说："在这些改句中，我敏锐地感到你已透露着留别的心情，是多么的无可奈何！"王任叔是极不乐意在秋深时节离开春晖园的，这里的灵山秀

白马湖秋意下的春晖园一隅

水、风土人情乃至秋色,对于他来说是很相宜的。但终因其教育理想难伸,正确的教学方法难以施展,最后还是离开了春晖园。是时,时序已经深秋了,白马湖畔的芦花像白雪一般地飞舞。当王任叔迎着扑面的芦花,离开白马湖的时候,众多的学生依依地送至驿亭车站。他那副孜孜矻矻追求教育理想的传道授业者的形象,深深地镌刻在学生的心里。

在曲院徜徉,犹如置于花海之中,望着高如屋脊的大芭蕉,眼前涌动的全是历史画卷诗化的叠影。那芭蕉旁的坛沿上搁着各色盆花:宝石花、紫罗兰、石莲花、紫荆和挂着小小的一个个小角角的朝天椒……整个花丛便倚在曲院的怀抱里。我来到花坛一角的枇杷树旁,又闻到一阵阵幽幽的桂香。正沉醉于清香中的我,猛抬头,看到红,一片红!这是天竺葵的红,这红连同远处山坡上的血红枫林,竟使我眼前恍惚浮现一片灿灿的红色海洋。这红如同香山红叶一样,是在秋令风霜中熬成的,而不是暖暖的春风里吐露的红色。

面对春晖的秋色,我联想到早年夏丏尊、朱自清、丰子恺、朱光潜、刘薰宇、刘叔琴以及弘一的"背光",乃至后来的王任叔诸位先生在此执掌教鞭,每有播种便硕果累累,使莘莘学子为社会建功。如今春晖园的老师兢兢业业,继往开来,又使得这里金色满园。这是百年树人哪!此刻,我仿佛听到刘大白1922年写于白马湖的《红树》诗的吟诵声,

其诗云:

算秋光不及春光腻,
但秋色也许比春光丽,
你看那满树儿红艳艳的!

二〇一三年九月

以酒会友的白马湖雅集（三题）

如若以现代文化史的向度看，把白马湖文化最繁盛时段（1923—1925年间），看作五四新文化人的山水雅集，似不为过。当时的春晖"约集了一班气味相投的教师"执教。以酒会友，激发诗文创作的雅兴，庆贺教职中的成功，以至"常相谈论为欢"，成了白马湖派酒文化的亮点。曾传有夏丏尊、丰子恺、朱自清、朱光潜诸友沽酒轮流做东的佳话。而丰子恺的漫画《人散后，一钩新月天如水》则是对此活生生的写照。其抒写的不正是雅集后"热闹的清静"？你看，新月升空、友朋散尽，清幽的月色，清雅的屋舍，心境宛如冷冷的古琴声在画幅间流淌。此是一种胜境。其实"清静的热闹"又是一种胜境，这清静的山水间生活中以酒会友的热闹，倒是值得胪列三题，缀文予以表出的，因为它为判别白马湖文派提供了另一个视点——酒文化。

宁波吃·白马湖·开明酒会

二十世纪二十年代，宁波省立四中有一班后来成为新文化名人的教书先生，生活在一起，工作在一起，如夏丏尊、朱自清、丰子恺、刘延陵、冯三昧、方光焘等。他们吃酒谈天，常在一块聚会，享受奉化江畔清风的吹拂。这班先生，对于吃并不十分讲究，老酒却是每天晚饭总要喝几碗的，但下酒之物不过是菜蔬、豆腐干、花生之类。聚会时当然也有荤菜。有时到附近的李荣昌酒店去要几道特色野味佐酒。朱自

以酒会友的白马湖雅集

清"好热闹",喝酒时不讲俗套,不"强人饮酒和干杯",喜欢海阔天空地神侃,又好幽默,所以大家都能愉快。特别是酒酣时,丰子恺"总爱拈一张纸乘兴作几笔漫画",更平添了几分情致。丰先生本来就整天笑眯眯的,一吃老酒,便更是满面和善,这时拿上毛笔纸张,请他作画也便有求必应。一天,他们喝足了酒,欣赏起丰子恺的画稿来,在场的皆说:"好画!好画!再画!再画!"朱自清曾看过日本画家竹久梦二的画集,此次看了丰氏的画便说:"老兄,你可以像梦二一样,将来也印一本。"果然于1925年12月,以《文学周刊》社名义出版的《子恺漫画》就成了丰的第一本漫画集。漫画充盈着清茶米酒般的人情味。对于这伴着酒兴而作的画,郑振铎曾这样评说:"我的情思都被他带到一个诗的仙境,我的心上感到一种说不出的美感。"

其时,宁波四中与上虞春晖中学均由经亨颐一人主持校政,故有些先生也就两头兼课,一周之中,有三天在四中,有三天在春晖,做着"火车教员"。夏丏尊的家安顿在白马湖平屋,夏先生好客如命,其夫人又能烹制好菜。而朱自清又是个生怕寂寞、爱好交游的人,于是他们常相约在平屋会餐。"每次总是满满的盘碗拿出来,空空的放回去。"朱自清回忆道,"白马湖最好的时候是黄昏,这个时候便是我们喝酒的时候,大家都微有醉意。"凡认识朱自清的人都知道他"馋",在筵席上常常"当仁不让"，最先伸筷子，吃了什么菜也大多记在日记里，嫌自己记不够，还每每写在诗文中。这诗文，这酒，遂成了他们传递友情的媒介，聚会自然也成了他们的文化沙龙——在品尝老酒中交流着友谊，切磋着文事。这是一个极具艺术魅力又具有高雅文化气质的沙龙。当有人展示白采的诗稿《羸疾者的爱》让大家鉴评时，讨论的气氛是何等的热烈。当朱自清侃侃而谈白采诗受尼采之影响，并说诗的主人公是作者自托时，当夏丏尊看了后觉得大有不可蔑视的所在，深悔从前自己对白采诗妄断时，一个艺术的精灵便翻飞于平屋之间，翻飞于他们的心灵之间。白马湖的恬适，让这班文化人得以和合地陶醉于新文化氛围之中，从而获得创作的感悟。

在白马湖，丰子恺的小杨柳屋也是文化沙龙所在地。遇到风和日丽之时，丰先生总习惯将一张八仙桌抬出，然后大伙在杨柳树下，抿抿老酒，嚼嚼豆腐干、花生米。兴会来时，丰先生又拿起笔来作画，他的《人散后，一钩新月天如水》《丫头四岁时》等佳作就是这样创作出来的。据朱光潜回忆说，"酒后见真情，诸人各有胜概，我最喜欢子恺那副面红耳热、雍容恬静、一团和气的风度。"白马湖同好在吃酒中获得乐趣，酒也成了他们不可缺少的传承友情的媒介。

夏丏尊每每趁着酒兴，总敦促大家为《春晖》写稿。于是乎一篇篇佳作在半月刊上问世。如朱自清的《春晖的一月》、丰子恺的《山水间的生活》、朱光潜的《无言之美》、俞平伯的《诗的方便》，皆堪称新文学的名篇。这些文章清新恬淡，"平凡的如面谈"，给人以美的享受，它们树立了白话记叙文的模范，形成了一个散文"白马湖派"。

后来这班先生相继离开四中与春晖，他们之中好多人进了上海"开明书店"谋事。虽然从乡下到大都市，生活比较紧张，但仍保持着相聚吃酒的习惯。这些人索性成立了一个"开明酒会"。这个酒会对吸收会员有一个特殊的规定，即一次要能喝五斤绍兴加饭酒。结果，夏丏尊、丰子恺、叶圣陶、郑振铎、章锡琛等全部入选。酒会每周雅集一次，许多的重要组织活动均生在酒会进行。酒会上，有一个人颇令人欢喜，他就是赵景深。赵氏擅长即兴表演，会说会唱会做，只要有他在座，来一个节目，就会人人大开笑口，阖座欢声雷动。有一次，丰子恺的学生、书籍装帧家钱君匋向夏丏尊询问关于酒会的情况，夏说"能喝五斤加饭酒"便可。开明书店老板章锡琛打趣说："君匋只能喝三斤半，加入酒会还得锻炼锻炼。"夏先生慈祥地接过话题："君匋如要加入，尺度可以放松一些，打个七折吧！"最后，酒会破例接受了钱君匋。第一次，钱君匋勉强喝了四斤，可后来，他居然毫不费力地喝五斤了。据他回忆："我们喝酒时并不互相斟酒，每人半斤一壶，自斟自饮，有十把半壶翻倒在桌上，便算饮足五斤了。"

俞平伯·宁波味·白马湖

俞平伯，综览其一生，亦可算得上一个美食家，这从他发表在《中国烹饪》（1982年第4期）上的《略谈杭州北京的饮食》一文可以为证。如其对莼菜的品味："滑溜溜，囫囵吞，诚蔬菜中之奇品，其得味，全靠好汤和浇头（鸡、火腿、笋丝之类）衬托。若用纯素，就太清淡了。"这是美食家知味之言。写于白马湖时期的《剑鞘序》，已可以窥见其美食家的声气。他于杂文的品评时说了这么一段话：凡杂文俱不谓为骏上缜密。驳而不纯正是"杂"字的确诂。……这仿佛一锅热腾腾的杂烩，虽亦可以使甘食的饥者欣然大嚼，然而精于辨味者决不肯把它列为上肴的。自然，即使是杂烩，也尽有精粗美恶的不同，也尽有人特别喜欢吃它的；但这纯然是个人的嗜好了。

此年即1924年，他正好二十五岁。是年2月初，他辞去上海大学教职，在杭州赋闲。3月8日，应诤友朱自清之邀，由杭城出发，取道上海乘新江天轮赴甬至上虞春晖中学。在白马湖畔与宁波省立四中所在的奉化江边，啖了宁波味。二十年代宁波李荣昌酒店的野味很有名气，俞平伯等连去了两天，第一天是四中校长郑萼邨请客的（郑经常与朱自清一起用膳，这在朱自清日记中有记载，如日记1924年9月22日项下，有晚与萼邨等凑份往某徽馆吃饭之记），朱自清作陪，在那里，俞平伯尝了宁波野味：竹鸡、鸽、鹌鹑、水鸭、麂肉等。俞平伯说，他像是刘姥姥进大观园一样觉得稀罕——宁波野味，丰腴珍馐，却无一样不是地道的"酒菜"，可称酒人之盛筵了。由此可见，其时宁波酒店野味不错。另一天，大约是朱自清请的客。那两顿晚饭，俞平伯他们喝了两斤酒，"宁""绍"两种，绍酒清冽，宁酒微酸而厚，也不坏。酒后吃年糕，俞却以面代之。对于宁波的"江南味"，俞平伯在很多年后仍惦念着，宁酒不仅使朱自清泥醉，还传染了他。好在俞未醉，为朱看诗稿，真是两两相宜，其乐融融。

俞平伯访朱自清时去过白马湖，在春晖中学考察、讲演。夏丏尊在平屋家宴招待俞平伯，朱自清作陪。俞对平屋的印象是"颇洁雅素朴，盆栽花草有逸致"。俞后来回忆："丏佩二君皆知酒善饮，我只勉力追陪耳。"丏家的酒菜之可口是远近闻名的。丏夫人的烹调极好，满满的碗盘拿出来待客，吃得空空的收回去，即是证明。饭罢在暗夜里醉着摸索回去。俞平伯诗意地写了日记：饭后偕佩笼灯而归。傍水行，长风引波，微辉耀之，踯躅并行，油纸伞上"沙沙"作繁响，此趣至隽，唯稍苦冷与湿耳。

丏家客宴俞平伯的食单中，除腌鱼腊肉外，时蔬中有初春白马湖的荠菜一色，这是三月间田野里的野菜，浙东人惯用荠菜炒年糕，好像周作人在《故乡的食物》中也说过。俞在丏家吃了，这也是上虞的名吃，其佳在"滑"。

俞平伯在宁波、白马湖并不仅是吃与游玩，他在3月10日晚上，应夏丏尊之请，给春晖中学师生作了题为"诗的方便"的讲演。又于3月12日上午在宁波为四中师范部三年级的学生做了"中国小说之概要"的讲座。在此期间，还与朱自清、刘延陵一起在四中校园里的乐群亭商议文学研究会宁波分会同人刊《我们》的有关事宜，商定为不定期刊物：

哪一个月出版，就称《我们的x月》，这就有了1924年的《我们的七月》与次年的《我们的六月》的面世。俞平伯请朱自清看他的新作诗剧《鬼劫》初稿，并同阅白采的长诗《羸疾者的爱》。《鬼劫》刊在《我们的七月》上。白采的诗本拟初刊于《我们》，以"至缄札累万言"，因白采"不愿传露"终未能如愿。然他和朱自清对于白采诗作的褒扬即为宁波文坛留下佳话：三月间游甬（宁波）带给佩弦看。于柠檬黄的菜花初开时，我们在驿亭与宁波间之三等车中畅读之。佩弦说，"这作品的意境音节俱臻独造，人物的个性颇带尼采式。"白采则说，"承你带我的劣诗上火车与友人同阅，此情趣可描。朱君说我诗中'人物的个性颇带尼采式'，甚感知己之言。"这些可视为白马湖文派活动的生动见证。值得一提的是，俞平伯在《我们的七月》里发表了论酒的两篇文章——《瓶与酒》和《酒》，谈品宁绍老酒的心得，这又是美食家的知酒之言。

白马湖同道沽酒事：被火酒烧伤的方光焘

方光焘是一位卓越的教育家，新中国成立后为南京大学资深教授。他早年（1924年3月）任教于宁波省立四中，同年8月在春晖中学兼课，每周乘火车往返于宁波与上虞驿亭之间。1925年后转至上海在立达学园教课。方与夏丏尊、丰子恺、朱自清、叶圣陶等做过同事，彼此交谊也深，饮酒宴聚是经常的事。

丰子恺有一幅作于1925年3月的漫画——《被火酒烧伤头部的方光焘兄》（刊于《子恺画集》中），画的就是方光焘与白马湖同道沽酒而被暖锅火烧伤的事。画中，方蒙着脸躺在一张铁床上，头倚着床架，下半身盖着被子。虽然方光焘头上缠满纱布，但丰子恺抓住了方的脸型特征，寥寥数笔，就勾勒出他的鼻尖、嘴和下颚，简直是神来之笔，令人一看便知这是方光焘。有人解读说，他是给夫人烫头发时烧伤的，其实方是1928年暑假后结婚的，而丰子恺的画作于1925年，显然是误记。真正的原因是方光焘与白马湖同道饮酒宴聚时之为。

方光焘写于1925年11月6日的《漫画》里说："记得去年春上，我忙里偷闲，到白马湖来，过了一夜。子恺！怕这就是我和你最初相见的一日罢。丏尊先生当夜备了酒和菜，邀你我在他那小小院子里小饮。我和丏尊先生滔滔地闲谈着，你却闷闷地喝着酒，默默地听着我们说话。后来你也问了我一句"怎样的教授外国语？那时我刚出校门，懂得什么；但也因你开了我的话匣，便也哓哓不休地，向你说了许多不关痛痒的话。回想起来，我那时真不知给你的是慰安，还是失望。"可见方光焘与丰子恺等人在白马湖畔确实一起喝过酒。其实岂止在白马湖，他们在立达学园，兴致来时肯冒着蒙蒙的雨，跑到江湾沽酒回来痛饮。方光焘又写道："记得有一天丏尊先生从宁波来，我们沽酒备菜，留他共膳，喝酒闲谈着，不知不觉地已到了十二点半！丏尊先生和我，都为着午后有课，不敢尽情痛饮。所以壶中的剩酒，子恺！你便告了个奋勇，默默地一杯一杯喝个干净！一点钟到了！我和丏尊先生都要离开你，到学校去。你抱着华瞻，在室中踱来踱去，用发光的醉眼睛看着我们走，含笑带怒地一言不发，看着我们！子恺！我不明白你那是感到的是悲哀，还是欢乐，更不明白这悲哀、欢乐，是我们给你的呢，抑或是比我们更大的一位给你的呢？"

叶圣陶在九十五岁高龄时就此画作过如是说明：方光焘有一次跟朋友一同吃暖锅，酒精炉子的火还没有熄，他眼睛近视，没看清楚，拿了酒精瓶去加酒精，发生了一次小爆炸，烧伤了脸。

这次一同吃暖锅的白马湖同道中，想来就有叶圣陶、夏丏尊、丰子恺等人。这是白马湖酒文化的一桩趣事。丰子恺第一幅公开发表的漫画《人散后，一钩新月天如水》，所抒发的也是他与夏丏尊、朱自清、朱光潜以及方光焘等傍晚酒后的闲情余兴。

二〇一四年三月

关于白马湖文派研究答客问

长生同志及其他访客：你们好！

你们需要的白马湖文派研究的有关资讯，兹分三个方面简复于下：

一、关于白马湖文派研究的综述性文章。据我所见，有这么几篇：1、唐惠华的《一个值得重视的新文学群体——论白马湖散文作家群的研究现状和思考》，载于《井冈山大学学报》2008年第七期，又载于《兰州教育学院学报》2008年第二期。2、朱惠民的《白马湖文派研究述评》，载于《南京审计学院学报》2009年第二期，又载于《中共宁波市委党校学报》2009年第四期。该作增订未刊稿发布在朱惠民的白马湖文化研究博客。（2009年8月9日）。3、张堂錡的《春晖白马湖·立达开明路——白马湖作家群命题形成与发展的历史考察》，载于《现代中文学刊》（华东师范大学主办）2010年第二期。4、朱晓江的《"白马湖作家群"研究中若干问题的考辨》，载于《中国现代文学研究丛刊》2009年第六期。该文也可归入综述性文章一栏，当然，文中考辨的内容甚多。

二、关于"白马湖文学"探幽的两本书。在中国现代文学史上，最早关注"白马湖文学现象"的，大约是台湾著名诗人和散文艺术家杨牧。他在1981年编选的《中国近代散文选》的"序言"中将五四以来的散文分成七类，"白马湖派散文"构成其中一类；认为夏丏尊的《白马湖之冬》树立了白话记述文的模范，其风格"清澈通明，朴实无华，不做作矫揉,也不讳言伤感";并把朱自清和夏丏尊一起作为这一散文流派的领袖。这是一个带有开创性的构想,它把长期以来被正统的中国新文学史视野所漠视的独特文字(文化)现象揭示出来了。

正由于这一隔海蔓延的文学现象,由海外作家传承的文学(散文)风格的寻根性的回溯,引起了学界对"白马湖文学现象"的注意。朱惠民对现代散文"白马湖派"本身作了比较具体翔实的研究,有诸多开拓性的阐论,对杨牧之说有更多伸论。并且编选了《白马湖散文十三家》于1994年5月出版。同年7月,吴周文等在《朱自清散文艺术论》中关注朱自清散文的美学风格与《我们》为标识的作家群时,提出了"我们派"(也即白马湖派)。1995年,商金林在《朱光潜与中国现代文学》中,以"朱光潜与白马湖派"回应了杨牧的观点。陈星则以"白马湖作家"作为核心理念在1996年在台湾出版了《教改先锋——白马湖作家群》的专著,台湾学者张堂錡也在他前期研究的基础上于1999年推出了他的专著《清静的热闹——白马湖作家群论》。钱理群等的《中国现代文学三十年》也较早地关注到这一文学现象,不过在1987年的初版本把他们称为"立达派",在1998年的修订本中则改称为"开明派"。1996年,《中国现代文学三十年》著作者之一的吴福辉写的《海上升"开明"》,又称之"白马湖派"。至此一个独具特色的文学(文化)现象开始逐渐浮出历史的水面。

正是在这一历史背景下,2006年、2007年这两年,学界对这一课题研讨异常活跃,其成果体现为有两部研究文集前后问世:它们是《白马湖文派散论》(朱惠民著,香港国际学术文化资讯出版公司,2006年8月出版)和《"白马湖文学"研究》(王建华、王晓初主编,上海三联书店,2007年1月出版)。前者(《白马湖文派散论》)对白马湖文派做了具体翔实的论阐,尤其是"散文流派说"。作者深耕浙东文化史料,对其人文背景、创作思想、艺术风格及其他诸多因素,做了探究,论证了白马湖派形态的客观存在,特别是维系流派生命的血脉——散文整体创作风格以及该派与语丝派的互动关系作了独到的论阐。后者《"白马湖文学"研究》,共收录二十二篇文章,排编六个单元,切实地推进了"白马湖文学"的研究。其中王晓初的《论"白马湖文学"现象》,对这一现象的历史渊源、文化精神、艺术个性、文学风格,乃至其流变作了全面的梳理和整合。傅红英的《论白马湖作家群形成的文化渊源》,着重于从文化的视角探索白马湖作家群形成的渊源。而吕晓英的《一笔丰厚的精神财富——论白马湖作家群的出版活动》又从出版的视角,论证了白马湖作家的同人性质与其文学(文化)的贡献。夏弘宁的《充满白马湖风情的散文》,则是搜罗了"白马湖文学"研究的诸多观点,为这一课题研究提供了一个大致的历史参照。

"白马湖文学"现象,其主要表现为白马湖散文流派。这派散文家的为文有一个共同的特点:率直真挚,朴素清淡,言近而旨远。生活道路和气质志趣,决定了这派作家作品的题材范围和描写方式。他们大多从日常生活中取材炼意。但其所取,并非某种即兴式的或模糊恍惚的印象,而是切实地经过了身受感发的过程;所得感受,又绝不止于单薄粗浅的层面,是对人生况味体察升发的结果。表面看,作者们只是如实地在写他日常生活中的点滴感兴,普通之极,也平淡之极,但在他们形诸文字之前,谁也不曾留意过、察觉过,即有留意和察觉,恐也未必像白马湖派散文家那样深切地体味过、升华过。说其所写平淡,未必情感平淡。白马湖派散文家的独特处,就在于他们将深挚的感情(或爱或憎,或忧或喜,或首肯或排拒)融会在平淡的生活场面中,且能真切实在地予以表现;有几分动情就直陈几分,既不回避藏匿,又不强为渲染,故作多情。他们的文风是素朴的,毫不做作,只是淡淡地写来,平平地说着自己所要说的话,但骨子里却很丰腴,他们的言论主张,往往指引其时的舆论,形成时代的呼应声,有着鲜明的现代性内涵。

白马湖文学,是个特定时空中的文学现象,它在现当代文学史上有着广泛而深远的影响。眼下的作家们,是否也能从这一传奇式的历史流派中吸收、借鉴点什么呢?

三、关于白马湖文派研究的重点。白马湖派群体最早进入研究视野的,当为白马湖散文。当研究者将风格相类、追求相当乃至地缘与文缘都较为相近的散文家加以综合考察时,便自然有了这样的一种流派观照。这派散文的共同特点是:率直真挚、朴素清淡,言近而旨远。诚如杨牧最早所概括的:"清澈通明、朴实无华、不做作矫揉,也不讳言伤感。"要是这派散文家在散文创作上未有"统一的风格",而只有各自的个性,或者说,创作上未有共同的美学追求与风格特征,那就不成其为"白马湖派"或曰"白马湖作家群"了。

在白马湖文派研究中,白马湖散文家对于现代散文所作的贡献,特别其所弘扬的"白马湖散文精神",那是首要的。研讨这一议题在当今显得尤为重要。因为时下有李敖对白马湖散文家朱自清散文的鄙薄,又有余斌认为《桨声灯影里的秦淮河》"做"的痕迹很重。而前贤如王瑶则认为《温州的踪迹》等漂亮、缜密见长的抒情写景散文,尽了"对旧文学的示威",杨振声即评说,"他文如其人,风华从朴素出来,幽默从忠厚出来,腴厚从平淡出来"。如是上下错动,褒贬不一,似当通过白马湖散文实证研究,做出精准的评判。

窃以为,中国现代散文的成绩以周氏兄弟最伟大。就其风格与体性言,存在着两个不可漠视的传统,一个是鲁迅式的峻急,或曰激越,一个是周作人式的冲淡,或曰闲适。两者并非是对立的两翼,而是可融在一起的,白马湖派散文家为文即是如此——"亦剑亦箫"。时而激越,时而恬淡,流贯于"剑"与"箫"之间。在他们眼里,两个传统是并行不悖的。他们的精神深处即流动着激越与闲适的意象,他们的文字在两种韵味里游动,两种笔意里舒展。可见白马湖派散文家是两个传统互用的。自然,他们更多的是传承了周作人"散淡"的文风。即郁达夫说的"散记清淡"。虽则他们的"趣味"(一种审美情趣)有别于周作人,然像周作人一样考究散文的语言。周作人说:"做文章最容易犯的一种毛病，即是作态……对于这种毛病，我在写文章的时候也深自警惕，不敢掷起笔来绷着面孔，做出像煞有介事的一副样子，只是同平常写信一样，希望做到琐屑平凡的如面谈罢了。"白马湖散文的"面谈风"亦正如此，他们务求与心迹的一致，务求其口语化和大众化，决不故意编排，玩弄噱头花样，也不造古怪的词语和句式，即使稍事雕饰，亦作"清雕琢"，让散淡之美在一种极其和谐自然的文势底下娓娓流淌。这种"散淡"的共性，便造就了他们统一的底色，难怪乎，在现代散文研讨中，常有人把朱自清、俞平伯并称。其所以并称，固有作品上合致的缘由，即同属于"白马湖风格"。

白马湖散文不止有情趣，尚有智趣，才智和情感的凝聚上也是"亦箫亦剑"的。丰子恺散文，即如是，既有西方随笔文的格调，又有中国笔记文的风味，其为文能于淡逸中见情理，他题材不见深奥，却能把琐屑一般的事物写得别有一番风致，且有妙悟，充溢智慧。朱光潜说他"从纷纭世态中挑出人所亦熟知而却不注意的一鳞半爪，经过他的点染，便显出微妙隽永，令人一见不忘"，是谓的评。真如他的漫画《人散后，一钩新月天似水》，"只是疏疏朗朗的几笔，然物类神态毕入壳中了"。丰子恺师承夏丏尊，师生俩独操散文一体，是最纯正的散文家。且其所作均融通儒佛，追求人格的自我完善，文字清幽玄妙，朴素真诚，不乏深厚的智趣的传统，洵可谓"白马湖散文"的正宗之作。朱光潜十分推崇周作人，他对周氏的《雨天的书》大加赞赏，说"在现代中国作者中，周先生而外，很难找得到第二个人能够做得清淡的小品文字"。它似乎影响了他们为文风格，使他的文论除了情趣，还有智趣，成了一种"散漫的说理文"。他写于春晖中学的处女作《无言之美》，即是这样的形制。拿朱自清的话来说，这是一篇富于哲理的美文。其夹叙夹议，如万斛流泉，汩汩而出。朱最喜欢写给朋友说心事话的家常信。"我心里怎样想，手里便怎样写，吐肚子直书"。他以为，最上乘的是自言自语，说这一类的文章永远是真诚朴素的。即便是写论文，他总是"把自己摆进里面去","篇篇都有我在里面",写的是自己"由心坎里流露出来"的"特殊的""诚实的""新鲜有趣的见解"。朱光潜的文学评论倡导的是"着重在自己感受的印象派批评"。叶圣陶对此颇多嘉许,朱自清也盛赞云,像行云流水,自在极了。这种"散漫说理文"的形制,实是将西方随笔的谈论风格与中国散文的随意为文融合在一起,形成其散漫的抒写体制。它的"白马湖文风",在内容结实与文章之美之间,"向一般写语体文的人们揭示一个极好的模范"。你们的学写论文,似亦可做具有"白马湖风格"的"轻性论文"(当然,学报体还是要学的,这也是一种述学体例)。这种"论文实在比引经据典的论文难"(鲁迅语)。朱自清的《〈背影〉序》这样厚积薄发举重若轻的文章,非才识俱佳的大家孰能为之。其文可谓是现代散文理论建设的经典之作,又有谁能说它不是论文。总之,白马湖派散文家在其散文(包括散漫的说理文)的情趣与智趣上,还是有其共通的底色,趋同的风格。在这一点上,我倒是十分赞同台湾学者张堂锜的析论——白马湖作家的散文"共性",来自他们长期艺术涵养与实践的"个性"。他们彼此亲近、相仿的人格力量与熏染,使他们的"个性"特质"大同小异"。体现在散文写作上,也就有了"异中有同、同中有异"的集体风貌,而形成白马湖作家群此一文学集团的艺术特征。

二〇一四年二月

附录：

2006—2012年间"白马湖文学"研究文论索引

2012年岁寒，绍兴文理学院傅红英教授寄来浙江省中国现代文学研究会2012年年会暨"白马湖文学论坛"全国学术交流研讨会论文集，这是该年10月份在上虞春晖中学召开的白马湖文学研讨会的论文结集，它令人想起2006年6月在上海召开的纪念夏丏尊先生诞辰120周年逝世60周年学术研讨会，那次会议也印行了论文汇编，由上海新闻出版局出版博物馆编纂。两次会议聚集了"白马湖文学"多名研究专家、学者，就此议题进行了颇有收益的研讨。这种间隔六七年作一次研讨与交流的活动，对于推进研究应该说是十分有益的。因为这六七年间"白马湖文学"研究不时有新的成果面世。按台湾学者张堂錡之说，这一时期为研究的深化期：理论拓展与多元呈现。按王嘉良会长的说法是"研究渐入佳境"。这些皆得益于两次研讨会的学者聚合与论文交流。故希冀这样的会议能有后续。兹将此段时期的研究成果以文献索引列下，以作阶段性的粗略梳理，兼答访客与同好问。

1.《纪念夏丏尊先生诞辰120周年逝世60周年学术研讨会论文汇编》，上海新闻出版局出版博物馆印行，2006年6月。

2.《知识分子的岗位与追求——文学研究会研究》中把"白马湖作家群"视为文学研究会的外围组织的专章论述。石曙萍著。东方出版中心,2006年6月出版。

3.《白马湖文派散论》,朱惠民著。香港国际学术文化资讯出版公司,2006年8月出版。

4.《"白马湖文学"研究》,王建华、王晓初主编。上海三联书店,2007年1月出版。

5.《白马湖畔的辉光——丰子恺散文研究》中的《白马湖风格的代表》章节,石晓枫著。台北秀威资讯科技股份有限公司,2007年1月出版。

6.《白马湖作家群的命名及研究范畴论说》,傅红英撰。文载《浙江学刊》2007年第5期。

7.《试论"白马湖文学"的独特存在意义与价值》,傅红英、王嘉良撰。文载《中国现代文学研究丛刊》2008年第6期。

8. 春晖中学百年校庆印行的《春晖初照》和《春晖永照》以及顾志坤的《春晖》(吉林文史出版社,2008年9月出版),内涵"白马湖文学"研究资料。

9.《白马湖文派研究述评》,朱惠民撰。文载《南京审计学院学报》2009年第2期。

10.《白马湖文派研究综述》,朱惠民撰。文载《中共宁波市季学校学报》2009年第4期。

11.《白马湖作家群的出版理念及其编辑实践考辨》,朱晓江撰。初载《浙江社会科学》2009年第1期,又载《中国现代当代文学研究》2009年第4期。

12.《"白马湖"作家群:精神品性与审美追求》,王嘉良撰。文载《文艺争鸣》2009年第9期。

13.《从"湖畔"到"海上"——白马湖作家群的形成及流变》,陈星、朱晓江著。上海三联书店,2009年12月出版。

14.《辉煌"浙军"的历史聚合——浙江新文学作家群整体透视》

中的《白马湖作家群》章。王嘉良著。中国社会科学出版社,2009年12月出版。

15.《春晖白马湖,立达开明路——"白马湖作家群"命题形成与发展的历史考察》,张堂錡撰。文载《现代中文学刊》2010年第2期。

16.《论白马湖散文精神的现代性特征》,傅红英撰。文载《文学评论》2011年第1期。

17.《百年春晖》中的《白马湖派,风起青萍》章节。严禄标编著。西泠印社出版社,2011年4月出版。

18.《论浙东文化与白马湖作家群创作风格之生成》,竺建新撰。文载《丽水学院学报》2011年第3期。

19.《关于"白马湖作家群"与散文"白马湖派"之辩——兼议该流派风格特征的存在》,朱惠民撰。文载《井冈山大学学报》2011年第5期。

20. 浙江省中国现代文学研究会2012年年会暨"白马湖文学论坛"全国学术交流研讨会论文集,绍兴文理学院2012年10月印行。收文八篇,其篇目如是:《绝去虚伪,全无迂曲——夏丏尊先生的"人"和"文"》,商金林;《白马湖文学的历史价值与当代意义》,王嘉良;《聚集·探索·奠基——论"白马湖现象"的内涵与历史价值》,姜建;《白马湖文学思考》,王晓初;《我的白马湖文派研究之缘起、历程及散文流派说》,朱惠民;《夏布长衫·孔夫子·福柯——夏丏尊〈学说思想与阶级〉评析》,王利民;《论夏丏尊作为白马湖散文代表的创作精神与艺术诉求》,傅红英;《刘大白的白马湖情结及其新诗的贡献》,路慧艳。

21.《书味醰醰——从宁波到白马湖》中《白马湖文学》辑,朱惠民著。宁波出版社,2012年12月出版。

二〇一三年一月

我的白马湖文派研究(代跋)

我的白马湖文派研究多是史料的搜寻、发掘(也包括作品的整理),其文论走的是由史料、事实而上升到理性认识,不发空洞的傥荡之高论一路,以求精微的发现,独得的论阐而自勉。具体地说,是从研究朱自清在宁波的课题切入的,1985年的《朱自清先生在宁波》(刊于《宁波师范学院学报》,1985年第4期)就依稀地感觉到现代散文白马湖派迹象的存在。1986年撰写《夏丏尊先生与春晖中学》便作了如是的论述:夏先生把新居定名为"平屋",寓有"平民、平凡、平淡"之意。他以平屋主人自侃,把写成的文章结集定名为《平屋杂文》。它行文纾缓,毫无烟火气,读来给人以朴素、平实之感。他的其他著述也似平屋,既无华美装饰,又没大厦气派,不过平平而已。这种清淡平实的散文风格简直可谓之"白马湖派"。

短短的一段话,并非随意而至,它是研究者将风格相类、追求相当乃至地缘与文缘较为相近的白马湖散文家加以综合考察时,所获得的一种流派观照。是时,我开始酝酿从朱自清在宁波的研究切入白马湖派群体进行研讨,因而虽然仍在写朱自清在宁波的单个作家的文章,但总隐约觉得白马湖散文家这个群体的存在,即他们的文化互动与相似的人格类型和文风特质,需要从群体角度予以审视与研究。1989年发表在《宁波大学学报》第二期上的《朱自清在宁波事迹考——兼及上虞白马湖》,即是一篇把朱自清在宁波省立四中与上虞春晖中学综合起来探勘的一篇文章。该文在论述《我们》风格时说:

宁波分会为活跃文学创作计,办了同人刊物《我们》,由朱自清、俞平伯主编,叶圣陶、刘延陵、丰子恺参与其事。刊物的第一辑《我们的七月》,在1924年7月,由宁波编定,上海亚东书局出版。内载朱自清散文五篇、诗二首、信三通。《我们》形式如书,三十二开本,厚达二百余页,实际上是一本文艺丛刊。以其文学样式论,有散文、新旧诗词、诗剧、评论、随笔、书信、插图等不下三十余题。甚为奇特的是全部作者都自愿隐没大名,连通信人亦彼此抹去姓名不用称谓。其实,稍加留意,还是可以觅到一些蛛丝马迹,有谁不知《温州的踪迹》出自朱自清的手笔?《葺芷缭衡室札记》,这古色古香的文题,不是俞平伯所出还有孰人?但是有些作品出自于谁之手,还待考证。刊物出刊后,朱自清于同年八月四日在宁波收到亚东寄来三册,他欣喜地说:"甚美,阅之不忍释手!"十五日,针对有个名曰徐奎的人士评说《我们的七月》不大好,似乎随便,又说没有小说风格,作如斯记:"我说,并不随便,但或因小品太多,故你觉如此。因思'小品文之价值'应该说明。我们诚哉不伟大,但自附于优美的花草,亦无妨的。我觉创造社作品之轻松,实是吸引人之一因;最大因由却在情感的浓厚。后者是不可强为,不是可及的。前者则自成一体,可否独占优胜,尚难说定也。"在这里隐约折射出朱自清的散文观——他为求小品散文纯正朴实的民族风格,即便认为感情冲动乃是小品文写作的缘由,也要写得真率和出自情致。他所企及的自成一格说和他早期散文创作实践,倘以社团、刊物、风格及时代、地域诸因素考察,他和夏丏尊、丰子恺、俞平伯、叶圣陶、刘延陵等,简直可构成小品文的"白马湖派"。

这里又一次提出了现代散文"白马湖派"之说。这是我审察《我们》散文创作和我们社文学活动后给以的一个直观的印象(这是一个印象主义的直观感觉。然直感与直观经验的批评有时倒能引出精准的论阐，至少我有这样的体验）。我们社的活动地域和《我们》的编务地，即在宁波省立四中与白马湖畔的春晖中学。这点为许多学者所忽略，而我恰恰关注了它。而且这是一个重大发现，许多立论由此找到了根据。我觉得在新文学散文创作还是荆棘丛生的野径时，为数不多的拓荒者中，周作人是第一位的。其他的便是朱自清、叶圣陶、丰子恺、俞平伯等作家了。钟敬文的《浅谈小品文》表达了这一意思。阿英的《现代十六家小品》的作家排序也折射了这个看法：周作人小品为第一卷，接下去为俞平伯小品，朱自清小品。赵景深的《现代小品文选》序言更是说得相当直白：周作人的清淡，永远是那样淡如水。除周氏外，最努力的要算是朱自清和俞平伯了。赵景深特别指出：他俩的"我们社"以及《我们》两本年刊。初期的散文创作都可以在这两本年刊里找到。我们讲到小品文，断然不能忘记《我们的七月》和《我们的六月》。叶圣陶和丰子恺也都与我们社有密切的关系。这些让我从朦胧的印象中得以历史文献的佐证。我们社作为文学研究会宁波分会的核心组织，它的同人刊物《我们》所发的散文，特别是朱自清在该刊物上发表的散文，我以为，作家在追觅精神生活中的理想人格，在执着地表现着人格品藻，并以此通过创造意境，抒写自我，不啻生成漂亮与缜密的文风，而且蕴含着清淡的美学特征。朱的这种新颖而出的风格特征，实际上代表着我们社同人所共持的思想倾向、文化选择、创作立场与艺术风貌。以《我们》为标识的这群同人，或者说作家群，从宽泛的眼光审视即是白马湖派作家。他们的散文内含着一种纯正朴实的新鲜作风，达到了一个极高的美学境界。这是白马湖自然环境和生活的淡泊，以及各人恬淡的人格所促成的。这当中，彼此的情致所至，大为要紧，诚如朱自清所说，"好风景固然可以打动人，但若得几个情投意合的人，相与徜徉其间，那才真正有味，这时候风景觉得更好！"情致所至，每每"孕育"同人刊物的创办。同人刊物，往往又成为一些文学流派的摇篮。从我们社的同人刊物《我们》,以及《春晖》半月刊所发的散文看,其间在散文创作上,似已形成了一个崭新的文学流派,它可被称为散文"白马湖派"。这包括对《春晖》半月刊的散文考察,也包括对白马湖散文家这个群体离开白马湖后,仍为白马湖情结所驱使而写的一些白马湖人文事的散文的考察。诸如朱自清的《春晖的一月》《白马湖》;俞平伯的《诗的方便》《忆宁波白马湖旧游——朱佩弦兄遗念》;夏丏尊的《春晖的使命》《白马湖之冬》《长闲》《猫》;丰子恺的《山水间的生活》;朱光潜的《无言之美》等。这些篇什皆属清淡之体,内含着一种清淡的共同性的神韵风骨,一种清淡美的基本形态,显示出大体一致的美学趋向,一种共同的美学追求。有的篇章看似浓郁,骨子里还是清淡。如朱自清、俞平伯两人所写的同题美文——《桨声灯影里的秦淮河》着墨较多的景色渲染,诗情画意,表现了外形的绚丽,但是文中仍蕴含着素朴:秦淮河夜色朦胧而又清淡的诗的意境,作者感情的淡淡的真挚之美。——这是我此时思索所得的若干思绪。

有了这般认识,我就用心思考,潜心研究,精心结撰而成了《现代散文"白马湖派"研究》这篇拙作,揭登于1991年《宁波大学学报》第一期上,这是一篇实际意义上的探求白马湖文派形态之存在的文章,是散文"白马湖派"研究展开具体论证的拓荒之作,开始建立基本论述结构。因为此前之文,仅止于提出观点,做出构想,而并未有翔实的论证。有了它,便有了发表在《九州学刊》(1993年秋季卷)的《论现代散文"白马湖派"》那篇力作,也有了上海文艺出版社(1994年5月)出版的《白马湖散文十三家》一书。1994年11月,也就是拙编《白马湖散文十三家》面世后不久,台湾学者张堂錡主持的《"中央"日报》长河版,刊载了白马湖文派的相关短文,最早的(1994年11月14日)是刘维写的《春晖园中的文化沙龙——"白马湖派"创立了白话美文典范》;1995年4月2日大陆学者陈星发表了《令人难忘的"白马湖作家群"》;1995年月16日、17日、18日,张堂錡刊发了长文《清静的热闹——"白马湖作家群"的散文世界》。自此，白马湖文派之研究便有了新的推进。我的两文一书，皆有一处不大不小的讹谬是不能不检讨的。那就是把朱自清和俞平伯的同题散文——《桨声灯影里的秦淮河》最初发表刊物错记了。正确的应该是同时揭载在1924年1月25日出版的《东方杂志》二十一卷第二期上，有一篇却错写为"揭载于1924年7月出版的《我们的七月》中"。造成此错的原因是未核查原刊而轻信他文。其时，我正读着王统照的《悼朱佩弦先生》一文，王文云，"他（朱自清）以散文见知于世，固然是《背影》那一篇的成功，实则当民国十一年沪上某书局所刊《我们的七月》丛刊中，有他与俞平伯先生各作的《桨声灯影里的秦淮河》一文，也引起读者的赞美。"（文见《最完整的人格——朱自清先生哀念集》，北京出版社1988年8月第一版）我信以为凭，加上是时沉思于撰稿中，满脑子是《我们》，冷不防讹舛了。此讹误还传染了其他学者。如张堂锜的《清静的热闹——白马湖作家群论》，也错写成"这两篇文章后来刊登于这群作家合力编辑的《我们的七月》杂志中"。看来，以讹传讹之教训值得我记取。至于我的《白马湖文派散论》专著，那是2006年6月，参加上海市新闻出版局为纪念夏丏尊先生诞辰120周年，逝世60周年而召开的学术研究会后，趁着余兴而著的，由新作与旧论勒成，新作多为急就章，但由于此前厚积而今薄发，倒也不乏佳构。例如对白马湖散文艺术风格——隽永的论析，比照《现代散文"白马湖派"研究》，《现代散文"白马湖派"再研究》又提出了很多新的见解：白马湖散文的隽永，特别注重一个"味"字，平淡之为味，以原味取胜，文之本"味"无穷。唐代的司空图在《与李生论诗书》中强调诗要"辨于味"。他把"味"放在诗的首位。不辨味，则不足以言诗。这种味，既不是酸味，也不是咸味，而是味外之旨、韵外之致。其实白马湖散文何尝不是如此，诚如张堂锜所论及的，"以散文美学的艺术风格来论，平实隽永，真而有味，是他们创作的基调，魅力之所在"，自然也是他们的作品的真味。这种味，好就好在：

它给你绝不是生理上的快感，而是心理上的美感。这种美感，妙就妙在：她使你的心里感受到甜丝丝地、乐滋滋地，然而你却说不出来。这就是言近旨远、意味无穷的境界，也是隽永之味所追求的极致，以至于明心见性的流露，天然本色的自然呈现。白马湖散文有些篇什如《桨声灯影里的秦淮河》《温州的踪迹》，调和优美的辞藻于一起，看似文字瑰丽，外形很美，然而我们感着的"内美"，也还是那样的自自然然，并非是人工的雕饰和涂绘。这是清淡和腴润的对立统一，清淡而不寡淡，腴润而不肥腻。不过是统一于腴润，因而这些篇什本质还是素朴，即所谓"腴厚从平淡出来"也。这是否与浙东人的嗜好与口味有关？浙东人性喜清淡而腴润，此谓浙东吃食知味的至真、至善、至美的最高境界。移之为文亦是这样。你看"不脱浙东人气质"的周作人，他的文章清淡而腴润。其《〈雨天的书〉自序一》，就是以极短之篇幅达到极淡之美的典范。平淡非枯槁，相反地倒是要腴润。周之作文崇尚的即是清淡和腴润统一之美。而白马湖散文的隽味、"土味"，恰是周作人小品散文之冲淡韵味（冲而不薄，淡而有味）的传承。

其实，即以朱自清和俞平伯的同题佳作《桨声灯影里的秦淮河》而言，虽有前人李素伯在《小品文研究》的精辟之比论，但我以为，两者之中都有白马湖散文风格的软性表现，那就是隽永，那是一种隐秀之美。所谓隐，就是深蔚含蓄，文外之重旨者也。"言有尽而意无穷"是它的特质，"此时无声胜有声"是它的奇致。所谓秀，就是文之英蕤，篇中之萃。即是韶关英露，它是凭灵感的触发，不受意识的控制，"思合而自逢，非研虑之所求"的。《文心雕龙》"隐秀篇"讲的是修辞，"深文隐蔚，余味曲包。辞生互体，有似变爻。言之秀矣，万虑一交"。说是隐可以"润色取美"，而秀却要"自然会妙"。朱自清和俞平伯为文时，把"隐"与"秀"结合起来而作为一种艺术方法而用之，作品的思想情感若深溪蓄翠，隐蔽沉着，曲折婉致地予以表现：一个"受了道德律的压迫"，一个因"尊重着他们"而拒绝了歌女的唱歌，尽管各自所持的理由不同，而内心的矛盾冲突则是一致的，正是这种内在的矛盾冲突，加上秦淮河夜晚迷惘的景色，才构成两文的平淡的诗的意境。此篇作品因其借助于事象、外物、因其含隐蓄秀，或者说，因其隐蔽曲婉，便愈见诱发脱颖之情趣。诚如李素伯所言，"我们觉得同是细腻的描写，俞先生的是细腻而委婉，朱先生的是细腻而深秀。"隐秀的质性可谓是白马湖派散文风格仪容上所表现的一种特征。

我以为，现代散文并存着两个不可漠视的传统，而且都是以浙东籍闻人开宗，一个是鲁迅式的峻急，或曰激越，一个是周作人式的清淡，或曰隐秀。两者并非是对立的两翼，而自有其相通之处。周作人说过，平常喜欢和淡的文章思想，但有时亦嗜极辛辣的。只不过鲁迅多数是写给他的论敌看的。周作人是向着与自己的朋友沟通心气的，对象不同，文风便不同。白马湖散文家对于两种传统皆以承继与操守——"亦剑亦箫"，时而激越，时而隐秀，流贯于"剑"与"箫"之间。以叶圣陶散文而论，在总体风格上，体现着他的人格理想，平淡淳朴，浑厚蕴藉。《没有秋虫的地方》《藕与莼菜》《将离》篇什写闲愁，写乡愁，写离愁，皆极富于情调与趣味。他的趣味是根植于人间的，有别于淡漠。作为一位人生派作家，他所服膺的是现实，一待现实的鞭子抽来，便代之以严肃与郁怒，坚持为人生而写作，文风随之变得激越。在白马湖散文家看来，激越与隐秀的两个传统是并行不悖的。他们的精神深处即流动着这两种意象。他们的文字在两种韵味里游动，两种笔意里舒展。其刚柔相济的文化品格即在这里，"白马湖文学"精神即在这里。说得形象一点，便是既有水的柔情，又有山的风骨和海的胸襟。自然，他们更多的是传承了周作人的文风，也就是说隐秀的质性表现得多一些。虽则他们的"趣味"（一种审美情趣）有别于周作人，然像周作人一样考究散文的语言。周作人说："做文章最容易犯的一种毛病，即是作态……对于这种毛病，我在写文章的时候也深自警惕，不敢搦起笔来绷着面孔，做出像煞有介事的一副样子，只是同平常写信一样，希望做到琐屑平凡的如面谈罢了。"朱自清也曾说过,"这种谈话风的文章,正是我们所需要的"。白马湖作家语言之清淡亦正如此,他们务求与心迹的一致,务求其口语化和大众化,决不故意编排,玩弄噱头花样,也不造古怪的词语和句式,即使稍事雕饰,亦作"清雕琢",让隐秀之美在一种极其和谐自然的文势底下娓娓流淌。这种"隐秀"的共性,便造就了他们"统一的风格"。

白马湖文派的枢纽性人物为朱自清、夏丏尊、叶圣陶。特别是夏丏尊,它是文派"同志集合"中的轴心,他的散文平实质朴、清隽意长,也属于清淡一路,且达到了极高的水准。杨牧说他是清淡记述文的前驱,尊推为散文"白马湖派"领袖。正是由于他的大胆构想,才有了我对于白马湖文派的论证(《白马湖文派散论》便是对于文派存在的求证之作),同时有了学界对此的热烈研讨。

《白马湖文派散论》面世至今,已有八年了。可喜的是一些学人与同好还时时提及它,甚而有不少访客前来询问是否还可以得到。这说明读者还需要它,同时也证明这本书尚有些许作用,对此我深为欣慰。正是缘于此,便有了这本《白马湖文派短长书》。

《白马湖文派短长书》,全书虽为单篇论文和学术化随笔缀合而成,但有一条穿结线——"白马湖派"之说贯串始终。不过书中的文章出现一种现象,就是一再重复某些材料或论证。然则,经过一再重复以至不厌其烦的"唠叨"后,某些论点已然言之成理,渐渐形成自我体系。这大抵是因为我的治学多端赖于发散性思维的运作,创意思绪来时便即刻记叙下来,少规整,亦无畴范,散漫得很(当然,主观上力求在清淡散记中内蕴尖新的学术创见)。这是要致以歉意的。至祈读者指正,不胜感荷。

著名中国现代文学评论家吴福辉教授拨冗为之作序,使本书蓬荜生辉,谨在此深表谢悃与铭感。对于宁波出版社的悉心照拂亦于此鸣谢。

二〇一四年四月于宁波市海曙区政协文史委